中国现代文学馆青年批评家丛书

丛书主编 吴义勤

吴义勤 李洱 主编

文学现场对话录

北京大学出版社
PEKING UNIVERSITY PRESS

图书在版编目(CIP)数据

文学现场对话录/吴义勤,李洱主编.—北京:北京大学出版社,2013.6
(中国现代文学馆青年批评家丛书)
ISBN 978-7-301-22622-3

I.①文… II.①吴… ②李… III.①中国文学－当代文学－文学评论
IV.①I206.7

中国版本图书馆CIP数据核字(2013)第120500号

书　　　　名:	文学现场对话录
著作责任者:	吴义勤　李洱　主编
责 任 编 辑:	黄敏劼
标 准 书 号:	ISBN 978-7-301-22622-3/I·2636
出 版 发 行:	北京大学出版社
地　　　　址:	北京市海淀区成府路205号　100871
网　　　　址:	http://www.pup.cn　新浪官方微博:@北京大学出版社 @培文图书
电 子 信 箱:	pw@pup.pku.edu.cn
电　　　　话:	邮购部62752015　发行部62750672　编辑部62750112
	出版部62754962
印 　刷　 者:	三河市腾飞印务有限公司
经 　销　 者:	新华书店
	650毫米×980毫米　16开本　21.5印张　279千字
	2013年6月第1版　2013年6月第1次印刷
定　　　　价:	46.00元

未经许可,不得以任何方式复制或抄袭本书之部分或全部内容。
版权所有,侵权必究
举报电话:010-62752024　电子信箱:fd@pup.pku.edu.cn

目 录

丛书总序　　吴义勤　3

题记　5

上 部

"非虚构"　3

非虚构与虚构　20

短篇小说写作的现状与可能
——以蒋一谈、劳马、邱华栋、阿乙为中心　56

长篇小说的"中国化"及其他　97

这个时代的网络文学　138

下 部

《白鹿原》：如何讲述中国故事　177

莫言、诺奖及其他　198

在历史现场打开一代人的诗歌卷宗
——关于《尴尬的一代——中国70后先锋诗歌》的对话　219

"21世纪的先锋派"
　　——蒋一谈短篇小说三人谈　233

路遥的当代性　248

全球化语境中的本土化困境
　　——我们身处的时代与文化环境　275

文学现场、大学课堂与文学教育
　　——从莫言获奖说开去　316

丛书总序

中国现代文学馆是在巴金先生倡议和一大批著名作家的响应下，于1985年正式成立的国家级文学馆，也是目前世界上规模最大的文学博物馆。中国现代文学馆的主要任务是收集、保管、整理、研究中国现当代文学书籍、期刊以及中国现当代作家的著作、手稿、译本、书信、日记、录音、录像、照片、文物等文学档案资料，为文化的薪传和文学史的建构与研究提供服务。建馆二十多年以来，经过一代代文学馆人的共同努力，中国现代文学馆的事业不断发展壮大，现已成为集文学展览馆、文学图书馆、文学档案馆以及文学理论研究、文学交流功能于一身的综合性文学博物馆，并正朝着建成具有国际影响的中国现当代文学资料中心、展览中心、交流中心和研究中心的目标迈进。

为了加快中国现代文学馆学术中心建设的步伐，中国作家协会党组决定从2011年起在中国现代文学馆设立客座研究员制度，并希望把客座研究员制度与对青年批评家的培养结合起来。因为，青年批评家的成长问题不仅是批评界内部的问题，而且是一个对于整个青年作家队伍乃至整个文学的未来都具有方向性的问题。青年评论家成长滞后，特别是代际层面上70后、80后批评家成长的滞后，曾经引起了文学界乃至全社会的普遍担忧甚至焦虑。因此，首批客座研究员的招聘主要面向70后、80后批评家，我们希望通过中国现代文学馆这个学术平台为青年评论家的成长创造条件。经过自主申报、专家推荐和中国现代文学馆学术委员会的严格评审，杨庆祥、霍俊明、梁鸿、李云雷、张莉、周立民、房伟等7位优秀青年评论家成为首批客座研究员。

一年来的实践表明，客座研究员制度行之有效，令人满意。正如中国作协党组书记李冰同志在中国现代文学馆第二批客座研究员聘任仪式上的讲话中所指出的那样，第一批7位青年评论家在学术上、思想上的成长和进步非常迅速。借助客座研究员这个平台，通过参加高水平的学术例会和学术会议，他们以鲜明的学术风格和学术姿态快速进入中国当代文学批评现场，关注最新的文学现象、重视同代际作家的创作，对于网络文学、类型小说、青春文学等最有活力的文学创作进行即时研究，有力地介入和参与着中国当代文学的创作实践，在对青年作家的研究及引领方面发挥了不可替代的作用。作为70后、80后批评家的代表，他们的"集体亮相"，改变了中国当代文学批评的格局和结构，带动了一批同代际优秀青年批评家的成长，标志着70后、80后青年批评家群体的崛起。

为了更好地展示这7位青年批评家的成就与风采，中国作家协会和中国现代文学馆决定推出这套"中国现代文学馆青年评论家丛书"，希望这套书既能成为中国当代文学批评的重要收获，又能够成为青年批评家们个人成长道路的见证。

是为序。

吴义勤

2012年金秋于文学馆

题 记

  中国现代文学馆设立客座研究员制度，是中国作协党组经过认真研究后决定的。作出这样一个决定有多方面考虑：从现代文学馆的层面说，是要充分利用中国现代文学馆的学术资源，推动中国现代文学馆学术中心的建设；从文学事业的层面说，是要为加强文学评论和文学研究工作，培养和凝聚文学理论评论人才，积累发现人才、培养人才、使用人才的经验。聘任的首批客座研究员主要是"70后"、"80后"的青年评论家，我们希望把这些佼佼者聚拢到中国现代文学馆来，使之更有力地参与中国当代文学的评论和研究，更多地发挥作用。

  对于文学批评家有两个经典的比喻。一个是古罗马评论家贺拉斯将批评家比喻为"磨刀石"，把作家比喻为"钢刀"。18世纪法国思想家狄德罗在《论戏剧艺术》中，援引贺拉斯的话表示批评家应"愿为磨刀石，虽不能切削，却使刀刃锋利"。另一个是鲁迅先生将批评家比喻为"铁栅"。他说："有害的文学的铁栅是什么呢？批评家就是。"诸位青年才俊正值大好年华。祝愿你们努力学习，刻苦钻研，勇于创新，成为砥砺创作文学精品的"磨刀石"，成为抵制有害文学的"铁栅"，为中国当代文学评论作出更大的贡献！

    ——李冰（中国作家协会党组书记，中国作家协会副主席）
      《在中国现代文学馆首批客座研究员聘任仪式上的讲话》

2011年7月，中国现代文学馆为充分利用自身学术资源，加强文学评论和文学研究工作，促进当代文学发展，陆续组织以70后、80后青年评论家为主的首批客座研究员就当代文学热点及主要问题展开讨论，收入本书上部。首批客座研究员包括：中国人民大学文学院副教授杨庆祥，中国作协创研部教授霍俊明，中国青年政治学院教授梁鸿，《文艺理论与批评》副主编李云雷，天津师范大学文学院副教授张莉，巴金文学馆副馆长周立民，山东师范大学文学院副教授房伟。第一次讨论会由中国现代文学馆常务副馆长、著名批评家、博士生导师吴义勤教授主持。以后各次讨论会由中国现代文学馆研究部副主任、著名作家李洱主持。本书下部分收入了这些客座研究员的其他几篇对话。

上　部

"非虚构"

时　　间：2011年7月19日
地　　点：中国现代文学馆B308会议室
主持人：吴义勤
参加者：梁　鸿　周立民　张　莉
　　　　李云雷　霍俊明　房　伟

吴义勤：非虚构写作是目前比较热的话题，李冰书记问我，什么是"非虚构写作"，我认为某种程度上是纪实文体跟小说文体等融合的文学趋势，可能纯虚构文学已不能满足小说家创作的需要，因此，这个话题是很值得讨论的。《人民文学》作为非虚构文学的阵地，特别是推出了梁鸿的作品《中国在梁庄》，影响很大。作者梁鸿今天也在这里，所以我们可以先就这个话题讨论一下。

梁　鸿：好吧，那我就作为一个非虚构写作的实践者先来说一下感受。说实话，被冠以"非虚构作家"的这一名头我非常意外，也很意外由此引起了一种文学现象和这么多的讨论。在这之前，我并没有想到我写的这个东西是虚构还是非虚构。但是，在写之前，我自己有几个基本的想法：第一，写出一个我所看到的"真实的"乡村，因为在当代乡土文学中，尤其是近二十年，太少看到"真实"了。那么多的关于乡土乡村的文学作品，可真实的乡村是什么样子，却越来越模糊。感觉眼前像有一团迷雾。第二，绝不用学术语言去写，既不用社会学的理论术语，也不用文学的诸多术语，我想的就是让更多的读者愿意看，并且能看懂。第三，不要有文学的野心，不要在语言上弄得天花乱坠，云里雾里。当然，这也与我的能力有关，我的确写不出像莫言、贾平凹老师那样的语言，但我也一开始就放弃，就是直抒胸臆，让农民自己也发点声。

但在大家的讨论中，专家的、文学界的、社会界的、媒体的，包括网上一些普通读者的发言，我发现，这些最初的想法成为双刃剑，大众特别认同这些，而专家又非常否定这些。社会学界认为对乡土社会理论发掘太浅，文学界认为过于粗糙清浅，不像文学。总之，其实是两面不讨好。包括《中国在梁庄》获得的一些奖项，我挺开心，但是又有非常不开心的地方，因为获奖时大多不是归为文学类，而是社会生活类的居多。这可能也说明我的创作的确有问题。所以我一直在思考非虚构和纯文学之间的关系，我以后该怎么写。我现在又去农村和各个城市作调查了，我常常在思考怎样能写得既有真实性，又达到一种社会深刻性，达到一种文学性，同时，又能展示我个人的学术性，呵呵，想要几面讨好。但我知道这不可能，我还是要有所取舍。毕竟，《中国在梁庄》不只是我个人的叙述，还有农民的声音。所以"非虚构文本"究竟该怎样写作，它的文学价值和文学意义在哪里，由此，怎样再次思考并界定文学的精神存在——这是我很困惑的地方。我认为在中国还没有出现关于这种文体的很好的结合点。就大众观点来看，其实是试图把这一文学创作和文体形式规约为经营化和媒体化的东西，去除它的文学功能，而变为某种新闻化的素材。

周立民：梁鸿非常担心她写的东西不文学，可我觉得当下的文学创作如果有什么问题的话，就是太"文学"。太文学了，就造成李陀等人反思过的"纯文学"。但我始终认为，上世纪90年代一些人所提倡"纯文学"是有着特殊的语境和积极意义的。它要摆脱政治话语的控制，更重要的是与当时来势凶猛的商业大潮相抗衡，在这样的前提下，作家强调文学的"纯"是想保持文学的独立性,想坚持人文理想和精神。其实,那个时候的文学何尝"纯"过?无论是张炜的《九月寓言》,张承志高呼的"清洁的精神",还有苏童、叶兆言等先锋作家那些历史重述,哪一个写出的不是作家与现实的紧张关系?可是,到今天文学的纯却不是这个样子,今天的纯是"文学"将自己封闭起来,或者说文学只有自己的体内循环,却没有与外界的大循环。从某种意义上讲,这种封闭造成了某些文学作品的苍白无力、精神萎靡。所以,我认为,我们对文学的理解越来越狭隘而不是越来越视野开阔,我们自己造了很多清规戒律,去规定什么是文学什么不是文学,且不说它会束缚作家的创作力,而且这种先入为主、画地为牢的办法,也将使文学的空间越来越小。我觉得中国古代"文章"的概念就比当代文学概念中的"文学"宽广得多,大家也用不着为文学而文学,让所谓的职业写作抽空了文学的活力和精神。当务之急,就是要推倒围在文学之外的墙,扩大文学的疆域,将这个社会和人的精神更多的东西纳入文本中,文学未必都是一个模式,文学应当有各式各样的,这样的文学才有活力,才真正有所创造。而现在讲的文学,似乎只有一个模式,因为占据人们大脑中的只有这一个模式,所以才有不断的指责,这也不是文学,那也不是文学的。而"非虚构"的出现,恰恰可以打开文学原来封闭的空间,让文学走出一种叙述模式,有另外的与世界的对话方式。

其次,我不觉得"非虚构"将成为一种什么样的文体,不同意对它作文体、修辞上的界定,而是觉得非虚构是一种写作姿态,这种姿态调整了在虚构至上的原则下,作家与世界、作家与自我的一种关系。我觉得为了打破经典的现实主义的束缚,而强调的虚构的原则,在今天未免也有矫枉过正之嫌。什么意思呢?特别是自先锋小说以来,虚构似乎成为一个作家创造力的试金石,大家几乎把它等同于想象力,强调作家的想象力没有错,但对虚构的无限度强调会造成另外一种偏执:似乎作家的想象力就来自作家的头脑中,而使得作家严重地轻视或忽视自己身处的周遭世界，甚至是自己的内心感受。"虚构"此时就形成一种新的遮蔽，使得作家看不清自身，更看不清身处的世界，文学自然而然就成为无病呻吟的个人文字游戏。这种虚构的误导害了不少作家。其实，文字也有它的力量，现实进入到文本中已经不是原本的现实了，叙述本身也有创造的成分在里面。这还不重要，重要的是非虚构起到一种纠偏的作用，它让作家从雾里看花中挣脱出来，直接来面对现实，甚至把自己交给现实，文学的茧有可能由此而打开。

第三，虚构有些时候也让作家欺骗自己，不敢面对自己的内心，仿佛只有戴着面具舞蹈让人们看不清他的内心才有本事，其实伟大的作家哪有不面对内心的，或者说一些作家之所以伟大，正是他们首先不放过自己的内心。呼吁"非虚构"，除了关注外在世界之外，还有作家直面自己真实的内心，并把它写出来。张爱玲的《小团圆》，我觉得写的都是她个人的内心伤痛，就这样，她也写了出来。而当代好多作家，只写别人的伤痛，从来都回避掉自己，让我们看不清他的面目，这样的作家没有"形象"可言，没有形象的作家是人们难以记住的作家。

张　莉：《人民文学》发表乔叶《盖楼记》时，我注意到它给的栏目叫"非虚构小说"。以前发表的非虚构直接就叫"非虚构"，而这次叫"非虚构小说"，这个有意思。我由此记起冰心当年发表小说《斯人独憔悴》时，《晨报》的栏目名称叫"实事小说"，那部小说写的是"五四"运动时期的一个青年学生想上街游行但受到家里阻挠的故事。今天我们不能小视"实事"二字，把小说与实事结合在一起，其实具有"现实指向"。发表这小说的时候，作者那栏写着"冰心女士"，"新女性"身份、学生故事及"实事小说"一同构成了"新的文学语境"。——"实事小说"并非编辑一时脑热所设。

之所以由"非虚构小说"上溯去梳理"实事小说"，我想表达的是，新文学有它的传统，从最初，它着意建设的就是"人的文学"以及文学与现实的关系。鼓励关注现实的创作一直是中国新文学的传统。今天我们对《梁庄》如此情有独钟，深切表明我们内心里有焦虑和困惑——我们当下的文学和现实应该有什么样的关系？《梁庄》给我们重新建立了某种关系，即让我们看到了作为中国农村的那个现实，或者说，在很多喜欢它的读者看来，从这部作品，我们看到了文学书写与现实世界间应该有的关系。

我以前跟敬泽老师和梁鸿讨论过"非虚构"命名的意义。"非虚构"之于《梁庄》具有重要意义——这个名称向读者确认了书中所述一切的"非虚构性"，重点是这个"非"字，道出或强调了文本表达内容的特征在于"非虚构性"。所谓"非虚构"，强调的是与"虚构"的不同，强调的是它与"虚构"的不搭界，尤其强调与那种失真的、苍白的没有生命力的文学写作类型不搭界。如果《梁庄》发表时栏目设置是"纪实文学"或"报告文学"，会有这样的影响力吗？这是一个问题。我觉得，正是对"非"字的强调，非虚构这一文体在今天的中国文学语境中焕发了另外的语义指向，刷新了我们关于文学创作与现实世界之间关系的想象。简单来说，《梁庄》旁边这个标签就是在不断地提醒、告诉读者，"看吧，这里村庄发生的一切都是真的，这就是我们身在的现实"。通过这样的提醒，我们看到或确认了我们认为的"真实"和"现实"。

历史上一直就有这样的文体，比如说我们大家都觉得报告文学和纪实文学也都是非虚构啊。可是，问题是，为什么它们在今天没有说服力了呢？可能是"报告"二字在今天让人接受起来不顺畅了？"报告"的说法，潜在说明表达的东西中有一些是被隐藏的、是需要隐藏的、是被进行了选择的。报告文学在文学史上是有过辉煌的，但是，也得承认，今天，报告文学的写作也的确出现了问题，它的写作现状导致了我们对报告文学的理解"僵化"、"程式化"、"概念化"了。我觉得，"非虚构"的提出是重新使读者和作者一起正视和理解文学和现实的关系，也使一种文体重新复活、具有新的生命力，这是我想讲的第一点，非虚构命名的意义。

第二点,我想讨论"什么是好的非虚构"。我看到乔叶的《盖楼记》时一愣,觉得有意思。老实说,《梁庄》之后其他的非虚构文学并没有引起更大的反响,为什么?主要是给我们提供的现实的信息量不够。但是《盖楼记》不一样,关于拆迁,我们的媒体虽然一直在热烈讨论,虽然信息很多,但基本是同质化的,是单向度的,即,我们接收到的全是被拆迁者无端受伤,当然,这是真实的也是非常令人遗憾和难过的。但就拆迁本身而言,作为读者,我们所知道的是不是也有信息的不对称?《盖楼记》补充了那些我们以前不知道的。比如,我们小说中一般总喜欢想象农民就是作为底层的受伤害的农民,而这个文本中出现的是作为"人"的农民,那种经济意义上的"人",他们如何算计,如何使自己利益最大化。其实这也没有什么可遮掩的啊,这是一个基本常识,农民兄弟也是人啊。

我为什么读这小说的时候一愣呢,是因为我意识到她的写作视角"与众不同"。回头说"什么是好的非虚构"。《梁庄》让我们看到了我们想看到的现实、我们乐意接受的那个现实,它毫无疑问是一种好的"非虚构",但是,也还有另一种好的非虚构文学类型存在,比如它表达的是我们不知道的、我们完全不能想象的潜流、旋涡,我们接受起来也有些困难的。《盖楼记》写了一个让我们接受起来不容易的人与事,让我们看到了我们文学中很少出现过的农民,即作为人际关系中的"人"、被各种利益牵扯的"人"。我可以举个例子,不是一个非虚构的文学文本,是纪录片文本,《中国》,就是安东尼奥尼拍的那个,他拍的是1972年的中国。

吴义勤:我上中学的时候有一阵子《人民日报》天天批判。

张　莉:是吧,这个"中国"我完全陌生。安东尼奥尼是左翼电影导演,他特别想表现社会主义中国,中国政府热情接待了他,这个历史我们大家都知道的，他拍成了今天我们看到的《中国》，但令当时的中国政府失望。

《中国》的开场音乐是我们熟悉的"我爱北京天安门，天安门上太阳升"。顺着摄影师的镜头，我看到了三十年前的天安门，以及天安门前排队准备照相的人们。他们衣着朴素，面容祥和。当然，电影把农村人的衣衫褴褛也收进来了。——电影既收进了当时中国人民生活昂扬的一面，也收了他们生活中很灰暗的一面，很多场景奇妙地组合在一起，比如蹲在河边洗衣的妇人们、父亲臂弯里的胖孩子，在大喇叭里《林海雪原》音乐的伴奏下生活。作为观众，我的感觉很奇怪，我看到了两个"中国"同时出现，而这"两个"其实也是"一个"。安东尼奥尼注意到了现实的复杂性和多质性。他是怎么做到的？无论走到哪里，他感兴趣的首先是"人"。中国的"革命"建设并不是他的重点，生活在这个土地上的"人"的生活状态才是他的关注所在。由此，我受到启发，作为非虚构文学的作家面对现实如何书写。

从大的角度上讲，中国社会现实太复杂了。很多写作者都无法整体把握，也没有人能够深入认识。但是，我们却也不是完全无能为力的，毕竟，生活在其中的每一个人都是个体，每一个个体又都是有弹性的，他们生活在互相交错的关系之中。要面对现实，就从面对"人"开始，从"人"的角度去理解这个世界、写出"人"的复杂性如何？写出"人"的复杂性才能谈理解现实的复杂性，我觉得这是写出好的非虚构的路。

第二个例子我想举德波顿的《机场》，它提供了陌生的阅读经验，我们看到机场上的拥抱、分离，机场工人的工作，地勤人员，打扫卫生的，他都写了。他把他们这些人的生活，工作、下班，机场上人们的拥抱、流泪作为一种普遍性的生活方式理解。由此，德波顿写出了作为人际关系公共空间的飞机场。设想大多数的非虚构作者遇到这种题材会怎么样？去采访飞行员，去采访空乘、地勤，去采集他们的故事，做口述史，等等，一般都是这样的，看起来也很丰富，对吗？这个作者没有，他把飞机场作为一个整体，一个认识复杂世界的窗口，这是这个非虚构文本与众不同之处。目前，我觉得大多数非虚构写作的问题是拘泥于"惯性"，对生活理解的惯性，对写作方式理解的惯性，理解力需要打开，应该想到去打开陌生的世界、找到别样的入口，应该试着去独辟蹊径。

另外，刚才我说到现在非虚构文学没有出现另一个引起轰动的文本，一方面固然跟作家认识世界的关系有关，介入现实的方式有关，也有客观原因。我个人觉得跟读者的阅读期待有关，读者对文本其实有他们的加工能力，他们愿意看到他想看到的现实，而面对那种需要思考力的、对寻常想象有挑战力的文本，他们会抗拒，会不买账。我不知道《拆楼记》会不会引起轰动，但《盖楼记》的影响有限，我认为是读者不习惯这样的讲述，不愿意接受这样的现实。文本发表后有时候是不受作家和出版者控制的，它有自己的命运。所以如果再出现像《梁庄》这样引起轰动的非虚构文本，我觉得需要天时、地利、人和。

最后，我想再强调"非虚构小说"这个提法，我没有跟敬泽老师讨论过他设置这个栏目的用意，这只是我自己的看法，我个人觉得它将"非虚构"和"小说"两种不同文体进行杂交的尝试，可能是从另一种角度激活文学与现实的关系，寻找文学写作更多的发展空间，卡波特的《冷血》就是这样的命名。我觉得应该多有一些作者尝试写一下这样的文本，有益于贴近我们今天这个现实，对自我也是个挑战，刷新自己的写作经验。不过，我现在就是不清楚有多少作者会注意到这个标签的意义，会琢磨这个事儿。

最近我看中篇小说比较多，每一个作家都在写现实，作为读者我们完全不能说他们没有写现实，但是好像都特别钟爱写人际关系中的小伎俩、机关单位的小手腕、办公室政治，也不是不能写，只是写得太小、太沉湎，完全没有超越能力，读着读着，就想叹气，怎么写着写着变得这样了呢？艺术品的光泽在哪里，说到底小说也是艺术创作啊！这真令人遗憾。可是，问题是，为什么还偏偏是诸如此类的作品大行其道呢，还特别受欢迎，还得文学奖，为什么啊？

李云雷："非虚构"我写了两篇文章，一个是梁鸿那个，一个是综合性的，我就不说文章中的一些内容，说刚才大家谈到的一些问题。为什么"非虚构"提出来，我觉得是针对当代文学现状的痼疾。刚才大家也提到占据我们现在文学界主流的文学观念是一种僵化的、狭隘的文学观。所谓的"纯文学"，从80年代中期一直到现在影响特别大，因为它会区别什么是文学什么不是文学，与现实有联系的好像就不是"文学"。

这次去上海开会碰到王晓明老师，他现在不做文学研究了，我说我们现在还在做文学，很惭愧。谈到为什么现在我们还在做文学，我说以前"纯文学"观念里面不太注重的，或者是以前认为不是文学的，现在反而很值得我们研究，比如说我们文学观念里面以前会觉得，报告文学不是文学，主旋律小说不是文学，职场小说比如《杜拉拉升职记》这些不是文学。其实如果我们把"文学"的概念放宽一点，它们是跟大众、跟社会联系更紧密的一种文学。

像钱钟书很多人都讨论过，文学的每一步发展，都是把以前不当作文学的东西算做文学，这是文学发展的一个常识。

但是我们需要把以前旧的、纯文学的观念打破，才会有各种可能性，我觉得非虚构就是打破这样一种界限的努力，把旧的对文学的理解打破，不一定会有一个完全新的东西出现，但是在不断尝试的过程中会拓展文学的疆界，把更多的东西纳入到文学讨论的范围之内，这些也让我们的文学跟社会现实发生更多的关系和互动，是一个很值得做的方向。比如说刚才谈到文学性的问题，像鲁迅的杂文有没有文学性？这是一个很难说的问题。

所以我们现在也应该强调文学的"当代性",从新文化运动以来,一直到80年代,包括90年代,文学都是跟当下最核心的问题、精神问题紧密联系在一起,所以新文学为什么会有这么大的影响,会走在整个时代的前面,走在整个文化界的前面,因为它能充当公共场域的交流空间。这可能对我们的研究方式也提出了一些新的要求,比如说像六六和杜拉拉这些东西,我们不光要从内容切入,它整个的生产方式,生产机制的一些变化,跟出版商的关系,都值得我们关注。包括像主旋律小说里面,张平就说过,他要做的就是把主旋律小说和畅销书结合起来,他的方向很明显,他也会触及很敏感的问题,比如腐败、反腐,要有一个正面人物的问题,但是他整个的运作方式跟我们以前理解的纯文学写作不太一样,他会很明确地把主旋律和畅销书当作他创作的一个方向。我觉得我们需要打开视野,打开文学观念的限制,包括研究方式的限制,我们做的大部分还是作家、作品评论,没有从生产,包括生产机制的变化去把握他们跟整个社会的变动之间的关系。其实我们自己也都是处于这样一个变化的过程之中,我们需要将这些对象化,作为学术研究的对象来把握。

我觉得非虚构提出来以后,它究竟是什么不太重要,它真正的意义在于能为现在的文学发展提供一个什么样的方向,要解决什么问题,这是最重要的。刚才也说到不会把它固定化,像这样的概念是有开放性的,它存在本身就对我们解决现在文学存在的问题有方向性的方案,具体说会出现什么样的作品,这需要实践,也需要我们在评论过程之中发掘,我们评论家不能用过去的那些文学标准来要求它,因为它会创造出自己的文学性和当代性。

它可能会创造一种新的,跟以前固定的标准不太一样的新的美学,这样的美学也处在一个逐渐形成的过程之中,我们需要有前瞻性。

霍俊明:我觉得时至今日我们对诗歌的认识仍然很狭窄,诗是抒情的，少数人的，纯文学的，精英的，似乎歌词以及可以唱出来的诗一直被排除在所谓纯正的诗歌谱系之外。《人民文学》推出"新乐府"有些诗人肯定会有意见，我们写了这么多年，写了这么纯粹的诗歌，你们这么大刊物弄了几个"新乐府"就把我们打发掉了。但是我说另外一个现象，我在前两年编了一个诗歌选，我们16位批评家和诗人每人提供了一百首的名单，最后综合投票选出了一百首诗歌，其中有三首是所说的歌词，包括崔健的《一块红布》，还有罗大佑的《光阴的故事》，还有方文山的《青花瓷》，三首是以所谓的一般的歌词进入新诗的经典化序列的。

这个应该说也是一个对诗歌概念的纠正，就是说诗和歌之间的关系，这就是对所谓的诗歌包括文学性的重新的认识，不能太学院化，凭什么说你这个就是对的，别的就不可能。我觉得这个应该不是问题。我感兴趣的是为什么在这几年又重新出现了一个非虚构写作的命名，或者说大量的写作现象。首先我在看资料的时候，11年前一个叫夏榆的作家写了一篇文章，我觉得这个题目很好，《非修辞的生活，非虚构的写作》。里面有一句话我特别感兴趣，她说当年开始写作的时候，她所在矿区的工长轻蔑地骂她："你还想当作家？当毬去吧。"我觉得这个也回应了刚才说的一个问题，文学作家和所谓的现实，或者和当下之间的关系，或者是写作的功能到底在哪？我觉得这个问题很好。

我还想说的是今天我们讨论的非虚构不是一个新话题，尽管我们好像都指向了《人民文学》在2010年第二期开始推出的写作计划。正因为它不是一个新话题，所以我还想到了历史和当下一个很复杂的关系，这个还是我们需要注意的。

近年来，《人民文学》（"非虚构写作计划"）和《天涯》（"民间文本"）、《中国作家》（"非虚构论坛"，2006年该刊改版时推出《中国作家·纪实》）、《厦门文学》（"非虚构空间"）、《延安文学》（"零度写作"）等诸多刊物相继推出有别于一般意义上文学类型的"非虚构"性写作。

这除了其希望拓展文学可能性以及现实指向性、文学写作的"日常化"以及重新思考作家和世界的关系，同时其强烈的尴尬感、分裂感甚至时代和文学的双重焦虑症是可以想见的。具言之，"非虚构写作"在近年来逐渐成为文学热点，呈现了文学自身的新变以及文学在"当代"新语境之下的尴尬与困窘状态。这里所指涉的"非虚构写作"在指向文学本体性层面的同时也不能不指向了作家的身份、立场、姿态和"当下"以及文学和"非文学"场域的龃龉。当《新京报》等各大"主流"媒体以及各大书城（含各个网络书店、文学网）在每月推出"虚构类"和"非虚构类"（而目前关于"非虚构类"是否算是文学文本或一种文学文体仍存在巨大分歧）排行榜的时候，我们应该发现其中的"非虚构类"已经愈益成为带有明显的"社会关注度"的被消费化、市场化和利益化的写作方式和写作姿态。当然换一个视角，其中带有一定文学品质的"非虚构写作"也呈现了从文学精英化到社会化和大众化的转变，一定程度上也拓宽了文学的边界和写作可能。我们是否也会由此引发这样一系列追问：我们是否进入了"纯文学"式微的年代？或者这是否是一个文学遭遇更多的挑战和"文学性"高度扩散甚至消弭的年代？由"非虚构写作"我们是否该重新思考传统意义上的"文学"和作家以及阅读、世界之间的关系？我们是否该重新反思我们对"文学"的理解是否足够宽阔？目前的作家是否仍然在一定程度上坚持着精英知识分子的惯性"幻觉"与那喀索斯一样的自我迷恋？多年来"圆滑"、"圆润"、"令人舒服"的缺乏真实感、摩擦感和疼痛感甚至原生粗砺感的文学趣味是如何形成的？而所谓的专业阅读者和评定者尤其是国家级大刊和国家级文学大奖的机构和评委是否该为此承担一定的责任？

　　实际上说到文学的非虚构有几个问题，一个是说到中国传统文学的认知，宇文所安早在二十多年前的1985年就写了一本书叫《传统中国的诗歌与诗学》。他提出了一个观点，在座的可能都不认可，他认为中国古典的世界传统只有一个，就是以诗歌为主体的传统具有明显的非虚构性，包括杜甫等所有人写的诗都是指向了现实的，都不是虚构的。当时他提出这么一个观念，既然连诗都被认为具有非虚构性，那么其他所有的包括小说也好，各种纪实性的题材也好，都构成了一个问题。

还需要强调的是我们现在所提出的"非虚构写作"对新闻纪录片的理解自身就存在一定偏误。我们往往认为新闻纪录片完全应该是客观和真实的，当然晚近时期提出的"新新闻主义"是对这一认识的补充，但是我们可能忘记了早在1926年约翰·格里尔逊对"纪录片"的最初界定是：纪录片是对现实的创造性处理。由此，纪录片仍然只是一种再现现实的处理和创造方式。那么既然连纪录片都有"虚构"的成分，那么"非虚构写作"就不可能排除掉"虚构"的成分，这多少是一种抵牾、抵消甚至悖论。可能会有研究者认为这种"非虚构写作"不应该归入一般意义上的文学写作当中来，这样可能就会强调这种"非虚构"的广泛性、可能性和理论与实践之间的可能性。实际上"非虚构写作"所涉及的仍然是"真实"和"真实感"之间的关系，换言之就是"真实"和表现之间的关系。而"非虚构写作"所指涉的"写作"涉及的并非只是文字空间，实际上我们已经注意到在全球范围内的艺术、电影、新闻、纪录片等当中都存在着强化"非虚构"的声音甚至吁求。但是我们看看这些试图体现原生态意义上的反拍摄、反跟踪、反虚构的制作方式自身凸显的恰恰是这种姿态的悖论和陷阱。这也就是所谓的"非虚构"的仿写，或曰"仿非虚构"。这些试图强化"非虚构"的方式恰恰是在看似原始、本真、可信的画面和声音中更为人为地蓄意制作出来一种"拟真实"或"真实"场景的再现。而这种"拟真实"和"再现"本身已经不可能是已经发生的客观事实的本来面目。实际上"非虚构"只能是进入历史、现实的一种通道和中介而已，它和"虚构"、"想象"创造出来的世界本质上并没有差异，二者之间也没有优劣高低之别。刚才说到的纪录片或者是纪实性的电影，这有一个认知，包括刚才我们都会提到的文学性和非文学性，虚构和非虚构，或者是真实和反真实的关系，这个问题一定程度上难以分清的，包括刚才说的打动人心，包括陈仲义在海南的时候提出一个概念说诗歌应该具有四动说，打动、感动、振动和撼动。我想打动我们的是什么？如果说结合非虚构的话，是非虚构的东西在打动我们还是文学性的东西在打动我们，还是其他的？其实是分不开的，是交织在一起的。

刚才说到纪录片的问题，有一个认知，我们对非虚构的认知还是对所谓的记录电影和报告文学的认知有一个问题，我们知道纪录片最早出现于1926年，最权威的就是约翰·格里尔逊。他最早的纪录片有一个权威的认知，他说纪录片是最现实的创造性处理，那么纪录片是对现实的一个创造性的处理。反过来，我们现在所说的非虚构它自身肯定也是包含了对现实的创造性处理，而不是所谓的非虚构就是完全的那种。

这个涉及我们所说的非虚构或者客观真实和文学之间的一种缝隙，或者是如何缝合的关系，我觉得这个是写作者来重新认知的问题。

房　伟：对于"非虚构"这个问题，我前段时间也看了一些资料，包括梁鸿老师的《梁庄》，也有一些想法。关于"非虚构"本身，不管是采用什么样的文体，我们这种散文化的或者是有叙事文学性质的，或者是回忆录的，或者是其他文体的交杂，我觉得首先有两点：

一个是对真实性的把握，这个大家可能都没有异议；另一点是对个性化真实的坚守。刚才谈到的问题，我们在非虚构也有一定的影响，往后的发展中怎么能与新闻抗衡，怎么能够彰显我们自己的特点，在跨界的写作和综合写作之中，既扩大了我们自身的影响，增强了文学干预现实的能力和勇气，同时又保持自己的这种品格，我觉得个性化的真实是非常重要的。

《中国在梁庄》我看的是第一版，当时最先的非常直观的感受就是她是用自己的心灵去进入梁庄，既是她的一个故乡一个梦，同时是作者自己在北京这样一个大都市生活反观产生的一些理性的思考，这是有别于其他的报告文学最打动我的地方。后来我发觉这里面有各种各样的人，有很多故事，到后面我感受到个人心理化的东西稍微有一点弱化。这是我自己对这本书的一点阅读感受。

当然对于真实，我们的理解是不同的，特别是对于现在这样一个背景，我们对后现代文化已经谈得很多了，真实的标准也非常多，社会各个层次对真实的标准看法也是不一样的。怎样来保持真实性？我觉得个性化心灵的坚守是很重要的。另一点，我对非虚构文学产生这么一个认识，我觉得它是文学与现实的焦虑，特别是我们目前整个文学体制发育的结果。其实刚才也谈了，一方面纯文学的文学史的建构，已经经过新时期几十年的发育阶段，有了自己的经典系列，有了自己的话语方式，另一方面这种建构又是不完整的。

如果从文化研究的视野说，纯文学作为一种弱化的权利，有人认为面对政府和经济的权利，纯文学是一个不完全的权利。我觉得在中国，文学的这种弱化的形象是更严重的，特别是表现在文学介入现实能力非常弱。其实在中国不仅是非虚构缺乏，真正的虚构能力也缺乏。我感觉中国的情况特别严重。为什么我们有时候对网络文学那么喜欢呢？有时候可能也是它的这种虚构的能力，非常充满热情的想象才能打动我们。所以我觉得中国这两方面的东西都比较缺乏。

而且现在，现实主义在中国这样现代性没有完成的状态下，依然具有表述的合法性，而我们现实的文坛包括文学体制和文学作品，对于这样一种反应还是非常的匮乏，这也是我觉得非虚构运动能够从2010年到现在持续引发大家广泛关注的原因，也是文学史包括文学本身的一种反思和重新的建构。

实际上还想到一个问题，也是梁鸿老师刚才谈到的苦恼。其实大家还要警惕一下非虚构写作的市场行为性。非虚构现在我们提出来了，其实它也有一个谱系，一直到现代文学，从现代文学开始30年代提倡纪实和纪实小说那种说法，实际上也有一个谱系，在这里包括报告文学自身，为什么现在说报告文学的名声不大好，也是与市场行为性有关系。而且我觉得消费社会对于文学的利用更多的是一种区隔化，就是贴不同的标签，文学发展到这种情况下，在表面的细分的时候，还是一种利用。

像刚才梁鸿老师说的，她自己对"我虚构了，这个是非文学的，这个是文学的"这种区分感到难受。也要警惕媒体，特别是媒体的一种歪曲。我个人本身对非虚构文学还是非常有热情的，而且我觉得它在中国将来的发展还是非常有前途的。倒不是说我们非要用非虚构/虚构二元论来界定或者是强制限定什么东西，而是这样一种文学介入现实的勇气，一定会是将来文学发展的一个方向，因为不管是传统文学还是什么，我们的现实能力都在减弱，所以这一点上是一个体验。

还想谈一点我个人对文学反映现实的看法。谈到90年代以来文学中的国有企业生活，有人说这是一种现实生活的反映。我们的文坛对这种生活有很多版本，比如像刘醒龙的《分享艰难》，新现实主义有的时候是一种写法，作为张平这种主旋律的是另一种写法。还有朱文的小说，也写到国企中大学生的生活。我自己原来大学毕业以后在工厂工作很多年，在企业里面，我的感觉跟他们是不一样的。我觉得他们描写的那种国企生活的残酷、绝望、无助性可能是远远大于欲望驱使的，可能有时候有那种东西，或者我自己感觉在那种生活中有那样一种体验、思想、倾向，但是我觉得生存可能是大于那种感受的。因为可能你在一个企业工作半年，却一分钱工资不发你，这个时候怎么办？而且你要从事大量的、非常沉重的体力劳动。

我是说对于90年代的国企的生活，90年代的那些小说跟我当时的体验有很大的差距性，但是那种生活包括职工惊人的贫困，张平的一部小说写到了，但是很多还是没有写到细节，甚至包括一些青年工人找不到对象，男青年，有时候还会产生同性恋的心理，这些都没有去反映。我们整个对于国企的写作，在90年代开始是那样一种形式。我就是谈一点自己的感受。

我认为非虚构的文体是文学自身求新求变的结果，它应该有两点：一个是对真实性的把握；二是对个性化心灵真实性的把握。看了梁鸿的《中国的梁庄》，是有别于报告文学的，它有能打动我的地方。我们对于真实的理解不同，真实的标准不一。怎样保持真实性？我觉得心灵的坚守很重要。非虚构是对文学的一种焦虑。中国文学到现在已发展有一个经典的系列，但是也是不完整的，文学介入现实的能力非常弱，真正的虚构能力、有想象的热情也是很缺乏的。我曾经在国企工作、生活过，对于后来看到的一些以国企为背景写的小说，却感到很陌生，就是说，一些以国企为背景为题材写小说的作家，其实根本没有深入国企残酷的生活，他写的是在国企人眼里不真实的国企生活，这个很讽刺也很矛盾，我们就看不了那些作品。

吴义勤：我谈两个问题，一是非虚构是文体吗？从报告文学文体来说，从夏衍《包身工》诞生以来，50年代、80年代的报告文学都是要报道一个重大社会问题，而非虚构则可以一个个体、亚文化的生活成为主体。二是真实性的问题，真实性似乎伤害了文学的品格，但其实可以形成共识。要强调艺术的真实，我理解，现在的非虚构主要是一种个体真实的还原。三是今天作家写作的姿态、能力、思维方式都大不同了，表现在作家是否有对现实的热情，比如抗战时期，老舍等认为长篇已经不能反映现实，而应该以街头剧等强度大的形式来表现抗战主题。文学姿态的转变，关联着写作主体和读者主体的转变，表现在关注新闻还是关注文学，甚至新闻式关注的深度，我想非虚构文学可以提供这个方式去进行关注。非虚构文学肯定是一种文学，我们过去缺什么，今天捡回来，而不要以牺牲其他为代价，可以走的路是很长的。

非虚构与虚构

时　　间：2011年10月20日晚
地　　点：中国现代文学馆B308会议室
主 持 人：李　洱
参 加 者：梁　鸿　周立民　李云雷　霍俊明
　　　　　张　莉　房　伟　杨庆祥

李　洱：这次我们把非虚构和虚构放到一起来谈。上次是梁鸿先谈，因为她去年研究的问题，她去年的写作，她去年引起的话题，都跟上次和这次要谈的话题有关，这次我们还是让梁鸿先谈吧。

梁　鸿：近几年，我一直在各个城市作调研，还是以"梁庄"为原点，考察梁庄在外的打工者，他们在什么样的城市，做什么样的工作，他们如何吃、如何住、如何爱、如何思考未来的生活、如何安排孩子的教育和家庭，等等，借此想考察一下中国当代乡村和城市之间的关系，也算《中国在梁庄》的姊妹篇吧。《人民文学》已把它列入了"非虚构资助计划"。但是，我仍然有犹疑，还无法真正确定"非虚构"作为一个概念的确切内涵和外延，它和虚构叙事的真正区别在哪里。当然，这也正是我们讨论这一话题的原因。

现在大家讲的"非虚构"的概念，其实很虚，虽然许多论者已经把它作为一种重要的文学现象和文学思潮在谈，但多少有点凌空蹈虚，还没有真正从文体和意义上进行界定。我自己也很困惑。作为一名"资深"文学青年，1980年代以来，我们是带着先锋文学的余脉过来的，我们把先锋文学看作绝对的文学原则，虚构的、审美的、自在的、超历史的、超政治的、超现实的……一句话，虚构叙事才是真正的文学。当年读余华，也真的能感觉到文学的美，觉得这种美才是真正的文学美。现在还能感受到这一美的存在。虚构叙事给我们带来什么呢？比如读一篇好的小说，尤其是好的虚构小说，给你一种非常飞扬的无限的人生，以及那样一个非常美的世界，这是一个空间文学，同时也是叙事本身、故事本身带来的一种独有的快感，这点可能是虚构文学给我们带来的最直观的东西，完全是另外一个空间，让你无穷地感叹，无穷地思考。譬如卡尔维诺的《树上的男爵》。让一个人爬到树上很容易，但是，能让这个人爬上树，一生都不下来，并且开始树上的生活，这却需要非凡的想象力。仅这一构思本身所产生的小说内部空间和审美意象，就足以给人巨大的启发性。

也许好的小说和好的文学并不需要那么严格的区分。譬如李洱的《花腔》，那里面细节非常扎实，他对那一段历史，甚至所谓的人，因为他有原型，他都作了一个非常详细的调查，他准备了很长时间资料，他的基础是实在的，或者说是历史的和叙事的，但用的是一种纯美学和虚构的写作形式，虚构和非虚构两者之间是完全合一的。所以最终你是把他作为虚构，还是作为非虚构来读，我觉得是没有区别的。甚至包括《刽子手之歌》，美国最经典的非虚构文学，如果作为中国人，我们不知道那个案件，读的时候我们没有把它作为非虚构来读，还是作为一个小说读的。但是因为它有那么一个历史事件，有那么一个历史的原型，作为美国读者，他可能追溯它的根源。

但是在中国当前的文学情况下，我觉得"非虚构文学"的提出还是有它的意义。我们读过很多小说。读完之后我们很不满意，不满意可能还真的不是我们太挑剔，作为一个中国的阅读者，作为一个中国的当代生活者，可能觉得虚构文学没有能够体现我们所处的复杂的生活状态、精神状态和现实状态。这点可能也是所谓的非虚构文学产生的一个土壤吧，因为从虚构文学里面很难找到现实的影子，或者很难提供一个现实的共鸣，这个现实包括历史的现实，不止现实的现实。没有历史感，或者那种历史感没有给你真切的从历史的空间里面产生出那样的美感和一种思索感，这点可能是当前文学给我们所造成的最大的困惑。当然，也有人说，难道文学非要给人提供一种"现实"和"现实感"吗？难道文学不可以是虚幻的、飞扬的，完全超越于现实的吗？这是另外一个问题。

我觉得"非虚构文学"可能也算是应运而生吧，因为非虚构首先它回到地面上。这个地面包括现实的地面和历史的地面。我觉得中国的作家可能即使在写中国不远的历史，也没有真的去完成所应该做的案头工作，这点我认为是非常重要的，也是被忽略的那一块。前段时间重读莫言的《生死疲劳》，说实话，有一点点失望，他的语言和空间架构依然非常好，汪洋肆意，大开大阖，无人匹敌，但是你读完之后，觉得很单一，不管他变成驴，变成马，变成猪，作品精神内在的内核是一样的，每一个轮回，他没有提供一个完全不同的历史空间，或者历史观点，这点很单一。或者我们对他太苛刻了，但对于一个非常重要的作家来说，我觉得这点是一个非常大的应该思考的问题。

包括我今年在读《古炉》，贾平凹的语言和意象非常好，我个人非常喜欢他的作品，但是读到后半部分，我觉得有点太稀薄了。一个作家那么好的语言，每一个场景都写得非常好，栩栩如生，可以说，在对农村的场景感和人物的把握上，当代作家中贾平凹应该是最地道的。但是我觉得那么大一个篇幅，那么好的语言，那么大的场景，到了最后极其稀薄。我感觉，这个稀薄是在于他对这样一个乡村的事件，包括乡村背后历史的场景，历史的意义，没有超出我的想象。

包括读《天香》，我还写了一个读书笔记。我是半夜读的，一直读到凌晨。说实话，王安忆铺排场景的能力非常强，在她笔下，历史的风俗长卷徐徐展开，温柔的诗意，舒适的倦怠，即使刀光剑影的东林党人暴动，也只是略略掀开一角，只让其呈现出风情的一面。包括她对其中天香园绣的描述，我觉得，她应该是查过资料的。但奇怪的是，读完之后我觉得非常窒息，感觉呼吸不上来。

周立民：这个我补充一下，她不仅查过资料，而且查过很多资料。

梁　鸿：那有没有可能是资料淹没了她？她写女性，包括她写后来家族史的衰落，女性精神的支撑，以及男性的衰落，我觉得她还是有意想表达某种东西。《天香》可说是字字珠玑，段段锦绣，人人生动，如浮在一幅巨大的刺绣上，读者会沉入这优雅、质朴、纯真的生活之流中。但同时也是黏稠的、物质的、甜软的，黏稠到无法呼吸。或者这正是作者试图达到的效果？我还说不清楚，也可能是我太疲乏了吧？

再说非虚构，大家说《中国在梁庄》怎样怎样，当然也有人说不好。好与不好并不重要，可能它的意义在于它重新唤起了文学的现实感所具有的价值。它以通常的"归乡"模式展现了一个比较真实的乡村现实，而这种真实感恰恰是当代文学一直要摒弃的。我们常说文学要有距离，要有审美，要与现实远一点，等等。包括李娟的《春牧场》，我觉得写得非常好，因为她里面那个"我"，不是一个真实的"我"，有一点真，也有一点虚，有一定文学化的味道，不像《中国在梁庄》中的"我"，写得可能太过实了。她写的是实实在在的生活，明亮灿烂，沉重而又轻盈，达到一种文学的美。她写人物的方式，我个人非常喜欢，每一个人物她都能够从一个侧面写得非常真实，同时很幽默，又很贴心，这是我很欣赏的。乔叶的《盖楼记》也非常好，当然我有点看法，小说里面的"我"有点问题，但是作者也花了很大的工夫，包括对"强拆"和这一词语在中国生活的隐喻都写得非常好，因为在中国当代生活中，"强拆"可能是大家司空见惯的，作者能够挖掘出一套当代政治秩序逻辑，能够写出制度和人性之间相互挤压所形成的双重黑暗，我觉得非常好。

对于一个作家来说，属于什么类的并不重要，但非虚构的视野可能会使得他把眼光稍微往下落一点，会真的去思考中国的生活，包括在谈某一段历史的时候，他真的会去作调查，然后再进行思考。我这半年作的这调查，觉得收获非常大，只要你到那个地方，你看到那里的生活，它绝对跟你想象的不一样。那种细节，生活的方方面面，真的超出你的想象。我们今天坐在这个地方，会议室非常明亮。今年暑假我到西安调研，我的老乡在那儿推三轮车，我们从高速桥上下来，一边是世园会，非常美，非常干净，一种极其奢侈的干净，但是一转弯，可能不到三里地，就到了我老乡住的那个村庄，一进去就是垃圾箱和深长的垃圾巷，然后再到我老乡住的房子，就是一间房子，厕所黑洞洞的，完全是两个世界。我在那里住了七天时间，每天跟他们一块儿到市场去推三轮车，我觉得真的收获非常大。这里面的细节可能不光是非虚构文学可以用，虚构文学也完全可以用，因为我觉得不管是虚构，还是非虚构，细节的支撑是不分的。我们现在创作的观念大于创造，观念大于形象，很多人都是符号化的存在，形象一点都不鲜明，这点真的是一个很大的问题。

所以我觉得如果一定要谈"虚构文学"和"非虚构文学"，当务之急是找到恰当的、符合中国目前文学状况的概念，尤其是"非虚构"，它和"虚构文学"的区别，它和国外"非虚构"概念的区别，它的文体形式、方法论和精神形态，等等，这需要特别学术化的区分。但是，对于作家来说，倒没有必要划一条特别清晰的界限。我觉得好的虚构作家，好的叙事者，一定是需要吸收非虚构的一些成分在里面的，反之亦然。

周立民：接着梁鸿说一点《天香》的事情。好像是岔开了这个话题，但是我觉得跟这个话题还是有关系。我是先读了小说，读完了之后，突然查到与小说相关的资料。古籍出版社一个编辑说王安忆在这本书里，至少看了几百本书，包括什么什么。我看了小说的资料之后，大吃一惊，小说整个故事和实际发生的故事是完全对应的。上海松江地区有一种绣叫顾绣，小说里面叫天香园绣，三代人的媳妇，人物之间的关系，完全是对应的，包括里面所发生的这些重要的事件。这就和今天的话题有关。实际上在虚构的作品里，怎么处理这些非虚构的东西？把话题反过来。因为原始材料一对应，真是可以用平行线把这个东西完全对应起来，那么我想提出的疑问就是，在这样强烈的对应下，作家自己的创造力在哪里？作家对这个世界的一些认识在哪里？有一点我不大同意梁鸿，我觉得王安忆的《天香》，还有《富萍》，都是精神比较健旺的。《天香》中传统儒家文化的衰落，那些男人、读书人都不行，实际上正是另一种文化崛起的时候，那就是市民文化，或者是商业文化的兴起。在我们传统的人文观念里，这些肯定都是上不了台面的，甚至是受鄙视的，但王安忆把这个看得非常重要。比如作画刺绣之类的东西原来是精英阶层、权贵人家垄断，现在都飞入寻常百姓家了。这点可能是上海更看重的精神。实际上王安忆是一个非常主流地书写上海历史的作家，她在这方面也是非常有野心的历史作家。

讲到虚构和非虚构，我觉得上次我们实际上也在谈一个观点，大家基本上也都认同：它不是一个文体上的严格的界定，而且也最好不要把它往文体方面强调，因为非虚构如果往那边强调，最容易变成一个所谓的报告文学的升级版，2.0版或者3.0版，这样就远离了大家看重它的初衷。我觉得这种强调还是在强调作家跟周遭世界的关系，或者希望通过这个视角重新调整一下作者跟现实世界的关系。

其实，虚构和非虚构未必就可以严格区分。一个伟大的文本，首先能感觉到一个作家的体感，那种对世界活生生甚至是活色生香的感觉，通过这种感觉，我们也能够看到那颗心，或是他的灵魂，或是他的精神，所有伟大作品都能感觉到这些。这些东西，实际上你从虚构作品和非虚构作品里，感受到的都是一致的，不是完全分开的。因为有这个，你才会判断出这个作品与那个作品不一样，甚至觉得这个作品就该属于谁的。甚至你根本没有见过这个作家，但了解他的气息、气味和气质。特别是读了他十部小说，你得出的印象可能会越来越趋向一致，甚至可以说哪个小说就是这个作家的心灵自传，但从文体和所用的材料、事实上讲，它完全是虚构的。为什么呢？我觉得我们还是把握了作家这颗心，这一点很重要。我们现在看重一些非虚构的作品，正是作家的心凸显出来，怎么凸显，不是在装神弄鬼，而是通过对周遭世界的切身体验和关注体现出来。为什么说这就体现、凸显出来了？因为这个世界不完全是作者个人的，它是大家的。这样的文本把大家的心聚拢起来，让每个人都有了息息相关之感。文学在这里才有了超越文本本身的大气象。

从中国文学传统上讲，二十四史中——野史就不用说了，实际上所谓非虚构的成分非常大，司马迁写人，孔子是这个样子，项羽是那个样子，有太多的想象的成分在里面，这些早已构成了我们的文学传统，所以中国人写的传记里面，很少有像西方人的传记那么严格的史料出处，总会有一些情节想象的成分在里面。从这点上来讲，真的很难百分之百地把虚构与非虚构区别开来。讲来讲去，就是千万不要把它界定为一种散文，一种报告文学，或者一种什么样的文体，我觉得那样的话，就把真正值得看重的东西消解掉了。另外，可能对虚构的文本也不见得是好事情，因为现在的文学就是被我们划分得太仔细，太仔细反而把文学弄小了，弄封闭了，弄死了。我觉得我看重的那些伟大的批评家，大部分是作家，反倒不是理论家，我始终喜欢看这种人的批评文章。反过来，一个好的批评家，他一定懂文学，不是他拿了几条理论来就把文学概括了，恰恰是他能够体察到创作中最细微的地方，微妙的地方，能够感受到创作里美的东西在哪里，同样，他写出的文章也是一个好的文学作品。

比如还有几个文本非常有意思，天津的杨显惠，他始终以纪实小说的幌子来给他的作品做一点保护，从《夹边沟纪事》，到《定西孤儿院纪事》，一直到最近的《甘南纪事》，其实他写的事情绝大部分都是真实的，但是他一定要定义为小说，或者是纪实小说。

李　洱：我在国外开会，看到了杨显惠的小说，已经翻译了。是国外的版本，上面就没有标明是小说，它就是以非虚构出现的。

周立民：实际上就是自我保护的套子，但是一百年后，我们再考证这个的时候，说它完全是虚构文本的话，历史学家在使用这个文本分析的时候，就会非常仔细。如果他说就是一个真实的文本的话，对它的认识，等于是这个时代一个最真实、最贴切的记录。

另外我在看黄永玉的《无愁河上的浪荡汉子》，实际上是他的童年记忆。你说记忆文学这种东西属于什么？如果说它属于虚构的文本，它又基本上是凭着他留在头脑中的印象来写的；说它是一个非虚构的文本，因为人的印象似乎有调整，更何况过了三十年、五十年，甚至八十年，这些印象都是没有经过严格的考证、对证，不能说是完全真实的。但是有一个问题。第一个是他的感觉是不是真，另外他的心是不是真诚的。如果是的话，那也是非虚构的作品嘛！说到黄永玉，我想不到一个这么大岁数的老人，对童年世界的每一个地方每一个细微的感觉全部藏在心中，而且越读他的东西，越不像小说，他整个像流水一样的，顺着就往下写。这是我能够想到的，我的感受是不要把虚构和非虚构刻意对立起来，更不要把它们随意拆开。

我现在不大满足于虚构的文本，一是我看不到它的体感，另外看不到作家的心。这也很正常，为什么呢？因为我们的感觉共通化太强了，强到我分不清这个作家跟那个作家的差别，以前很少遇到这种情况，现在这种情况越来越强烈，这是一个很大的问题。前一段读他们新翻译的《百年孤独》，我们讲了那么多马尔克斯的笔法，只注重他的形式，他的语言外壳，我们永远也不注重这个作家生长的土地和根，这就等于把他们的历史给去掉了，那里面最沉重的，跟那片土地的历史能够贯通的东西就没有了。我们学来的东西，同样也是跟我们的土地隔绝开来了。无论是虚构文本，还是非虚构文本，实际上都要从你心里头生长出来，而不是一个悬空的心。

李云雷：我同意周立民的判断，非虚构不是一个文体，它应该是一种方法，或者是一种精神，或者是一种姿态。我们不是仅仅把它当作一种文体，它是一个与世界重新建立联系的方法。从这一点来说，我觉得"非虚构"的提出本身就是有意义的，是针对当前文学界的弊端而提出的一个改变方向，或者一剂药。对于非虚构本身，我们没有必要过多纠缠于什么是非虚构，或者它跟虚构的关系。"存在先于本质"，首先它要存在，它的本质应该是在它不断发展过程之中，我们逐渐赋予它的。比如有梁鸿的作品，有乔叶、李娟这些人的作品之后，我们就对非虚构有一个大体的印象，它应该是什么样的。然后，在它的发展过程之中，可能还会有不断的一些丰富和发展。

我觉得文学的命名，本身也是一个相对的命名，比如说什么是"文学"都很模糊，什么叫"朦胧诗"，也是在当时的过程之中产生的，有一个逐渐定型化、内涵逐渐清晰的过程，包括"底层文学"，有人问我什么是"底层文学"，希望能给它一个明确的定义，但我一般只描述"底层文学"的特征，避免给它下一个定义，因为它还在发展的过程中，还有新的可能性。所以我在这个意义上，强调"非虚构"与我们当代文学之间的关系。因为它是面对我们当代文学发展中的一些问题而提出的一个改变的方向。梁鸿谈到莫言，包括很多成名作家，我们对这些作家寄予很高的期望，因为他们的作品曾经让我们激动，但是现在这些作家大部分的新作都很让人失望。这不是一个孤立的现象，而是比较普遍的。为什么现在这些作家的作品我们都很不满意？我觉得是旧的文学观念对作家产生了一种束缚性的作用，他们想创作的是"纯文学"，但是在越来越复杂的现实之中，我们想在作家那里看到的是他的看法、立场以及基于其上的新的美学，但是我们看不到这些，就难免失望了。在这个意义上，我们需要冲破1980年代对"文学"的狭隘理解，需要解放"文学"，而"非虚构"正是一种解放的方式。

另外一点，我想说其实非虚构应该是开放性的，因为它现在处于一个实践性的过程之中，伴随着一些新的重要作品的出现，我们才可能会讨论得比较深入。比如上次跟梁鸿也谈到乔叶的《盖楼记》和《拆楼记》，我对这个作品有些批评，也有一些赞同。我觉得总体来说是切入现实很深的一个作品。她通过个人的经验，包括到那个村子的经验，呈现出农村的内在生活逻辑，以及整个过程中农村人的那种生活状态，跟他们的一些所思所想。

但是我不太同意的，就是在这个过程之中，作家或者作品中那个叙事者的姿态，我觉得主要是作家是作为一个很优越的人出现的，但她这种优越感的来源，又是来源于她跟农村人收入、地位的对比，不是像鲁迅那样有一个新的思想，或者有一个新的看法，才对他笔下的人物"哀其不幸怒其不争"。所以我觉得乔叶作品中的姿态，本身是值得讨论的问题，她借助自己的公共资源、社会资源，最后是完成了一个私利诉求。作家作为公共知识分子，或者作为公众的一个声音，不能仅限于个人私利的介入。作品里也提到，当公共利益跟私人利益产生矛盾的时候，她会倾向于私利，比如小说里写的村长，还是想廉洁地处理盖房的事情，但是作品中的"我"为了姐姐的利益，反而去反对村长。我觉得，如果一个作家到最后成了这样的姿态，为了个人的私利，反而成了公共利益的破坏者，这与最初写作本身的目的也是有矛盾的。我觉得这是一个很重要的作品。这个作品带出的一些问题是值得我们讨论的。

将来非虚构再发展的话，我们可以对这样一种比较具体的问题，更加深入地讨论。现在我们的问题是用什么样的姿态进入，不是要不要进入，而是怎么进入的问题，这已经比"非虚构"刚提出时更进了一步。

李　洱：我的感觉跟云雷是一样的。在非虚构与虚构两种叙事里，我们对叙述人的要求是不一样的。比如，你们谈到乔叶的虚构和非虚构的时候，叙述人的价值立场给人的感觉就是很不相同的。如果她标明是小说的话，我们不会质疑她的价值观。说得绝对一点，即便叙述人是以市侩或流氓的面目出现，我们也不会怀疑作者本人的价值观、世界观，我们会认为那是一种小说修辞手法。但是，当叙述人在非虚构作品中出现的时候，作者和叙述人两者合一了，这个时候叙述人的价值观就等同于作者的价值观，就必然要遭到强烈的质疑。在《拆楼记》里写到她在背后如何指使姐姐，又如何与邻居合作，钻政策的空子，想方设法占便宜，公共空间、公共资源如何被巧妙地占为己有，这自然会引起一些读者的非议。文学的价值之一，是反省自己的私人经验，然后抵达一个健康的精神上的公共空间，或者提供这样一种精神向度。但现在，作者杜绝建立一个健康的公共空间的可能。这个问题非常值得讨论，这部作品也给我们提供了一个有趣的讨论平台。我个人认为，这是一个重要的文学事件。现在这部作品，写的还只是盖楼和拆楼，那么如果写的是"扫黄"呢？如果现在写的是"洛阳性奴"呢？顺便说一下，我认为现在最值得写的一个非虚构小说，就是"洛阳性奴"。写好了，它是一个非常伟大的小说。我想，把刚才讲的这部非虚构作品的叙述人挪到这儿，问题立即暴露无遗。比如说，这就等于写我如何指使一个良家妇女卖淫，把她变成性奴，然后再去数钱，再去提成。我这样说，丝毫没有对乔叶的不敬，我个人觉得乔叶现在这样做，很可能还是需要勇气的。但是，她可能没有意识到，叙述人在虚构和非虚构中的不同功能。我觉得我们很需要借这部作品研究非虚构小说中的叙述人的功能问题。只有非虚构作品，才能够真正检验出叙述人的立场、观念，而在虚构作品中则容易被掩盖。这个问题如果讨论清楚了，对未来的非虚构写作，可能会是一个有益的提醒。

霍俊明：我同意云雷的看法，非虚构并非一种文体概念，而是指涉了一种方法、精神或者姿态。但我想强调的是，非虚构作为一种文学写作趋向的提出，肯定有其不可避免的文学与非文学话语的多重合力，而值得注意的是，每一个时期所炮制的文学概念（包括"朦胧诗"、"新写实"、"新现实主义"等）都呈现了一种矫枉过正或者概念大于写作的弊端。我觉得对于时下流行的，甚至有些已经被消费化的非虚构写作，有必要抱着必备的警惕和忧虑的态度。

李云雷：非虚构未来的发展，如果我们不好好引导、讨论，也可能会变成报告文学那样子。应该凸显知识分子的立场。

李　洱：如果通过非虚构写作，通过对非虚构的讨论和对话，能够彻底暴露作家精神世界缺陷的话，那么对非虚构的提倡，也很有意义。它提醒作家，至少在写作的时候，应该有一种自我反省，至少在文本的构成上，应该设立一个对话的机制。

李云雷：应该有一种反省在里面。

梁　鸿：《盖楼记》里的"我"的精神姿态和存在角度的确值得讨论。当时我看了以后，也是很不舒服的状态，感觉那里面的"我"特别缺乏一种同情心，作者对她所面对的那群农民，包括她的姐姐，一点都不愿意理解，她不耐烦，心里不假思索地轻视他们。但是，这一个"我"只是作品人物呢，还是就意味着作家自身呢？这个时候，作什么样的文体界定就非常重要了。

李　洱：乔叶写过一篇很好的小说，《最慢的是活着》。据我所知，其实也是一部非虚构作品。她很早就给我讲过那些故事，讲的时候她非常压抑。我当时劝她不要急着写,过些年再写。她推迟了六七年才写成小说。她写的那些故事全部是真的,当然还有一些更有意思的事她没写。但是,因为那部作品标明了是小说,我们就不会去追究它的叙述人。但是到这部作品的时候,一旦冠以非虚构,我们就得追究叙述人的立场,她的价值判断,看她的心。

周立民:或者她缺乏一种自我反省。

李云雷:缺乏更高的认识。

梁　鸿:她缺乏对自我的反省,这点非常明显。

周立民:这样也无意暴露出她没有发现这个问题。

李云雷:有一个作品《月牙泉》,写她到什么地方开会,体现到这个里面对她姐姐的态度,应该是很相近的。

张　莉:她的这两部"非虚构小说"应该是姊妹篇。刚才大家说得很有道理,不过,我有些不同看法。先从这小说发表时《人民文学》给它的名称叫"非虚构小说"说起。为什么不用"非虚构",也不用"小说",而说"非虚构小说"呢?我觉得是基于真实基础上使用文学手段的写作,从这个角度上讲,我们不能把这部作品完全对号入座。

《拆楼记》比《盖楼记》写得好,它真实地呈现了地方基层的种种"关系"。可是,这种关系哪有那么容易呈现出来呢,面对什么样的对象、姐姐、村长以及主管领导才愿意呈现那些复杂的、暧昧的东西?要呈现那种关系,这里面的"我"必须是那样的人——那样的让人不舒服的人。读的时候我就不断地想,写作者的勇气真让人惊讶,这是一个不时把"个人形象"放在心中的写作者,只有这样,才有可能呈现面对"拆迁"时所有人最真实的状态。这种书写对于整个社会文化"主流表达"中那个"受害者形象"进行了纠偏,让我们看到"地下"的隐蔽。讨价还价，你来我往，你有政策我有对策，只为了使个人利益最大化，这一切叙述都是建立在"我"也是一个有私欲的形象之上的。非虚构的命名是把双刃剑。文本的冲击力基于"非虚构"。只有"非虚构"的行为才有冲击力，而我们不愿意接受这个"我"，也是基于"非虚构"。侧重接受文本的"非虚构"会感觉不舒服，但如果侧重"小说"呢，其实接受起来也就没有那么困难了。长久以来我们对作家形象有定位，但这只是基于我们个人对作家和文学的"习惯性"理解。我们不能要求所有的非虚构的作者都做某一种人，作家可能是这种形象，也可以是那种形象，我们得慢慢适应非虚构小说这个形式。

房　伟：刚才，听几位老师谈了这个问题，我想，是不是有这样一种叙事策略的可能性，非虚构这种表达方式，使我们对于传统小说的叙事认识有了改变。原来我们传统的小说里有隐含作者与相对应的叙事者，小说叙事会利用各种各样人物的视角，即便叙事者本身的道德有问题，但一般不影响我们对整体小说道德立场的评价。因为叙事会为我们在隐含作者和叙事者之间制造审美距离的间隔效应，类似舞台的前台和后台。我们"知道"舞台上演出的"角色"有问题，并不等于我们认为后台的导演和编剧有问题。有的小说作者将隐含作者和叙事者形成了美学的悖论式和反讽式的间离，从而形成对隐含作者和叙事者的双向"理性反思"，例如鲁迅的小说《孔乙己》就是这样。但是，有的小说，特别是当代小说，会凸现叙事者的声音，隐含作者的姿态则会更含混、更节制，从而突出对历史宏大叙事整体性的不信任和对历史多元性的探索，例如李洱的《花腔》就是这样。但是，"中国式"非虚构小说中，由于对真实性的"焦虑性诉求"，叙事者和隐含作者的两者身份合一，审美距离也会消失，而这样做的结果，便是隐含作者自身企图的更真实的曝光，他的道德立场也必须更为鲜明，这就强化了小说对社会的批判、思考，并要求塑造有担当的知识分子形象。但是，这种"复古"的诉求，又与传统小说不同。传统小说中，叙事者与隐含作者的合一，常常表现为宏大叙事性的道德声音，会对隐含读者进行规定性的规训。例如柳青的《创业史》，虽以梁生宝为叙事视角，但作者的身影无处不在，甚至常常出来发议论。而《青春之歌》这样的半自传体更为明显。在一些以第一人称为叙事视角的现代小说中，叙事者和隐含作者的合一，则表现为启蒙的、外在的价值立场更坚定，例如郁达夫的自传体小说。而在《中国少了一味药》中，第一人称叙事者"我"，也表现出对传销者的强烈理性反思和质疑，但这个"我"又是非宏大化的，他对自我缺陷的暴露，并不是一种郁达夫式的"倾诉性"自我主体塑造，而是对客观局限性的展现。而乔叶的《盖楼记》第一人称叙事者更是跳出这个限定，表达自己道德上的局限。但二者对小说文体的冒犯，都引起了我们某些不适感。倒是梁鸿的《中国在梁庄》，虽叙事姿态较传统，但整个文本更有力量，更有冲击力，也更符合公共空间对"非虚构经典"的想象。我想，这个问题应值得思考，特别是中国的"非虚构小说"和欧美的"非虚构文学"，还在叙事上存在很大差异，这个我在后面展开谈。

李　洱：小说存在的一个重要理由，就是很多东西确实不适合写成非虚构，需要划到虚构这一块。我今天下午在两岸文学会议上提到台湾的张大春的时候用了一个词：冒犯。我给他的一部书《小说稗类》写过书评，这个词是他书中的一个关键词。小说存在的理由，就是它有一种权力，可以对正确的、正统的知识、伦理进行冒犯，刺激人类想象的边界，认识的边界。所以我们常说，这个故事适合写成小说，那个故事不能写成小说。其中的一个微妙的差别，就是这种冒犯能够达到怎样的边界。我想，小说有小说的冒犯方式，非虚构可能也有非虚构的冒犯方式，但无论如何冒犯，都应该有一种自省精神。局外人的故事，加缪可以写成小说，但加缪在写到地中海的阳光的时候，他是另一种冒犯。所以，我觉得这个讨论很重要，也很希望我们这种讨论，以后能够引起更多的人参与其中。

张　莉：对，非虚构的冒犯会让人真的感觉到了冒犯。乔叶的文本后面有："本文情节属实，部分人名和村名虚构，如有巧合，概不意外。有自愿对号入座者，请坐好。"实际上就是"真真假假"、"虚虚实实"，是在非虚构与虚构中间取"中间值"啊。我觉得应该鼓励多一些非虚构小说，多一些跨文体写作，多一些文体杂交的文本。

李　洱：比如我写一篇文章，是关于顾彬的，那或许也算一个非虚构吧。当我不得不提到一些人名的时候，尽管有些人永远不可能看这篇文章，但是我仍然感到一种压力，所以我在文章的结尾就说，如果我的讲述让你的心情受到干扰的话，我感到非常抱歉，恭请谅解。我必须这么说一下。但是对于一个女作家，她就能免去干扰，而且很愉快地写道，如果你想对号入座，请坐好。这一点我不得不佩服。我由此还想到一个问题，就是虚构的合法性问题。虚构的合法性与非虚构的合法性，是一个有趣的对比。在非虚构中是合法的问题，在虚构中却常常是不合法的。这里面的缠绕关系，在座的批评家比我清楚。

张　莉：李洱兄在邮箱里列出的提纲，对我有很大启发。尤其是女性作家与非虚构写作之间的关系，打开了我的思路。上次讨论，我已经说过，"非虚构小说"不是今天中国文学里的创造，冰心小说发表时就有"实事小说"的命名，当年编辑们显然希望通过这样的方式提醒小说家面对我们身在的这个现实，但如果完全用"实事"这样的说法，编辑和作者会感受到压力。"实事"与"小说"的结合表明了作者和编辑是如何缓解压力的，跟今天"非虚构"和"小说"的结合命名异曲同工。

李　洱：比如说刚才谈到乔叶小说叙事人是"我"，但是当陈染和林白在写这些非常隐秘的、不愿意让别人知道的场景和细节时，她这个"我"会突然变成"她",由第一人称变为第三人称,这个场景和细节讲完了,人称又变成了第一人称。女作家这种情况很多,仅此一点,就可能说明了她们作品的非虚构性质。当然,更年轻的女作家鸟枪换炮了,越是写到私密的场景,可能越是来劲,但整体上的非虚构性质还是很强烈。

张　莉:这是女性写作里面常常会出现的事情。

李　洱:只有在叙事人称仿佛变成第三人称的时候,她才能够逃避——

张　莉:是逃避,这是女性写作的策略。早期庐隐使用日记体,害怕别人对号入座,在书中假托这是别人的日记遗失在这里,写作者读到了。庐隐感受到读者和阅读传统给她的压力,她不希望文字给自己的生活带来麻烦,但又想把直接的经验表达出来。这是作家感受到压力时的应对之策,尤其在女作家身上比较多见,作为研究者,应该有同情的理解。

接着往下说,对今天这个话题我分三个方面思考,第一个是女性写作与非虚构写作的关系。我先梳理一个脉络:1926 年,谢冰莹作为北伐女兵写的《从军日记》在《中央日报》连载,引起轰动。女性以日记或亲历的形式书写"世界",成为女性写作中的重要现象。新时期以来,张辛欣和人合写的《北京人:一百个普通中国人的自述》是第一部大型口述史作品,新时期中国文学也有以写作报告文学为主的女性作家,比如黄宗英、陈祖芬。新世纪以来的是《妇女闲聊录》和《梁庄》。海外近两年引起关注的是齐邦媛的《巨流河》。以上篇目发表时都有轰动效应。我的问题是:1. 什么是这些作品引起轰动的质素? 2. 为什么女性作者在这个写作领域成就斐然?

这些作品都有共同点,即"当代性 / 时代性",都恰切表达了"时代之声"。不过,这样的时代之声也需要辨析。茅盾在《冰心论》中认为冰心作品写的不过全是"五四"时代"软脊骨的好人",而以茅盾的审美,他更欣赏"革命女性"。今天回过头来看,在"五四"初期,可能大多数青年也真的像《斯人独憔悴》里的年轻人那样,想走上街头,但又慑于父亲的威严。所以,尽管冰心作品不具有先锋性,文学性并不令人满意,但她的作品的确表达了青年们当时颇为矛盾的生存状态,所以他们才热情地把她的小说搬上舞台,不断写信给报纸表达喜爱之情。作品的轰动性从何而来?并不是作家本身能够决定的,它依赖读者们的参与,这种读者我要强调是识字的、关心国家大事同时又有文学热情的大众读者。

前几天看莫里斯的评论集子,他说1905年美国出了一部作品叫《丛林》(厄普顿·辛克),1905年连载,1906年成书,今天大家都不太清楚这本书,好像也没翻译到国内。但据说这书深深影响了美国人的生活,人们认为它暴露了肉类加工企业的肮脏环境和欺骗行为,它激发了从总统到普通百姓的愤怒,最终促成了《卫生食物药品法》。我看到这段时很吃惊,这让我想到今天我们的食品安全。莫里斯说这作品发表时美国没有"非虚构"的命名,但人们将它当成真实的事情读。实际上厄普顿本人也想从底层工人的视角讨论工人生活处境和工作环境,并不希望人们仅仅将这书当作暴露肉类企业的作品。他自己抱怨说子弹想打心脏但没想到打的是胳膊。这就是读者的力量,读者对文学作品的接受过程,不是消极同化,而是对文本进行积极处理。这也可以解释为什么《妇女闲聊录》没有产生像《梁庄》的影响力,后者更符合"大众读者"对农村的认知。今天上午和立民讨论过,《巨流河》在这个时间段出现,得到那么多人的喜欢,是因为它激发并满足了此时此刻人们对历史的重新解读与想象,往前推三年或五年,往后推十年,作品的影响力就与今天绝不一样。

此外,这些非虚构作品的另一个共性是"从个人经验出发的书写"。

"基于个人经验的表达"具有强大的可信性。乔治·桑说女人是靠子宫写作而男人是靠头脑。一个时代风貌如何变化,靠头脑思考需要一段时间,而靠身体和个人经验则可能更直接。女性本身的敏感和细腻、女作家对个人经验的尊重成就了非虚构作品的热销,这是为什么女性在非虚构领域成绩显著的原因。另外,女性本身更喜欢从个人立场进行诉说,她们通常是耐心倾听者的形象,以上列举的女性非虚构作品中有很多是个人史和个人口述史便也不奇怪。

我认为,忠于个人经验式的"呈现"是中国当代非虚构写作的成就,但是,优势可能同时也是桎梏。写作者是否应该仅满足于把眼前的这个世界呈现出来?非虚构写作需要写作技法吗?这是我第二个想讨论的问题。

拿《冷血》来说。1959年美国堪萨斯州发生了一起震惊全美的凶杀案,卡波特跟踪调查被害者邻居、雇员,同时也与两位凶犯长谈,调查报告写成后在《纽约客》连载。取材于真实,但使用文学手段写作完成,这是卡波特命名的"非虚构小说"。我注意到一个细节,佩里杀了一家那么好的人,他一点也不懊悔,但是在法庭上,佩里回过头,看到他杀害的那个人的弟弟,面容跟他杀害的那个人很相似,他一愣。卡波特捕捉到了佩里瞬间的表情,这是小说家的才能。《冷血》写得冷静、严谨,是一部具有典范意义的非虚构文本。我读《冷血》想到的是,如果这个凶杀案在另一个作家笔下会有什么样的走向?

非虚构写作需要技术,好的非虚构写作应该具有难度和高度。它不是像记流水账一样,走到哪里写到哪里,看到什么写什么。我认为应该强调非虚构写作的技术与方法,这是目前非虚构写作深化的一个路径。另一个方面,我想重复说,作家对于写作对象以及现实世界的理解力很重要。

卡波特认为,死刑绝非最完善的解决方案,这是卡波特之所以深入调查凶犯心理的动力,也是他的文本最与众不同之处。在他眼里,一个罪犯之所以成为罪犯,有罪的不单是他一个人——无论作家怎样强调忠于现实,他都势必要面对的是,你如何认识你眼中的这个人,你将从哪里进入这个人、这件事情。叙事中的每一段文字都与作家的主观性相关,写作者对现实的理解与认知能力决定了一部作品的艺术高度。

村上春树欣赏卡波特的写作才能,我刚好也看了村上春树的非虚构作品《地下》,后来写了很长的评论给一家报纸,我个人很中意这部作品。《冷血》的范式意义在于"整合性",村上春树《地下》的意义在"非整合性"。

《地下》充分利用了非虚构写作的"非整合性"特征。村上对世界的理解是,整合性的不如非整合性的复杂,尤其是在今天。他写的是1995年奥姆真理教毒气事件,地铁里的受害者是他的关注对象。他不裁剪事件和人物,他几乎采访了所有能采访到的受害者,记录他们的每句话,但又不是简单记录。我觉得村上春树对事物和现实的理解力非同寻常,比如,他不以受害者的受伤程度判断一个人是否是采访的重点,一个轻伤者的记忆也是值得记录的。他认为每一个人的记忆都是真的,即使他们互相矛盾甚至有错误也要如实记录,这样,互相矛盾的关于一件事情的记忆被重现就显得特别有意思了。记录下来以后,他发现每一个记忆都是有重量的,疼痛的反射弧很长很长,可能你看着他没什么事,但伤害是隐密的。事实丰满、人性复杂、"地下"错综、深不见底,这是村上的"非虚构"的世界。村上没有满足于将平面的均质的世界再次描画,他为我们提供的是认识世界、认识灾祸的方法:这是作为此岸的灾祸而非彼岸的灾祸;灾祸具有重量和持久杀伤力;每个人的疼痛度都有重量;不应该把一件灾祸当作一件孤立的事件来看,等等。

这两本书使我重新理解我们目前的非虚构创作。我个人认为,今天,像《冷血》、《地下》这样提供认识世界的方法、深刻反思和反省社会与自身的具有范式意义的作品并没有出现,这其实也表明了我们进步的空间和可能。进一步说,我觉得,如何更加深入了解与认知我们的社会与自身,是目前非虚构写作面对的新高度。

最后说几句非虚构叙事和虚构叙事的对比。前面几位朋友都说不应该再强调这种界限,当然有道理,但我依然想强调差别。什么是虚构叙事?世界上没有阿Q,后来有了,我们确信他是存在的,他的存在超越了时间、空间,这是虚构的魅力。"是否真的发生过"对于虚构文学并不重要,小说有自己的伦理和逻辑,它需要的是作家具备一种能力,让我们相信书中这一切真的可能发生过。很多人说最好的小说在《南方周末》,这说法不对,它忽略、模糊了小说的艺术本质,有很多现实中发生不了的事情,在小说中是可以发生的。"非虚构叙事"遵守的写作原则是作品人物和主干部分是确确实实发生过的,这是最重要的原则,作家必须在这个基础上书写,就像卡波特的《冷血》,他可以调动各种表现手段,但不能杜撰,它的难度是你怎么样让它写得不仅仅是真实的,还能通过它认识到世界的某种普遍性和深刻性。

很多写作者说,这样强调非虚构,虚构叙事路在哪里?新时期以来,中国小说中到处充满着"坦白者"、"受害者"和"泄密者",坦白个人隐秘,不断标榜个人的亲历者身份,以此证明自己所述的一切都是真的。在当下,作家对个体经验的倚重实际上禁锢了小说写作的发展,这也是今天我们强调非虚构的意义所在——应该重新看到身在的现实,应该重新建立对世界的体验能力。当然,感受到压力的另一个原因也在于眼下这个"现实"已远远大于写作者的虚构能力,现实世界的变化莫测使人感受到个人虚构能力的虚弱。

最近读到乔纳森的一篇书评,他提到菲利普·罗斯在文章(Writing American Fiction)中提出过这样问题:"在客观现实的'创造力'已远远大于作家的想象力时,在现实的荒诞离奇、匪夷所思程度远远超过作家的想象时,作家还能做些什么?"这是五十年前美国作家的问题,五十年后,这问题也同样摆在我们面前。可是,五十年后,美国作家们的书写停止了吗？优秀作品断代了吗？最近我读石黑一雄、拉希里、迪亚斯等人的作品时强烈意识到，虚构文学依然有它的优势以及生长的独特方向，关键是看作家如何理解作为虚构的小说是各种文体杂交的产物。所以，最后我想说，无论在非虚构叙事还是虚构叙事领域，当代文学写作者需要思考的是如何获得独特的理解力、表达力、创新力以及如何挑战自身的问题。

霍俊明：我插一句，需要注意非虚构出现的文化语境。实际上早在《人民文学》之前，《天涯》就推出了大量纪实性和原生态的"民间"文本，这些各种职业和各个年代的日记、报告、书信、诉讼文件、档案等无疑同样具有"非虚构"性。而我想追问的是为什么这些刊物、编辑、作家、研究者甚至读者都在近些年尤其是新世纪以来不断推出和强化所谓的"非虚构写作"呢？这才是将问题具体化和"本土化"的重要途径。此外"非虚构"还与目前社会的分层化和各个阶层的现实和生存图景越来越复杂，越来越具有多层次性和差异性有关。作家所想象不到的空间、结构和切入点在日常生活中频频发生，作家"虚构"和"想象"的能力受到空前挑战。面对各种爆炸性和匪夷所思的社会奇观，一般读者是否还需要文学？我们不得不承认，文学的阅读者越来越呈现为专业化、作协化和圈子化。或者说文学写作、文学阅读和文学批评都越来越在"自说自话"且"自以为是"。当然这并不意味着我忽视甚至否定文学本体的自足性和作家的主体性，而是在思考当下时代的文学生态以及对文学诸多相关场域问题的重新思考。而这种社会事实的复杂性、多层次性和差异性实际上并非近些年才出现的历史事实。我们普遍忽视了最为重要的就是媒体的力量。这就是从1960到1970年代的"地下"刊物，从1980到1990年代的"民间"刊物，从2000年以来的网络、论坛和电子邮箱以及手机平台，从2005年以来的博客空间到最近几年的微博世界以及一些民主"异议"分子、网民为了猎奇通过特殊手段的网络"翻墙术",还有大量电子媒介空间的社会性、民生性、消费性、娱乐性等爆炸性新闻对主流的"CCTV话语"的补充与丰富,这都是任何一个普通人每天都能看到的惊天事实和"非虚构"文本。当本·拉登被击毙登上世界各个媒体头版头条,当紧随其后的本·拉登的私人性生活和房间中的各种黄色光碟被曝光的时候,还有什么文学文本能与之相抗衡?无论是一般意义上的文学还是"非虚构写作",都难以与读图读屏时代的电子化力量相抗衡,具有预言性、真实性、针对性、超前性的文学写作几乎在这个不断加速度前进的全媒时代成为不可能。

房　伟:刚才听了张莉老师非常精彩的发言,深受启发,我在这里提一个问题,我们把虚构和非虚构提出来,是不是首先要问一个问题,何为文学的虚构和非虚构?这里是不是可以用另一个概念来思考,即虚构和写实的问题。虚构和写实其实是我们文学两个基本功能,有的时候没有必要完全对立起来。虚构源于想象力,写实来自反映社会的能力。伴随着社会环境和文化语境的改变,文学总是在虚构和写实之间呈现出"钟摆振荡"的状态,例如,新时期文学,伤痕、反思、改革等文学流派,都以写实为主,而先锋小说之后,虚构性大大增强,1990年代的新写实小说和新现实主义小说,则马上反手就给予了更多补偿。新世纪文学一个重要的特点就是抒情性的增强,文化型和史诗性的作品追求,让迟子建式的抒情史诗和张炜式的文化史诗,成为纯文学对"虚构权"的诉求。但是,这种追求也迫使新的"写实方式"出现,例如底层文学和非虚构文学。文学在虚构和写实之间,会有一个振荡式作用。

这也就由此引发了第二个问题,虚构与写实的二元关系,是如何变成了虚构与非虚构的关系?虚构泛滥所导致的真实性的消失,是我们这个网络新媒介时代的症候之一。非虚构这样一个概念,我觉得,它最大的一个好处，其实是试图取消"真实"这样一个霸权性概念背后的意识形态强迫性，从而以一种更为平等、客观的姿态介入现实。它的坏处，则在于对文学功能的窄化，以及文学视角的暧昧化，这也是为什么乔叶的小说让大家反感的原因，作家主体的介入，没有给予公共知识分子道德立场感。在这样一种虚构的"中性化"情况下，它很大程度上压缩了主体介入现实的方式。我觉得现在中国社会的一个特点，就是真实性和历史性正在被新闻所侵蚀，真实性和虚构性的界限越来越模糊，这也是世界通病，但中国问题的独特在于，有着庞大国土和人口的中国的现代转型大故事，并没有"讲完"，而这种后现代的虚拟化，却造成了这个"大故事"以加倍夸张、离奇的方式展现出来。真实感被透支，虚构也被透支，而真实与虚构之间的界限变模糊，比如几天前，"小女孩悦悦被汽车压伤，路人不管"这样的事件，比如激情杀人的药家鑫事件。媒体其实架空了真实，将真实变成了一种围观的视觉化效果，大家注重的是将围观变成一个文学虚构化的过程，有开始、高潮、过渡、尾声，但事件的真实和后续影响，却少有人关注。因此，文学作为表征世界、理解世界的感性方式，在这种情况下，也产生了新要求，那就是重回现场，回到真实之中。

　　下面引出第三点，即目前中国非虚构文学和欧美国家非虚构文学的异同。我想对于真实性的焦虑，也许是二者的共同追求，但是焦虑的原因确实不一样。《冷血》式的焦虑，还是一种后现代式的焦虑，即福山所说的"最后的人"出现之后，就有可能变为最野蛮的"最初的人"。在物质繁荣和相对民主宽松的国家，人们找不到确认自我的方式，便走向了极端虚无和毁灭。佩里的无原因的杀人，大致可归因于此。这也表现在作者克制的理性双重审判，即对社会和犯人的同样审视。在中国，则并不是一个后现代问题，而是一个"现代"的问题。在中国这样有着沉重历史记忆的国家，其非虚构的内在诉求，主要不是想象人道主义对后现代虚无的人性拯救，而是通过对真实性的诉求，

"询唤"出一个自由、民主、现代的"中国形象"。比如《梁庄》以一个小乡村对应大中国,就体现了作者试图表现乡土中国如何转型为现代中国的叙述努力。梁鸿自己也在书中说:"回到真正的乡村,调查,分析和审视当代乡村在变革中的位置,并努力展现出内在性的乡土生活的图景。"而《中国少了一味药》,还是以中国的大视角命名,药是什么?是慕容雪村所说的"常识",也是一种鲁迅式的启蒙意象。慕容雪村说:"传销是社会之病,其病灶却深埋于我们的文化之中。"作家所想象的,就是如何建立一个自由、稳定而民主的中国社会。我觉得这是当前中国的非虚构文学引发这么多呼声的原因。因为作家说出了老百姓对现代民族国家发育的一种共同的、均质化的想象,作家唤起了我们的这种体验,因此,中国的非虚构文学,我觉得,恰恰不仅仅是"个人化"的意愿。民族国家叙事需要一种真实性很强的现实主义文学,去询唤出一种共同的想象。《巨流河》更是一种典型的家国叙事,它的主题背后有一个两岸统一的文化想象,作家更是以个人化视角,来达到一个非个人化,或者说,民族国家化的想象。

在具体的艺术手法上,二者也有不同。刚才张莉老师说对《冷血》文学性的看法,我的看法跟她相反,我觉得它恰是从新闻性向文学性的扩展。《冷血》是偏重于新闻体的。例如,他这样写道:"一挺零点七二九寸,推拉放射的鸟枪,全新,蓝色的枪管,枪托上描绘着猎人瞄准飞雉的画面,一只手电筒,一把钓鱼用的切鱼刀。"卡波特对细节有一种近乎偏执的态度。这种非虚构小说,将文学的描述性和新闻的客观细节性更好地结合了,并出现了一定的深度。这是传统的小说和新闻都无法做到的。卡波特自己认为的非虚构也是:"我的目的在于用一切的小说手法和技巧,来写一篇新闻报道,以叙述一个真实发生的故事,但阅读起来却如同读一部小说一样。"因此,他的文本中,偏重一种对真实细节的诉求,在叙述姿态上,则表现为高度的节制。而中国的非虚构文学,对真实的诉求,更多表现为对历史性的诉求,即通过真实的故事,达到历史的某种复古式的理性回归。因此,文学性恰恰是大于写实性的,我们看到,中国的这些非虚构文学,很多都有一个第一人称叙事者担当叙述责任,而不是《冷血》那样的第三人称叙述,以便更好地服务于塑造"现代民族国家主体"的寓言性真实陈述。

最后谈一个问题,就是虚构文学和非虚构文学的出路。中国目前虚构文学的问题在于我们虚构能力的匮乏,我们现在写的很多东西都不叫虚构,因为它并没有超出我们对日常的想象。我觉得虚构的实质,应是比真实更有趣的,这可能是我们内心深处的隐秘,虚构不等于荒诞,虚构应是智慧和想象力的表现,虚构应是更高层次的心灵真实。卡尔维诺有关"树上的男爵"的虚构,以其意味深长的孩子气形象,成为人类摆脱束缚的无奈悲剧。卡夫卡对于城堡的虚构,就充满了象征的暗示。同时,虚构还应拥有与现实"对峙"的能力。它不仅仅征用现实,超越现实,更应该成为人类心灵对现实的批判和反省。好的虚构文学,要能在抽象的象征和隐喻世界中,表达对历史最深切的感受。至于非虚构的问题,我认为,倒不在于太写实了,而恰恰在于写实得不够。我觉得我们对细节把握能力不足,而且中国的文化现实,要比美国更为复杂。

霍俊明:现在我和庆祥肯定是最痛苦的,现在已经是深夜了。一整天都在开"两岸青年文学会议",晚上接着谈非虚构和虚构写作,这本身就有点"非虚构"性。首先我有必要说说我对"非虚构"写作的观感。非虚构作为并不新鲜的文学话题,无论是其所指涉的"文学"本体的认知,还是文学场域和写作空间的可能性,都不仅与中国当代文学每个时代转捩点上复杂的社会和文学语境密切相关,而且还体现了文学生态与"非文学"以及"当代性"、"现实性"之间的多重焦虑性关系。"非虚构写作"在近年来逐渐成为文学热点,呈现了文学自身的新变以及文学在"当代"新语境之下的尴尬与困窘状态。

中国的文学批评已经到了一个不置可否的年代了，很多人对一些现象持很暧昧的观点。但是我觉得就我个人来说，非虚构写作是一个伪论题，它的出现当然有它的合理性。为什么这么说呢？我觉得在中国特色的文学语境下很多不是问题的问题都成了问题，为什么？我觉得这是要追问的。还说到乔叶的小说，包括《人民文学》给其小说的界定是"非虚构小说"，我觉得这恰恰反映出了一个悖论。这呈现了中国当代的事实对文学写作的一种巨大的影响。刚才我们举了很多的事件，包括各种各样我们每天看到的新奇的社会新闻已经超越了我们对这个社会的理解和想象。当下的中国已经进入了一个寓言化的时代，反过来小说本质上也是寓言，这样小说的存在就有了危机了。包括刚才说到非虚构，它可能面对的读者是大众的，我觉得这仍然是伪论题。我举一个例子。当我们白天在热烈开研讨会的时候，门口来了两个人，他们的对话我听到了。一个人问："他们这些人在开什么会？什么时候结束？"另一个人说不知道开的什么会。对于所谓的人民来说，文学有时候真的是可有可无的，我觉得也是无足轻重的。

张　莉：今天下午那个人对着丁玲的雕像说，丁玲是个女的吧。

霍俊明：非虚构所面对的读者群仍然是有严格范围的，出版商也好，刊物也好，媒体也好，仍然是被这种话语所互相影响的。真正的大众，不需要这样的文本——我说的可能有点偏激，他们可能书都不看了，可能看《读者》、《知音》就算比较有文化了。当然这也回到一个问题，文学的有效和无效的问题。不管是非虚构还是虚构，仍然是精英化的、知识分子化的，仍然是这样的一种启蒙文学的幻觉。中国当下的非虚构除了梁鸿这种非常优秀的，很多的文本仍然靠敏感的社会问题来支撑。说到非虚构，举一个经典的例子，《半夜鸡叫》。我们曾一度认为这绝对是一个非虚构的"真实"文本，因为里边的人物、地点、事件都是最符合我们对当年社会和阶级斗争的认知的。但是我们后来发现这个"半夜鸡叫"完全是一个虚构的文本,可怕的是小说中所涉及的人物是真实存在的,周扒皮(原名周春富)在"土改"的时候被他们村里人吊在房梁上抽打,最后冻死。后来大量的史料证明,周春富作为地主,他所做的事,包括他的财产,如果是地主的话也不是一个恶霸地主。他只是地可能多一点,他起码是一个好的农民,他与长工的关系,包括对长工的物质上的大量资助甚至大于对他的家人。为什么一个"虚构"的故事,却最符合中国当时"非虚构"的需要?我们当下中国的非虚构的写作是不是被社会话语"征用"的一种文学方式?这仍然是一个带有历史性的问题。还有刚才张莉说的一点特别有启发性,说女性写作的视角以及对隐私和个人情感的有意"遮掩"。确实如此,比如说简·奥斯汀逝世之后在墙壁隔层所发现的她的日记,这个日记读起来就是一部小说。这个就需要我们来对待,为什么最真实的记录却是以小说的文本方式出现的呢?

张　莉:与众不同的女性一直以来都是有压力的,"每一个妇女——无论她是何等的解放——都深受她的教育和在成长过程中受到的抚养的影响。因此,她们会犹豫不决;很多人不会有勇气过这样一种生活;而那位有勇气过另外一种生活的女子就会在街上遭到人们的嘲笑,被人们戳脊梁骨"。波伏娃在《妇女与创造力》中说的。大部分女作者,当她写小说的时候,她面临一个问题,她走出去,有没有勇气面对那么多的人戳脊梁骨。

霍俊明:还有一点,刚才说到非虚构可能它不是一个文体,我比较认同,非虚构肯定不只是一种文体的写作。但是我们说到非虚构的时候,我一直有一个困惑,那就是在诗歌写作中,非虚构和虚构之间是怎样的一种关系?前不久在上海举行的"70以后批评家论坛"上所推出的排行榜仍然是按照当下流行的划分法,将文学分为虚构和非虚构,但是结果竟然没有一个诗歌文本进入到这个排行榜里面来。不记得当时提名的时候是将诗歌归类到非虚构还是虚构了，这已经不重要。我想提请大家注意的是，非虚构作为一种写作现象和概念更多地指向了叙事性的文本，我还没有看到任何一个研究者在提到非虚构的时候提及诗歌写作。如果说非虚构不是一种文体概念，而是作为一种方法和精神姿态，那么我们就没有必要将诗歌排除在外。我举一个诗人的例子，比如朵渔。朵渔曾经写过一些标举"虚构"的诗，如《童年虚构》、《老年虚构》、《梦境虚构》、《平原虚构》、《雨季虚构》、《站台虚构》、《热情虚构》、《银河虚构》、《寂寞虚构》、《拉拉：最终的虚构》。同时在另外一个向度值得注意的是朵渔的一些带有极强的"非虚构"性的诗歌文本，比如《听警察讲妓女被杀的故事》，以及《今夜，写诗是轻浮的……——写于持续震撼中的5·12大地震》。类同的例子很多，比如侯马的《他手记》，我也写过组诗《一个人的编年史》。我想说明的是，诗歌所处理的"虚构"和"非虚构"显然有别于其他的叙事性文体。而有意味的是，叙事性文体在我看来并不一定就天然地较之诗歌具有更好的处理"现实"的"非虚构"能力。比如在2008年"5·12"地震之后，尽管也曾出现了报告文学等典型的"非虚构"文本，但是当时人们印象最为深刻的却是各大晚会现场和报刊的诗歌。诗歌的虚构跟非虚构的能力并不低于小说，但是我们说虚构和非虚构仍然更多地指向了小说。

张　莉：我想起一个例子，朵渔有一首诗。

霍俊明：对，是《高启武传》，那是朵渔专门写家族史的，里面有很多插入性的文本，非常具有挑战性。在我看来，这个文本既是关于家族的非虚构，又是关于历史重构和虚构的叠加文本。这使得我们思考，可能任何文本都一定是呈现了虚构和非虚构的互动，在此意义上我们就没有必要纠缠于"虚构"和"非虚构"。多年前海德格尔的一句忠告已经被中国诗人和弱智的学院派批评家们所扭曲和淘空，然而这句"诗人的天职是还乡"对于"70后"诗人而言简直就是一种宿命。这种宿命在巨大的工业化、城市化和去乡村化的黑色浪潮中刺痛了一代人最为敏感、最为本源也最为疼痛的记忆。在《高启武传》中,这种还原的历史主义和田野作业式的诗歌话语方式恰恰是在多个向度上再现与命名了诗人所经历的传统农耕社会的理想主义、革命教育与生活方式,以及此后工业和市场的无限推进的后社会主义时代泛政治语境下的尴尬心态、无根的失落和莫名的恐惧。

值得注意的是,《高启武传》由两个文本组成(也是两个互补的声部),一个是现代诗歌形式的文本,另一个则是每首诗之前的"文言"形式的序文。这两个带有"新"和"旧"、"传统"与"现代"、"历史"与"当下"的文本不断龃龉、碰撞和生发出意味深长的寓言性和命运性融合的"真实"景观。在此意义上,诗歌成为记忆特有的表述方式。《高启武传》在一些人看来可能带有"僭越"的性质,但正是这种"僭越"和"非法"使得历史那道真实的缝隙被无情撕裂开来。在家族记忆和历史日常化的抒写中,朵渔关于"家族"的诗歌呈现出真切的个体生活史和命运史的"全息图景",其间历史变迁、社会动荡、情感履历以及个体生命的反思、自责、痛苦、难以言说的情感都榫结在一起。

刚才云雷说到一点,在中国为什么非要强调一个所谓的公共知识分子?这可能证明当下的中国社会公共生活一直缺乏真正意义上的知识分子的参与,而"非虚构"在一定程度上代表了对知识分子写作的一种吁求。今天我们谈论非虚构,很多问题是说不清楚的,这仍然类似于一种"不知所终的旅行"。我觉得"非虚构"每次出现都有一个重要的社会背景,包括我们今天出现的所谓的非虚构,它背后有一个巨大的东西在支撑。为什么不是在1989年之前,或者先锋文学的时候出现这样一种文学写作,而是在先锋文学之后出现了所谓的新写实,包括到了今天的非虚构写作?我们应该注意这个社会背景和文学之间是什么样的一种共生关系。我们一直说文学应该是纯粹的,或者是一种更为本体化的写作,但我们谈到中国的文学,更多是一个悖论,谈文学的时候总有一个非文学的力量支撑我们。一位西方作家说,在中国写任何东西都有意义,都有人读,都是成立的,但是到美国写什么都不成立。这是否回应了中国的写作仍然是寓言化的?这是我们谈论中国文学的一个悖论。

李　洱:最后发言的人,都是痛苦的。很多话别人已经说完。但是痛苦的庆祥,肯定还是有话要说。

杨庆祥:我刚才一直在听大家讲,很受启发,我补充几个小问题。第一,刚才大家都谈到"虚构"和"非虚构"的区分,我个人认为"非虚构文学"和"虚构文学"其实很难有一条明确的界线。我们今天热议"非虚构",其实有一个预设,那就是认为当下的"虚构文学"出了问题,没有好作品,等等,但我觉得这个预设首先就是需要讨论的。为什么我们仅仅是去责备作家的创作能力,而不怀疑读者或者批评家的阅读能力出了问题呢?我在十几岁的时候,读任何一本小说,哪怕是三流小说,我都觉得非常好看,因为那个时候没有别的精神消遣的方式,那就是唯一的方式。而现在那些一流小说我也很难意兴盎然地读下去,库切的《夏日》我怎么都读不完,还有帕慕克的《纯真博物馆》,我能用批评家的那一套方法、理论去对它进行细致的解读,但是却很难以一个普通读者的心态把它读完。同时我可以去看一个很烂的港片,甚至花钱去看一些商业电影的首映,一边看一边责备自己趣味恶劣,但是下次还会去看。所以我觉得可能不是我们的文学作品出了问题,而是阅读(观看)的兴趣已经发生了转移,这不仅是中国的问题,而是一个世界范围的问题。所以可能并不是没有伟大的作家和伟大的文学作品,而是文学的阅读、接受和传播已经变成了一个不受重视的行为。第二个问题我想讲的是对于"非虚构文学"这一概念的认定,我们从古今中西的文学史里来勾勒"非虚构",这非常有启发,通过这种方式我们可以把"非虚构"纳入到一个文学史的谱系里面，为它找一个根据。但在我看来，"非虚构"如果真的要作为一个文学史的概念，必须为它下一个历史化的定义，我们一直在讨论"非虚构"，但是却没有对"非虚构"进行一个稍微严格一点的界定，而是把它无限地泛化。

从我们今天列举的"非虚构"的几部典型的作品，比如梁鸿老师的《梁庄》、乔叶的《盖楼记》等，我们会发现这些作品有非常一致的特点，它们背后都有一个社会化的问题，《梁庄》是农村问题，《盖楼记》是拆迁的问题，慕容雪村的作品是"传销"问题。这都是和当下中国密切相关的一些社会问题，这些问题几乎每天都可以在电视和报纸上看到。这里需要追问的是，为什么要用"非虚构文学"这一独特的方式来把握呢？我们现在这个时代是大众媒体异常发达的时代，这是当代社会的显著特征。那么大众媒体非常发达的至关重要的影响是什么呢？就是我们刚才讲的这些社会问题，都会通过大众媒体以铺天盖地的程度来反复地陈述。在这个过程中，社会问题的真实语境、个人的真实感受就被屏蔽掉了。大众媒体把社会问题变成了一种"奇观"，好像这些问题完全外在于我们每个具体的个人。这时候文学（小说）的功能就凸显出来了，小说能够把这些被大众媒体污染了的感受激活，从而不仅仅是从问题的角度，更重要的是从"具体的生命"的角度去理解我们的社会和他人。从这个意义上讲，我觉得"非虚构"依然是"虚构"。综合以上种种，我为"非虚构"下了一个定义：它是一个在大众媒介高度发达的时代，文学对于现实问题的一种及时的、高度形式化的把握和书写。

张　莉：对，上次俊明说了一句话我特别认同，非虚构也是你建构的一种现实。

杨庆祥：我认为一定要把"非虚构"纳入到小说里面来讨论，刚才大家都讲了，"非虚构"不能成为一个文体，我个人恰恰认为，我们是不是可以去创造出这么一个文体。因为文体这个东西也不是一开始就有的，它是一个历史化的产物。

张　莉：它就是一个文体。

杨庆祥：如果说中国作家有什么欠缺的话，文体意识是很欠缺的一个方面。为什么不可以创造一个非虚构的东西呢，它有典型的文本，有理论，它就可以作为一个文体来存在。

李　洱：国外的非虚构主要是指人物传记、历史传记。诗歌、小说、新闻、非虚构，大致是这样分的。

杨庆祥："非虚构"当然应该书写"现实"，但这个现实是高度形式化的。如果像新闻一样去写现实，就难以构成对我们现在这样一个写作秩序的挑战。

张　莉：卡波特的《冷血》实际上是跟我们现在这个语境差不多的情况下出版并受关注的。

李　洱：在美国，哪里杀了一个人，有人肯定会去写小说，不会浪费掉的。对他们的作家来说，好不容易死一个人，不容易，要深深地发掘下去。

张　莉：菲利浦·罗斯提"文学何为"，是在1961年，也就是说在卡波特的非虚构小说出来并热销之后，我觉得他应该感受了压力，所以才讨论文学的出路。五十年前美国文学思考的问题，跟我们今天特别相似。

房　伟：中国情况更复杂一点。

杨庆祥：每一个历史语境中的问题可能都很复杂。中国的作家还有媒体有时候过于道德化，对于一个问题非常简单的道德化理解，一个人犯罪了，杀掉他，就平民愤了。其实犯罪是一个社会化的后果，这是作家应该关注的东西。

张　莉：特别有意思，《冷血》里讨论死刑，他说，当你们，他是指法庭上的人们，给佩里死刑的时候，你们不也是杀人犯吗？今天我们也在讨论死刑问题。

李　洱：《冷血》我是在1990年代看的，就是当成小说看的，压根就没想它是不是非虚构。很奇怪的是，当时看《刽子手之歌》，后来又看《夜幕下的大军》，你就知道那是典型的非虚构叙事。而《冷血》，一开始就是写小说。梁鸿的《梁庄》一开始，也是想写小说。三年前她就给我讲过这些故事，说想写成小说。我当时就很反对她写成小说，我说你就写成一部田野考察式的东西，这个更有冲击力。对于《人民文学》办的这个非虚构栏目，我是很支持的。我也给敬泽讲过，这个有意思。对于当下的文坛来说，确实需要刺激一下。另外做刊物也需要寻找热点，什么时期、什么时候，在哪个节点上，应该提出什么样的有建构性的设想，这都是很费思量的，《人民文学》在这方面做得好，对全国的期刊也有启示性。庆祥好像对此不太认同。这个其实还是有意义的。

杨庆祥：我要为我的发言辩护一下，我并没有说"非虚构"没有意义，我是认为应该对它进行更严格的界定。

李　洱：另外我要给房伟补充一个例子，就是奈保尔的小说。奈保尔在写第三世界跟第一世界对话的时候，带有很强的非虚构特征。《河湾》就是一部非虚构小说。所以这种情况不仅出现在女作家那里，也出现在两种或几种文明进行对话的现场。

张　莉：迪亚斯也是，他就写自己。

李　洱：有趣的是美国的批评家在评《河湾》的时候，对他的评价，恰恰又不是从非虚构角度去谈的，他们说被《河湾》征服，是因为奈保尔的英语达到了美国人和英国人达不到的地步。

梁　鸿：就像去年德国女作家米勒，德语水平特别高。

李　洱：米勒属于另一种情况。她大致上属于方言写作。很多德国人看她的小说都看不太清楚。她的书在德国卖得不好。获奖之后卖得好，那是另外一回事。她属于生活在罗马尼亚的德国人写的小说，她的语言很多德国人搞不清楚，地方方言过重，而不是她的语言好。大致上属于一种地方性写作，但这种写作，这种语言，又对德语构成了补充和矫正。米勒的写作，当然另有意义，这里不说了。奈保尔的语言既是非常标准化的，比英国人还英国人，比美国人还美国人，同时又非常高超，这一点与纳博科夫相似。

周立民：刚才大家在讲跟现实的关系，我想到一个什么东西呢？这个现实里头，实际上还包括这样的成分：这个现实是怎么来的？我们的当代文学和当代作家，对历史的冷漠程度非常令人吃惊，历史不光是我们的素材，历史中有我们的现在，对它的关注实际上还有对自身精神传统的梳理问题。海登·怀特，他考察了西方的历史，觉得所有的历史叙述中都是有一个故事的，有一个完整的叙述法则的。

张　莉：一切写作都是一种建构，一种创造。

周立民：到了文字上就不可能是一个完全的现实。所以我在想，因为大家已经提到好多事件，我们现在认为的一些"现实"，它们在被叙述的过程中，这里边难道没有我们当代的叙述法则在起作用？我们看到事情被叙述的一面，还有另外一面吗？不是很快药家鑫的爸爸出来，他就说新闻媒体对他怎么样嘛。

李　洱：夜已经深了，大家的工作确实很辛苦。文学上的问题，新出现的问题，一次两次怎么能谈清楚呢？不可能的。但我们可以大致理出一个思路，在对话中互相激发一下，以期对当前的文学创作，对各位的理论研究和批评有所裨益。这是美好的愿望。再次感谢大家。最后我还要再次向各位表示歉意和敬意。

短篇小说写作的现状与可能
——以蒋一谈、劳马、邱华栋、阿乙为中心

时　　　间：2011年12月17日上午
地　　　点：中国现代文学馆B308会议室
主　持　人：李　洱
特约主持人：杨庆祥
参　加　者：李云雷　梁　鸿　房　伟
　　　　　　霍俊明　周立民　张　莉

杨庆祥：根据我个人的阅读和观察，我觉得这几年中国当代文学会出现一些大的变化，这一变化既是中国社会转型和世界秩序重新调整后的一种投射和反应，同时也是文学史与写作史累积的结果。很多年来当代文学界一直沉浸在上个世纪80年代文学"繁荣"的神话之中，而忽视了身边的世界已经发生了翻天覆地的变化。应对这些变化，把写作重新楔入当下生活，把文学史的焦虑转变为一种写作学上的动力，重新书写中国故事，当下写作因此呈现出富有生机和活力的一面。

这一变化首先体现在短篇小说和诗歌写作上。如果说21世纪第一个十年的长篇小说创作还沿着既定的美学在蹒跚地行走，那么，短篇小说和诗歌以其敏锐和灵活的触觉，开始凸显种种新的认识角度和叙事方式。如果从代际的角度来看，凸显这种新质的主要是1960年代以后出生的作家和诗人。正是出于这种考虑，李洱老师和我商量作这

么一次讨论。非常有意思的是，在选择具体的作家作品的时候，我和李洱老师几乎一致选定了蒋一谈、劳马、邱华栋和阿乙，他们正好都是1960年代以后出生的作家。当然，不能简单地以代际来对这些作家一以概之，他们作品中呈现出来的各具特色的面向，可能更值得我们讨论。对于批评家来说，具体的作家作品的解读和研究当然是重要的，但是透过具体而达概括，透过作品而见世界，更是我们的使命和责任。相信今天的讨论将会非常精彩。

一　短篇小说的传播机制

李云雷：这四位作家的作品我都读了。先说一下对短篇小说的看法。前两年《中国作家》组织召开过一个短篇小说的座谈，我也有一个发言，题目叫"短篇小说的当代性、先锋性与艺术性"，所谓当代性是指它与当代生活及其变化的密切关系，先锋性是指它在意识与形式上的探索精神，艺术性是指它在小说的"艺术"层面的追求及达到的境界，我认为这是短篇小说与其他体裁不同的重要特征。我觉得短篇小说是"五四"新文化运动以来比较特殊的一个体裁，每当社会发生变动的时候，总是最先在短篇小说上有一个变化，包括"五四"以后、1949年以后、新时期等时代转折最剧烈的时期，最早都是短篇小说对整个社会和文艺思潮有一个反映。但是现在有一个不太一样的地方，其实我们短篇小说艺术性很高，但是遇到一个市场的问题。从整个文学的状况来说，短篇小说虽然艺术性很高，但是在市场方面其实是最不好的，比它更不好的是诗歌。可以说长篇小说进入市场比较顺畅，中篇小说在文学期刊占比较大的比例，短篇虽然大部分也在文学期刊上发，但是能引起大家注意的很少。其实也有一些作家的短篇小说很好，比如说苏童、刘庆邦、王祥夫这些人，他们的短篇，我觉得已经达到了比较高的程度，应该是不亚于上世纪80年代的汪曾祺那些人。但是我们重视得不够，这主要不是他们的问题，而是短篇小说这一体裁在当今的处境问题。

我们今天讨论的这四个人他们也都是很有特点的。比如说蒋一谈的小说，不光是内容上有新的东西，而且出版形式也特别好，是一本集子整体推出来，他不在期刊上全发，先发几篇，作一个宣传，然后整个集子一下子推出来。这样的出版形式是不是对将来短篇小说在市场上的变化有一些新的东西？

阿乙是这两年大家关注比较多的作家，他的作品确实很有特色，我觉得是特别有力量的文学。我看过他的两本小说集，《鸟，看见我了》，还有《灰故事》，我觉得看他的小说特别过瘾。他会把社会比较残酷的那一面，很真实地展露出来，并且他的眼光，故事的组织能力，他表现的东西，结合得比较好。

劳马的《潜台词》，我最近集中看了，以前在《十月》杂志上看过他的几篇，也是收在这个书里面的，感觉特别好。我觉得像他这样的写法，是写出了中国经验的复杂性的，比如说《潜台词》，从领导跟下属之间的关系里面，有一个不断的转折与推进，让人知道官场内在的运行逻辑。另外，形式上的特点是特别短小，两三千字、三五千字，有点像契诃夫和鲁迅的小说。但是又不太一样，我觉得他的一个新的地方，就是能够切入我们现在这个时代的内在逻辑，并且以他微妙的方式表现出来。

周立民：提个问题，云雷刚才也讲到了，就是为什么短篇小说在文学序列中实际上被作为二等公民来对待，从图书出版和销售市场而言也极不被看好？记得陈思和老师当年编刊物的时候，曾雄心勃勃要重点推出短篇小说，他有个判断，认为短篇小说比较纯粹，对于当代很多作家的创作而言，短篇小说的艺术质量要远远高于松松垮垮的中篇小说。还有一个习惯说法，当代生活很紧张，节奏快，人们时间都很少，从阅读的角度而言，短篇小说更适合现代人的快节奏的生活……但是，这些判断似乎都改变不了短篇小说被轻视的现实。出版方面就不说，但就创作者本身而言，写短篇小说似乎被认为是一个作家起步或者练习写作时的主攻方向（当然，志向远大的写作者上手就来长篇的也很多），等稍微有些成绩之后，立即就见异思迁，要去打造长篇巨制了，好像没个航空母舰心里就不踏实一样。我不是说作家都要一辈子写短篇，作家当然有权利根据自己的需要去尝试各种样式的创作，问题是在这个过程中，我看出了作家对短篇小说的漫不经心，它首先是被作为进入文坛的敲门砖，现在发展到有人连这个敲门砖也不屑用了，干脆直接去写长篇；其次，它又是作家创作的边角料，很多作家在写长篇小说的间隙写个短篇，仿佛跑累了，散散步，歇歇脚……这跟我读到的外国作家对待短篇小说的态度完全不一样，在他们那里，短篇小说是一种苦心孤诣的艺术，里面寄托着作家个人的许多艺术追求和野心，至少这些并不比长篇少。像福克纳，他虽然有传世的长篇，但我读他一本传记中，他为短篇小说创作所花费的心思和个人对此的看重都有点超出我的想象。当然，他们给短篇小说的稿费之高也令我惊讶，我记不得具体数目，反正能够他一个时期的生活费。这哪怕是提高了稿费，在我们这里也是不可想象的吧？总之，短篇小说给人的似乎就是没有分量的感觉，甚至不断有人在说没有写长篇证明鲁迅作为一个作家不够伟大。这些都令我十分困惑，看来文学界也是以 GDP 来论英雄的。

张　莉：短篇小说的线下传播渠道不应该只是文学期刊，还应该包括报纸和流行杂志。问题是，今天谁会想到在报纸或流行杂志上发表短篇小说呢？它已经被我们所谓的纯文学作家们集体忽略。记得我在高铁杂志《旅伴》里面看到过一位作家的短篇小说，特别惊讶，我相信那本杂志的读者数量是巨大的，作家们为什么不尝试一下呢？《花溪》也发表短篇小说的，《花溪》的短篇小说作者，比如绿妖、吴虹飞、水木丁都是我很要好的朋友，她们对文学有追求，也有庞大的青年读者群。可是，因为这批人不是传统文学期刊的"熟面孔"，所以也不被当成青年小说家。刚才云雷说有很多写得好的短篇小说高手不为更广大的读者所知，我认为其中一个原因在于某些传播渠道不畅通。

年青一代对这些作家也很隔膜。每学年上当代文学课我都会给学生列书目，推荐当代作家作品。有天学生突然跑过来激动地对我说，她刚看了《对面》，"真没想到在我没有出生的时候，作家对人性的理解居然这么深刻"。这话说的，着实让人吃惊。现在的大学生都是90后了，接触中国文学的渠道很狭窄，他们大部分人是在网上阅读的，偶尔也读杂志，几乎不读文学期刊——如果我们的文学与这两种媒介脱节，那么它怎么能有更广泛的读者？我乐观地认为，短篇小说不一定是读者们不爱读，而是渠道不畅通。想当年，中国现代小说的传播渠道既包括纯文学期刊《小说月报》等，也包括各大报纸的副刊。可现在呢，哪位著名作家肯在一个都市报的副刊上发表自己的短篇？反过来说，很多报纸也没有了发表的习惯。短篇小说，最能和现实对接的文体就这样与最广大的读者脱节了。

回过头谈我对四位小说家的感觉。我关注他们的共性——他们几乎都不热衷在传统期刊上发表作品，他们不是我们重要文学期刊的头条作者，至少目前不是，邱华栋也不算。我认为这几个小说家身上的"期刊色彩"并不浓。我个人有个"偏见"，我认为期刊趣味是导致近几年中国当代文学创作同质化严重的因素之一。如果集中读文学期刊上发表的小说，会有"千人一面"的感觉，分不清谁是谁的，写得特别类似：开头是这样的，中间走向是这样的，结尾肯定是那样。这些文章会互相传染？我觉得跟期刊这个平台有关系，尤其是重要文学选刊的趣味。设想一位"聪明的"写作者，若是认真读一年中国传统文学期刊，会很快揣测出期刊编辑们大多喜欢何种类型的文章，照着那个趣味写下去，幸运的就很容易被选载，卖出影视改编权，获得文学奖。期刊以及背后的利益链会培植作家内心深处的"捷径意识"。

这也不只是当代文学的问题。以凌叔华为例。1924年她经过周作人推荐在《晨报》副刊发表了一篇小说《女儿身世太凄凉》，后来又连着发了三篇，全是当时流行的"问题小说"，跟她后来的小说追求相差甚远。为什么她那时候热衷"问题小说"呢？因为她是《晨报》的爱好者，《晨报》喜欢刊登此类作品，而她希望自己的文字在那个报纸上变成铅字。不过，她没能像冰心那样以此成名。一年以后，她在新创办杂志《现代评论》上发表小说《酒后》，与"问题小说"完全不同的路数，接连发了近十篇后，逐步为读者所识。当然，我们知道，这个杂志的创办者是陈西滢，他后来成为凌的丈夫。凌叔华成名期的所有小说都在这个杂志上发表。在这里，凌不会受到编辑品味的困扰，不用考虑刊物趣味，可以按自己的喜好自由创作，甚至还可以创造杂志的品味。这件事可以说明期刊趣味对青年作者的束缚，反过来也可以说明，与期刊趣味搏斗，摆脱进而形成自我风格对一位作家何其重要。

周立民：看来可以得出一个结论：作家的老婆或者是老公是谁才是更重要的……

张　莉：有道理啊，如果作家本人是出版人就更好。虽是玩笑，但也有几分道理吧。比如蒋一谈，他本身就是出版人，他的短篇小说集里的小说全都没在期刊上发表过，不用在期刊发表就能直接出书，中国作者中并没几个可以做到。仔细琢磨我们讨论的这四位作家，没有哪位是特别渴望在传统文学期刊上发表作品的，也没有哪位要看编辑脸色写作。包括最年轻的阿乙，他短暂担任过《天南》的编辑，现在在磨铁出版公司，他也没有发表作品的压力。每个文学时代到一个阶段都会有新杂志创刊抢滩，潜在语境里是一批写作者渴望摆脱束缚，渴望与旧杂志趣味构成对抗，一直到今天的《天南》、《文艺风赏》、《鲤》，他们的作者群与传统文学期刊的作者群有明显差异也是这个道理。这也表明今天已经很多人意识到了传统文学期刊品味对文学创作的束缚。我无意把当代文学的问题完全推到文学期刊，这不公平，但我认为这是看问题的角度之一。当我们把这些作家放在一起讨论时，首先应该回答的是为什么要选他们而不是别的作家，为什么是这群人的作品实验性和异质因素更明显，除了个人的艺术修养之外，促成他们作品风格的外在条件是什么？我们的文学环境能提供给年轻人的外在助力是什么，这是我讨论的出发点。

周立民：作为出版传播的媒介，文学期刊对作者创作的塑造力确实很强。这就有一个令人十分忧虑的现状，就是从文化产业讲，文学期刊已经是夕阳产业，而现在期刊的编辑队伍老化，青黄不接，甚至可以预言的未来几年中的溃不成军，已经或即将摆在大家面前了。很多人怀念20世纪80年代火热的文学氛围的时候，千万别忘了，当时不仅有作家，还有很多完全不逊色于作家的优秀编辑，他们思想活跃、前卫，有探索精神，才造就了那样一个文学局面。而如今的编辑队伍是一个行业里面最老化的队伍。新人宁愿进广告公司也不愿意进文学期刊编辑部——收入太低了，长此以往，真是老牛破车。如果讲到短篇小说，还有一个事实，至今它最主要的发表和传播平台，还是传统文学期刊。而如果是一群保守的编辑在主管这事，我们的短篇小说创作现状也不乐观。

张　莉：上世纪80年代文学期刊对中国文学起到了很好的助推力，它鼓励创新。《人民文学》近两年也都有"新锐作家专号"，但是，鼓励创新的大环境并没有形成，期刊大都走平稳路线。趣味一直不变对年轻的小说家是构成压力的——你写作是写给抽屉，还是写给期刊？

周立民：还有一个市场。征订数是一个公开发行的期刊最为关心的事情之一，征订数跌了，马上就慌了，就开始反思：是不是我们发的东西不好看了？其实就是好看了，现在也没有几个人认真关注文学期刊。

李云雷：现在发行超过5000的杂志就很少，而且普遍的征订数都在下跌。当老一代的读者自然消亡，会不会有新的读者去看期刊，这是很大的问题。

周立民：这会形成一个小封闭体系：大学教授做研究要看期刊，试图进入中国作家协会的会员们一定要多在期刊上发表作品（将来也可能不用了）……这样只有这个利益链条上的人特别把这当作一回事，文学成了高级会所中的表演，"一般人"还进不来，进来的人也看得三心二意或别有用心。可怕的是这个小圈子却在一个莫名其妙的"文学界"占有很大的话语权，不时传送着硕果累累的好消息。当然，现在随着人们兴趣的分化，这种界其实是很多，从养狗养猫，到旅游、登山，到打麻将，不过文人们会摇个笔杆又擅长自我陶醉，就误以为世界都在我笔下了。

二　写作资源与传统

张　莉：阿乙被读者认识就是靠他的两部小说集，尤其是《鸟，看见我了》。

李　洱：他最初的一些稿子是在《今天》发的。

张　莉：《今天》的品味有别于我们的传统文学期刊。阿乙泡"今天"网上论坛，他是被罗永浩、北岛等人发现的，从这个角度讲他是不同于传统期刊的"野生写作者"。这个成长道路也导致他不会顾及哪个期刊编辑的喜好。记得和云雷讨论过"底层写作"，我们有个共识，写底层是好事，但要写得好，写得有艺术性才是，现在大部分"底层文学"创作同质化严重，有的还不如当年的"问题小说"，为什么呢，我个人认为跟期刊的跟风发表有很大关系，写底层容易发表。

李　洱：哈，张莉大概不知道传统作家对阿乙的推荐。韩东就积极推荐过阿乙。李敬泽对阿乙的推荐也很重要。有一天我接到魏微电话，魏微对阿乙也很赞赏。我当时对魏微说，阿乙写得很好，但还没有你写得好。我现在也不认为阿乙就比魏微写得好。阿乙成名，离不开传统期刊、作家和编辑。现在的分法有意思，韩东也成了传统作家了。

张　莉："期刊味"与传统不是一回事，韩东的写作追求素与期刊文学趣味相去甚远。我不了解阿乙是韩东推出来的，我倒觉得阿乙跟早期的余华很像。

李　洱：从文学史的角度考查一个作家，考查他与前辈作家的关系，这一点很重要。横空出世，从石头缝里蹦出来的作家有没有？有，肯定有，只是我还没有见过。当初马原出来的时候，人家都忽视了他跟传统作家的关系。后来很多人看了马原的小说讲稿，啊？原来他读过那么多书，经典作家的书，跟传统作家的关系深着呢。

张　莉：我没否认阿乙与中国传统作家的关系。我的意思是阿乙走的不是那种传统作家成名之路——在文学期刊发表，上头条，混脸熟，被选载，得奖，他走的不是这路子。但不等于说他是突然冒出来的，他肯定也有自己的来路。读他的小说每个人都会感觉出来，写作之前这个人一定具备数量可观的外国小说阅读经验，他肯定在内心模拟写作过。读他的小说我们也会想到当年的先锋派。当然他有所不同，比如他能将自己的写作与中国语境很好地结合在一起。这小说集里有篇《两生》，虽然写得不那么完美，但值得玩味处甚多。主人公周伯通高考落榜后想当和尚，寺庙不收留他，他回去的路上因愤怒杀了人，变成通缉犯，后来又救了个富家小姐，变成夫妻后转变人生。很多年后周成了富人，又去当年那个庙里，一推门，发现那个和尚跟他很像。但是，和尚到底是和尚，周伯通到底是周伯通。这就是"两生"了，很有荒诞中国的感觉。这不是简单的对现实的描摹，其中有作者对时代的理解。汪曾祺先生有句话特别好，"小说里最重要的是什么？我以为是思想。是作家自己的思想，不是别人的思想。作家和常人的不同，无非是对生活想得更多一点，看得更深一点"。阿乙是有想法的小说家。

邱华栋的小说意义在于他的形式，他写60个社区人，关注中产阶级生活，这很独特。他每篇小说中的生活好像没什么，但放在一起就有冲击力了。国外当代很多短篇小说集也喜欢采用类似的方式，比如迪亚斯的《沉溺》，类似于同一个叙述人，但有不同的故事，《沉溺》很薄，一个故事是一个视角，一个故事是一个生活，每一篇小说对现实的表达又都很锐利，很漂亮。

李　洱：华栋的短篇写得越来越好。原来，批评家只注意他写了什么，比如写了新兴的中产阶级了，写了社区这样一种新的部落方式啊。这当然都很重要。其实，他在小说的艺术呈现方式上，已经很成熟了。他对消费社会中人的情感生活，有独到的表现。他的兴趣可能有时候比较分散。作品量大的作家，容易这样。他如果像厄普代克那样，将兴趣集中一点，将才华灌注到某一部作品中，就成了。

李云雷：邱华栋在"后记"里面提到把这么多短篇集合在一起的形式，表现这个小的范围之内的生活方式，这是跟奈保尔、舍伍德·安德森等作家学的。但我觉得他的小说好的一点，就是写的是"中产阶级"社区里面不同的人，这在中国是比较新的现象，其中描写中产阶级社区的新的人生经验，包括代孕、人际关系的偶然性，等等，里面好多故事都是都市生活发展到比较成熟的中产阶级社区之后才有的故事。这对中国来说应该是新的经验。以前看邱华栋的东西很早，我觉得现在他比以前成熟多了，以前他也写都市生活，写得有些生硬，但是现在比以前更加成熟了。

周立民：如果把它换成长篇小说的形式，可能产生不了这个效果。短篇小说还是有短篇小说的优势。它是散点透视，组成一个大网，而不是线性发展修长城。结网，如果结得好，环环相扣，最后连成一片，不但精致，同样可以蔚为壮观。而修长城，如果修不好，就是一样儿，单调、僵死；而且还要取决于你是否有这个气魄和力量，倘没有，累死了，也接不上，最后弄得四处坍塌。不用担心，短篇小说也可以变成一个大作品，除了单篇把一个人物写出来，除了这种经典短篇体式以外，短篇小说通过一个系列的集束力量，将一个特定的时代或生活贯穿为宏阔的生活画面。我就在考虑，如果他把这些素材变成长篇小说，叙述肯定要集中在三五个人物身上。这个作品你再看，就会觉得是一个生活场景集成，就不怎么样。

张　莉：这种形式感让他的系列小说变成了一幅画卷。

李云雷：浮世绘，现代都市生活的浮世绘。

周立民：作家对世界应当有一种敏感和概括能力，它既能对这个世界有总体的印象和判断，也能打碎它，写出这个世界的碎片或一点。稍微聪明的作家，应该在一段时间内聚焦一个地方，把这个画卷一点点展开。这样他自己的小世界也就构成了。我觉得这是短篇小说的优势。它切入是非常迅速、锋利的，而不需要长篇小说铺垫、过渡的交代，不需要很多搭架子的笔墨，现在很多长篇看着让人着急，就是作家用了那么多文字实际上根本没有提供任何全新的经验，就是在重复，或者刚有那么一点点，都淹没在那些拖泥带水的文字中了，我就想，何不写个短篇干净利索？

张　莉：短篇小说篇幅本身很适合现代人阅读。

周立民：除了阅读，也更凸现现代人感觉中的世界，因为现代人的世界也是给人碎片式的世界印象。至少在当下，如果谁能把这些点抓住的话，完全可以很好地写出所谓的"当代中国"来。

梁　鸿：刚才大家都谈到短篇小说的写作资源问题，我这段时间晚上睡觉前一直在看《聊斋志异》、《世说新语》、《阅微草堂笔记》，因为我儿子非缠着我讲鬼故事，我刚好也借此重读。我就发现，《阅微草堂笔记》其实就是一段一段的，每一段就是一个小故事，就是一个小人生。像《聊斋志异》，一篇一世界，连在一块儿的确是比较完整的士大夫眼里的乡村世界，也算是名士生活。他写的大多数都是文人，我觉得他掉入一个文人假想式的生活状态中，同时也反映了那个时代的各种风俗。他写悍妇，妇女怎么厉害，怎么管制秀才丈夫，怎么样导致这一家人分崩离析，这个秀才怎么因此被别人看不起。我觉得他写得非常好，这样的好在于在这样小一个叙述里面，把一个人的简单故事，放到大的世界里面，或者是一种生活状态里面，精神世界里面。

我们怎么看短篇小说？我最近看黄惊涛的《花与舌头》，邱华栋的《可供消费的人生》，劳马的《潜台词》，包括阿乙的《鸟，看见我了》，我就在想一个问题，就是短篇小说跟生活的关系是什么？它跟它描述的世界有什么关系？

邱华栋的"社区人系列"描写的是中产阶级独特的生活观、价值观和生存景象，他通过各个侧面呈现出来。60篇，一篇一世界，非常生动，很幽默，黑色幽默，也很简洁，那种素描式的，有些是夸张的，有些是质朴的，把中国都市发展中形成的中产阶级生活境况给形象地勾画了出来。并且，邱华栋特别擅长于，或者说特别注意这一中产阶级的中国性，用最通俗的话说，就是擅长于塑造"典型环境下的典型人物"。这不是贬义。他没有把这些人物塑造成一个普遍背景下的都市及人性存在，而是把它放置于中国都市化兴起初期这一特殊背景，这就使得这一篇篇小说呈现出它的复杂性和深刻性。这才有代孕、离婚同居、流水席、被垃圾围困的小区等几乎充满传奇色彩的故事。以这个中产阶级社区为中心，他把笔触伸向社会生活的方方面面，建构一张大网，关于中国当代生活的结构网。这就很了不起。很有奈保尔《米格尔大街》的味道。

劳马一直以来都只写短篇小说，有许多作品比我们通常的短篇还要短，很有特点，充满了文学浪漫主义时代夸张而诙谐的"笑"。《潜台词》涉足面非常广泛，教育体制、官场文化、社会生活，等等，可以称之为一部小型"百科全书"，但却是反映社会病症的"百科全书"，可称为"症候式书写"。如《非常采访》是对当代病态的媒介文化下人的自大幻想症的讽刺，让人不由得联想到活跃在我们生活中的"芙蓉姐姐"、"凤姐"之类的人，她们其实是这一病态文化状态的投射；《情况会发生变化》、《潜台词》、《脑袋》、《佩服》对病态的官场文化与官场生存状态的描写，《辅导员》、《调研》对腐败的教育方式和学术方式的反讽，《霍老头儿》、《够意思》对小人物的卑微生存和亲情的冷漠的书写，等等。在读劳马《潜台词》时，有一种感觉，每一篇小说就像一个词条，以"关键词"的方式把生活现象和生活现象背后的东西呈现出来，把大题材、大场景、大事件浓缩到狭窄的空间里面。一篇小说一个取景器，细微而具体，但栩栩如生。跟长篇小说完全不一样。像李洱的《花腔》是通过完整的叙述呈现一个完整的历史观。

黄惊涛《花与舌头》写的全是光荣镇的故事，以半寓言的形式，极其富有想象力，我觉得是特别飞扬的状态。他整个语言是特别清新的，就是一下子是悬在上面，不是悬在下面。我就讲这个连贯性，因为他整个篇章都是以光荣镇这个背景写，每个故事既有相关性，又有独立性，"我"来到光荣镇，看到的一些生活。他其实是把光荣镇的权力的，普通人性的，家庭生活的，各个层面都写得非常完整，反而具有某种完整性，与长篇小说通过长度的故事达到一个完整，还不太一样。所以，我觉得这是短篇小说在当代的独特价值吧。我觉得不管能不能在期刊上发表，不管是什么样的方式，这样的一种各个侧面的冲击和描述，结合在一起可能形成新型的所谓的长篇小说，假如我们一定要把它们冠上什么小说的话。这是谈完整性。

阿乙的语言特别精确，具有穿透力，他建构事件时总是有独特的起点，如《杨村的一则咒语》。有一种独特的魅力，魅异，阴郁，又极其真实。长驱直入，一种危险的真实。也有卒章显志之嫌疑，但又"显"得非常自然，让人揪心，怦怦直跳，忍不住诱惑，就像一个好的魔术，想继续往下探个究竟。读他的小说，经常会让人败坏胃口，但我很敬重这种败坏，让人意识到原来一切并不这么简单，也或许最后就那么残酷的简单。人的内心如乱草疯长，阴暗，寂寞，不甘，孤独，原来人心是如此冷漠、残酷，又如此渴望理解，渴望获得存在之显现，原来社会之组织和人之关系其实脆弱丑陋。

蒋一谈的《赫本啊赫本》最近广为传颂，确实不错。他的语言很简单，我觉得他是刻意想通过这样一种简单的语言，甚至是简单的情节来塑造一种纯粹的悲凉，尤其是他的《中国故事》。他的故事都不复杂，有时甚至觉得太不复杂了，但有一种清澈、透明的感觉，这很有风格，也很大胆。在这样一个追求小说语言密度的环境下，这样风格化的尝试往往意味着某种风险。

最后，谈一下我的一个感觉，刚才大家提到碎片式的现实的时候，我在想一个问题，或许，当代中国生活已经很难用一个完整的故事呈现出来了。中国生活的复杂性可能超出我们的想象，这使得长篇小说遭遇很大的挑战。三五个主人公的故事，组成一个长篇小说，开头、发展、结局，试图揭示社会的全景，非常难。邱华栋的《教授》我也看了，写得也不错，但说实话，我还是更喜欢他的社区人系列。长篇总是通过完整的故事结构建构某一世界，某一种历史，这是每一个作家都有的特别宏大的愿望，你读的时候，总是不断地质疑，不断地跟他对话，经常你读着读着就觉得不对。所以，可不可以这样说，短篇小说可能在当代的意义，是刚好契合了中国现在碎片式的多棱镜式的生活状态。你可能觉得他写得不好，但是因为它就是一滴水，你没有要求那么高，你没有把那滴水想得特别高，你就觉得这滴水特别有意味，反而非常好，读完之后觉得特别爽快，特别能够达到内心的审美欲望。这也是一种特别的感觉。

李　洱：我插一句。梁鸿刚才其实提到了叙事资源。劳马的小说，我的看法，他试图激活一种叙事资源。这种短篇小说，你可以直观地想到"聊斋"，想到"阅微草堂"。你也可以把他与张天翼这种作家联系起来，这是另一个传统，隐蔽的笑的传统，它后来的式微是因为意识形态的钳制。这都是中国独具特色的叙事资源。新作家的"新"，有时候就在于他的"旧"。明天来临，昨天不会结束。这种努力，这些年一直有人在做。莫言在做，格非在做，都卓有成效。毕飞宇的《玉米》与《金瓶梅》的关系，也是饶有趣味的，可人们宁愿去谈契诃夫的《三姐妹》。毕飞宇很可能在背后发笑呢。劳马这种努力，现在也没有得到广泛的认可。他的小说再出版的时候，可能需要新的编辑组合方式，以激活人们的兴趣。

张　莉：但还是得强调每滴水的质量，好的形式感要建立在小说质量基础上。

周立民：这实际上是作家才有的体会，短篇小说对作家的写作难度是非常高的。它的篇幅倒逼作家，不允许你的作品有一点点坏掉的地方。而很多优秀的长篇小说写坏掉的地方都很多，这个不用我们说，作家自己都很清楚，但他有时候只好放过去。短篇小说中如果有一处败笔，可能整个作品就完蛋了。

李　洱：我新出了短篇集,《白色的乌鸦》,接受了一次访谈。我看他们后来形成的标题：我对短篇小说的要求是不要有明显的败笔。说的是实话。当然有时候,你认为是创新的地方,别人认为是败笔。这也是没办法的事。误读,是批评的权力。被误读,是作家的命运。当然,把坏的读成好的,一些作家挺高兴。

周立民：无论是语言,还是故事,任何地方都要咬合得非常好,这样才能出来像样的短篇,稍微有一点不行,这个作品就完全报废了。还有,有些作家根本不会写短篇小说,这一点上,长篇小说反倒容易遮丑。

霍俊明：我觉得今天我们一起谈论短篇小说,已经不是单纯在文学内部谈论。刚才各位谈到了文学的传播、期刊趣味同质化、中国经验等问题。刚才讨论开始的时候李云雷强调了短篇小说作为一种文体的特殊性和边缘性。那么,为什么短篇小说的命运在今天成了问题(或者早就成了问题)？是不是能简单归结为商业化和消费化语境的结果？肯定不是。这里面也有写作者和文学生态、机制等诸多更为复杂的问题。我觉得,短篇小说可能和诗歌有一个共同的问题。比较起长篇小说和直接为影视写作的小说而言,它们都是这个时代"流行"不起来的角色。先说一件事。今年年底第12期的《诗刊》,破天荒地推出了2011年诗歌年选。我统计了一下大概选了全国三十几个期刊的诗歌,一共200首左右。后来让我写一篇文章,我写到一半的时候,就不知道该怎么写了。我作了一个统计。其中关于青年诗人的诗歌部分共收录不到80首,其中竟然有35首都是写乡村的、乡愁的,或者写城乡接合部的。我就想为什么从这些刊物上选出来的诗歌,一年下来竟然有那么多的诗歌像是一个人写出来的？这些题材雷同化、表述趋同化的写作现象实际上在文学界都普遍存在。刚才大家说到期刊导致的同质化,我很认同。三十多个期刊涵盖面应该说还不算窄,但是为什么选择诗的标准几乎差不多。每个编辑应该是有文学趣味上的差别的,而为什么最后的结果却是选出来的文本大同小异？所以可以肯定，主流文学的风向和重要期刊的趣味和标准对读者和作家的塑造力是非常惊人的。这也是非常可怕的。我们看到很多短篇小说都在叙述中国经验，讲述欲望和苦难的故事。我想积极的一面是这些作家不能不面对一个寓言化愈益明显的国度的社会现实。文学的伦理化、社会化使得作家的声音变得更为多样和深沉。但是我们必须看到危险的一面，苦难和眼泪已经成了被文学消费和制造的对象。显然，文学写作并不是简单的眼泪和痛苦。实际上很多短篇小说看似处理的现实题材，但是这些作品最多是新闻报道的复制体。作家缺少对现实深入的反思和超越的能力。换言之，就是普遍缺少现实感和对现实的想象能力。而之所以非虚构和社会题材的小说大量地出现并被复制以及大行其道，就是因为很多作家不是真正想为"现实"说话，只是为了跟风。

我这两天看了庆祥他们三个人的对话。刚才说到阿乙和蒋一谈的小说，我觉得有很重要的一个点包括蒋一谈自己也说到了。这就是研究者对写作发生学的普遍忽略和漠视。这个问题说得非常棒。刚才说到阿乙，张莉说阿乙的期刊味不是太浓。但是李洱说阿乙也是被传统作家培养起来的。我更认同李洱的观点。那次文学馆开会，晚上吃饭的时候，我和阿乙聊天。我问阿乙有没有写过诗歌？最早开始尝试写作小说的动因是什么？阿乙说写过诗，但拿不出手，自己就放弃了。他说从警校毕业到了单位之后，单位有一个表彰，说你在什么地方发了一个什么通信，是国家级的还是省级的，有不同的奖励。他就开始关注《人民日报》的读者来信栏目，揣摩一下这些来信都是什么内容，于是连续投了六篇读者信，但后来一个都没有发表。我觉得包括阿乙这样的青年写作者，无论是对报纸的关注，还是对期刊的关注，他们仍然无形中受到了传统文学的标准的影响。尽管我们现在一再强调网络和新媒体对写作者的影响云云，但是写作者都必须面对文学刊物的存在甚至种种"诱惑"和影响。我很多年不大读小说了，我这几天一直在读小说。感觉挺新奇。发现读完阿乙之后，我跟大家有一个共同的认知，就是好像觉得阿乙的身后站着很多人，我觉得有时候不像是阿乙自己在说话。尤其我看到他的很多小说，包括比较早的《1988年和一辆摩托车》，包括《诗人》，我发现几乎他每一个小说的结尾都让我想到另外一个人，那就是余华。包括他的语言，包括他的结尾，包括虚构的方式，包括叙述者的角度，都非常像另外一个人，我觉得这首先呈现了一个问题。过会儿再具体说一下。当然我觉得阿乙的短篇写作是有个性的，甚至是非常有前途的作家。但是我想所谓的"文学影响"的焦虑症和所谓的传统问题并不是虚谈。

再一个，我觉得诗歌有一个共同的潜规则，这首诗可以在《诗刊》发，《人民文学》也可以发。甚至一首诗今年发，明年发，后年仍然发。我不知道小说是不是也这样？阿乙有两个小说写得完全一样，只是改了题目。一个是《诗人》，另一个是《秋风败叶总牵连》。这两个小说题目不一样，但是内容是完全一样的。不知道这在小说界是不是普遍的现象。

阿乙的小说，包括劳马、蒋一谈的小说，包括邱华栋，他们确实都有各自的特性和不可替代性。邱华栋在60篇社区人系列小说里面，在强烈关注一类人的生存现实。当然有些篇目写得有些过"实"。我觉得开篇《里面全是玻璃的河》写得最好。刚才张莉也说过了。如果里面有一半达到这样的水准，我想邱华栋起码可以留在文学史里了。但是为什么像第一篇这样的不多？这个问题值得思考，即文学面对现实的转换和转化问题。小说不是新闻，不是纪录片。无论是邱华栋还是阿乙、蒋一谈，仍然呈现了当年中国先锋文学出现的时候一个巨大的焦虑。为什么中国小说到今天还带着寓言化的写作征候？我们可以统计一下，这四个人的小说，劳马的小说先搁在一边，其他几个人的作品，尤其里面非常优秀的文本，呈现出来的都是带有寓言的性质。例如阿乙小说里面出现非常多的荒诞和寓言的结局，一下子跟现实拉开了一定的距离并且提升了写作者的现实经验。为什么中国小说比较优秀的还是比较寓言化的东西？李洱说过在美国这种情况已经非常少见了。为什么在中国有这样的命运？这是值得探讨的问题。

　　说到蒋一谈，我最近看了他的一个访谈。这个访谈让我有一个巨大的焦虑。我看了之后就有一个慨叹，就是说中国有些作家的文学言说和自我阐释能力太高、太强了。我们批评家已经没有说的必要了。蒋一谈说到一个问题非常好，这也涉及我们的短篇小说讨论，就是文学现实和虚构的关系。蒋一谈说他一直希望自己作品有一种现实的新鲜感，并且对经验的写作抱有警惕，希望做一个彻底的虚构现实主义的写作者。这是很多评论家都说不出来的明白话。前一段我们讨论的虚构和非虚构，最终都是关于写作问题的。无论是邱华栋的中产阶层的，还是阿乙的，都涉及作家和现实的关系。我发现他们写得非常棒的作品都是带有一种强大的来自现实但是又不同程度离开了现实的经验，带有强大的作家的想象力，包括跨国界的能力，包括其他的虚构能力。我觉得，不管是诗歌，还是小说，在写到现实的时候都应该思考这个问题。也许我们身处在全媒体的时代，我们现在看到那么多来自社会的真实的故事，已经超过作家的想象能力了。作家又写到现实的时候，难度就非常巨大了。到了短篇的时候，难度就更为不可想象了。蒋一谈也说到，包括阿乙、徐则臣、张楚，他们有一个共同的问题，马上写到结尾的时候突然发现这是一个"失败"的小说。所以，短篇小说难度是很大的。但是阅读的读者群，不管是假想的还是实有的层面，数量都是令人感到很恐怖的。有多少人在读短篇小说和诗歌？可能更多的时候是一个小封闭系统的生态在读短篇小说、诗歌，但是他们占据了一定的话语权力，反过来这个影响到了读者、期刊和中国的文学生态。应该说当下的中国文学生态是比较可怕的，我觉得这个可怕从几个层面可以说，比如市场。包括蒋一谈，我觉得他作为出版人，他的小说并不是说与传统文学的发表方式和传播的方式逆反就是好的。我觉得现在中国的很多小说写作者都受到强大的市场运作的影响，诗歌这个问题弱一点。但是诗歌被"招安"的人比较多，为了获奖，写了很多大家都觉得恶心的伪诗。小说一定要和市场发生关系，不管是主动还是被动的，因为小说毕竟是一个"向下看"的东西。我问阿乙写没写过诗歌？他说写过，但是不满意，后来就写小说了。我说你不错，起码有过诗歌的训练。他就说小说还是要向下看的，就要有一个想象的适合的读者群，读者又有市场和网络平台的影响。所以，我觉得小说的市场化仍然是我们要关注的一个问题。

包括刚才大家说的读者群，我觉得有时候是被文学史虚构的读者，实际上很多却是专业的读者。为什么短篇小说读者有一个读者数量的问题？《知音》与很多的短篇小说是什么关系？所谓的故事和小说的关系是什么？我觉得值得思考。蒋一谈也说故事和短篇小说的关系，他设了三个"＋"号，四个层面。也值得注意。

所以，我觉得确实有很多问题值得思考的。

李　洱：《知音》、《家庭》，很多文章就是短篇小说，当然只能当故事看了。我的一些朋友是给《知音》写稿的，稿酬比较高。有段时间集中写下乡知青的故事，第一人称。年龄比我还小呢。什么在黑龙江插队，什么狼的故事。下一篇又跑到海南插队了。反正读者也不留意，一次性消费。

三　短篇小说的文体

房　伟：刚才大家谈了很多，特别是对短篇小说的写作传统与写作资源。我想说的是，文体的问题也不容忽视。在很多学者来看，短篇小说是一个非常"现代"的文体。就文体特质而言，短篇小说多采用空间结构，而长篇小说采用时间结构。长篇小说描写人间生活的纵面,富于时间连续性质;短篇小说则写人生横断面,属于空间的,富于暗示气质。短篇小说以"部分暗示全体"的方式对生活作片段的呈现。因此,短篇小说的空间结构被看作更具表现现代人把握"此在"的思维特点的"现代性"。因此,短篇小说叙事的简约,丰富的暗示性,都被归结到叙事的空间性上,而对于空间性的展示,则被认为是脱离了"故事性"的束缚,以空间性来展示人性的精神内在的深度和广度,及对世界最直接感性,但却非常有冲击力的形象。短篇小说在表面丧失叙事速度感后,其实真正具有了现代意义上的"瞬间内爆即永恒"的美学张力(如欧·亨利式结尾),而短篇对细节真实性的追求,符合这种瞬间美的要求,并符合本雅明等学者对现代性的认知。而刚才李云雷也谈到,每次时代大的变动,短篇小说都是和诗歌一起,成为开风气之先的文体。其原因,我想也在于,短篇小说能够集中而尖锐地将这一时代人们心灵和思想的巨变,以"内爆"的"空间点"的形态呈现出来,从而形成一种典型性的关注态势,例如,新时期的著名伤痕小说,刘心武的《班主任》。

然而,短篇小说的这种文体特征,到了当代以后,却有了一些微妙的变化。因为大的时代变动,已越来越少,作为长篇小说,很多创作在历史、哲学、社会学、语言学等领域的史诗般的扩张中,走向了愈发的沉重(比如,张炜的《你在高原》),而日常生活的审美化,则正在成为短篇小说不容回避的现实。我觉得,在当代文学,特别是海明威、奈保尔、卡佛、卡尔维诺等短篇小说大师出现以后,短篇小说文体变得越来越轻了,不再像"五四"时期的"问题小说",而更像"没有问题的小说"。作家们更多展现日常真实生活形态中的纤细的人性的同情和理解,或更具幻想气质和童话气质的想象。当然,这种"轻"不是不去表现现实,而是表现现实的时候"更有限度"。短篇小说的文体,更为关注于细节,以及一种"虚构性"的呈现。比如,在很多早期的经典短篇小说家那里,短篇对生活横截面的简约化呈现,主要是一种典型化的"浓缩",如《装在套子里的人》、《变色龙》、《羊脂球》,而海明威的《白象似的群山》,已经不是典型化了,而是通过"删减",实际达到一个对生活的"有限的认识",即我对生活并不是一个完整的了解,而是从我本身的经验出发,达到一个鲜活的当下性呈现。至于说,冰山之下的八分之七是什么,留给大家想象。奈保尔的《米格尔大街》则将这种气质更加发扬了,作为一个符号,米格尔街完全没有了任何被附加于其上的意识形态的和哲学的宏大企图,而变成了一个谜语的谜面,而对所有人物的动作、语言和故事背后的"猜谜"过程,也就成了小说背后最大的魅力所在。

刚才说到短篇小说的没落问题,是不是从另外一个角度考虑一下?从上个世纪90年代以来,我们的文坛已有很多非常优秀的短篇小说,如李洱、邱华栋、迟子建等的作品。为什么如今,我们有"没落了"的焦虑感?我觉得,这与作家有关,也与通俗文学和传媒对于故事资源的掠夺有关。短篇小说作为展现横截面的艺术,故事本身至关重要。《故事会》、《知音》等通俗读物,对故事的反映更具消费性和传奇性,而缺乏纯文学的门槛,因而也就更受欢迎。而新闻媒体对故事的掠夺更为厉害,很多即时发生的重大社会事件,都被记者们写得像小说一样精彩。例如,我上个月看了《南方周末》头版头条,写了一个因无钱付费,在医院上吊的中年妇女的故事,几乎就是小说的笔法。网络视频、网络微博的即时性和直观性更厉害,我们只要上网就能得到真实的影像刺激,也就没必要看短篇小说了。另一个因素就是小小说。我们一般对小小说的定义是,在1500字之内具备了小说的所有要素。小说就被简化了,简化成一个核心情节,就是一个欧·亨利式的结尾。所有小小说都在服务于这个结尾。它更短,更浓缩,阅读快感也来得"更快"。

具体到这几个短篇小说家的作品,劳马的小说我看了几篇,感觉虽有点像官场小说,但有新鲜的文体感觉,类似中国古代的笔记体。

而邱华栋的写作，为我们展示一个正在形成的中国的中产阶层的真实现状，这对我们当下的短篇写作经验来说，是一个有力的突破。而且，邱华栋本身的文字功力是相当好的，他把这一类大家都不大熟悉的经验呈现出来。我觉得这是很好的创意。对于蒋一谈和阿乙的小说，我则觉得，有一个很鲜明的特点，就是纯粹的限制性视角的使用，他们对全知视角的放弃，并不在于突出并模仿人物的声音和视角（如李锐的《万里无云》等作品），而在于用节制和简约的语言，强化叙事的动作性，并以此隐喻生活的混沌多义。

以下，我想重点说说阿乙。刚才谈到阿乙对先锋文学的继承性。我觉得，他更多是发展了先锋的写作。他用一种"轻"的态度，解决了先锋文学的现实经验和抽象概念的矛盾。比如，余华的先锋写作概念性很强，首先就是要对"真实"的颠覆。他往往给你一个虚构的语言背景，比如说《现实一种》、《1986年》这类的小说。而在后先锋写作阶段，余华的小说现实经验倒是有了，但哲学思想却回归到了底线性的"民间"。现实经验和抽象概念，在阿乙的创作中，由于"轻"的态度，现实经验的残忍酷烈，被逼真而又克制地写了出来，而弥散于这些经验中的，则不是对真实的质疑，而是对真实的绝望和悲悯。

这既是对20世纪90年代以来形成的短篇抒情传统的逆反，且是对先锋小说的探索。他将先锋对于解构哲学的迷恋，化为对一个阶层对立、充满戾气和欲望的社会的最为贴近的感受。阿乙的小说时代感很强，包括爆炸案，我们都能看到现实的影子，然而，通常纯文学性的人性分析和自省之类的东西，在他的小说中，却变得"轻"了起来，或者说，被悬置了。说到抒情性，90年代以来我们的很多短篇小说抒情味重，都比较温暖，且这个温暖是强迫性的温暖，不温暖也得温暖。这也跟编辑的要求有关，他们要求你不要写黑暗，要写得阳光。阿乙的小说，实际上直抒胸臆地透露出了现实的残酷性。这其实是我们目前的纯文学体制所规避和漠视的。

其次，概念性写作，对短篇小说伤害也很大。同样是写底层，我想到了《马嘶岭血案》，该小说总是存在一个高高在上的知识分子的批判视角，而且有大量自以为是的心理分析。在阿乙的小说中，他回避了这些东西，给我们呈现一种比较整体的生活的、真实的混沌的状态。这是他的一个很好的感觉。例如，在《意外杀人案件》中，金琴花这个妓女，给我很大的震撼，就在于她的混沌，甚至迟钝的，进而有了多样包容性的"存在感"。小说中叫"深刻的惰性"。对这类人物，在以往的写作中，我们常主观地为之赋予概念，比如，下岗女工沦为娼妓，进而控诉社会这类的写法。而金琴花不是自愿当妓女，也不是被迫当妓女，她的出发点和目的无从拷问，作家给我们呈现出最多的，是金琴花的混沌存在方式。她的善良来自本能，正如她的宽容和傻气，也是来自本能。金琴花身上，没有人为赋予的反思能力，她是自在自为式的存在。她出钱掩埋无主的尸体，她对嫖客的体贴，都让这个丑陋的妓女，在底层的黑暗生活中，找到了快乐的源泉。然而，漂亮的女警丹姐，以"你把中国妇女的脸都丢尽了"这样的道德批判话语，强加在她的身上，她才崩溃了。因为，丹姐长得漂亮，而这种漂亮，是她崇拜的美。她崇拜的人物，以强大的道德话语对她造成了巨大的伤害。这个伤害是很不公平的。任何人都无权对别人的私生活说三道四，只要这种生活不对他人造成伤害。任何人也无权认为自己真理在握，可以对别人的生活，进行简单的道德判断。对此，有两个细节是非常核心的，也是这个段落最有重力的细节。一是金琴花听到丹姐的话的哭泣。"她就这样在闪电中披头散发，手足无措，走一步停一步，像一个走失了找不到妈妈的孩子那样脸朝天抽动着鼻子，完完全全地哭泣着。"作者都忍不住站出来说"从来没见过一个人，有如此大的悲伤"。另一个细节是在注释中，作家用互文的方式，对丹姐这样的漂亮高贵的女人，进行了不动声色的讽刺。原来，她不过是一个高官玩剩下的二奶。这两个细节，是很有重力的，很简约，也很精准，同时，也因此使得所有对概念的重的回避的轻,在冰山剩下的八分之七的惊魂一现的时候,表现出了重的平衡。

最后,谈他的语言给我的感觉。阿乙以冒犯性的语言,将冷酷的叙事和诗意的超越,以及质朴真实的现实感,并置性地、景观化地融为一体。我们看到这些语言,就仿佛看到了一张张脸,中国人的脸。是那么普遍化,又是那么特殊。这些语言,常常超乎我们的想象,却并不显得概念化和做作。他也写手淫做爱之类粗鄙的事,他熟悉那些底层的真实的游戏规则,但是,他没有给这些事件本身予以语言的修饰,而是通过外围性的、总体的氛围和情境,制造一种内在性的悲剧色彩和诗性的超越。他的语言也是非常精准的,这种精准表现在对生活的失败者的描述中,作者总能找到一种妥帖的逻辑,一种出人意料却又如此真实的细节。比如,在艾国柱这一节,阿乙写了一个私奔的派出所所长,在垃圾箱里捡东西吃,"我等了一个下午,就为了把路人等光,好从垃圾箱里取得半块面包"。比如,下跪的周灵通,高考失败者,"承受着自己废物般的肉身"。比如,情人节爆炸案,何大智的父亲,来警局领骨灰,写道:"他研究了很久盒子,找到了机关,一看,真是些灰,不是鼻子和眼睛,就哭了起来,那眼泪一颗一颗往下滚,像石头一颗一颗往下滚。"这里,灰和鼻子眼睛的轻与重的对比,具体和虚像的对比,在眼泪和石头的重力性比喻中,具有了很深的精准度,写出了一个底层老者的悲伤。现在中国的文化现实,给我们提供了一个与我们传统资源所不同的巨大的写作资源,但是没有被我们的短篇小说作家充分挖掘。

杨庆祥:刚才我听了各位老师的发言,很受启发,我简单讲一下我的几点看法。第一点,刚才大家发言时提到了长篇小说,根据我个人的阅读经验,确实这几年没有读到太多非常有冲击力的长篇(阎连科的《四书》是例外),这里是不是有一个长篇小说的危机问题?这个问题可不可以进行更深入的讨论？如果长篇小说确实出现了某种危机，我觉得不是写作技巧出了问题，而是作家对这个世界的认识出了问题。像贾平凹的《古炉》，张炜的《你在高原》，王安忆的《天香》，等等。《天香》我最近一直在看，写得非常细腻，很漂亮，但是总觉得有点不对劲，作家当然可以只对自己的世界负责，但是读者或者批评家可能会有更多的要求，比如你的作品是否涉及了更丰富的生活内容，作品与现实的世界构成一种什么关系，等等。还有《古炉》，我曾经和人大的两位博士专门作了一个"三人谈"，里面谈了《古炉》的很多问题，但就阅读感觉来说，我觉得《古炉》不"干净"，有点脏兮兮的感觉，当然这可能和我个人的阅读洁癖有关系。比如青年批评家金理博士就会有另外的阅读感受。

李　洱：老贾的小说还不是一般的脏。脏其实是一个挺干净的词。他不是那种很亮的脏，是那种腌臢。

周立民：如果大家印象这么一致，是不是可以认真解读几个长篇？

杨庆祥：我要说的第二点是，我觉得这几年的短篇小说写作确实出现了让人耳目一新的地方，既包括我们今天要讨论的四位作家，也包括在座的李洱老师最近出版的短篇小说集《白色的乌鸦》。毫无疑问，上世纪90年代也有很多优秀的短篇小说，但是在作家的意识中，只是把短篇作为一个习作式的东西，写短篇的目的是为写长篇、中篇作准备。他们潜意识中可能还是认为短篇小说是一个低一级的文体。目前一个很大的变化是，有一批作家自觉地以短篇小说为"志业"，为目的，比如蒋一谈，他目前已经出版了三部短篇小说集，据我了解，他接下来的写作计划中全部都是短篇小说，他非常自觉地把短篇小说作为自己写作的目标，我觉得这种自觉是非常值得肯定的。

第三点是，短篇小说已经成为我们认识当前社会最重要的渠道。

我注意到这批作家里面，蒋一谈的三个短篇集，邱华栋的两本，还有劳马的《潜台词》，基本上都写城市生活，阿乙的作品写城镇生活多一些。我觉得这非常重要。早在80年代初《上海文学》就提出要发展城市文学，很遗憾一直没有很好的作品。从目前社会的发展进程来看，城市构成当下中国人基本的生活语境和想象方式，我觉得城市生活密切地表达了我们个人的经历，我们的命运。

在书写方式上，蒋一谈、邱华栋、劳马，他们的风格非常不一样。我觉得蒋一谈的风格是冷静，但冷静之中有很多的悲悯，比如他的《China Story》，写的是住在小镇上的父亲与生活在北京的儿子之间的故事，故事的结尾是父亲死在家里，唯有一只鹦鹉在不停地叫"China story... China story"，在触目惊心的叙述中把当下中国城乡区隔的道德困境叙述得淋漓尽致。邱华栋文如其人，有一种黑色幽默。劳马的主要特色是戏谑，有把生活的严肃撕裂给我们看的味道。

第四是文体意识的普遍自觉。正好手头有李洱的作品，举一例，"起初我们想见他，闹钟还没闹起来，他就醒了"，开头有强烈的带入感，人物关系也暗示其中。蒋一谈的《赫本啊赫本》采用书信体，以对话和独白的形式把故事缓缓托出。我很喜欢蒋一谈的另外一个短篇是《七个你》，这是一个戏拟网络交流的"仿网络体"小说。

概括来说，在这几个作家的作品里面，文体自觉表现在以下几个方面，首先是视角。50年代出生的作家特别喜欢全知视角，什么都知道。叙述者控制文本的欲望特别强烈。但是在蒋一谈、李洱、邱华栋的作品里面，几乎采用的都是限制视角。比如邱华栋作品里面始终有一个"倾听者"，这个倾听者可以称之为"听故事的人"，而他作品中的人物，正是在这种倾听中呈现出丰满的性格。

第二是故事，蒋一谈特别喜欢强调故事的创意。我觉得他的小说里面有一个非常重要的特点，就是故事的"间离"效果。毫无疑问短篇小说应该反映当下的生活，但他们不是非常直接地把生活复制过来。

必须和新闻区别开来，必须跟电视剧区别开来，怎么区别？一定要间离。你一定要让读者知道，你是在写一篇小说。故事的间离会导致一种陌生化的效果。如果小说完全等同于生活，那么我们为什么要阅读？

还有一点就是写作的通约性。这个是可以讨论的。短篇小说可不可以改编成电影、话剧？我希望我们作家写的作品，能被改编成电影、话剧。你既是一个小说，同时又可以是电影的脚本，可以搬上银幕，我觉得这就是写作的通约性。这对作家提出了很高的要求。小说必须面对读者，怎么面对读者？我觉得要开辟小说传播的全部渠道，这个渠道最终还是掌握在作家自己的手里。作家要首先预测这种可能性，有自觉的意识，一个小说越是有更多的形式传播，成为经典的可能性就越大。

最后总结一下，我最近和两位80后批评家刘涛、徐刚就蒋一谈的小说作了一个对话，在对话中我们把蒋一谈称为"21世纪的先锋派"。我觉得必须重新激活先锋的含义，80年代那批先锋已经成为文学史了。我觉得很有必要对"80年代"的所谓"新潮文学"、"先锋文学"等进行深入反思。我在人民大学给学生讲中国当代文学史，每个学生负责读解一部作品，以80年代中后期的作品居多。一学期下来以后发现一个致命问题，学生们都不喜欢当代文学了，为什么？很多作品太阴暗残忍了，比如苏童的《妻妾成群》、《米》，刘恒的《狗日的粮食》，余华的《现实一种》，如果说这些作品代表了一个特定历史时期的认知水平和美学风格，我想，不应该一直都是这样。

我认为1960年代出生的这批人对世界的看法更客观，更多元，也更宽容。我觉得真正向世界讲述中国故事的时代真的来了。如果还是像以前那样讲"文革"，讲受难史，讲我们怎么受剥削和压迫，我觉得并不能给世界提供新鲜的经验。现在需要用一种相对公正，或者相对个人经验的东西，以更高的技巧描述中国的经验，不仅是向中国的读者，我觉得非常重要的是，应该向西方读者来讲述。

房　伟：也能更好地实现通约性。

杨庆祥：我觉得最重要的是要重新调整作家和这个世界的关系。

霍俊明：关于文体问题，阿乙有一组作品，发表的时候命名为《警察旧事》。但是杂志发表的时候命名其为中篇散文。现在都是小说了，当时发表的时候是以散文的形式发表的。这跟杨庆祥说的文体通约性有关，还是很值得关注的。

杨庆祥：蒋一谈的作品《骑者且歌唱》完全就是一散文诗。

霍俊明：记得谁说过，短篇小说包括阿乙、蒋一谈的小说，更像一个装置艺术。它跟现实肯定有关系，但是又带有着艺术本身的话语方式。杨庆祥说的先锋派，我稍微有点不一样的看法。余华是属于上世纪80年代先锋派，1965年以后出生的小说家是属于21世纪先锋派，这个说法有点靠不住。我们可能忽略了一个问题，就是语境。为什么余华是那个时候的先锋派，年龄有点差异的人，又成了当下的先锋派？在余华那批人来说，他们写的作品，展示了时代、政治和人心最为恶心的一面。最大的原因是他们生活在历史的阴影之下。到了更年轻的一代人，他们面对的现实，包括蒋一谈十几年不写作，突然又回来了，他们面对的是21世纪的中国，那和70年代末的中国历史有没有一些共同的性质？当年是政治极权导致的暴力，现在是市场和全球化、城市化导致的新一轮的暴力。这都会刺激先锋作家的产生。包括我觉得阿乙更为突出一点，他们都是非常冷漠的。他有一个别人都没有的优势资源，他是警察的身份，又做报社记者，但是他带着"前警察"的视野来看世界。我觉得中国乡镇的派出所面对的是中国最为广阔的现实，正好打通了中国当下很多的问题。

刚才杨庆祥说文体的通约性。阿乙有两篇小说，一个是《沦陷的派出所》，另外一个是《杨村的一个咒语》。这两个小说写的故事背景是一个。一个正面，一个侧面，主人公和叙述角度不同。《杨村的一个咒语》开头是两个村妇因为一只鸡争吵，因为儿子打工互相攀比，最后导致非常荒诞的结果。《沦陷的派出所》是以警察的身份去叙述故事。这两个故事是一个，只是角度不一样，互相打开和补充。很有意思。这也是写作的文体性的思考，在这里面体现得比较充分。

周立民：杨庆祥表述的大前提我是赞同的，确实到了要对前一代写作者认真分析的时候了。但是我也听出了另外一种倾向：你会不会又制造新的意识形态又遮蔽掉了另外一些东西呢？实际上每个代系之间肯定有经验的差异性，我们对这个经验的差异性也要尊重和考虑，包括你要展示中国的社会经验，当然你这样选本我非常赞同，做选本就得这么做，事实上也无法包罗万象。但选本、个人的阅读喜好和做研究不完全是一回事。

下面，我简单地谈一下对几位作家的总体印象。蒋一谈的作品有悲悯感，这是最打动我的地方。我觉得他的人物里始终有一种漂泊无依的感觉，跟我们的身份也有关系，我们始终不是在自己的故乡生存，而是在另外一个地方。他的小说似乎是很冷静地叙述，但是心里面最软的地方始终隐藏在语言的角落里。包括《金鱼的旅行》、《中国鲤》，这里面凸现的这些意识，是非常打动我的。包括《芭比娃娃》，我觉得已经不是一个关于普通底层叙述的作品，而是在讲述我们现代人共同面对的命运，尤其对中国人来讲，更应该把这种漂泊、这种异地而生的感觉表达出来，这是当代一个很重要的经验。还有，他的文体意识很强，在苦心经营短篇小说艺术，这一点值得赞佩。《赫本啊赫本》这部小说里面水平很不平衡，有几篇一般，我不太喜欢《刀宴》、《说服》，太刻意了。

阿乙的创作中，有一点既是写短篇小说必备的素质，又是最高要求,那就是语言的精确。而且他的语言很有张力和包容量,你看小说开头,似乎不经意的几笔叙述,实际上容纳很多的景观和社会信息。在这方面,阿乙有天赋。我对他《小人》那篇印象深刻,我看完这篇小说脑后像凉风一样。他的冷峻,一步步所揭示出的世界的真面目,让人不寒而栗。短篇小说容易做到攻其一点不及其余,但阿乙让我们看到的这一点,却让我们对整个世界感到冰凉。我所不满足的是阿乙呈现的似乎不是绝望,而只是冷漠。

劳马明显是另一种写作,他的小说明显能看出来他是有历练和深刻社会经验的作者,即便他对这个社会某些现象的讽刺和否定,也是不温不火的。这跟阿乙和蒋一谈那种锐利的,那种紧张的感觉明显不一样。他明显有阅历,看多了,所以,他对这个世界的关系,会自动地作一个调整。他的小说是调整后呈现出来的结果,未必是他跟世界原初的结果。我觉得这也是一种特点,但有很多作品,或许是急就章?无论从叙述上,还是立意上,未免太简单了一些。

邱华栋,他不光是经验写作,我的看法还是有意识的记录,他不是作者,而是非常有意识地把自己定位为记录者。这是一个很沉着又聪明的定位,所以他的作品给我的记录感特别强。我不是说记录就是贬低作品的创造力,我觉得这也是作家跟当代社会的对话方式,而且似乎缺少这样的小说家,我们更多的是漫不经心的写作者,而缺乏有意识有眼光的捕捉者。他以一个记录者的方式存在。刚才也提到跟新闻的差别,确实,这种文体的价值和独立性在哪里?我的印象里面,短篇小说质感上肯定对你经验上造成刺痛;长篇小说似乎是把经验综合。因此,短篇小说一定要在经验上带来刺痛,如果不能的话,很可能给你感觉这是一个寡淡无味的作品。所以,它必须有一根针扎到你的一个穴位上。但是这个经验是什么?这是现在我们一个很大的趋势,还是你用其他的手段调度?这是需要思考的。

我一直对俄罗斯文学充满情感,是因为俄罗斯文学不经意的叙述里面有抒情,我对这种抒情不拒绝的。这种抒情不是简单的人生慨叹,也有人生经验的回味,也有自我的嘲讽和反省,但是他有一种情调,也可能是他作品的氛围,而不是"啊啊"怎么样的。可能是你文字经营出来的作品的氛围或者说你作品的调子。这一点俄罗斯作家始终有这种气质在里面。我印象很深的是王蒙有一个短篇小说《初春回旋曲》,似乎是他一段人生的反映。这个小说也没有什么情节的,好像就是在叙述,这是王蒙擅长的方式,但是那个小说给我的印象真的很深。他的经验是他那个年代人的经验,但是我跟他差那么大的年龄,觉得我的人生感慨是可以和他相互碰撞的,这样的小说,我还是可以喜欢的。

讲到文体,我不满足于现在的短篇小说,我觉得似乎太纯粹了,有点太像西方的经验短篇小说了,或者不是契诃夫那个时代的经验,是现代的经典短篇小说。你提了一个话题,我们短篇小说应该有好多中国的传统资源。从传奇、志怪、话本,到笔记。但是我们没有短篇小说的文体意识,中国的短篇小说资源是很杂的。我想这些资源也应该有效地结合在这几年我们的写作里面。

如果长篇小说你们觉得一样,短篇小说也应该有很多一样的。我觉得萧红说的需要各式各样的小说,这样的时代似乎一直没有到来。我觉得短篇小说也可以杂起来的,也可以写些不纯粹的东西。另外一点,我原来一直不认同小小说概念,小小说就是一个故事的翻版,或者就是一个相声段子,我觉得这个东西根本无法作为一个文体成立,根本找不到成功的东西,这也是我现在对中国小小说的判断。但是,我读了巴别尔的小说之后,又怀疑我的想法。巴别尔有一篇小说《我的第一只鹅》,按照文字量就是小小说,但是带给你的刺痛,带给你的共鸣却是非常强大的,甚至读后好久我的心都被撞伤,看到那几页文字我都有点害怕。就是那个新兵在一群老兵的讥笑中,为了显示自己的老练和残忍,将房东的一只鹅踩在脚下,将鹅头踩碎的那段描写,真是惊心动魄。这个时候,我又觉得,多大的篇幅不是个问题,问题是通过作家对文字的调动，怎么将个人经验的集中、陌生化，精确地表达出来。

还有一个问题，是不是先锋写作与短篇小说这种形式有着天然的血缘关系？反过来说，先锋写作的式微是不是跟短篇小说写作的式微也有着不可分割的关系？

四　视野与风格

张　莉：庆祥刚才说"讲中国故事的时代真的是来了"，我非常赞同，这恐怕也是我们这个讨论的潜在主旨。但是，你说到，讲"文革"，讲受难史，讲我们怎么受剥削和压迫，不再能给世界提供新鲜的经验，我有不同理解。以前写"文革"、"南京大屠杀"、受难史，的确有问题，不是写的人太多，而是重复性的写作太多。小说创作要讲究艺术性，讲究怎么写，写得怎么样。像以前那样写肯定不行，我个人把以前书写"文革"的某类作品叫做"怨妇式表达"，所谓"伤痕文学"，其实就是"数伤疤"，这是让年轻一代厌烦的原因。我们目前没有像《朗读者》那样的作品，但我们需要。昨天晚上我们还讨论过《南京安魂曲》，"南京大屠杀"是多么值得反思的题材，但直到今天，也并没出现这方面的优秀作品。讲中国故事应该包括讲述我们的民族记忆。

杨庆祥：从这个角度来说，阎连科的《四书》提供了一个非常好的形式讲"大跃进"，但是他背后的观念我还是有些警惕。

张　莉：上世纪50年代出生的这批作家有很强的社会责任感，可能是因为他们对自己当年讲述的方式不满意，所以不断地想返回。从这个角度说，我一方面觉得《古炉》写得很不好读，讲述的方法和视角也不那么完美，但另一方面我对贾平凹关注"文革"的努力也很敬重。

60后的很多作家也有这"情结",余华写《兄弟》,毕飞宇写《平原》,苏童写《河岸》,韩东写《知青变形记》,他们都在返回,想找到一个更好的切入点表达对"文革"的认识,我相信这代人有共识,就是这个工作很重要,需要做,值得做。今天的中国何以有如此怪诞的现实?恐怕与当年的"文革"不无关系。所以,我想补充说,讲中国故事,不仅仅指城市生活和我们眼下的现实需要更好的表现,如何重新讲民族记忆和民族灾难也该是题中应有之义。

杨庆祥:刚才立民兄提到蒋一谈作品里面的"旅行"主题,这个非常有意思。我觉得蒋一谈的作品里面有两种旅行,大多数人的旅行都是像鲁迅的旅行,都是在中国内部,蒋一谈的旅行不仅在中国内部,更多是"跨国旅行",比如《中国鲤》、《赫本啊赫本》、《金鱼的旅行》等,这一点太重要了,我觉得我们的写作应该置身于世界中。

周立民:《中国鲤》那篇小说我特别喜欢。但是最后一段写糟了,他非要去点一个题。

杨庆祥:他初稿写出来以后,立刻就给了我。我当时也指出他的结尾有点问题。

周立民:一个漂亮的小说,有了一个非常拙劣的尾巴。

杨庆祥:为什么讲旅行,我们短篇小说经常谈到技巧问题。真正的短篇小说要成为大家,一定要寓言化。为什么必须被寓言化?中国故事应该有一个外部结构。这个外部结构是什么?就是应该跟中国之外的事情关联。我觉得当代文学非常要命的问题是,总是搞自己的那一点小破事,我觉得应该向外面看。

霍俊明:说到蒋一谈小说的结尾,他有一个自我夸奖。他说自己的小说有时候会在结尾的时候故意留下一些破绽。我觉得作家的自述也并不一定完全值得相信。实际上是有时候作家不知道怎样结尾，或者结尾非常难只能草草了事。

梁　鸿：刚才说阿乙是对抒情传统的破坏，我在想一个问题，实际上现在70后、80后的作家是在延续现代的传统，都是卡夫卡式的绝望，卡夫卡式的荒谬。那种绝望和寒气始终充斥在当代小说里面，我觉得这种充斥是需要我们警惕的，包括阿乙小说里面的寒气，需要特别大的警惕。这种传统是一个传统，比如说西方的，中国也有。但是，难道生活就是这样的吗？难道我们的文学读完之后只能给我们带来这样黑暗的、荒谬的、绝望的存在吗？我们的生活中没有欢笑吗？没有所谓的温暖的力量吗？问题是所有写温暖的、向上的都变成庸俗的东西。当然，也的确是写绝望的、阴暗的东西更能够吸引我们的内心。我们的审美习惯也在趋向于这样一种写作观、世界观。但为什么不能反过来？

李　洱：这个非常微妙。比如说贾平凹，大师了，但我隐隐地不满足。他写的是黑暗，但写的不是黑暗的启示。优秀的小说写黑暗，伟大的小说写黑暗的启示。

梁　鸿：比如说他们对"文革"的体验，也许确实是非常黑暗，但是黑暗之后应该有纯净的东西在里面的。我觉得阿乙稍微有一点点对这方面的放弃。中篇《小人》中的金琴花，混沌的善与恶，混沌生活中暧昧的亮色，无法穿越充满污垢的生活，它被阻隔在历史深处，但仍幽幽发光。但有一种混沌的、肉感的美在里面，这实际上是善的，这种美既有人性的美，也有文学的美。这不是特别做一个抽象的升华的结尾。这是作家对这个世界的看法是有这么一点点的，对人的看法有这么一点点的善的东西在里面。他通过这种文学的描述微弱地呈现出来了。我觉得这点非常好。包括俄罗斯的传统，我前天还在读《白痴》，陀思妥耶夫斯基其实写得非常恶，那样的公爵，那样的大地主对女性的摧残，那样虚伪而肮脏的生活，但是看完以后没有觉得像看我们有些小说那么恶心，它有善，有光，有挣扎，因此，有美，有震动。我们写的是绝对的恶心生活，给我们带来的是肮脏的感觉。我们恰恰是对一个传统太看重了，中国作家太喜欢卡夫卡、卡佛的东西了，对寒意的东西太过崇拜了。好像这就是我们写作的全部，才应该引起大家的重视。我觉得作家要重新反思跟世界的关系，不是反思跟世界有多么相悖，多么的绝望，而是说这个世界也可能跟我们的内心有哪个地方是重合的，或者我们要建构一种和这个世界正面的关系，而不是负面的关系。我们不只要有寒意凛然的小说，也还要有雅正的小说。因为生活本身就是复杂而多向的。能把善、真写得阔大而丰富同样是好的文学。

杨庆祥：我觉得我们作一些讨论，可以提出一些口号，比如我们要提倡一种健康的、向上的写作。

张　莉：雅正的文学，雅不只是指内容，也指形式。

李　洱：施战军有几次发言，他就谈雅正。切中时弊。雅正者，其辞雅，其理正也。雅正，高古，中国这些重要批评词语，现在人们很少用了。当然了，你们也觉得用不上，对象分量不够？

周立民：你认为缺乏的这个东西，我觉得在70年代作家的身上有体现。我曾经批评过70年代作家跟这个社会太和谐了。但是70年代作家相对于前后几代，他对这个社会没有那么仇恨，心里有一点微光，只不过这个微光不太坚定。

李　洱：昨天我去当了一个评委，评全国高校的小说。已经举办好几届了，据说影响很大。我看得很认真，向年轻人学习呀。看完之后我对曹文轩老师说，比80年代的作家刚起步的时候水平高，我认为很有前途，谁说文学没有希望了？没影的事。这不是套话。但这个高，首先是因为文学史积累到这一步了。昔有前人筚路蓝缕，方有今日山林洞开。现在初中生都会写朦胧诗嘛，左手都可以写。道理是一样的。比较有意思的是，除了两三篇写幻想的，其他全部是写乡村故事，而且情绪是一样的，语调是一样的，有一点反讽，有一点乡愁，有一点怨恨。有一篇玩笑开大了，获奖的一篇作品就是拿母亲的性关系开玩笑的。我突然感觉到这批写作者，他们是90后了，他们跟世界的关系，与他人的关系，与自我的关系，当然这三者其实说到底是一样的，有些地方不对劲。如果你觉得这是一种时髦，所以要装孙子，去雅正以求鄙俗，是修辞学的策略，那是另外一回事。但我有点担忧。那篇拿母亲的性问题说事的作品，我是把一等奖的票投给它了。投是投了，但我还是觉得他跟世界关系有问题。小说越写越脏，越腌臜，即便是修辞学的策略，也让人起疑。当然，这个很复杂，涉及一系列写作伦理问题。

梁　鸿：所以，也不光是作家的问题。但是，我觉得短篇可能还有一点，除了我们对时尚杂志的不了解，包括我们自身知识结构的一些问题以外，作家本身的态度也是有很大的问题。他们不愿意在"时尚"上面发小说，认为那是一种贬低。但是，其实很多时尚杂志的读者群体素质是非常高的。

杨庆祥：刚才讲到通俗杂志，我觉得我们的作家群体，普遍缺乏一种很严肃的态度，但那些一线的作家，他们是很严肃的。通俗小说《花溪》、《知音》的作者，他们并没有特别地刻意追求小说的艺术，这就导致了极端化。非常严肃的一线作家不屑于在那个上面发表东西，那个上面发表的东西写得都不是很好。我觉得读者的口味是需要塑造的，这就很糟糕。

梁　鸿：小说改变成电影、话剧，这个非常难。比如说李洱老师的小说，你读他的短篇的时候，我觉得确实不可通约的。《我们的眼睛》要改编成话剧的话，难度就太大了。

周立民：这个问题可能不是作家本身要完成的，是剧作家的事。

梁　鸿：文学到底跟新闻有什么不一样？现在的新闻太超出我们的想象了，在这个上面文学不能跟新闻比。

周立民：新闻应该说客观地讲，越来越接近于我们的真实，就是好的新闻，远离我们原来的宣传。原来出现在新闻媒体上的东西全都是宣传，宣传首先有角度，有宣传目的。现在的好多记者是非常有道义的，他对真实的追求要比现在的好多作家更在乎。别以为记者就是一个写手，或者只是一个媒体人。我听到好多记者说，报这件事情我的良心要受到谴责，报那件事情怎么样，他有自己独立的追求。现在好的新闻逐渐地摆脱原来的宣传口径，当然大的方向上我可以跟你保持一致。从这个方面说，它比小说更真实，真实的力量比小说要大。

张　莉：小说和新闻不是比谁更真实，小说的魅力不是这个。

周立民：但是有一个问题，真实对人性的触动是更强烈的，尤其是当代人对什么都不信的情况下，寻找真实是一个强大的人心聚焦原动力。

梁　鸿：洛阳性奴案、房山灭门案，如果有一个小说家写这个故事，就其轰动效应而言，能够超越新闻吗？肯定不行。你一定得有其他的东西。所以，我觉得事件本身不是太重要的。文学的存在，始终要超越新闻事件的本身，寻求更深更广的、新闻无法言说的东西。

周立民：为什么我们对新闻感兴趣，对小说不感兴趣？以前我们一直是跟真相隔膜的，现在新闻总算可以有一个渠道，当然不能说是完全的，可以把这个隔膜去掉。这对普通人的吸引力是很大的，以前从来不会这样讲述。对一个普通民众来说，我相信有好多人都分不清什么叫小说，什么叫散文，什么叫新闻。对他们来说都是文字，我看到的文字，我觉得文字这个概念，实际上在现在会很大地介入到我们的生活，包括广告。广告实际上也是一种文字。对普通民众来讲，我们津津乐道的技巧，对他们来说是不存在的。《杜拉拉升职记》为什么那么受欢迎？对普通民众来说，技巧是不重要，他要看的就是生活，他觉得我的生活你写到了。

梁　鸿：现在的普通民众，当然我也是一个普通民众了，大家都有一个简单化的要求，不想思想。但是文学恰恰就是让你想思想的。

杨庆祥：梁老师再谈一下文体。

梁　鸿：短篇小说来源于哪里？大部分来自西方的概念，中国的短篇小说虽然没有名称，但还是比较发达的，你说《三言二拍》不算吗？其实唐传奇也是，甚至如果把《史记》算作历史文学的话，说它是短篇小说也不为过。有没有一种不那么西方化的文体？这样说好像又有点过于二元对立化，但是，我特别喜欢读《三言二拍》和《聊斋志异》，《三言二拍》是一种热腾腾的市井生活气息，带有一点色情的对生活的爱，很热烈，事无巨细，纤毫毕现；《聊斋》是简约的，春秋笔法，大开大阖，天地人鬼，信手拈来，没有任何禁忌，且不说小说世界的大小，这一文体的丰富性就值得我们重新去揣摩。

张　莉：这方面当下也有实践者，前几天我读了杨显惠的《甘南纪事》，是一个故事一个故事的形式，写很鲜活的藏民生活。特别提一个作家刀尔登，他今年出版的作品《七日谈》也采取了典型的中国式表达，两个主人公对谈，讲荒诞而又形象的故事，是类长篇小说结构，但又独立成章，一个故事一个故事，有趣，锐利，有思辨，其中有对你说的这些短篇资源的有意传承，是很成功的文体实验。不过，因为他长年在报纸开专栏，不在文学期刊上发表东西，所以对很多人来说比较陌生。在另一个传播渠道里的写作群落里，因为束缚少，有异质气息的写作实验其实很多，需要关注。不仅是短篇小说的传播渠道应该扩大，批评家也需要反省自己的知识结构，比如阅读范围是否需要调整。

周立民：中国古代文学是发散性的结构，不像西方的小说结构。这样的结构有一个特点就是随意和自如。

杨庆祥：这个问题很复杂，大家可以回去再想想。首先，什么是我们现在需要的文体？我们不能仅仅简单从中国古代的资源或者西方的资源两个角度讲，这样都比较笼统。我觉得应该是它是否能在小说里面创作出一种能够和当下呼应的形式。这个形式永远是没有固定的，一个作家是不是好的短篇小说家或者好的长篇小说家，最终是他能不能创作出这种形式来。其实故事都是差不多的，那怎么创作出一种形式，这一点是非常重要的。他怎么通过这种形式的创制，能够构建出一种生活来。我觉得小说家要提供一种生活，这种生活和我们的现实生活是有差异的。现在的小说家的问题，是没有办法想象一个新的生活，新的世界。你发现伟大的小说，《红楼梦》、《堂吉诃德》都有这样的生活。

但是我觉得这是很正常的。因为现在什么是中国的？什么是外国的？前段时间我翻开张大春，他写了一个很短的小小说，我觉得这也不行，完全是从《三言二拍》来的，这也是特别怀古的东西，也缺少活力。

周立民：张大春后来的创作，我感觉特别的作。

李云雷：他早期也是很作的，现在学古代的也很作。但是有一个问题是，为什么他早期学西方的"作"我们会觉得比较自然，而现在的"作"更让人觉得别扭呢？这是不是与我们对"现代生活"与"现代文学"的想象有关系呢？或者说，是什么样的想象支撑着我们对"现代文学"的想象呢？

梁　鸿：我读骆以军的散文，包括小说语句是很欧化的，但奇怪的是，反而觉得跟自己的经历特别贴近，好像跟我们内在的对生活的体验是特别契合的，特别能够让你激发对自我生活的审视。

李　洱：骆以军的小说，读起来真是疙里疙瘩的。他的语感，真让人吃惊，不把你别扭死，绝不罢休。梁鸿是不是想说，他疙里疙瘩的语言，对应了我们的情绪，对应了我们的困难？

梁　鸿：这个一点没有关系，反而能够激发你特别本民族的经验。所以，可能作家所面对的还不仅仅是句式和修辞的问题，也是你对自身生活和经验的真正认知的问题。

周立民：所以，我总在想，我们能不能压低一点标准，我们总是写别人的经验，首先作家能不能写自己的经验？当然了，大师既可以误导自己的经验，又可以误导别人的经验。可是，强调作家在写别人的经验的时候，是否看到：我们是不是最低的标准都没有达到？作家自己的内心都没有正视，自己的体验都没有正视？上午讲南京大屠杀、"文革"不是没有人写过，为什么老是觉得不震撼？我们好多是作为一个旁观者写的，不是作为体验者进入的。我们都是作为旁观者叙述的。不是说我没有经历过"文革"，就不能作为体验者。我就觉得，你看到每个作家心里面最惨痛的经验，好多作家是没有写出来的。如果你了解这个作家的经历的话，你会发现他没有写出来。鲁迅的伟大，就在于他的文字中始终有对自己的正视。

长篇小说的"中国化"及其他

时　　　间：2012年5月19日
地　　　点：中国现代文学馆B308会议室
主　 持　人：李　洱
特约主持人：李云雷
参　 加　者：梁　鸿　房　伟　霍俊明
　　　　　　周立民　张　莉　杨庆祥

　　2011年，我国长篇小说产量超过4300部，数量极其惊人。如何评价当今的长篇小说创作？长篇小说的发展有什么趋向？其中存在哪些值得深思的问题？以这些问题为契机，现代文学馆客座研究员例会特组织专门讨论，围绕贾平凹的《古炉》、王安忆的《天香》、格非的《春尽江南》、海飞的《向延安》、方方的《武昌城》、哈金的《南京安魂曲》等重要作品，从长篇小说的"中国化"、想象历史的新方法、如何理解我们的时代与文学等问题入手，就长篇小说及其发展趋势展开了讨论。

一　关于《古炉》

李云雷："五四"新文化运动以来,"小说"作为一种外来的文体,如何表达中国人的经验与情感,始终是一个没有得到完全解决的问题,但是仍有一些作家在孜孜不倦地探索着。新时期以来,在"走向世界"的趋势下,很多作家注重向国外作家学习,却忽略了中国本土的思想与文学资源。新世纪以来,伴随着中国在世界格局中位置的提升,中国作家的自信心也在不断增长,而中国经验的丰富性与复杂性也在呼唤着中国作家突破"小说"的固定观念,创造出能够充分表达出中国人经验与内心世界的新的"小说"形式。这一趋向在中短篇小说中有着明显的变化,在长篇小说中也有突出的表现,比如《古炉》、《天香》、《春尽江南》等,我们可以围绕这些作品,展开这一话题的讨论。

在我看来,贾平凹的《古炉》表现的是"文革"时期的古炉村,作品的重点不在表现"文革",而在表现这一村庄的"生态"。小说以一个儿童狗尿苔的视角,去观察与描述整个村庄的生存状态,人与人千丝万缕的关系,具体而微妙的日常生活,以及这一生态在"文革"剧变中的种种变化、撕扯、冲撞,在整体上描述出了"古炉村"在这一特殊时期的全貌,也为我们展现出了"文革"时期中国的一角或"缩影"。在写作方法上,作者不注重故事性与戏剧性,也没有中心情节,而以散点的方式将细节与人物连缀起来,细部极为真切琐细,而整体上形成了一种莽苍的厚重感。自《废都》以来,贾平凹就尝试以一种"世情小说"的方式描述当代生活的浮世绘,这一方式在《秦腔》中得到了集中的表现,《古炉》也可以说是这一创作方式的延续及其最新成就。在这里,值得注意的是两点。一是贾平凹试图表现的是中国式的经验、情感、生活方式与人际关系,他并不是以一种外在的视角来观察,而是力图进入中国村庄与生活的内部,表现出其内在逻辑及其运作方式,同时他所描述的也不是传统中国人的生活,而是置身于现代性变化之中的中国人的生活，或者说贾平凹所切入的现实，是中国从传统到现代过程中的一个切片，他让我们看到了这一特定时期中国人的生活与内心世界。另一点，是贾平凹的表现方式是一种中国式的表现方式，在他的小说中，我们可以看到传统"世情小说"的影响以及中国画的笔墨与技法，他放弃了中心故事，而在生活中人与人关系的微妙变化中推进小说，也放弃了透视，而注重细节与整体意蕴的表达，在这背后，则隐藏着中国人的思维方式与世界观。贾平凹的探索，可以说是长篇小说"中国化"的一种重要尝试，但是另一方面，他小说中过于细碎与琐屑的描写，以及对中心情节的放弃，也为不熟悉这一生活的读者制造了阅读障碍。

长篇小说"中国化"的尝试，可以说是中国文学自觉的一种表现，但是如何"中国化"，如何在对现实的描述中体现出民族精神，如何创造出一种新的民族风格，仍是一个需要继续探索的问题。贾平凹、王安忆、格非等作家为我们显示出了不同的探索方向，他们的努力值得尊重，我们也希望能够看到更多具有中国风格与中国气派的作品。

周立民：是不是每个中国小说家都要写上一部或无数部长篇以证明自己武功高强？甚至连诗人都来凑热闹。当我听说去年出版的长篇小说超过4000部时，真是吓着了，这够我大半辈子读了。实际上，不知有多少长篇小说连被人翻一下的机会都没有。由此，我还想到了两个作家，那就是鲁迅和汪曾祺，他们从未写过长篇小说，但我不相信讲20世纪中国小说史有谁能绕开他们。看来，长篇小说与伟大作家之间未必什么时候都能画上等号。

说不准是什么鼓动了作家们的长篇创作热情，也可能是长篇写作的焦虑，谁都无权干涉作家的创作，轻率的长篇创作无异于盲目地虚掷才华。我甚至认为长篇小说的写作，其容量、长度，乃至写作时间的长度等因素已非单纯的写作行为，而是一段生命与灵魂的旅程。写作

《古炉》时,贾平凹早已是成熟的小说家,但他在小说《后记》中却这样描述写作状态:"苦恼的是越是这样的思索,越是去试验,越是感到了自己的功力不济,四年里,原本可以很快写下去,常常就写不下去,泄气,发火,对着镜子恨自己,说:不写了!可不写更难受。"(《〈古炉〉后记》,《古炉》第607页,人民文学出版社,2011年)它很真实地写出了作家在小说写作中自我煎熬的过程,这样的煎熬如果是一天两天,一个月两个月,还不算什么,然而长篇写作,它是一年两年,甚至几年,于是它便不是一个外在的问题,而内化成作家生活和意识中的问题。长篇小说饱含心血,不是"身"外之物。它是一个特殊的文体,是作家人生经验、艺术才能,甚至是个体气力的相互融合的结果,这是它不同于其他文体的地方。说得极端一点,它是老蚌病珠,是可遇而不可求的。所以,我要追问:是不是所有的作家都把长篇小说看作自己身上的血肉,而不是手里把玩的艺术品或者捏弄的泥团?从这个意义上讲,在动笔写长篇之前,作家应当自问:我准备好了吗?而不是为一个兴奋点而迷醉,为一个好故事而轻率动笔,觉得有一个长度就可以。这是极大的误解,你的生命和艺术能量是否够承受长篇创作的长途中的消耗和重负,这才是关键。

李　洱:总是有人问,为什么要写长篇。已经有这么多长篇了,读者看不过来,批评家更看不过来,为什么还要写?中国的批评家会这样问,外国的出版家、编辑也会这样问。比如,不止一个法国人和英国人问过我这个问题。说长篇的版税高,容易引起关注,算是一个活儿,等等,我觉得这种说法都是比较皮相的。史铁生也写长篇,集腋成裘地写,把命都搭上了。张炜一写就是几百万字。贾平凹和王安忆,多写一部,少写一部,又有什么关系?你说他们是为了版税?为了名气?为了容易出版?这都是说不过去的。我想,有一个根本的原因是,作家们会感觉到,面对中国如此复杂的经验,需要用足够的篇幅去表现它。作家孜孜以求想找到的,是一种叙述方式,一种艺术形式,来表达他的复杂的中国经验。如果中国经验,是中国化的,那么他就试图让自己的艺术形式,来对应这种中国化的经验,并且让读者能够进入对话,也就是长篇小说的中国化问题。

周立民:既然长篇小说不仅仅是一种艺术形式,那么所谓长篇小说中国化的问题,在我看来就不能仅从语言、形式、技术、方法上着眼,尽管它们是实现这个"中国化"的重要组成部分。认真思量,不论是贾平凹《古炉》的写法,还是王安忆《天香》的语言,都不足以成为中国化的标志,它们还是表象,更深层次的标志则是小说中的内在精神。这一点,我比较相信鲁迅的说法:"从喷泉里出来的都是水,从血管里出来的都是血。"因此,当年讨论"革命文学"时,他看重的不是打打杀杀的内容,也不是作品中传播了什么革命观点,而是认为:"我以为根本问题是在作者可是一个'革命人',倘是的,则无论写的是什么事件,用的是什么材料,即都是'革命文学'。"(《革命文学》,《鲁迅全集》第3卷,第544页)在当今中国,企图从形式、材料、观念和方法上刻意区分中、西似乎是件徒劳的事情,但灵魂和血液难以混淆,鲁迅在论陶元庆的画时便点明了这一点:"他以新的形,尤其是新的色来写出他自己的世界,而其中仍有中国向来的魂灵——要字面免得流于玄虚,则就是:民族性。"(《当陶元庆君的绘画展览时》,《鲁迅全集》第3卷,第549页)鲁迅这话对我们不啻为一个及时的提醒:如果只墨守其形而不得其神,反而丧失了民族性;而现代文学的民族性中从不也不可能拒绝各种"新的形"。鲁迅的小说就是个例子,从"形"而言,毫无疑问是极其西化的形式,但就他表现的鲁镇世界而言,又是极其本土化的,他无比准确地抓住这片土地的灵魂。巴金也曾表达过鲁迅这样的意思:"我是照西方小说的形式写我的处女作的,以后也就顺着这条道路走去。但我笔下的绝大多数人物始终是中国人,他们的思想感情也是中国人的思想感情。我多次翻看自己的旧作,我并不觉得我用的那种形式跟我所写的内容不协调,不适应。我的作品来自中国社会生活,为中国读者所接受,它们是中国的东西,也是我自己的东西。"(《一封回信》,《巴金全集》第16卷,第454页,人民文学出版社,1990年)承继鲁迅衣钵的胡风,在20世纪40年代关于民族形式的论争中,积极捍卫"新文学传统",他不同意民间形式就是民族形式,反而认同新文学以现实主义精神、外来的形式所表现出的民族精神,很值得我们思考:"欧化,如果是不顾客观可能性的、纯主观的强迫输入,自然应该反对,但如果是为了反映现实生活里已经存在的或正在萌芽的东西,能够被容纳到语言的有机统一里面,那就不但不能反对,反而是应该加强推进的了。""我们所要求的'欧化'正是新生的'民族的'语言成分,能够而且应该成为创造民族形式的活的语言的性格之一。"(《论民族形式问题》,《胡风全集》第2卷,第780、781页,湖北人民出版社,2001年)形式不是最终的指归,"内容"才是根本和决定者。

近年来各种领域里的中国化、中国模式的呼声很高,文学仿佛也从80年代的西化中撤退到民族的审美中,莫言从《檀香刑》到《生死疲劳》的努力和主张都是这样的样本。我想重视前辈们的一些提醒,会让我们不至于舍本逐末,也不至于认为用一点民间的语言、形式就一厢情愿地认为这是"中国化"。客观地讲当今的中国化首先不应当是自闭性的民族形式。其次,中西的交融已经不动声色地出现在作品中,作家对人物的分析、叙述的视角等,早已是非常西化的,如格非的《春尽江南》之类,无论语言上怎么像《红楼梦》什么的,但书中心理分析,甚至作为多余人出现的谭端午也有着自己的人物谱系,很难刻意分别出这是中和西,中国人已经不是封闭的土地上的人。第三,那么,"中国化"从何体现呢?我认为关键是要抓住现实的土地和人的灵魂。即以贾平凹为例,从《商州初录》、《浮躁》,到《高老庄》,至晚近的《秦腔》、《古炉》,我不否认形式的探索在作家写作中的重要作用,比如贾平凹在写作《古炉》中自言从国画中所获得的启示，但最好的长篇小说无疑形式即是内容，两者高度的契合才有完美的艺术。而《秦腔》、《古炉》这两部长篇，最值得重视的艺术经验倒是形式的退隐，而以生活的本相直接呈现于我们面前。贾平凹一回到他的故土上便精神健旺、笔笔生花，甚至可以说，他是这片土地上的一棵树，与这里的一切盘根错节，正是这些，哪怕是写人物的几句话，也活灵活现，而其中你感受到的中国化，不恰恰是这片土地上的人流淌着中华民族的血吗？他抓住的不是外在的语言，还有他们的行为方式和思维方式，而那些让你缺乏这种感觉的作家，首先是他们没有抓到这片土地的灵魂——对于长篇小说来说，不是"抓"，而是它与你的灵魂融为一体甚至相互厮杀。如果没有这些，又怎么能写出"中国化"来呢？

梁　鸿：《古炉》、《天香》、《春尽江南》、《蛙》是近两年非常重要的长篇小说，它们有一个共同的特点是都在作"中国化"的尝试。从《商州初录》开始，贾平凹一直具有非常清晰的文体自觉意识，从中国笔记体小说中吸收营养，并且致力于书写中国最典型化和最普遍的"内生活"，具有中国逻辑、中国性格和中国经验的人生特征，《秦腔》的清明上河图式书写，《古炉》对"文革"的镜像化处理，都应该是一种有意的尝试。

李　洱：从笔记体小说汲取营养，这是一个很重要的努力。但是老革命遇到了新问题：笔记体小说大都是我们现在所说的短篇小说，或者是微型小说，而现在是用笔记体小说的方式去写长篇小说。这种尝试以前没有的。当然了，沈从文的《长河》确实在这方面做了点实验，接近于笔记体。沈从文原来的野心大得不得了，就是把《长河》写成《战争与和平》那样的小说。但在沈从文的小说中，这是特例，也很难说是一部成功的小说。

杨庆祥：《古炉》这部作品是读得最早的，也是读得最费劲的。说实话，我对这部作品的观感并不好。几个原因，第一是无论是情节、人物还是细节，都太碎，显得非常啰唆。贾平凹为什么要这么写，我没想太明白，以前读他的《废都》，虽然也有啰唆的地方，但整个的格局和结构都是很有条理的，尤其是有那么一种小说的气势在那里。我觉得《古炉》把《废都》里面不好的一面发挥到了极致，而好的一面却没有很好地继承下来。第二点是，我很难忍受贾平凹那种近乎病态的对于一些肮脏细节的描写，这可能与我个人的"阅读洁癖"有一定的关系，作品所呈现的一定是作家心灵的结构，我不认为《古炉》的审美是健康的。那些在这种作品中获得阅读快感的人，其心理状态同样会让我觉得惊讶。当然作为一个批评家，我们可以援引很多的理论来为这种写作辩护或者唱赞歌，但是我坚持认为这种理论上的解释必须建立在个体的阅读体验上，就我的阅读体验来说，《古炉》是一部不能带给我任何阅读快感的作品。

李　洱：贾平凹，二十年前写"废都"，二十年后写"废乡"，这"废乡"就是《秦腔》和《古炉》。知青代批评家，对《废都》不一定有好感，对《秦腔》和《古炉》却情有独钟，因为这涉及这些知青代批评家的情感记忆。他们从中看到了远方的生活，而且这远方的生活还与自己的青春记忆密切相关。这是一种视野融合。

张　莉：我读《古炉》的感觉也不好。贾平凹的后记写得真好，自我阐释能力很强，我先在《人民文学》看到这个后记，对小说非常期待。首先，我承认，《古炉》是今年"文革"书写的重要收获，贾平凹是通过回溯"文革"的发生去认识我们不了解的那个中国。这种认识，显然也是边缘性质，非主流的认识，它是通过少年主人公狗尿苔属于"古炉"村的边缘人来看的，这个人从小被抱养，处境低微，常与动物、植物交流，某种程度上，这是一个没那么"社会化"的人。他亲眼见到了1967年后这个村庄里发生的巨大变化，一群人被莫名的仇恨和愤怒点燃，互相攻击，互相倾轧，你死我活，这是生灵涂炭的"文革"，也是人人迷失本性的"文革"，在疯狂的年代里，这里有死的横暴与莫名，也有死的冤屈和无奈。与以往"文革"记忆不同的是，贾平凹试图寻找的是"文化大革命"发生的土壤与温床，是一个村庄自燃与自爆的部分。小说的整体调子是黑的，暗的，小说写得繁密而压抑，这是贾平凹式的村庄生活。

小说的创作意图有意思，贾平凹试图向更黑更暗处进发的努力也值得尊敬，但是，这小说的致命问题是，它缺乏可读性，缺少让人阅读下去的动力。文本里面的那种趣味我有天然的排斥。不过，即使放下审美趣味差异不谈，从技术上说，小说也缺乏整体性，很碎，琐屑——破碎不是这小说的优点，就是问题本身，这些细节不统一，前后矛盾处很多，我曾经把他小说中的很多人名列在纸上，以让自己阅读《古炉》的线索更清晰，结果发现贾平凹对整部小说的掌控力是不够的，他心有余而力不足。我个人还是喜欢他的《废都》，那是他最好的作品，是他的巅峰之作。

房　伟：《古炉》、《天香》都有一个相类似的特点，就是从精神气质到文学技法，对传统中国的"回归"。《古炉》是贾平凹继《秦腔》后的又一次自我突破。贾平凹的创作一直存在现代知识分子精英叙事与传统士大夫叙事之间的扭结和纠缠。早期创作中，贾平凹与政策走得很近，他的优美抒情的写作，除证明改革开放的合法性外，也在讲述知识者如何塑造个性自我的问题，如《浮躁》中的金狗。《废都》之后，真正属于"过去中国"的意象、趣味、价值判断，才在90年代商品大潮兴起、激进启蒙衰退的背景下得以确立。这也是贾平凹对中国文学的贡献。这之后，贾平凹的创作，一直在寻找将现代汉语中国小说"中国化"的尝试，尽管这未必成功，但谁也不能否认，贾平凹是中国文体意识最成功的作家，也是最有思想内涵的作家之一。其实，有关中国性（Chineseness）的寻找，一直被认为是当代中国文化认同危机的根源。和莫言包含着民间野性精神的后撤不同，贾平凹的回归，表现在《古炉》中，则是对理想的小型农村社会形态的理想化与对现代历史的悲观。《秦腔》中这种倾向还不明显，但《古炉》中，有关传统的想象，被再次具象化和隐喻化了，用贾平凹的话说，"古炉就是中国的内涵在里头，写的是古炉，其实眼光想的都是整个中国的情况"。贾平凹创作的另一个契机，还来自重写"文革"的冲动。而这种冲动，是一种理性而冷静的旁观者的态度。

小说开头，作家就以狗尿苔家的青花瓷油瓶的破碎，给出了一个寓言式开头，仿佛一个谶语，一个潘多拉的盒子，古炉村从此陷入了疯狂。小说的叙事结构也有意思，以冬开始，而以春结束，看似时间顺序结构，实际却是时间空间化处理方式，也具极强寓言性质。小说最后，天布、霸槽等红卫兵小将，一起走向了死亡。刑场一节是本书高潮，看客的冷漠，死者的麻木，有关人脑治病的鲁迅式意象，在给予我们强烈刺激的同时，也在提醒着我们，就思想内涵而言，贾平凹远兜远转，费尽心机，其实依然回到了鲁迅开创的创伤式现代体验。贾平凹是诚实的，他给予古炉村人的，没有摆脱痛苦的出路，只有一阵莫名其妙的风："风是跑遍了整个古炉村，又跑到了河滩和芦苇园，芦苇还是半人高的茎和叶子，而那些蒲草早早开了小花，花小得像小米粒大，在风里就起身飞舞，很快形成了粉红色的雾带，浮到了村子上空。"贾平凹也以那个类似《药》中那个不可能出现的花环，给了狗尿苔和牛铃们以虚幻中盛开的牵牛花。然而，杏开的孩子，能摆脱古炉村人的命运，走向新生吗？作家却以悲苦和凄凉暗示了悲剧循环的延续。有评论者认为，善人和蚕婆是古炉的良心和拯救的希望。我倒觉得，这未必就是真的，而是贾平凹为悲凉的虚无，装点的另两个花环。善人的"说病"，是心理暗示治疗法，也是极度贫困状态下，人们无奈的心灵自救。善人的讲述，以伦理与忍让为原则，并不能真正解决问题。而这些讲述中，"文革"的历史，不仅是现代性历史，也是古炉村微观政治的体现，更是中国命运的某种寓言。

贾平凹的小说技法，可以说非常成熟圆融了。"看似写实，实际写意。"写实是对细节的专注，而所谓写意，则指整体架构的象征性，及对线性时间被赋予的进步意识的解构。这种解构，也是由第三人称限制性叙事视角所导致的。理性的、庞大的历史，变成了狗尿苔眼中不可知的、充满了好奇和恐怖的个人化体验。因此，春夏秋冬这几个小说段落，又是缀段式的，任何一个单独拿出来，都能成为一个相对独立的段落，呈现出空间化的画面感。这种写法，也有人用过，但都不如贾平凹来得那么舒缓有致，层次分明，又灵动自如。而小说整体叙事节奏是不断加快的，这来自狗尿苔的焦虑，也来自外部力量对古炉村的干涉，先是霸槽的出走和回归，接着是黄生生和马部长对古炉村的介入，使得革命话语被转喻为夜姓和朱姓间的仇杀。革命话语蕴含的暴力性，使革命行为本身变成了荒诞的畸变。具体叙事手法上，贾平凹吸收了中国画技的一些手法，人物看似繁多而乱，灶火、水皮、来运、戴花、磨子、马勺、迷糊等人物，在一个个琐细细节中被牵连登场，如雾里看花，朦胧一片，却因狗尿苔的眼睛，被串联到一起。对事件的描述，有的地方浓墨重彩，例如，村人教唆各家养的狗惨烈厮杀；有的地方却破笔散锋，笔散神不散，笔破心不破，各处机缘安排，或隐或现，或点或染；有的地方则故意留白，例如，天布和半香的关系，霸槽第一次出走的经历等。而这些艺术手法，表面上看无甚章法，更多是出其不意，却带来"郁郁苍苍"又"错落有致"的整体感。而整体时空框架非常清晰，小说的脉络纹理，也因狗尿苔通灵的善良眼睛，表现出故事线索的清晰和故事内蕴的反思和通透。这种限制性人称的用法，和福克纳的《我弥留之际》、《喧哗与骚动》等相比，显然更多中国特色，也很精彩。

当然，贾平凹对"文革"的解读，虽有旁观者反思立场，但依然缺乏超越性"破开"的高蹈流走的恢弘气度。那些技法高超、意境高远的悲悯之后，依然有着作家无处安放的灵魂和弥漫四处的虚无。而这种虚无感，既是成就中国作家的武器，也是腐蚀和破坏中国作家精神强度、灵魂硬度和信仰高度的恶魔。这也是《古炉》中出现鲁迅式意象的内在原因。中国作家如今依然无法摆脱鲁迅式的深度书写方式与悲剧怪圈，如何在一个更高的文化层面实现"中国化"，又是"世界化"的小说突破的自觉，也许是贾平凹所要面临的真正问题吧。

二 关于《天香》

张　莉：写中国，《天香》有《天香》的方式。我读《天香》是沉浸其中的，王安忆在虚空中重构了晚明时期的天香园，我认为，小说着意书写的是作为一门手艺，申绣如何由发芽到遍地开花的历史。借助《天香》，我们进入了内闱中的女性日常生活，具体而细微地感受到那些闺房里的劳作如何成为我们的技艺、我们的历史、我们的文明。读完小说，我想到一句话："天工开物，栩栩如生。"我看到报纸上说有批评家将此书与《红楼梦》相提并论——《天香》固然不错，但没必要这样比附，至少，《天香》的丰富性远不及《红楼梦》吧？这明摆着呀。这种"比附"到了媒体上，对销量有好处吗，读者会信吗？反倒遮蔽《天香》的自有魅力。

《天香》里，王安忆写出了一种与人心、与人情、与人性紧密相连的"劳动之美"、"器物之美"。王安忆好像一直对作为美学意义上的劳动情有独钟，《富萍》、《逃之夭夭》其实也都在写劳动的美。《天香》书写的是女性的劳动、意义以及价值，在她笔下，那些女性情谊有韧性，有强大的生命力。我认为这小说讲述的就是美及技艺的传承，有关闺阁里的、边缘的、艰难而又绵延不绝的文明的流传。这种从虚空中唤回"美"的努力，是在另一种角度认识中国，认识中国文明。读完这小说让我记住的栩栩如生的人物不多，但一些场景我却记忆深刻，比如女人在绣房里的身影，比如天香园的美轮美奂，这感觉很奇妙。当然，小说的后半部分不是令人满意，不如前面吸引人。如果王安忆试图寻找中国式表达的途径，我认为这个实验是成功的，小说里中国式场景、中国式人物、中国式情谊和王安忆特有的与《红楼梦》相近的语言风格相得益彰。在阅读过程中，我无法不把当下的手艺、文明，与过去的财富结合在一起去理解，我相信，王安忆在《天香》中追溯边缘文明的努力，在未来应该会被重新认识，这是对历史、对文学别有所思的小说。

李云雷：王安忆的《天香》，由明清之际上海的申家建造"天香园"发端，描写了申家几代人命运的起伏与"天香绣"的兴起，展示了明清之际的沪上风情与世间万象。这部小说笔法细腻圆熟，故事则将大开大阖的转折与人物命运的沉浮融合在一起，让我们看到了作家游刃有余的控制力。这部小说的主角可以分为三个不同的层面，首先是天香园申家的女人小绸、闵女儿、计氏、希昭、蕙兰，这些性格与色彩各异的女性构成了天香园这个小世界的主角。她们在申家这个大家庭里有着各自的身份，她们复杂而微妙的关系显现了传统中国家族的特色，她们命运的起伏也显示了盛衰转换之际中国人的处世态度。"天香园"就像《红楼梦》里的大观园一样，既有日常生活的细微表现，也有命运转折之际的苍茫之感，让我们看到作家对传统中国生活的整体把握。小说的另一个主角是"天香绣"，这种精致细腻的绣品，贯穿着整部小说的始终，它在小绸、闵女儿两个人的手中诞生，在希昭手中得到提高与升华，又在蕙兰的手中走入了寻常百姓家。"天香绣"的故事与申家女人的命运相互交织，构成了《天香》的主体，当之无愧地可以被称为小说的主角。不仅如此,"天香绣"作为一种民间工艺的珍品,也代表着中国传统工艺的精神,作者以"天香绣"为主角也显示了她对这一精神的认同,而她的文字也正如"天香绣"一般细腻微妙,为我们织出了一幅《天香》。小说的最后一个主角是"上海",小说追溯的是现代上海的"前世",让我们看到了西方文明来临之前上海的"本来面目",但即使如此,我们在小说中也能够看到中西文明交流的滥觞,利玛窦、徐光启等人物的出现,让我们在小说平静的叙述中看到了上海的"未来",传统生活与现代因素在小说中融为一体。"上海"是王安忆《长恨歌》等不少小说的主角,此次她将目光放到四百年前,这是一种回到过去的"探索",但另一方面,时光的久远也使《天香》缺乏一种现实人生的体温。

梁　鸿：王安忆的《天香》有一种巨大的野心,一种长卷式的历史书写,历史的风俗长卷徐徐展开,温柔的诗意,舒适的倦怠,即使刀光剑影的东林党人暴动,也只是略略掀开一角,只让其呈现出风情的一面。阿施的质朴归野、返璞归真,正是小说的内在旨意。或者,作者骨子里更喜欢的是女性的千回百转,女性之间的挚情托付,而男人,只是让女性世界更加坚固,更加纯贞,也更具有内在的美、审美的美和人存在之美。女性成为本质,而非历史的观照物。她从来都是人类的创造者和守护者,神圣情感的守护者。

周立民：王安忆的《天香》是从另外一种表现方式,它完全借用了明清小说的躯壳,从结构到语言,甚至可以说是一件仿真品。但它在这样的躯壳下表达了确实非常现代的问题,大的问题是它在探讨上海的现代性起源,具体而言,它写出了在大变动中传统的儒家精神是如何失范,而近代的商业精神是怎样兴起的,以及这种兴起对世道人心的影响。这毕竟还是一个西方的视角和思维。但这不也同样是近代中国无法逃避的问题,而不是西方的问题吗?从这些,我认为不妨大胆地提出，长篇小说的中国化应当从形式的束缚或单一的范式中挣脱出来，它取决于作家的自我选择和大胆探索，也取决于作家与中国现实的呼应和深入程度。

房　伟：王安忆对传统的回归，则是对"城市想象"的后撤。如果说《古炉》像山水写意，那么，《天香》则像工笔彩绘。《长恨歌》中，王安忆为我们虚构了现代上海的怀旧想象，而《天香》则显露了王安忆试图继续为上海形象寻找"前世"，从传统和历史深处，复活上海文化谱系，塑造传统和现代融合为一体的"文化复兴的现代中国"的野心。王安忆在小说中表现出来的咄咄逼人的知识考古学热情，似乎在告诉人们，她是一个很有学问的作家。如果说《古炉》尚有较强的故事性，那么，《天香》则更像是由描写支撑的语言体。园林风物、人文地理、典章制度、琴棋书画，到美食烹饪、织绣成衣，都显得如七宝楼台，炫人耳目。而文人士子的酬唱吟和，大家族里女人们的心机算计，商场上的勾心斗角，僧道医俗的偈语顿悟，也都被展现得纤毫毕现，惟妙惟肖。就小说语言而论，则文白夹杂，又间有上海地方方言，似古代而又似现代，这也看作王安忆的一种语言突破吧。但是，尽管有诸多突破和成功之处，就个人口味而言，我依然不喜欢《天香》。梁鸿曾说过，《天香》读来令人感到"黏稠"和"窒息"，我也有同感。叙事节奏和速度的丧失，故事感的背离，使所有的精细彩绘变成了一次"满城尽戴黄金甲"式的色彩挥霍。更重要的是，在小说中，我们看得到高雅的文人趣味，贵族家庭的豪华生活，及百科全书式的社会展示，但却看不到文本的温度和热情，看不到作家内心的诚实、信仰，看不到作家精神的痛苦和追求，更看不到作家的灵魂。我们不过是被一个"导游"般的隐含叙事者带领着，进行了一次"明朝上海"的"文化穿越之旅"，品位高雅，却价格不菲。

杨庆祥：与《古炉》相比，阅读《天香》要愉快得多。我是利用每天晚上睡前的一会儿时间把《天香》断断续续阅读完的。这种"断断续续"的阅读经历和《天香》这部作品的结构有某种奇怪的一致。我觉得《天香》可以随便翻开,任意从某一页、某一段开始阅读,都能找到一些阅读的快乐,这种快乐不来自情节、人物和冲突,而是来自通过"美文"一样的文字营造出来的一种气氛。从这个角度来看,《天香》更像是一部散文作品,或者说是一部散文化了的小说。作为小说,我觉得《天香》的前面几章写的比较好,文字的营造与人物的性格命运的变化融合得比较贴切,但是从第二部"绣画"开始,我觉得就有些凌乱,对细节的刻意描绘冲淡了对人物的描写。

我注意到一个问题,在贾平凹和王安忆的小说中,细节描写成为讨论的一个焦点,一些评论家认为这是小说技巧娴熟,基本功扎实的标志,以之比附于中国的传统小说如《金瓶梅》、《红楼梦》等,并认为这是对于西方以人物为中心的小说模式的一种矫正,是对中国传统小说美学的回归。这些说法不无道理,实际上,我们发现贾平凹和王安忆的小说相对来说可能是最"不可译"的,他们运用的语言微妙而蕴藉,与传统汉语一脉相通。小说的人物化、故事化和戏剧化是"五四"以来小说的主导写作范式,贾平凹和王安忆的写作在反驳这种范式、承继中国传统小说美学方面可以说是有一定自觉意识的。但是我想指出的是,即使在中国的传统小说里,人物命运的迁延和日常生活场景的展开也是小说最主要的诉求,这种诉求要求把细节的描写限定在一定的范围内,不过中国传统的写作往往是发散型的,细节有时候会冲破小说的限制,成为一种文人式的自我展示。从这个角度来看,我对贾平凹和王安忆小说中的细节描写持保留的态度,因为一方面这些细节很多时候并没有限定在对人物命运和社会场景的展开这个方面,另外一方面,这些细节的意味又不足以支撑其作为自我意识展示的功能。也就是说,在"现代小说"这个范式、概念已经内在化的前提下,"中国化"可能是一个"伪概念",我们没有办法割弃现代小说对我们——

作者、评论者和读者——的内在化的规定。在我看来,"中国化"并非"返祖",而是在融合现代的基础上化传统、化当下,它更应该是一种"综合化"。

李 洱:一路听下来,我觉得讲得都非常有道理。我对庆祥说法很认同,"中国化"确实不是"返祖"。要考虑到明清小说的写作语境与现在的语境已经有了很大的不同,语境的这种变化甚至可以说是天翻地覆。如果说,在那样一个相对沉静的世界里,即便有改朝换代,但整体上的文化语境是比较沉静的,因为那个文化并没有断裂,作者和笔下的人物所面对的世界,并没有出现根本性的改变。这使得那种写法,具有一种可以连续的合法性。但现在,作者和读者都是处在一个变动剧烈的世界,一切都变了,据说连狗都不忠诚了。站在这个语境中进行写作和阅读,你能够轻易地回到过去吗?隔着两个世纪的漫漫长夜,你想回去就能回去吗?想返祖就能返祖吗?所以,我能够真切地感受到,重新检索我们自己的叙事资源的必要性和它的意义,同时我更感兴趣的是,在利用这种叙事资源的时候,作家们进行了怎样的必要的转换。

三 关于《春尽江南》

霍俊明:《春尽江南》这部长篇小说的题目曾经长期让我迷恋和充满期待,这具有强烈的诗意化象征的词语让我对其充满了各种难言的想象。江南的春天该是如此的让人向往和迷恋并值得反复的记忆,而江南的春天也有一天走向了尽头——曾经的春意必将枯萎。这显然也一定程度上凸显了格非《春尽江南》这部小说的精神宏旨。由繁荣到衰败,由诗意葳蕤到理想丧尽,这呈现的可能恰好是中国 1980 年代末期以降知识分子的命运和寓言。"春尽江南"应该是从一个春天里的"诗人之死"开始的。此后在诸多的写作者的文学叙述中由"诗人之死"开始中国进入到一个"全新"的时代。而这种精神的剧烈震荡、中断和转换不能不在格非等一代人关于历史和现实的想象和叙述中占有着相当重要的位置。与此同时，这种恍惚的历史感和精神的断裂感也成为其评价当下现实的一个尺度。显然，在格非这里扩充和夸张了1989年海子自杀给诗坛和文学青年所带来的影响。但是因为海子的自杀带有着中国诗歌和精神的双重寓言的性质，我们能够在这里得以窥见时代之间的差异。这种挽歌性的叙述情结使得格非在《春尽江南》中不断插入各种中外诗人和诗歌文本。这些"精神性"文本显然同时构成了对历史和现实的龃龉和诘问。当诗歌和诗人成为公众心目中的偶像，这个时代是不可思议的！当诗歌和诗人已经完全不被一个时代提及甚至被否弃，也同样是不可思议的！吊诡的是，这两个不可思议的时代都已经实实在在地发生。甚至在这种发生过程中众多的普通人和写作者们都感受到了空前的撕裂感和阵痛。那么，可以想见这种对历史和现实的双重疼痛的体验已经成为诸多写作者最为显豁的精神事实。所以，对于那些经历了两个截然不同的时代的作家而言，叙述和想象"历史"和"现实"就成为难以规避的选择。然而，需要追问的是我们拥有了历史和现实的疼痛体验却并非意味着我们就天然地拥有了"合格"和"合法"的讲述历史和现实的能力与资格。

梁　鸿：《春尽江南》是一幅中国文人伦理生活的破碎图。优美、哀伤、混乱、污浊。文人伦理的破碎不只是指作品主人公自身生活和精神层面的破产，它也指当他面对广阔的社会生活那种强烈的无能为力感，进而退缩，进而犬儒，进而回到历史的深处去寻找文人式的寄托。我觉得，《春尽江南》把主人公端午的这一层面写得非常好。《蛙》保持了莫言一贯的风格，把社会的内在荒诞以一种寓言的方式书写出来，但最终却呈现出高度的现实感。司空见惯的生活的恐怖和内在的制度危机。对人的精神的伤害，不管是姑姑还是那些村民，都是"被损害者和被侮辱者"。坚硬而又柔软的、残忍而又多情的姑姑,就像我们生活着的这片广阔的土地。

闭上眼睛,默想一下,这些小说的背后都有一个"中国意象"在里面,不管这一意象是指中国最本土的生活,还是中国最古典的文体样式,它有很高的指认度。我以为这是当代作家非常重要的回归,从西方视野中回到中国自身的源流之中,寻找营养,发现生活,发现我们自身的精神和相貌。

但是,我又有一种害怕。害怕什么呢?害怕这背后隐藏着一种更深远的不易觉察的"西方视野"。

李　洱:这几部小说中,格非的小说是最疼痛的。格非是身在庐山。看《春尽江南》,我忍不住想,我们都是谭端午啊。经历过80年代的人都知道,我们现在其实都是搬起石头砸自己的脚的人。因为这是我们在诗歌中曾经热烈欢迎和鼓吹的时代。射出去的箭,在地球上绕了一圈,射中了自己。突然想起了欧阳江河的一句诗,大意是,朝东方开枪,在西方倒下。我认同梁鸿的说法,格非的这部小说,确实可以认为有梁鸿所说的"西方的视野"。从故事上讲,他要讲述80年代以后的知识分子的生活,没有"西方的视野"就是不成立的。那些诗人,那些每一个神经末梢都经历过80年代的启蒙主义思潮的人,那些在西方的现代派主义诗歌影响下写下每一个句子的人,都只有放在"西方的视野"中才能够成立。如果你把格非的这个三部曲看下来,你会发现这三部曲是断裂的,虽然都还带着格非本人强烈的修辞风格,但总体上,比如从语言上讲,是从优雅走向混乱。他也必须走向混乱。我个人甚至觉得,还不够混乱,还没有完全放开。当然,你也有充分的理由认为,这种不完全放开,应对了端午这样一个还残留着部分情怀的诗人的内心生活。格非的三部曲,可以说提供了一个有趣的例证,就是传统小说的叙述范式在表现复杂的中国经验的时候如何一步步地被打破,被撑破,但在撑破的同时,又如何极力地保持现代小说的基本范式,使得我们可以通过小说的方式,有效地保持与读者对话渠道的基本畅通。

张　莉:我喜欢《春尽江南》。我是在去上海的动车上读完这个小说的,几个小时的时间里,有感喟,有不安,有说不出的沉痛感。对,就是沉痛感。谭端午这个人物很有普遍意义,他曾经意气风发,也有过理想,但诗人最终还是为世俗生活,比如拆迁、腐败、婚姻、孩子教育等问题缠扰,人到中年,像乱麻一样的生活死死捆住他。谭端午是束手就擒的人,也是时代的多余者,现实世界中的一切于他而言都是无奈的和无能为力的,他代表了我们这个时代大多数的失败者。

当我们谈论端午和家玉的家庭之困时我们在谈论什么?我们被深深触动,不仅仅是因为这两个人的具体生活,还因为他们让我们还想到了别的,那些我们精神上没办法表达但又需要表达的东西在这两个人物身上集中呈现了。格非以具体而切实的方式书写了这个时代知识分子的精神际遇,书写了生存者泯灭的痛感和自我麻木、对一切安之若素的灵魂。小说关注的是这个时代的物欲横流及此时代人心的溃败、人的自我原谅、自我沉溺和自我逃遁,深刻地写出了此时代的颓废之气。在当代中国,如何书写现实是困难的,在切近现实、表达精神处境时,格非在可能与不可能之间寻找到了如何谈论现实和精神疑难的方式,在虚构的世界里,作家在尽可能创造和构建一个"别样的现实",不是图情报告中的现实,而是脱胎于当下但又比当下更触目惊心的现实,格非身上这种敏锐的"现实感"很让人震动,他有穿透力。《春尽江南》写得既雅致又颓废,我认为,《春尽江南》是2011年长篇小说中最具代表性的优秀长篇,也是最能直面时代并能准确传达时代气息的作品。

因为写年度中长篇小说综述,我集中阅读了其他2011年的现实题材小说，很气馁，整体而言，有类型化及同质化倾向，感觉很多作品是"编造"出来的而不是"创造"出来的。为什么我们面前的现实浩大、深广、复杂，但到了纸上却不像真的而变成了假的？如果我单说某个小说很假，一定会有人反驳，——这事情就是在现实生活中真切发生过的啊。但感觉就是假，其实这也不仅仅是我一个人的感觉。我喜欢别林斯基的一段话："毫无疑问，艺术首先应当是艺术，然后才可能是一定时代的社会精神与倾向的表现。一首诗，不论它包含了多么美好的思想，不论这首诗对当代的问题作出多么强烈的反应，如果其中没有诗意，那么其中就不可能有美好的思想，也没有提出任何问题。"现在的问题是，很多作家是将个人的牢骚、看法加诸人物之上，使作品成为作家的传声筒而没有使它成为一种写作艺术。我以为是作家的能力出了问题，艺术独创性是匮乏的。

杨庆祥：《春尽江南》，是我最近读到的整体水平极高的一部小说，它符合我对优秀长篇小说的几个想象，第一，书写当下生活；第二，可读性强，能带来阅读快感，这种阅读快感建立在文字和故事的互相呈现；第三，简洁有力的结构，在这个结构中能够安置展开人物的命运。

《春尽江南》的所叙时间是当下，也就是此刻我们每个人都身处的历史时刻，毫无疑问这种直接面对当下的叙事对作家来说是一个极大的挑战。目前小说写作有一种两极分化的现象，一部分严肃作家逃逸到历史中去，通过历史来模糊自己和当下生活的距离；还有一部分作家则毫无顾忌地书写当下生活，以极其粗俗、浅薄的方式把当下转化为文学即时消费的对象，这一点在一些所谓的"写手"那里表现得尤其明显。因此，格非的选择实际上带有双重的拒绝：第一是拒绝假借历史来掩饰作家对当下生活认识力的虚弱；第二是拒绝对当下生活即时性的消费想象和消费书写。这意味着"当下"在格非那里不仅仅是一个所叙时间或者所叙题材的问题，而是他基于目前文学局势的一种非常自觉的选择,这里面包涵了格非的小说美学:近距离地观察身处其中的历史和生活,并以叙述的方式将其转换为一种精神图景(不管这幅精神图景是堕落还是升华,是高尚还是猥琐)。还需要注意的是,在《春尽江南》中,"当下"是具有延展性的,它被追溯到1980年代,我觉得格非在这里遭遇到了自我的意识形态,1980年代在中国的文化语境中是被高度赋魅的一个时代,与此相关的还有"诗人"这个身份,因此,选择一个诗人作为小说的主角并书写其在两个时代中的遭遇,格非以一种很隐忍的反讽拆解了1980年代的"神话",既然从一开始就是荒谬的,起源即是不干净的,那么,当下的庸俗和猥琐是不是就变得更容易忍受一些?但格非显然不愿意止步于此,谭端午作为一个边缘人,作为一个在我们当下时空中遭到冷落和嘲笑的过时的人,却在一定程度上保存了自己,他保存自己的方式是甘于做一个无用的人,甘于被世界抛弃,这是否是格非的哲学?我不太清楚。但是我在这里看到了端午(同时也可能是格非)非常含混的世界观和认识论:与世界一起堕落可能是无罪的。因此,小说在最后以诗歌作为结束,并不代表某种救赎,而是一种自我辩解和自我原谅。

李　洱:最后的那首诗《睡莲》,道出了格非的悲悯之心。呼吸的重量,与这个世界相等,不多也不少。当你写下了这句话,你的呼吸的重量就多了那么一点点,那多出来的一点点,就是悲悯。

房　伟:相比较而言,《春尽江南》的中国文化仪式感差一些,但却是当下中国文化和现实问题的一次心灵突袭。可以说,这是一部探寻中国当代知识分子精神失落的真诚之作。类似的主题,在1990年代曾有过一个集中爆发期,例如,当时《上海文学》上刊发的刘继明的《前往黄村》,格非也写过短篇小说《沉默》。当时的文化背景是市场经济的兴起和人文精神大讨论。然而,当时很多作家在发出"天鹅之死"的绝唱之后,也就各安天命,下海的下海,进书斋的进书斋,继续爬文学格子的，则大多换了笔法，进入抒情化、日常化或史诗性写作的领域。就这一点而言，我佩服格非。一个在相同主题上不断掘进的作家值得尊重，因为他很可能更执着于自己的心灵体验，而不是跟风找时髦。《春尽江南》的写作其实既延续了《人面桃花》和《山河入梦》的思考，也延续了90年代反思知识分子命运的主题，不过背景也延续到了21世纪更富足也更混乱的中国。这在充斥着无聊的偷情、黑暗的官场、强迫的温柔写作与装腔作势的史诗的文坛中，显得尤为真诚可贵。因此，我也愿意把该书看作是一次作家"中国化"的努力。

该小说的可读性强，小说出现了很多诗歌、音乐和学术性的东西，但却没有造成阅读障碍，而是丰富了小说的内涵。小说也有很多隐喻性画面。招隐寺作为一个具发端性质的空间场域，也有着独特的救赎色彩。例如，小说开头出现的性爱仪式，及诗歌《祭台上的月亮》很有意思，它意味着责任和浪漫的双重困境与内在分裂。肉体有无责任的浪漫的要求，而精神却在欢愉之后，有着沉重的责任的枷锁。在秀蓉和端午两个人身上，展现了中国当代知识分子在90年代的两种转向，一是转向追求中产化生活，一种是转向心灵的逃避。两人关系的所有问题，其实也来自端午在第一次性爱后的逃离。在一个物质气息弥漫的时代，两人都以为能从各自的策略出发，找到心灵的平静和幸福。然而，十几年的夫妻生活后，端午才发现，逃离不过是又一次妄想的逼近，这正是中国知识分子自身怯懦的象征。小说最后，秀蓉的死亡，是一次悟道的结果，也是心灵的升华。两人终于战胜了物质性的阴影，找到了内心的归宿。小说中的人物令人印象深刻，即使是次要人物，例如，黑社会成员小秋，富豪守仁，也显得非常生动。绿珠和小史作为新一代女性，也颇有意思。当然，这又非一部过于抽象化的哲理小说，小说对当下生活的把握，对当下家庭夫妻关系的洞彻，对复杂人际关系、亲情与爱情的把握，既有精准犀利的细节呈现，又有着村上春树般的浪漫温暖与机智从容。

2011年的长篇小说，表现出独特中国化倾向的，还有范小青的长篇小说《香火》。该小说语言疏淡从容，简约凝练，人物形象多以简笔式的白描勾勒为主，人物对话机锋多变，富于中国传统文化的"禅趣"。这部小说，有两条线索，一是香火和太平寺的兴衰变迁，二是香火的身世之谜。第一条线索是明线，第二条线索，其隐喻性作用更强。二者共同借助香火这个人物，传达出作家在当代汉语小说叙事艺术上的探索，及对中国文化传统的反思。这种反思，看似轻松自如，却反映出作家对中国传统文化，特别是佛学的异常深刻的认识。

李云雷：格非的《春尽江南》是他"乌托邦三部曲"的最后一部，在《人面桃花》、《山河入梦》中，他探讨的是民国时期与新中国初期知识分子的命运，《春尽江南》延续了这一主题，探讨的则是1980年代到新世纪初期知识分子的命运。小说主要集中于主人公谭端午如何从1980年代的著名诗人转变为一个无聊的小职员，以及他的妻子庞家玉如何从文学青年转变为一个如鱼得水的律师，他们以及他们身边人物的变化，让我们看到了中国二十多年的飞速发展造成的剧烈变化，以及主人公的生活与内心世界的巨大转变。小说中最值得注意的是，作者如何将现实生活的表现与其清丽典雅的艺术风格结合在一起。格非在《人面桃花》等作品中，将早期的先锋形式与富有古典意趣的语言融合在一起，形成了一种新的艺术风格，这主要表现为，在结构与意象上他更侧重于先锋式的探索，而在叙述中则更多借鉴了中国古典小说的语言，他巧妙地将二者融汇在一起，使小说具有一种雅致而内省的气质。在《春尽江南》中，这一气质仍得到了延续，尤其是在描述1980年代的生活时，不过当小说面对当下的现实生活时，这一风格也在一定程度上妨碍了作者所切入生活的深度与广度。

霍俊明：当然，一定程度上在叙述的"中国化"和"先锋性"上，就《春尽江南》而言，格非还是作出了诸多可贵的努力的。起码，在

"当下"的日常化的生活面前格非仍持有了一定的戒备、反思的能力和历史化的个人情怀。显然，在一个加速度飞奔的时代让写作"慢"下来是必要的。值得注意的是在"现代化"和"城市化"的奔途中，很多作家丧失了对"地方性知识"的关注。而全球化和城市化正是以取消地区特征、文化区域和地理景观甚至个体思想方式的"地方性差异"为前提和代价的。格非已经深切地感受到了这一点，因为他的老家早已经被拆掉了。我们在这个"去地方化"的社会，已经看不见"像样的村庄"了。这也是格非在《春尽江南》中反复出现这些句子的动因——"他几乎看不到一个村庄"、"乡村正在消失"、"不管怎么说，乡村正在大规模地消失"。与此相应，格非在小说中给曾经的 80 年代的诗人谭端午设置的工作环境是非常值得注意和玩味的——地方志办公室。显然，在一个"地方"被不断拆迁和挤压的时代语境下，知识分子形象和"地方"一样其命运不能不是尴尬而荒谬的。这不仅呈现了格非不断恢复和强化"地方性"知识的努力，而且也呈现了知识分子的隐忧、焦虑还有无边无际的失落甚至彷徨感。我们早已经目睹了差异性的"地方"在这个新的"集体化"、"全球化"时代的推土机面前的脆弱和消弭。据此，"地方志办公室"已经不再只是主人公的生存场景，而是更多作为一种精神地理学场域携带了大量的精神积淀层面的历史性、想象性和挽歌性的心理能量。"地方志办公室"也成了"诗人"连接"历史"与"现实"一个不可或缺的窄仄而昏暗的通道。实际上"地方志办公室"这个经过语言之根、文化之思、想象之力和命运之痛所一起"虚拟""再生"的景象实则比现实中的那些景观原型更具有了持久的、震撼的、真实的力量和可以不断拓殖的创造性空间。这恰恰是写作的先锋精神的显现。在一个愈益复杂、分化以及"去地方化"和"去乡村化"的时代，文学该以何种方式予以介入或者担当？这是否正如一位异域小说家所说的"认识故乡的办法就是离开它；寻找故乡的办法，是到自己的心中，自己的记忆中，自己的精神中以及到一个异乡去寻找它。"这是必然，也是悖论。

当格非在《春尽江南》中不断让海子以及当下的诗人们"现身"并几乎耗了一个多月的精力在小说的结尾也是"三部曲"的完结部分以一首60行的诗歌《睡莲》作为结束的时候，我们是否可以想象曾经的一个时代真的已经远去了。但是我们更应该注意到任何时代都不可能远去，因为它们已经以化若无痕的方式在"当下"不经意间现身甚至给你以响亮的提醒。只有小说家们同时在历史中看到当下，在现实中反观历史，我们才能同时用两只眼睛来观看这个世界以及同样深不可测的内心渊薮。只能说曾经的理想的诗意的年代确实已经结束了，正如庞家玉所说的——"如果说二十年前，与一个诗人结婚还能多少满足一下自己的虚荣心，那么到了今天，诗歌和玩弄它们的人，一起变成了多余的东西"。而我们的小说叙述该如何完成"当下"和"历史"相交错的"中国化的故事"，这才是关键所在。《春尽江南》以"当下"和"日常化的现实"结束，而《睡莲》又恰好是对二十几年前写于破败的招隐寺的旧作《祭台上的月亮》的"改写"。无论是诗歌、还是人物以及历史都已经被强行"改写"了。无论是试图重归过去还是企图超越现在一定程度上都不能不是痴人说梦。我们只能老老实实地说出我们真实的感受和个人创见，只有这样写作才是可靠的。哪怕我们最终续完的也只是——"失败之书"。

四　关于《向延安》与《武昌城》

李云雷：当前一些历史题材的小说，让我们看到了重新"想象历史的方法"，比如《向延安》和《武昌城》，试图从个人的视角重新进入历史，而《金陵十三钗》与《南京安魂曲》则从另外的角度——对民族苦难的审视与疏离式的叙述视角，让我们看到了不一样的历史叙事。

海飞的《向延安》是很有分量的一部作品。小说以向伯贤在屋顶被一颗流弹击中坠落身亡开篇，但整个故事的主线却是围绕着向伯贤的三儿子向金喜而展开的。小说也采用了家族史式的结构，向金喜的大哥是秘密的共产党员，二哥是汪伪特工，姐夫是军统锄奸队员，姐姐是革命者，向金喜本人则由一个酷爱厨艺的城市青年，偶尔在懵懂中踏上了革命之路，最终成长为潜伏在敌特内部的英雄。小说的主人公向金喜是一个看似与革命无关的人，他生活在自己的世界之中，是一个平凡的小人物，但时代的大潮却将他引到了革命的道路上。不过与他的同学们直接奔向延安不同，他被留下来"潜伏"，忍受着误解从事着危险的工作，心却坚定地向着延安。而在解放后，与他单线联系的人牺牲了，他的革命者身份无法确认，他也以一个普通人的身份到工厂去工作。在以往的"革命历史小说"中，很少会将金喜这样的人物作为主人公，那时的英雄是崇高的，而金喜却是平凡的，但小说恰恰在平凡中写出了金喜的特色，他的形象也在这个时代向我们讲述着革命的魅力与合法性。小说的后半部着重描述金喜的"潜伏"故事，描述他在各种关系与力量中如何为党工作，小说吸收了一些通俗小说的技法，故事性与戏剧性都很强，将革命题材以一种更易于接受的方式表现了出来。这些都为重新讲述革命历史创造了新的方式，这也让我们看到，革命历史恰恰是丰富、复杂而曲折的，充满了各种可能性与偶然性，在其中我们可以看到历史风云，也可以看到人性的最深处，而对于作家来说，如何寻找到一种新的方式通向这一段历史，则是需要去探索的。

方方的《武昌城》，以1926年北伐战争中的武昌战役为中心事件，再现了当时的历史情境。小说分为"攻城"与"守城"两部分，上部以追随革命的学生罗以南和南军独立团连长莫正奇为主线，展现了北伐军乘胜追击的气势，以及攻城时的激情、信念和牺牲；下部以支持革命的学生陈明武和北军参谋马维甫为主线，记录了北洋军的负隅顽抗，以及乱世中日常生活的崩溃。这部小说的着重点不在于重现重大的历史事件，而在于对战争中人性心理的深刻探讨，小说的上部以曲折而又不断反复的情节，表现了一个人在极端情境下的坚忍及其内心世界，下部则呈现了战争中的乱世场景，人与人之间的残酷争夺，为了活命而采取的各种方式，以及不同人的极端表现，让我们看到了人在战争中的种种非理性。小说写的虽然只是武昌战役，但也让人反思战争本身的残酷与极端，但是另一方面，小说中戏剧化与单线条的处理方式，也让人感到如何以"轻"驭"重"仍是一个需要探索的问题。

这两部作品偏离了通常的主旋律叙事，从"个人"的角度进入历史，为我们带来了一些新的叙述经验与美感。

梁　鸿：我们如何想象历史？其实也是连接到上一个问题，即我们如何认识我们的生活世界？"十七年文学"把党的革命史和建国史塑造成一个"高大全"的形象，缺乏真正的"个人"的存在，政治与普遍的琐碎的人性似乎是天生对立的，不融合的。但是，这一叙述方法恰恰是对"政治"、"革命"的单向度理解，它不包容，不辨析。所以，我们看以后的当代作家在书写革命史时，要么，只有负面，要么，只有歌颂。其实，也是在回避本质的问题。

海飞的《向延安》是颇具另类色彩的主旋律小说。超越了一般的政治正确的概念，把"延安"界定为一个符号，一种信仰和理想之光，是人类在任何时代都会有的理想之光，而不是具体的正确路线或政策方针。这就使主人公的追求及随后的牺牲产生了更为复杂和多义的理解。革命者金喜的形象暧昧、丰满，具有非常充分的可阐释性。方方的《武昌城》上下两部，两个文本具有互文性。所谓的崇高、理想、正义既更加纯真，但同时也具有了相对性。因为城外的人以正义围城，而城内的人却在遭受着饥饿、死亡和悲欢离合。这种不可调和的矛盾本身为文章增加了悲剧性。气势恢弘，又写出细微的人生百相，体现了战争的残酷性。

这两位作家的写作都有很大的启发性，但毕竟还是主旋律，可以看到作者的拿捏和分寸感，尤其是海飞的《向延安》。作者似乎有一种担心，害怕陷入某种评价里面，想两面讨好，但又很难。不过，这种尝试，这种新的想象方法还是有很大的空间的。

张 莉：我个人有个判断，方方是2011年度重写革命史的重要作家。《武昌城》呈现了1926年北伐时期的武昌之攻守，重新回到1926年，方方以人头悬挂在城墙的方式为始，书写了那个时代的雷惊电闪。不过，我更看重她的中篇《民的1911》，我认为在这部小说中，她寻找到了一种饶有兴味的书写历史的方法。她虚构了一个"无处不在"的孩子"民"。这个剃头匠的儿子目睹了一百年前革命的起源与发生。有个细节特别让我印象深刻，主人公"民"鼓励他的父亲去割下敌人的人头，父亲回答说："割下来又怎么样呢？"他的母亲也并不知胜利的意味："就算胜利了，汉人当了家，你还是你，我还是我，你爸爸还是剃头，来剃头的也不会多给他钱，我们买米的钱也照样不够。"《民的1911》的贡献是还原了革命发生的语境，那里有激情、有莽撞、有偶然、有必然，但更有半推半就、犹豫不决、优柔寡断、阴差阳错。小说中被称为"民"的主人公不仅仅只是个人名，结尾也是一语双关："在很多年里，我一直向我的后代传达着这一句话：民，你要努力奋斗。我想或许一百年都过去了，我们都还得把这句话传下去。民，你要努力奋斗！"方方的历史书写使我们对革命史的理解变得人性、复杂、立体。

李 洱：方方真的是女作家中有气势的人，有风骨的人。你有时候感觉这好像不是女作家写的。你读她早年的《风景》，读她的《乌泥湖年谱》，都很有气势。我是在《人民文学》上看的《武昌城》，读了以后甚至有一种感觉，不像是读文学作品，有点像读当事人的记述，不虚饰，不造作，抱朴见素，不玩虚的，几乎不受各种意识形态的限制，这一点其实很难得的。

张　莉：海飞的《向延安》和《往事纷至沓来》都是革命题材作品，《向延安》更成熟。酷爱厨艺的青年为爱情、也为理想成为忍辱负重的潜伏者，故事的视角独特，这是小说成功最重要的因素，以具体而细微的视角切入宏大革命年代，这样的匠心独运完成了海飞个人意义上的写作转变，《向延安》也成为年度红色题材小说的代表。

今年的革命题材小说从数量上看真的很繁荣，但读起来却不是。问题很多，首先是同类题材被过度开采了，很多小说一看就是冲着改编去的，几乎都是地下工作、暗杀、情报等套路，写作者的历史知识太苍白了吧？这是对读者智商的低估。其次，大部分书写者对革命者的理解都是"单向度"的，很显然，坚定的信仰并不是"显在"、"天然"的，而是各种条件逐渐形成的，那么小说家如何从多角度去理解人心，如何认知与理解历史中的"偶然"？很多叙事都是一厢情愿，人物们像木偶，不接地气。

周立民：一个好的小说，历史不能外在于作家的心，外在于心，小说就成了机械地叙事，那种被历史绑架了的长篇小说我们见得多了。而内在于心，历史事件成为作品人物的自身经历，人物的情感也内化其中，艺术与历史融为一体又分道扬镳，所谓想象历史的新方法，同样在于大道而不是小技。方方在《乌泥湖年谱》、《水在时间之下》中对于人物命运的关注和有力表现中，都涉及人物所活动的大历史大时代，她有着一贯的处理历史的举重若轻的能力，这一定令那些动不动就让历史压死压扁的作家垂涎三尺，而这部《武昌城》尤为精彩。小说上下两部攻城篇和守城篇，从叙述上相互对照，一正一反，编织得天衣无缝，而且请注意两部中间的呼应和连接真的体现作家的叙述功力。更重要的是这个随时就会掉入历史的泥淖中的题材，却让作家在自己的手中游刃有余地写出了自己，写出了战争残酷中的人性复杂，写出了灾难环境中的坚韧，写出了一个人物在人生的转折中的内心，书中的个个人物,不是历史的提线木偶,而是活在作家所设置的历史情境中,它们为作家的写作服务。我觉得这同样不是方法的问题,而是作家能够穿过史料,看到人心,抓住人情,作家把史料融化了,让它们都不在了,又无处不在,他塑造的人物才有可能走出来。哪怕随笔表现的一个人物,也让人印象深刻,比如郭沫若,带着宣传队误听了北伐军胜利的消息,敲锣打鼓来迎接一败涂地的部队。多少年前,我读过郭沫若的自传《革命春秋》,讲的就是北伐的经历,而方方的小说写出了人物和人物的内心,编织出人生和历史戏剧化的一面,把握住这个,不但小说成功,不也写出了"大时代"吗?比如上篇一直在提出的问题:你们为什么参加革命?而下篇马维甫自问:全城人的生命与军人的职责之间哪个更重要……这些又都是超越了历史和时代的问题,让小说有了形而上的思考。

房　伟:对于想象历史的新方法而言,2011年的长篇创作中,严歌苓的《陆犯焉识》很好,严歌苓的小说,有很多非常女性化的地方,比如,优雅的文笔,洞彻历史的冷静与悲悯的温婉,而她的创作领域也是非常开阔的。小说通过高级知识分子陆焉识悲欢离合的经历,写了一个特殊时代对人性的摧残。在对反右题材的开掘上,该小说没有太多的悲愤意识,而人性化的视角更让人接受与感动,没有刻意的丑化和渲染,却制造了"如幻似梦"的历史悲情氛围,而就细节而言,很多地方也很见作者对该题材的历史史料的研究和把握。

五　关于《南京安魂曲》及其他

杨庆祥:《古炉》、《天香》、《南京安魂曲》都可以归入广义上的"历史写作"这一范畴。我最近和金理、黄平在《南方文坛》上专门作了新世纪以来历史写作的一个三人谈。在我看来,近几年历史写作的勃兴至少有几个诱因,从写作传统来说,中国作家其实一直有很强烈的历史意识,这与中国"重史轻文"的文史传统有关,作家往往认为只有通过书写历史才能为写作找到更大的意义背景。第二点是,我个人感觉到,这里有作家自我意识的一个调整,90年代曾兴起过"新历史主义"的写作,试图以"个人"的视角去拆解历史,其背后有强烈的写作政治学的策略;但是在这两年出版的一些小说中,这种强烈对抗的东西有所削弱。最明显的就是刘震云的变化,在《温故1942》、《故乡天下黄花》之类的小说中,语言狂欢后面的意识形态诉求是非常明显的,这从一定程度上损害了小说本身的质地。但是在《一句顶一万句》里面,虽然对于表达的口腔欲望依然构成小说的一个看点,但是这种欲望的表达更多地和人物的命运联系在一起,是在推动着人物的发展和丰富,而不是直接指涉简单的政治美学。这种自我意识的调整实际上意味着作家在重新理解中国的历史和现实,并以此来重新调整自己的叙述姿态。我觉得这一点非常重要,我个人的阅读感觉,80年代以来文学叙述一个最大的问题就是所谓的"自我"太膨胀了,叙述者总是把自己置于道德的制高点,并以这种道德的优势来臧否历史,这直接导致了80年代以来的文学书写的简单粗暴。但是在《古炉》、《天香》、《一句顶一万句》这些作品中,我们看到了一个姿态很低的叙述者,一个善于把自己隐藏起来的叙述者,在这种有意识的叙述语态中,历史在一定程度上恢复了其丰富的可感性。

在这些作品中,《南京安魂曲》相对来说比较特别。一是其作者的身份,美籍华裔;二是其题材,南京大屠杀,这是一个对中国人来说非常敏感的题材,它触及了中国在现代史中最难以面对的历史之惨重和黑暗。《南京安魂曲》的开篇几章可以说是杰作,哈金通过本顺之口以非常朴实的语言描述了大屠杀的恐怖,这种质朴的叙述形式与大屠杀所携带的恐怖、沉重的历史内容形成强大的张力,我几乎是在一瞬间就被这种力量击中。我记得当时我是在列车上看这本书,正好车过蚌埠一带,离南京很近,想到眼前这片土地曾经生灵涂炭,我有强烈的疼痛感,同时也升起一种道德的热情,觉得自己应该热爱这片土地和生活其中的人民。说实话,我有很多年没有这种说起来很矫情的阅读感受了。从这种阅读经验来说,我觉得《南京安魂曲》至少前面的几章是非常成功的。不过感到遗憾的是,小说的后半部分越来越疲软,叙述没有什么张力,人物也显得比较单薄,结尾也显得有些无力。如果非常善意地去理解这种情况,我想,文学叙述是不是存在某种限度?在一些巨大的悲剧和黑暗前面,文学叙述暴露了其自身的无力。在这个意义上,我倒是觉得可以理解张艺谋《金陵十三钗》的一些处理:因为历史一旦进入书写,就不得不被景观化。

张　莉:《南京安魂曲》我也读了,小说后面列出的一系列重要历史资料,可以看出作家对历史真实性的真诚追求。但从技术层面来讲,小说没有能抓住读者的心,读者没有进入历史的浸润之感。哈金在这个题材上没有能在深广层面切进人心,我觉得,以他的能力应该写得更好,这小说有负期待,让人遗憾。

在历史书写的开拓性与创新性上,我推荐小白的《租界》。《租界》写摄影师小薛在十里洋场的经历,小说家尽其可能贴近1930年代的生活,他关注城市的空间感、天空的天际线,以及人物的语言方式与语调。小说的历史感正,对那个时代的革命气氛的勾勒很迷人。历史感被很多写历史的作家忽略了,这不是资料多少的问题,而是如何进入历史的问题,所以,读当下所谓民国小说会别扭,穿着民国的衣服说着当代人的话,很"穿越"。《租界》之所以能有惊艳之感,就是它构造了一个奇异的、熟悉而又陌生的历史现场,小说家够敬业,做功课做得到位,只可惜作者不是熟面孔,被很多人忽视了。

房　伟:说到哈金的《南京安魂曲》,我觉得现在的评价太高了。《南京安魂曲》的意义在于,新世纪以来,终于有一位当代中国作家敢于在长篇小说领域，用史诗化手法触碰这样的"大题材"了。（其实，阿垅的《南京血祭》和周而复的《南京的陷落》都是关于南京大屠杀题材的很不错的作品。）南京的失守，是近代以来中国民族文化和国运兴衰的重大转折点。可以说，南京大屠杀，是一个民族现代历史的痛疼点，也是我们非常重要的叙事资源。我们应有大量优秀的文学作品，如日本的"原爆文学"和欧洲的"大屠杀文学"。但是，这一点上，我们做得很不够。我们的民族，善于遗忘痛苦，而不善于反思和回顾。而我们的当代文学，也在所谓纯文学化、个人化的导引下，越来越丧失理性把握大历史题材的能力。恰在这个时候，哈金站了出来，勇敢地触摸了这个题材。就勇气而言，我们大陆的作家应感到羞愧。但是，我并不认为哈金能驾驭得了这个题材。老实说，没看《南京安魂曲》的时候，我对这本书抱有很大希望。这些年来，我们经常呼唤重大题材和民族国家意义的经典名作，不仅官方意识形态，且普通民众和知识分子，都在寻找大师、寻找经典的焦虑中惶惶不可终日。然而，阅读之后，我却很失望。作者既不懂日本，也不懂中国，更以贩卖来的视角和眼光，勉强应付了这么一个属于中国本土的故事资源。

说到这部小说的纪录片风格，我很难发现其中有所谓深刻内涵，只有因缺乏想象力和情感体验力，所导致的对史料的"小心依附"。所谓"日军煮出的饭是血红色的"等细节，很多完全来自史料，如魏特林、拉贝与东史郎等人的日记，及松冈环的资料，张宪文教授的《南京大屠杀史料集》等，而除了猎奇之外，作家对这些史料的艺术加工，创造性的理解，却很难看到，更遑论创造出独立鲜明、内蕴深刻的人物和故事了。例如，安玲这个人物就显得贫瘠，魏特林也很扁平化。所谓的纪录片写实，也就沦为细节的刻板堆砌。而由于缺乏对这个题材深刻的理解和感性认识，作家的语言也是苍白拘谨的，缺乏生命力和鲜活感。

同时，这又是一个充斥着后殖民性的作品。难道非要从外国人的视角出发,我们才能书写本民族最大的心灵痛楚?安玲作为旁观叙事者,她的存在价值,就是引导读者们了解魏特林,了解西方人士对大屠杀的拯救,了解日本兵的凶残,而不是理解中国人面临苦难的尊严、屈辱和抵抗,不是理解人性在屠杀时的种种复杂变异。如果从反映社会的宽广度和深度而言,小说对南京浩劫的展示,针对面太窄;就人性描写深度而言,这部小说所展现的,也远不如陆川的电影《南京!南京!》;甚至就描写末世丧乱而言,该作也远远不如几百年前孔尚任的《桃花扇》来得回肠荡气、沧桑深刻,更不用说有价值的历史学想象了。这里,也有一个中国故事的"形象资本"问题。自上个世纪开始,中国现代化的转型,为中国文学提供了异常丰富的书写资源。然而,艺术家却不能把握这样的素材,却成为"西方想象"的另一个证明,这一点值得我们反思。

李云雷:严歌苓的《金陵十三钗》与哈金的《南京安魂曲》同样取材于"南京大屠杀"这一重要史实,但二者在艺术上却有着极为不同的呈现。严歌苓的《金陵十三钗》由她同名的中篇小说扩展而成,并已改编为电影。小说中"我姨妈"书娟是寄学在金陵城中一座名叫威尔逊美国天主教堂里的一位学生。在南京城被日军攻破后的那天清晨,威尔逊教堂后院的墙头上冒出了几个打扮俗艳的女人,她们恳请英格曼神父收留,神父经过艰难的思考最终收留了她们。她们是来自秦淮河畔青楼堂子间的女人,这群人与女学生们之间发生了种种矛盾与罅隙。这群人中还有一位令"我姨妈"书娟切齿仇恨的玉墨,原来她曾差点破坏了书娟的家庭,也是由于她,母亲才与父亲一起出国,将她一人留在了国内,遭遇了此番大难。十二天后,一名大佐率领着一群日军强行闯入了这块避难之所,他们以庆祝圣诞名义,要唱诗班女生到军营为他们献唱。在这无可退避的时刻,以玉墨为首的这群女人挺身而出,她们一共十三位,借着夜幕掩护,每个人都以必死之心,身揣暗器，成功地替换了女学生，跟随日军前去。小说描绘了在巨大的灾难面前不同人的表现，善于以细节表现"人性"，但小说也显示了一种暧昧的历史观。

哈金的《南京安魂曲》，主要讲述美国女传教士明妮·魏特林在金陵女子学院开设难民营、抵抗日军暴行、保护上万妇女和儿童、成立家庭工艺学校等行动。文中的叙述者"我"——高安玲是明妮的助手，她目睹了残酷的战争背景下，人的不被尊重和任人践踏的历史悲剧。小说中的主角是明妮·魏特林，作者主要以她的视角写了"南京大屠杀"后中国人的悲惨处境，但在小说中作者所关注的重点不是中国人的命运，而是明妮·魏特林的性格与命运，尤其是小说后半部，作者对明妮·魏特林与上司在理念与人事方面的斗争过于关注，在某种意义上这部小说可以称为明妮·魏特林的"安魂曲"，而忽略了"南京"。在写作方式上，作者客观、冷静、精密，以一种疏离、淡漠而又控制性很强的方式掌握着小说的走向，并以此逼近"真实"，但面对如此重大的民族灾难，一个中国人很难无动于衷，小说所表现出来的只能是"外在"的视角。严歌苓的《金陵十三钗》与哈金的《南京安魂曲》也提示我们思考，该以怎样的方式去面对我们民族的灾难？我们能否从民族的苦难与耻辱中觉醒，避免悲剧再次发生？

周立民：哈金的《南京安魂曲》则让人十分失望，我没有看魏特林和拉贝的日记，无从对照，但小说仿佛是金陵女子学院在沦陷中的报告文学，头绪芜杂，抓不住要点，无力的事实罗列，失败得一塌糊涂，尤其是让我弄不清楚：小说家的天职在哪里？如果非要去与历史学家争锋，又要讲点打动人的故事的话，那么两面他都不讨好。哈金的失败在中国小说家中不鲜见，不知有多少作家就是这么写的，对历史没有看法，对艺术没有感觉，相比之下，我宁愿直接去读历史！

张　莉：我附带谈两部今年媒体很关注的小说。因为章诒和的名气,《刘氏女》媒体很关注,它写了一个狱中故事,爱慕虚荣的刘月影因丈夫老魏的"羊角疯"而气恼,进而将其残忍杀死、肢解、腌肉、装坛而入狱,又因狱中救人而获减刑出狱。小说很同情刘月影,由此感叹"一个人犯罪,法律能惩罚他,却不能拯救他"。人性的幽微、黑暗在这个女囚身上获得了具体呈现,不过,这小说受到的关注与它的质量不成正比。《刘氏女》传达出一种怨怒之气,它遮蔽了这小说题材本该有的深度和光华。章诒和对刘氏的同情固然可以理解,但写到被刘氏女杀死的丈夫"老魏",说到刘氏女的儿子时,叙述人的冷淡态度让我很吃惊,这种以个人好恶理解世界的方式让小说的"人道主义立场"打了折扣。

严歌苓的《陆犯焉识》我印象也很深,在劳改农场中,人与一切外在的酷烈环境争夺活下去的空间与可能是小说中最令人难以忘怀的部分,我相信,陆焉识与妻子情感生活的"传奇性"意味着这部小说将很快会获得改编并成为拥有广大观众的影视作品,但是,这部小说的问题也在于对"戏剧性"冲突过于追求,太像"戏"了。对"戏剧性"、"故事性"热衷使这部小说忽略了对人物内心世界的深入挖掘,严歌苓很多小说都有这问题。

六 我们的时代及其文学

梁 鸿:我们如何想象我们的生活?甚至,我们如何察觉我们的生活?我们的眼睛背后的依据是什么?自中国被强行拉入世界史以来,那个天朝中心主义的帝国已经溃败,甚至,在那之前,在西方人眼里,中国生活就缺乏实质性的精神生活(黑格尔语)。英国作家托马斯·德·昆西从来没有到过中国,他在《一个鸦片吸食者的忏悔》中写道:"一个年轻的中国人在我看来就是一个再生的过时的人。""亚洲就是一个巨大的人窝。在这些地方,人长得像草一样。"

我害怕,在我们想象自身的生活时,想象"乡土中国"和"中国性格"时,是不是也会把我们自己想象成"人窝","一个年轻的过时的人","一个没有精神的民族"?这一问题其实自鲁迅时代的创作开始一直就存在。这并不是说我们要回避我们这些缺点,而是说,当我们这样来书写我们的生活时,我们是否容易"矮化"我们自身的存在?我们该如何处理我们自身精神世界的缺陷与我们存在的合理性之间的关系?该如何处理我们民族的弱点与自身荣光的关系?这样一个被称为"人窝"式的世界,就真的没有亮光了吗?我在看《古炉》时,觉得缺乏这种亮光;在读《天香》时,觉得那生活有点像刺绣,亮光没有穿过历史;在读《蛙》时,觉得姑姑本身就是那黑暗与亮光的结合体,但同时又太过肆意;在读《春尽河南》时,觉得这亮光是真正的亮光吗?

所以,其实,还有一个根本性的问题,我们如何认识我们的生活与我们的精神?只有体式的像,不是真正的像,那个"精神"在哪里?撇除附着在我们身上的种种镜像,中国生活到底是什么样子?这是一个所有作家和学者都必须面对的学术问题。

周立民:说到中国的现实,一个敏锐的、有责任感的小说家不应当无动于衷,当今中国,有时候我觉得这是巴尔扎克的《人间喜剧》的时代,有时候觉得这是狄更斯小说所描述的时代,当然也可能是罗曼·罗兰《约翰·克利斯朵夫》中写的"将死而不死于恶死之日"的时代……人们常说每天发生的事情比小说还精彩,小说家不是时代的新闻记者,但能够在这样火热的时代面前闭上自己的眼睛吗?格非的江南三部曲,前两部一般,而第三部《春尽江南》倒不乏收场的精彩,它的精彩在于识破了这个时代那种一往无前的虚妄,同时,为被目为社会失败者的多余人辩护,我觉得作家对当下的思考比他前两部对于革命乌托邦的反思更打动人心。新世纪以来,很多作家都在努力与当下中国的"现实"进行对话,比如阎连科从《受活》、《丁庄梦》到《风雅颂》的一系列创作,都在提醒我们注意现实、反思"现实主义"。余华的变风,一部《兄弟》让人议论纷纷,这之中,实际上大家都参与到对中国现实的概括、命名和各自想象的讨论中。莫言的《蛙》在打量曾经影响我们生活的"重大现实"时,考量作家的不仅有想象力,还有你是以什么样的价值标准来介入现实的问题……这些作家以各自的创作回应着现实生活的挑战,也给我们留下很多值得思考的空间。回到现实,成为长篇小说创作一种新的活力的源泉。包括一些被认为是艺术水平不高,但在大众中广为流传的网络创作,它们之所以有那么高的呼应,同样是现实的力量。当然现实的力量如何转化为创作文本中的艺术的力量,经得起时间的检验,那是作家和批评家应当共同探讨而不要再清高地回避的问题。

  霍俊明:多年来我们注意到一些作家并不缺乏对历史的想象和叙述能力,但是更多的却是丧失了对"日常化现实"的发现和想象能力。而更为吊诡的是,在一个讯息极其发达的"自媒体"时代,很多写作者都自认为在现实生活和写作情境中都不断地呈现了这个时代最为"真实"的一面。我们看看这些年来流行的官场、底层、农村写作已经成为公共写作现象就很能说明问题了。但是,很多写作者普遍高估了自己认识现实和叙述现实的能力。实际上,我们也不必对一种写作现象抱着道德化的评判,回到文学自身,我想追问的是当涉及"中国现实"时作为一种"文学和想象化的现实"离真正的"日常化现实"到底有多远?显然,在一个社会分层愈益明显和激化的时代,"中国现实"的分层和差异已经相当显豁,甚至惊讶到超出了每个人对现实的想象能力。这实际上就形成了格非《春尽江南》所牵涉的两个甚至多个"历史"与"现实"文本之间的差异以及叙述上的难以榫结的尴尬和困境。换言之,面对上个世纪的 80 年代(甚至也涵括了对"文革"等历史知识的重新认知),格非在小说中能够以清醒的"介入者"和审慎的"旁观者"

进行具有个人想象能力的"深度"叙述和"自由"观照。但是，到了对1993年之后尤其是新世纪以降的更为贴近个体的"日常化现实"（当然这种"现实"也将很快成为历史的一部分构件）的时候，叙述者却感到了巨大的犹疑和困惑。曾经的清醒、审慎、反思再一次坠入到了"现实"的涡流之中。我们本应该对更为切近的现实据有不言自明的话语权，但是事实上我们不可思议地充当了盲人和哑巴的角色。格非叙述的端午和家玉的身份和命运（比如由诗人和文学爱好者转入到毫无诗意的小职员和律师的工作）具有了对这种"现实"和相关的历史性的象征与思考，也不失其普遍的代表性和深切的寓言性。更具意味的是李秀蓉（曾经的80年代的文学青年）向庞家玉（去诗意化时代的律师）的转换，正体现了格非对两个截然不同的时代（"两种精神现实"）的认识能力。也正如格非自己所说这个人物的设计"已考虑到上世纪80年代和当前生活的区别，所以我想怎么把这两个人区分开来"。这看似是自然合理的，也体现了格非并未遗失的"先锋精神"，但是这恰恰呈现了众多"当代"作家的集体性的困境。作家们太希望和急于处理"历史"和"现实"了，而在他们看来曾经的"历史"和"现实"之间是有差异和天然的鸿沟的。基于此，体现在他们的写作中就是不断在自觉或不自觉中以乌托邦的意识来看待历史，而处理"当下"的时候又无形中成了怀疑论者或犬儒主义分子。

当我们更为深入到《春尽江南》主人公的以及叙述者自身的"精神现实"却发现了一些不足。换言之，在离叙述者更为接近的"现实"时我们会感受到扑面而来的与每个生存个体都相关的"现实"，但是仔细深入考量缺少的却是更为深入、凛冽和令人惊悚的"文学的现实感"。在现实和写作面前作家应该用什么"材料"和"能力"来构建起的文学的"现实"？进一步需要追问的是这些与"现实"相关的文学具有真正意义上"现实感"或"现实想象力"（区别于原生态意义上"现实"）吗？尤其是在一个加速度前进的"新寓言"化时代，各种层出不穷的

"现实"故事实则对写作者们提出了巨大的挑战。当下,试图贴近和呈现"现实"的文学不是太少而是太多了,而相应的具有提升度的来自现实又超越现实的具有理想、情怀、热度的文本却真的是越来越稀有了。

李云雷:2011年也有不少作品密切关注现实,让我们在时代的飞速发展中,可以看到中国城乡发生的巨大变化,以及中国人的现实生活、内心波动与精神困境。但就总体而言,我们尚没有看到能够深刻地表现出我们这个时代的大作品,我们所处的是一个"大时代",但所写出的却只是"小作品",这是一个悖论,也是值得我们思考的。我们的文学从"西方化"到"中国化",可以说是一个自觉,让我们重新接续上了中国文化的血脉,但无论是西方作品,还是中国古典,都只能是我们借鉴的对象,而不应是模仿的对象,真正的大作品只能从创作者的生活体验之中来,只能从我们正在经历的历史剧变的疼痛与欢欣之中来,只能从我们这个时代的血汗、泪水与希望之中来,我们期待着这样的"大作品"。

这个时代的网络文学

时　　　间：2011 年 5 月 19 日
地　　　点：郑　州
主　持　人：李　洱
特约主持人：房　伟
参　加　者：周立民　杨庆祥　李云雷
　　　　　　梁　鸿　张　莉　霍俊明

李　洱：网络文学很可能是中国特有的一种文学现象。就我所知，中国作协近年特别加强了对网络文学的关注，包括对网络文学作家的扶持。鲁迅文学院办过网络文学作家班，中国作协连续两年举行传统作家与网络作家的对话，与对话同时举行的，是传统作家与网络作家的结对子活动。铁凝主席、李冰书记都亲自参加了。

我参加了中国作协举办的第二次对话。我的基本看法是，网络文学在经济比较发达（电脑普及）、出版制度比较严格（审查制度）、出版资源相对有限（出版比较困难）的情况下，出现的一种文学现象。西方国家不会把它叫做网络文学，朝鲜和古巴以后会出现网络文学，越南很可能已经有了网络文学。从这个意义上说，网络文学非常值得研究，对它的研究可以辐射到更广阔的层面。

对网络文学的研究，现在已经进入高校，比如北大邵燕君就开设了网络文学研究课程。我曾对邵燕君老师说过,这个研究太有意思了,太有必要了。我自己曾与不少网络文学作家有过接触,也有过对话,可以感受到他们其实更愿意进入传统出版领域。已经成名的网络文学作家,都想摆脱网络作家的称号,也更愿意与传统作家比如李洱之流进行对话或一起参加活动。他们的自信和不自信,都饶有趣味。

与网络文学有关的话题可以有很多,比如网络文学经典化的途径在哪里?进入传统出版是不是一个重要途径?网络文学的承继关系在哪里?就我所知,大多数网络文学作家私下是不看网络文学的,他阅读的恰恰是传统文学,也就是说,网络文学自身的传统在哪里?还有,绝大多数网络文学作家,都崇拜金庸和梁羽生,新文学以来的传统在他们那里似乎不起作用。这个问题相当关键,这究竟是自觉的重打鼓另开张,还是文学准备不足,还处于学徒期,被网络拔苗助长,提前进入市场?

在美国的三十岁左右的作家,也就是与中国的这批网络文学作家同时代的作家,他们最看重、进行详细阅读和分析的作品,是托尔斯泰的《安娜·卡列尼娜》。如何看待这样一种分野?网络文学的比较文学研究该如何进行?我想,我们可以充分地谈论一下自己的看法。

房　伟：我一直非常关注网络文学,写了一些文章。我确实感到,网络文学是目前中国文学的热点问题之一。对网络文学的生产机制、网络文学的经典化、网络文学的研究方法、网络与文学的关系等话题,还请各位评论家畅所欲言,各抒己见。李洱老师事先与我详细地讨论了这次对话的提纲,我们可以大致依据这个提纲来谈,也可以放开来谈。

一　当代网络文学的生产机制问题

周立民：说实话，如果以文本为中心的话，我对于这种生产机制的创新之处和弊端何在并没有太大的兴趣，因为它们掌控在网络文学后台操控的公司手中，商业利益会促使他们比我们更有动力去研究创新和弥补不足。我想问的倒是另两个常识性问题：一是创作者是由什么人构成的，他们为什么在网上写作？二是网络文学的阅读者又是谁，他们与传统文学读者之间是什么关系？

前一个问题，大家首先是想到"网络写手"，据说现在注册的大小网络文学网站有 5000 家左右，仅盛大旗下网站就拥有 160 万名写手，日更新数字量达 6000 万字（见陈金霞《网络小说，能否 YY 得少一些》一文）。160 万写手，估计全世界的传统写作者加起来都没有这个多吧？我们暂且不去讨论他们的创作水平这个问题，而是要问：他们为什么到网络上来写作？从最原始的动机，可以理解成情动于衷而形于言吗？当然，仅这个就有很复杂的分别，比如有的人是求交流，有的是自我展示。而且，我一再强调网络上的文字并不都是小说，比如诗歌创作以及大量的私人博客。从最初的动机到后来又有变化，比如现在能够叫出名头的网络写手，那么他的写作显然已经告别了自娱自乐的模式，而成为网络平台操控下的写作者。很难统计，他们其中有多少以此生存，但据说有的人日均必须码字两万，才能适应这个角色，这种写作方式与文本之间的潜在关系是很值得研究的。也正是从这一点上，我认定这些所谓的网络文学作品属于消费文学，是在一种商业模式控制下的写作，而且它们不是传统意义上的创作，它们早已被纳入到商业的生产模式中。在这之后的网上传播、推广，乃至向纸面过渡，影视剧改编的营销，等等，都是在一套成熟的商业模式下运作出来的。在这个链条中，写作者的地位相比于传统的以作者和文本为中心的地位是大大地被削弱、被降低，这也就谈到了所谓"大神手册"之类的创作模式化等问题。未来的网络文学是怎么样，我说不清楚，但在商业浪潮的主导下，这样的写作不排除有泛滥之可能，它们的泛滥会大大降低整体的文学阅读水准。可能有一天，传统文学像甲骨文一样被对待，甚至觉得难读也说不定。你可以说，我这是用精英文学的观点来看网络文学，似乎标准不对，但我想不论什么样的标准，之所以称为"文学"，它就应当有它的核心价值、标准、品位，无论怎么新的样式纳入进来，这个价值、标准和品位没有理由降低。

我必须指出另外一种情况，那就是由于传统文学资源有限，加上处于霸权地位的主流标准和严格的准入机制，使得一大批作品无法进入。而网络破除了所有的这些门槛，使得他们此路不通另有大路，使他们在网上大显身手。说实话，我看好这一部分创作，尽管我也觉得它们可能也不能称作网络文学，但称什么不要紧，反正它们存在着，特别是那些由于与当下的主流文学趣味有差异的、有个性、有探索性的文字，我觉得它们会打破现有文学格局的局限，为当下文学带来活力和生机。我不举小说，小说因为有充分的条件被商业化，这个时代的文学中最不纯粹的创作就是小说，说白了它有可能最滥。但诗歌呢？由于原有的诗歌刊物的陈腐，没有探索性，网络的出现曾被人视为诗歌的春天。我还想说文学评论，这本来也是由精英和商业控制的小圈子，精英们活动在所谓的那些核心期刊中，翻开一本这样的刊物看看，多少年来都是那些熟悉的面孔，不是说这里没有好文章，也不是说这些人写不好文章，但想一想这么有限的资源永远这样被小群体把持着，它极其容易造成一种固定的文学趣味，这必然会限制文学的多元发展。尤其是微乎其微的新元素、新人的进入，使得本来可能非常高雅的文学趣味变成凝固和僵死的（我不能不说，许多人在呼吁大作家、这些年没有新人出来之类的，他们忘了大家共同参与制造的这种趣味对于所谓的"新"是有着强大的杀伤力的）。而商业以新书发布、作品研讨会、媒介的书评等方式已经无孔不入，收买、拉拢、利用所谓的精英群体，制造出表面强大的一种文学声音，在媒体上四处流传，实际上不过为出版社打榜、卖书做了帮手而已。在这种情况下，像"豆瓣小组"这样的群体，反倒开辟了另外一条生路（当然，出版社知道它的影响力，已渗透进来了）。大家自发的、没有什么学术等级和规范，依靠自己的阅读感受来评判作品。文字直接、感性、没有顾忌，这未尝不是一种新式的评论，而对于纠正目下文学评论的这种"腐朽"或许能够起到一定的作用。而且，它拆掉了吓人的学院高墙，与大众建立了充分的交流和沟通，至少普通人要想看看对一本书的评价，不会去找《当代作家评论》，而完全可能首选去豆瓣查查。另外一种情况可能比较麻烦，它们实际上是很纯粹的创作，也有着很高的水平，但传统文学刊物不接受它们，在网络上它也不曾形成公共交流的平台，淹没在网络的汪洋大海中没有人关注，它们是被各方排斥在外的孤魂野鬼吗？就自生自灭了吗？反正它们存在着，我不知道它们如何能进入研究者的视野中。

第二个问题是网络文学的阅读者又是谁，他们与传统文学读者之间是什么关系？我觉得首先要说"点击量"这个词，点击量能够代表多少有效的阅读量，就像一本书的印数。人们也在流传这样的说法：网上只有"浏览"没有"阅读"。这是造成当今网络文学奇长无比，文字繁复拖沓的原因吗？它会最终瓦解精英文学吗？因为没有反复的阅读就不能有高品质的文学？文字必须是在反复的咀嚼中产生它的味道和意义的？这些都是值得关注的问题。目下的问题是网络文学会诞生它的忠实读者吗？还是大家完全都是为了消遣才去阅读的？如果是这样的话，读完一部就会丢掉它，再去寻找新的，那么，所谓网络文学作品的经典化实际上就不存在了。因为反复阅读，被不同时代的读者阅读，是一部文学作品经典化的重要前提。还有一个非常重要的问题，一天就更新6000万字，一个人就是一天读10万字，就够两年读的，试想连一个粗略的阅读都不可能，又如何实现经典化？不要说这个，连深度的研究都不可能。而如今那些排行靠前的作品，真的不是网络平台在背后操控，而仅仅是网友自然选择的结果吗？微博上可以出现那么多僵尸粉，也让我对这个点击量和排行榜产生了怀疑。那么本来企图可以对抗传统文学霸权的网络世界，又有了新的话语霸权，同样将文学绑架到不自由的境地中了——看到这样的图景，我不免又有新的担忧。

梁　鸿：相对于立民，我的态度可能更温和一些。情况可能没有那么悲观。毫无疑问，网络文学的市场机遇要比传统的、精英的文学要好得多。网络文学的灵活性、大众性、消费性和可盈利性都使得一些机构愿意去操作，并且，给其提供更大的平台。资本的介入使得网络文学迅速膨胀，并且会滋生一些非正常的现象。它会导致网络文学品格低下、粗制滥造、迎合大众口味等现象。它会扩大网络文学的影响力，但同时也会使其更快消失。在这种情况下，网络文学就失去了其精神核心：草根性。网络文学的发表平台低，阅读群大，它可以从海量的书写中自然筛选出好的作品和能够吸引人的作品，以最终保持其自然的选择性。但是，资本的集中操作会淹没、遮蔽很多草根作家。它也会慢慢导致分化，并损伤这一草根性。在这种情况下，它可能会更加类型化和模式化。但是，也必然看到，并非操作就都是不好的，在信息越来越庞杂、越来越瞬间性的时代，如"云中书城"这样的机构还是给文学带来更多的机会；并且，会通过电视、电影等大众传媒扩大其影响力。

张　莉：我是与网络一起成长起来的。最初上网时还是在清华读硕士，常去上"水木"。那个时候没有博客、没有微博，BBS正红火。当时有很多文学青年是先把他们的作品贴在网上，然后获得大量读者。在我常去的"泡网"论坛里，我第一次看到冯唐的《十八岁给我一个姑娘》，还看到盛可以的小说。在清韵或者另外别的地方，我也看到过任晓雯、曹寇等人的小说。今天,他们都是当代文学的中坚力量,他们也完全不被视为网络作家,也不能被当作网络文学作家,因为他们的作品委实与网络文学的气质、表达、追求完全不同。

同样发表在网上,但为什么一些文字是网络文学,一些不是?为什么一些作家被视为网络作家,另一些则不是呢?这说明,介质是判定一部作品是不是网络文学的标准,但绝不是唯一的。网络文学在逐渐形成它自己的特点,或者说,只有具备某些特点,才会被视为真正的网络文学。当然,首先它是发表在网络上的,现在有盛大模式和云平台,当年记得每一个网站都有文学论坛,天涯有"舞文弄墨",当时还有榕树下,那都是出产网络文学作品的地方。

最重要的是,网络文学有属于它的文学特色。比如随写随贴,看读者的反映决定自己小说的发展方向,与读者的互动性极强。我看六六在访谈里谈到《双面胶》时提到:"有读者说你怎么不写写这个事情呢,现实生活中这种事情很多。"那么,下一章,她就加了上去。冯唐等人,与六六等人的创作方式肯定是不同的,他们当年恐怕都是写好了、斟酌好了再贴上去,他们有他们的语言追求,他们的创作目的和表达也不会随着读者的好恶发生改变。我认为,网络文学的重要特点在于作家和读者之间的互动更为频繁和密切,读者是文学写作重要的构成部分,这是直接面对读者的写作。

《失恋 33 天》的走红更将网络文学那种"即兴式"、"互动式"的写作特点进行了强化。在豆瓣网的某个小组里,一个姑娘失恋了,同时她还是个文学青年,她一天天地把失恋后的心情记下来,当时帖子名叫《小说或是指南》,但没有想到发帖之后点击量大增,很多年轻女孩子每天早上起床后都要去看有没有更新。在这些女孩子眼里,它就是爱情指南,她们渴望获得指引。某种程度上,《失恋 33 天》是个特别有趣的网络写作行为艺术,那些有失恋经验的人希望将自己的故事写进小说——这小说集诸多失恋者之经验,终于真的变成了"指南"。我有时候在想，现在的年轻人爱读《失恋33天》是不是有点儿像我们当年看琼瑶或者亦舒呢？有点儿像。不过，说实话，这些恋爱小说比当年那些小说更现实、更清新、更有自嘲能力，女孩子更有独立性。

为准备这个讨论，我把《杜拉拉升职记》系列四本书都拿了出来重翻。这个系列很可能会成为某一个时期的经典之作，每本书定位为"中国白领必读的职场修炼小说"。每一部的腰封介绍都不同：第一部是"她的故事比比尔·盖茨的更值得参考"；第二部是"现实主义的职场小说，超越职场的似水年华"；第三部写的是"超越职场，热爱生活，人人心中都有一个杜拉拉"；第四部大结局写的则是"踏实行动，追随智慧，热爱生活，执着理想"、"中国当代现实主义题材小说"。在最后一部中，特意提到了杜拉拉与这个时代的紧密关系："从青涩白领到自由中产，不论黄金十年或二次探底，她属于这个时代。读'杜拉拉'系列，与杜拉拉一起成长"。

之所以提到以上这些营销细节，我想强调杜拉拉系列与整个时代之间紧密的互动关系和这部网络小说的即时性特色。这本书的确是现实主义的，它写的正是我们这个时代的人如何挣扎、自保，从而过上通常意义上的好生活。这本书里有杜拉拉与王伟的爱情，有杜拉拉如何步步高升成为名副其实的中产；也有她如何面对时代的风浪。李可的每一部序言都是有现实针对性的，具有某种指导作用。"2007年《杜拉拉》第一部刚出版的时候，无数人都在致力于尽情分享黄金十年的盛宴。时至今日，当经济学家们争论着是经济将要二次探底还是经济正在二次探底的时候，人们——尤以日益消融的中产阶级为甚——殚精竭虑的是如何在通货膨胀中使个人资产免于贬值。"它与时代互动，也与读者互动，它的目的也很明显，就是如何成功，如何使个人利益最大化。"每个人都是时代的产物，我们身不由己卷入竞争和竞争带来的压力。"杜拉拉系列小说，其实是帮助读者让这条竞争之路走得更容易而有效。它像一面镜子一样，反射我们每个人的生活，从而延缓我们的焦虑。与其说杜拉拉系列是现实主义的，其实不如说是"实用主义的"。这也是这本书和其他书最不一样的地方，也是网上受追捧的原因。

网络文学还追求好看、轻松、诙谐、调侃、自由和无拘无束。谁都可以写，完全没门槛。最重要的是，我记得立民说过，他说判断是不是网络文学的一个标准是：这个文字有没有风景描写。网络小说基本是没有风景描写的，它非常讲究的是创意，在意故事本身、故事的起伏。它讲究迅速牵动读者的心，在几百字之内如果没有吸引读者的地方它就会被丢掉。所以，网络文学讲究故事的切入点，讲究好看，而不在意文学性的语言。语言表达的美与不美，不是它首先考虑的；故事讲得利索不利索，抓不抓得住人是它的追求。这也就是很多网络文学作品出版后很快能成为畅销书的原因：好看，刺激，节奏快，随心所欲。今天流行的穿越、玄幻，虽然形式不同，但内在都有这样的追求。电视剧和电影改编都喜欢选用网络小说一点儿也不奇怪。它们都立足于大众，渴望票房。这些作品本身有一定的读者群，故事的底子好，何乐不为？中国电影电视剧创作看似繁荣其实未必，创造性不够，民间草根们的创作会弥补这些缺憾的，电影电视改编都从网络中汲取营养再正常不过了。

房　伟：大家对网络文学生产机制的优点和缺点谈得都很深刻。目前，网络文学的产业化过程，我觉得是超前于网络文学的发展的。不可否认，网络文学的产业化，使得网络文学摆脱了纯业余式的写作消遣，使得各种中国式的文学想象，有了宣泄的途径和进一步提升的可能。比如，玄幻、穿越、盗墓等包含着独特的"中国知识"的文学类型，如果没有网络文学产业化的推波助澜，很难形成现在的规模。可以说，产业化彻底改变了中国的网络文学。但这种产业化的网络文学并不能等于中国网络文学本身。而且，在产业化的过程中，也出现了很多问题，比如说，网络文学致富的神话。这几年成功的网络作家，给人们描述了致富的神话，但残酷的现实告诉我们，网络文学的成功也非常偶然，而且，网络文学的产业化是建立在对广大作者残酷的工业化剥削的基础上的。千字几分的稿酬，每天1万字左右的更新，时间长了，只会造成粗制滥造，完全谄媚于读者和时尚的作品，而不可能出精品。而且，网络文学的这种产业化模式，比之传统的文学出版，其剥削程度更深，其诱惑性也更强，这个诱惑，就是来自极少数"大神"的经济成功。尽管，盛大文学宣称今年才开始真正盈利，但这样的模式，是否能够持久，也令人怀疑。根据数据统计，网络作家之间的收入差距很大，月收入一两千元的是主体，年入百万的约50人，有约2000万人从事网络写作，注册网络写手200万人，通过网络写作（在线收费、下线出版和影视、游戏改编等）获得经济收入的人数已达10万人，职业或半职业写作人群超过3万人。然而，这种网络文学的产业化，在制造作家富豪神话的同时，是以海量的、普通作者体力和智力的过分透支为代价的。例如，《华西都市报》曾报道了年轻的网络女作家青鋆劳累致死的情况。青鋆原名包青春，是浙江金华的一位80后女孩。在作为写手的短短3年内，她发表了几百万字。其中，《新娘十八岁》、《时尚俏妈咪》等都是很受热捧的网络作品。来自江苏的专职网络写手寂月皎皎是包青春的圈内朋友，她对《华西都市报》记者说："青春查出病情的前两个月，我们在北京一起参加活动。青春也有些咳，她还说因为长期写作，颈椎疼痛。两个多月后，青春就确诊肺癌晚期，全身扩散。"为了阅读网站，很多网络写手牺牲了自己的健康。但写手一般只能从网站获得根据点击率计算出来的稿酬，网站不负责为写手缴纳社保。这也就意味着一旦身体出现状况，所有的医药费全部由写手自己承担。大部分写手和网站签约，其实都是兼职的性质，写手不属于网站正式职工，所以也就不可能获得社保。这种文学产业化对网络作家的剥夺，不言而喻。在我看来，并不具备某些批评家所描绘的技术进步的辉煌景观，而是对中国文学写作潜力和文学想象的疯狂透支。

同时，就文学本身而言，产业化一方面推动了网络文学的发展，但这种过分的商业化带来的弊端也十分明显：他在整合各种资源，为作者提供机会的同时，也会导致新的等级制度；但更为明显的，则是工业化标准对文学性本身的伤害，对文学潜在读者的审美口味和阅读心态的扭曲。例如，收入与阅读量完全挂钩的做法，就是一种取消文学创作独立性的做法。这种做法，非常不尊重文学创作本身的精神独立性，而且对作者的压制和剥削也非常明显。同时，那些所谓的点击率和收藏数，是否真的来自读者，还是十分可疑的。又例如，现在流传的"创作大神手册"，对小说的人物设置、功能设置、故事的讲述方式，都进行规定，进而形成模式化。这种方式，对文学的伤害很大，它也会扭曲年轻人的文学教育观和文学接受观。弊端十分深远。因此，这种完全产业化的工业化生产模式，其实是用网络的表面模式，实行的传统工业化，甚至是原始积累的残酷的方式。这种模式造就了网络文学表面的繁荣，但很难产生真正的大师。而且，这种模式化和标准化的生产方式，还有着"消除异端"的维模功能。原本网络是一个非常自由的地方，但是，这种利用经济引诱，进行大规模工业化生产的方式，会扼杀真正有现实性、批判性和创造性的作品。可以说，这也是一种非常中国化的做法。在这种新的写作媒介资源的占有中，传统的论坛作者，或有个性的作者，很难获得资源，更难浮出水面，获得更广泛的关注。例如，很多读者都有这样的质疑：为什么某些网站，占据排行榜的，总是那些文笔特别差的小白文？这些小白文，都具有平面化、模式化、低幼化的倾向。这对没有阅读经验，特别是没有文字审美阅读经验的读者，有很强的引诱性，犹如鸦片，非常厉害。而那些有个性，甚至能引发广大读者共鸣的作品，却很难获得更高层次的关注。例如，某些优秀的网络作家，如骑桶人、树下野狐、纳蓝天青、黑天魔神等，就很难被真正关注。由此，这些所谓的"大神式"写作，就有可能变成另一种"写作班子式"的写作。不过，与"文革"时期的写作组不同，这些写作产业化模式，更类似资本家的生产模式，而"大神"就是大工头和项目经理,网络公司就是背后的董事长。这种方式,对文学的伤害也很重。同时,相比较于传统文学创作,网络文学因其创作环境宽松、监管不严、新人走红快等特点,代写问题更加严重,已经成为一种公认的"潜规则"。但受困于取证难、法规缺失等问题,这一潜规则开始成为一条"隐形产业链",蚕食着行业的健康发展。可以说,产业化推动了网络文学,但过分的产业化却取消了网络的自由,将自由的写作变成了经济效益和点击率的奴隶。

二 当代中国网络文学的研究方法问题

霍俊明:再有值得注意和思考的是,网络文学和1990年代中国社会转型之后的"理想年代"的结束有关系吗?如果有关系的话,又是怎样的一种关系?1990年代之后,中国的理想主义的空间出现了一个空白期。而这个空白期内物质欲望的大面积涌现使得曾经的理想主义的空间被空前挤压,而随着后来网络新媒体的兴起,相应的严肃文学之外的话语方式迎合了这一时期人们的审美趣味和文化心理。那么再加之文化产业和文化商品市场的大力发展,网络文学进而带有了明显的消费化的趋向。那么当我们注意到网络文学作为一种文化转型和媒体转向的产物时,我们再从什么"启蒙"、"思想性"、"严肃"、"精英文化"和"知识分子"的角度来衡量和评判网络文学就成了南辕北辙的事情了。有一位西方大师不是说过这样的一句话吗:"什么是畅销文学?畅销文学就是让读者丧失思考"。而网络文学作为畅销文学最为重要的生产场域,显然,其海量的作品也往往是拒绝让读者思考的。应该说,读者一思考,网络文学就发笑!网络文学显然更为适合年轻一代人的思维习惯和电子化的生活方式。而网络文学这个无比庞大的虚拟空间显然更能填充这个白日梦。

梁　鸿：我觉得，问题似乎没有这么简单。首先需要确定网络文学的概念、特性及其消费形式。"网络"二字不只是一个物质的载体，而应该是一种独特的写作方式。它带来独特的文本形式、文学观念和审美特质。在此意义上，再去审视它所具有的继承、颠覆和现代性问题。精英的、传统的文学批评应该首先正视它们存在的历史性、时代性，它的巨大影响力和它的价值。网络文学有数量过于庞大、创作过于随意、品格过于低俗等问题，但这并不是其全部。

就其读者而言，除了阅读的惯性之外，不能否认网络文学所具有的通俗性和颠覆性。通俗性有媚俗的一面，但是，通俗的并不都是媚俗的。在对大众的阅读心理、时代的精神状况和对现实的揭露方面，网络文学的写作者往往比纯文学作家有更大胆和更深入的理解。如《看守所》《在东莞》《四面墙》等作品，它们所产生的影响可能远远大于纯文学。

网络文学的影响力越大，越需要文学批评的介入。它需要被梳理、被定位；同时，也需要被指出所存在的问题并建立某些规范。在此，文学批评既肩负着厘清网络文学的历史位置的任务；同时，也需要建构一些美学标准和文学观念，以从整体上使网络文学更健康。所以，对于批评家而言，面对网络文学，首先需要做的是放下自己的成见，放下精英的标准和既有的传统批评规则。进入这一世界，在阅读和理解的基础上作出判断，而不是首先有判断，然后再阅读。

但同时，我也并不觉得一定要放弃原有的文学观念。文学是相通的。从抽象而言，文学一定有自己的标准，传统批评依然有效。但是，在面对新的课题时，我们需要摆脱自己的偏见和固有的文学趣味、文学概念等，以学习的态度去理解时代新的文学样态。否则，我们的文学批评会真的失效。

房　伟：梁鸿所说的保持原有的文学观念，我觉得是目前网络文学研究中很重要的问题。进入新世纪以来，对网络文学的研究不断深入。从早期简单的主题学研究、人物中心论、技术决定论，渐渐地向更深的领域拓展。这里，有三个问题：一是传统的中国文学研究问题是否还继续有效？比如现代性的问题。我认为，在网络文学研究中，这些传统的问题是依然有效的。因为网络文学并不是"天外飞仙"，虽然它借助网络的新媒体形式，在表现的内容上，也有些新鲜的内容。但是，它依然是中国化的特殊的文化语境的产物。比如，通俗文学作为现代性发育的一个重要表征，既是市场化的文化经济的产物，也蕴含着普通民众对民族国家和自身的文明想象。而作为通俗文学的一种表现，网络文学中的民族国家叙事，其实是不容忽略的研究思路。哈佛大学研究民初科幻小说的安德鲁·琼斯教授，曾有一篇论文：《鲁迅及其晚清进化论模式的历险小说》，就是从大众文化和消费文化的视角，谈民初通俗化小说的现代民族国家叙事。在当代的网络文学中，穿越文学作为一种文学样态，其实最能反映中国国民在新世纪的文化语境下，对新的现代民族国家的想象。无论《篡清》、《新宋》这类结构恢弘的铁血穿越历史小说，还是《平凡的清穿日子》这类温婉的女性穿越历史小说，其实都反映了当下中国人希望再造民族现代历史、重现中国文化辉煌的渴望。同时，这些小说，也蕴含着对当下中国现代性道路的不满和焦虑。除此之外，有关后现代的问题、现实主义问题、非虚构问题、后殖民主义、文化研究的思路等先前在中国文学中有效的话题，我觉得，其实在中国网络文学研究中依然有效。可怕的并不是网络文学本身，而是当下的文学批评者和研究者，并不具备这种能穿透表象，发现网络文学和中国文化语境的千丝万缕的内在联系的能力，而仅凭网络文学泥沙俱下的现象，就断定网络文学全是垃圾，或哀叹传统研究文学方法的死亡。比如，就后现代问题而言，在黑天魔神的"末日猎杀者"系列小说和烟雨江南的《猎魔手记》等小说中，末日类"废土小说"已发展到了相当的规模。这些作家对世界未来的描绘，既有外国科幻小说和电影的影响，也有非常独特的中国化语境特色。例如，中国现实两极分化、精神极度虚无等情况，都在影响着这些小说独特的风貌，使其具有了现代转型中国的独特精神印记。这些新的后现代中国景观，无疑也是值得研究的，并能从传统的文学研究方法中找到新的活力。

二是中国网络文学研究的特殊性问题。有的研究者，在研究过程中，过分夸大网络文学的技术性成分，试图将网络文学描绘成中国文学的第三次复兴，是一次新的文学革命。近些年来，对于网络文学的研究，有着"一窝蜂"的趋势，很多学者不是从长期的积淀出发，而是从"跑马圈地"的立场出发，对网络文学进行粗糙而草率的研究。其中，技术论腔调，在学院派网络文学研究中有很大市场。我觉得，这种技术决定论的倾向，一方面，是传统的进步论思维的产物；另一方面，也有着遮蔽网络文学的现实状况，以学院派的术语化，将之重新规训的意识形态的企图。在把网络文学研究技术化的背后，则是对网络文学所包含的反抗性的、思想性的因素的有意掩盖和忽视。可以说，中国的网络文学问题，并不简单是一个技术问题。就网络技术发展而言，美国远超中国。但是，为什么在美国没有像中国这样的大规模的网络文学呢？因此，我更倾向于认为，目前中国的网络文学的兴起，还是通俗文学的一部分，更是中国现代性发育的特殊性的展现。它有着技术的影响，更是一种"合力"。它其实也有着严肃的建构和内在的表现规律，而非简单的解构狂欢和市场批量生产。

三是网络文学的文本细读问题。虽然网络传媒为文学提供了新的样态和方法，但是，传统的文本细读法，依然是需要依靠的基本方法。只有大量的、认真地对文本的解读，我们才能对网络文学的发展有更清醒的认识。这些问题，都是值得我们在讨论网络文学的研究方法时注意的。

张　莉：目前的网络文学研究蛮有成绩的。很多学校都有网络文学研究中心什么的，研究成果也颇不错。房伟和邵燕君的这两篇都是最近非常有水准的论文。我发现，研究网络文学，学者们几乎都喜欢从群体角度讨论，喜欢综述，喜欢讨论综合现象，或者发展趋势，或者讨论它的社会影响等。这其实都是从外围，从文化研究角度去分析的，我很少看到对某部网络文学作品进行文本细读的论文，似乎研究者们从未想过对某部作品进行文本细读。寻找作品内部的写作逻辑，讨论一位作家的语言表达特点等，在这方面似乎是空白。原因是什么呢？我倾向认为这不是研究者们没有想过，而是很多作品用这种传统分析方法分析起来是有难度的；或者说，是不能分析的。它的即时性和对故事好看的追求影响了它的文学品质本身。这使我想到，我们传统的文学批评方法在网络文学面前的无能为力；或者，网络文学没有真正地进入文本批评领域，原因在于它的创作特点与传统的文学审美方面交叉点不够。

那么，这种情况需要批评家或者网络作家进行调整吗？我认为没必要。我认为，在网络文学不断发展壮大中，它将产生一套属于它自身的评价体系，它的评价话语系统会慢慢形成，就像网络文学在慢慢形成自己的创作模式一样。从这个意义上讲，那种批评网络作家不受主流文学批评家重视或者批评家面对网络文本失语的说法都是站不住脚的，不存在这回事儿。因为这本就是两个话语体系和话语方式，两者完全不需要互相迁就和讨好。退一步讲，即使没有多少批评家关注网络文学作品，也不影响网络文学的影响力和市场占有率。就像是《岳飞传》、《隋唐英雄传》等评书几乎很少有批评家作文本细读，但也从未影响过它的声誉一样。我的意思是，网络文学和当年的评书、通俗小说一样，是属于草根的民间的艺术，它们具有和"主流"、"纯文学"抗衡的力量，但也没有真的谁战胜过谁，两个评价体系怎么比？

周立民：与之密切相关的问题是网络文学的研究如何成为可能。现在双方似乎都在抱怨，从传统文学的观点出发，认为这是一堆文字垃圾，因为研究者大多没有认真读过什么网络文学作品，只能凭想象来谈印象；从网络写作群体角度而言，又认为传统的文学标准难以估衡新的网络创作。这都是事实，某种程度上这种隔膜所造成的尴尬不可能短时间内得到解决，但是所有的研究标准不是凭空产生的，如果没有代表性作品，如果作品难以经典化，能够凭空地抽象出什么标准吗？显然也是不可能，于是这就成了一个循环的问题。我觉得必须摆脱这样的困境，才有可能推动网络文学的研究和创作。以"五四"新文学为例，当胡适之提出"国语的文学"和"文学的国语"时；当陈独秀提出"八不主义"时，至少已经有了几百年的宋元戏曲、明清小说的白话文传统作比照。而且"五四"新文学的成功，或者区别于"旧文学"，关键是它不是理论的预设，而是有鲁迅、郁达夫、叶圣陶、冰心的小说，有周氏兄弟的散文，有胡适、郭沫若等人的新诗，这实实在在的创作，告诉人们什么是"新文学"。我想网络文学如果真的存在，也要拿出作品来，真正属于网络文学的作品来，告诉我们它就是网络文学，而不是以前文学样式的借尸还魂，甚至写得比以前的还差。如果只是那些充当一次性消费品的东西，无论制造出什么新奇的观念来支撑它，终将是泡沫和过眼烟云。

霍俊明：我同意立民的判断，以下，我想谈谈网络与女性写作与博客空间之间的关系。每一个时代的性别抒写与想象，甚至"创设"，都不能不与动态的文学场域有关。在21世纪的第一个十年已经结束的时候，我们越来越发现网络尤其是博客成了最为普遍、自由、迅捷也最为重要的诗歌生产和传播的重要媒介。我们甚至可以在一定程度上说我们的诗歌已经进入了一个博客时代，而博客与女性诗歌之间的关系似乎更值得我们关注。博客时代的女性诗歌甚至成了新世纪以来最为激动人心的文学现象，无论是已经成名立万的，还是几乎没有在正式纸刊上发表诗作的青涩写手，都可以在博客上一展身手。一定程度上是博客使得女性诗歌写作群体在日益壮大甚至是突飞猛进的激增。至于个人博客时代的女性诗歌是否因为写作群体的扩大，写作、发表与传播方式的变更而改变诗歌格局并且成为诗坛主流，并不是我现在要讨论的，更为重要的是女性的诗歌博客为我们提供了新的文学现象和相关问题。博客时代的女性诗歌似乎像1980年代一样，自由、开放的诗歌话语空间空前激发了女性诗人尤其是年轻的女性诗人的写作欲望和"发表渴求"。博客之间的"互文性"关系尤其是省略了以前纸质传媒时代传统意义上的诗歌投稿、发表、编辑、修改、审查的繁冗环节和周期，更使得诗歌写作、传播和阅读、接受都显得过于"容易"和"自由随便"。这都使得女性诗歌的写作人口日益壮大。网络和博客的话语场域无形中起到了祛除诗歌精英化和诗人知识分子化的作用。而博客时代的女性诗歌写作同时也带来另外一个问题：较之以前少得可怜的女性诗歌群体，当下庞大的博客女性诗歌群体的涌现以及大量的数字化的诗歌文本给阅读制造了眩晕和障碍。博客上的诗歌犹如繁茂而芜杂的森林，各样植物都在竞相生长，而我们靠一己之力很难看清这些不同树种的根系和脉络。但可以肯定地说，面对着当下女性诗人在博客上的无比丰富甚至繁杂的诗歌我们会发现，女性诗歌的写作视域已经相当宽远。面对她们更具内力也更为繁复、精深、个性的诗歌，当年的诗歌关键词，如"镜子"、"身体"、"黑色意识"、"房间"、"手指"、"一个人的战争"、"自白"等已经在很大程度上需要研究者予以调整和重新审视。这些词语已经不能完全准确概括当下的个人博客时代女性诗歌新的质素和征候。我想强调的是，面对当下的女性博客诗歌写作，我们仍然难以避开"身体叙事"和"欲望诗学"。

笔者在近些年阅读博客上的女性诗歌后发现女性诗歌仍然具有自己不可消弭的个性，当然也存在着因为媒介的变更所引起的相应的写作姿态和目的的变化。不言自明的是女性诗歌自然离不开女性的特有经验,比如戈登的《一个错过的清晨》,草人儿的《一个人的战争》。而翟永明的《四种爱情》似乎与"深刻"无关。在《四种爱情》中,月亮清冷的光晕下嫦娥与虞姬、白流苏、张爱玲的爱情被略带调侃的"快板"式的语调呈现和演绎出来。可能是因为诗人翟永明写作这首诗是因为一个具体的情境所引发,所以一定程度上诗人未能放开手脚,是一首不够"彻底"的诗。由翟永明的《四种爱情》会牵扯到一个女性博客诗歌中重要的诗歌写作和阅读问题。诗人在博客上贴出诗作时是一种什么姿态很重要(已经在相关报刊发表之后贴在博客上的诗不在讨论范围之内)。这些诗只是诗人某种感觉或灵光乍现的一种外化,是一种更多程度上面向自我的"涂鸦",还是经过了缜密思考和反复修改之后面向读者和公众之作?这两种不同的写作姿态显然会产生不同效果的阅读和评价。值得注意的是,博客上的女性诗歌除了仍一以贯之地表现女性的个性体验之外,在仍不停地向内心和特有的感受挖掘和拓展的同时,也普遍显现出流于时代主流美学规范的趋向,尤其是一些较为年轻的"70后"、"80后"女性诗人。她们也不断在诗歌中表达对底层、农村、草根和弱势群体的"关怀"和"致敬"。尽管她们的诗歌中不断出现"沧桑"、"泪水"、"疼痛"、"苦难"、"死亡"等词语,但是这些语言因为缺少真正的生命体验、现实感和足够的想象提升能力而失效甚至"死亡"。

博客上的女性诗歌似乎仍然呈现了一种悖论性特征。按照常理来说,博客的发表和传播的"交互性"和"及时性"、"公开性"会使得女性诗人会尽量维护自己的"隐私"和"秘密"。但我们看到的是除了一部分博客上的女性诗歌在情感、经验和想象的言说上确实维持了更为隐幽、细腻和"晦涩"的方式,在一些日常化的场景和细节中能不断生发出诗人情思的颤动和灵魂的探问之外,我同时也注意到深有意味的一面。即为数不少的女性诗人将博客看成是发表甚至宣泄自己情感的一个"良方",在她们这里诗歌一定程度上代替了日记,以公开化的方式袒露自己的情感甚至更为隐秘的幽思和体验。比如癖好、性爱、自慰、经期体验、婚外恋、秘密的约会、精神世界的柏拉图交往,等等。尤其需要强调的是博客时代的女性诗歌在看似极大地提供了写作自由和开放的广阔空间的同时,也无形中设置了天鹅绒一般的监狱。漂亮的、华丽的、温暖的、可人的包裹之下的个体和"发声者"实则被限囿其中,个人的乌托邦想象和修辞、言说方式不能不随之发生变形甚至变质。当政治乌托邦解体,个人乌托邦的想象、冲动和话语方式似乎在网络和博客上找到了最为恰切的土壤和环境,似乎个人的世界成了最大的自由和现实。但是这种个人化的乌托邦是有着很大的局限性的。一定程度上与网络和链接,尤其是与大众阅读、娱乐消费紧密联系甚至胶着在一起的博客女性诗歌,成了消费时代、娱乐时代取悦读者的"读图"、"读屏"时代的参与者,甚至是某种程度上的"共谋者"。上个世纪90年代后期纯文学刊物为了适应市场而纷纷改版,这从一个侧面凸现了商业时代的阅读期待以及网络文学对传统文学机制和观念的冲击与挑战。很明显,在全球化的语境之下,文学市场和大众文化显然也是一种隐性的政治。当然在一定程度上,越来越开放的媒体似乎使文学从业者们有理由相信我们已经进入了文学发展最好的一个时期(或好的时期之一),我们也完全可以相信会出现各种各样的在思想深度和艺术高度上都相当重要的作品。但是我们可能在一定程度上忽视了新传媒尤其是网络、博客和市场文化的能量和它们无所不在的巨大影响。市场文化最为重要的特征就是以娱乐精神和狂欢为旨归的大众化和商业化,而博客时代的女性诗歌写作势必在文学观念、作家的身份、职责和态度上发生变化。一切都无形中以市场和点击率为圭臬。很多女性诗人为了提高自己的博客点击率而与娱乐和消费"媾和"。实际上这不只是发生于女性诗人和女性诗歌中,这是博客时代的消费法则、娱乐精神和市场文化的必然趋向。在女性诗歌的博客上,我们看到了大量的女诗人精彩纷呈甚至是"诱人"的工作照、生活照和闺房照。在无限提速的时代以及诗歌会议和活动铺天盖地的今天,有些女性诗人将自己在世界各地的风景照,与名人的"会见照"以及更为吸引受众的写真照甚至不无性感、暴露的图片随心所欲且更新频率极高地贴在个人的博客上。在博客好友以及访友的跟帖留言中可以看到阅读者对女性诗人博客的关注一定程度上是为了满足"窥视"和"意淫"的心理。当然我说的是一些个别现象,我的说法也可能有些过于尖锐。

三 当代网络文学的经典化问题

张　莉:我期待网络文学的经典文本出现。但我觉得首先得有个所谓经典的标准,是不是与纯文学的标准一样?如果不一样,应该是什么样儿的?毕竟它没有样板。纯文学经典的样板,比如莎士比亚,比如托尔斯泰,比如卡夫卡,比如《红楼梦》,比如《包法利夫人》,它是有个庞大的参照系的。网络文学需要不需要以此作为参照系?而且,经典这回事儿恐怕要经过漫长的时间检验。我觉得就目前而言,网络文学的另一个特征,即"快餐式"也需要认识到。这种快餐式作品与经典的不朽性恰恰是违背的。我还记得当年我们提起痞子蔡《第一次亲密接触》的激动,但今天年轻的网民们谁会知道,谁又喜欢读呢?还有安妮宝贝,也是网络文学代表作家,今天她的作品出版,与当年的盛况已不可同日而语,她的读者不再是今天网络文学的主力读者,她的主力读者已经让位为《盗墓笔记》或者《失恋33天》的读者了吧?经典这事情太难说了。《明朝那些事儿》二十年后会不会依然受众庞大?虽然标准不尽相同,但当网络文学作品最后变成了纸版时,它也需要经历大浪淘沙。

网络文学如果真的能产生一些所谓的经典,那么它的首要方式可能还是要出版,变成纸质阅读。至少就目前而言,新华书店的发行量对这些网络文学作家很重要,它标明的几百万的销量远比几百万的点击更有说服力和诱惑力。那这时候这个文本算网络文学,还是通俗文学或者什么?

回过头说,我觉得杜拉拉很可能会成为一个经典女性形象,一个女青年靠打拼成为中产阶级的故事很励志。每个时代都需要一个励志的女青年形象,以前是林道静、阿信,或者曼哈顿女人,现在是杜拉拉。我相信至少四五年之内,它的读者依然很多,它不会很快被翻页。我也喜欢《失恋33天》,这小说写得文字跳脱活跃,尤其是塑造了黄小仙儿和王小贱两个人物形象,他们比当代文学作品里的很多青年鲜活有趣多了。

去年关于网络文学是否应该纳入某个文学大奖成为过新闻,我觉得一些文学奖没必要以将网络文学纳入文学奖评奖范围的方式显示"包容"、"开放"、"多元"。网络文学也没必要因此而觉得怎么样。网络文学的丰富和繁荣,不需要这些主流文学奖来肯定。就像以前有过金庸研究热,一时金庸登堂入世,成为一门学科。很怪,我们喜欢读金庸也不因为它是一门显学,一门高雅艺术啊,就是通俗读物嘛,干吗非得登堂入室?人家以游戏心态写之,读者也以游戏心态读之不好?

梁　鸿:经典是一个需要时间证明的名词。当代无经典。即使在面对当代纯文学创作时,我们也只能这样说。但是,以什么样的标准确立经典,则是每一代批评家都必须面临的问题。

就目前的网络文学而言,类型小说更多。玄幻、穿越、惊悚、纪实等,分类比较清晰,彼此之间也似乎有壁垒森严之势,这就需要对不同类型的小说进行概念和美学的界定,在此基础上,再进行总体批评。网络文学经典和纯文学经典不应该、也不会有本质的区别,好的文学最终都殊途同归，都是写人与世界的关系的文学。这也是唯一的标准。

房　伟：其实，网络文学的经典化过程，特别是被传统文学界接纳，进而进入传统经典的过程已经开始了呀。就在中国作家协会第八次全国代表大会上，网络小说作者"唐家三少"甚至入选中国作协全国委员会。这至少意味着网络文学开始走入主流文坛的视野，同时，茅盾文学奖中网络文学的入围，也是一个信号。但对网络文学来说，我并不认为，这能带来繁荣。其实，网络文学的某些手法，也在被传统文学所吸纳。比如，韩松的科幻小说，就有很多网络文学的末日类"废土小说"的影子；又比如，网络文学对现实的批判，有《十宗罪》这样的不错作品，尽管有些粗糙，但在手法上和阿乙的小说，也有相似之处。我认为，网络文学是可以被经典化的，也应出现很好的作品，但绝不能夸大技术目前的状态对文学的影响。比如说，有人认为，网络对于文学的意义，犹如印刷术对于长篇小说艺术的兴起。网络的兴起，必然导致"超级文本"的产生，即超长度，超级的文本生产方式（例如和多媒体结合）。但是，我觉得，这些做法，本身就是反文学的。印刷术产生的长篇小说艺术，还有着现实中资产阶级兴起、公民伦理的教育法则、民族国家叙事的共同体想象等外在的意识形态规定。而如果真的产生了这样的超级文本的话，则只有一种可能，就是在一个碎片化的社会，文学本身也将走向自我的异化繁殖，进而变成一堆碎片。我总觉得，网络文学的解放，还在于人的思想的解放、智力的解放和情感的解放，而不是简单的一个技术形式。所有网络文学经典的塑造，如果脱离了文学性的提高，也是不可能最终实现的。

我们发现，所谓的当代网络文学的生产模式，所带来的网络文学工业化，还是中国特殊语境的产物，可以说，当下的网络文学，是当下中国半官方化的纯文学体制和相对封闭的出版媒介体制所共同"逼出来"的文学"亚类型"。在国外，很难找到这么大的文学消费群体，这么强的文学生产和消费的冲动。这其实说明，这些所谓的网络文学产业化，还只是一种传统的出版行业的资本变种。而这种大规模兴起的网络文学，其实还是在验证着一个延续性话题，那就是中国文化语境的悖论化问题。而在目前的这些文本中，可以肯定的是，能被经典化的，绝对不是唐家三少之类的小白文。经典化还要符合几个基本标准，如文学作品的艺术价值、文学作品的可阐释空间、特定时期读者的期待视野、意识形态和文化权力的变动、文学理论和批评的观念等条件。我们并不能因为"网络"，因为"点击率为王"，就忽视文学性的标准。这样的话，不但不能使真正的优秀网络作品脱颖而出，创造更好的文学多样化生态，且会导致网络文学的后劲不足，自我萎缩。其实，有很多相当有实力的作者，特别是在纯文学性和开放性、现实针对性上都有不俗表现的作家，如骑桶人、天使奥斯卡、纳蓝天青、树下野狐等，并没有得到应有的关注和培养。这也与目前的网络文学经典化筛选体制有关。目前的网络文学经典化的筛选和评判体制，是以网络传媒为主导的，现有的作协体制的经典化标准，虽然有所松动，比如唐家三少的入选，但依然匮乏对网络文学的经典话语主导权，而学院化的经典标准，则表现为技术幻觉下的文本缺失和标准匮乏，理论很玄妙，很乐观，却不能提出具学院权威性的经典文本和经典标准。在这样的情况下，大量具有很强的"一次性消费气质"的小白文，成为占据各大网站排行榜显要位置的情况，也就不足为奇。

当然，我们也要警惕另一种情况，那就是单纯地，用原有的所谓"纯文学标准"去看待网络文学的经典化问题。如果仅是站在当下体制的"圈子化"、"精英化"的态度去看待网络文学，那么除了"不满意"，就是视为"垃圾"——而忽视了中国网络文学作为当下的一种特殊文学样态，它的文学潜力和可能性。当下的网络文学经典化，既不能放弃文学标准，又不能讲文学标准过分"窄化"，以过去的趣味和口味去简单套用。网络文学受到了广泛的关注和喜爱，如没有一些新的元素,创新的变化,是不可能实现的,简单地以暴力、色情、意淫来指责网络文学,似乎既有欠公允,也不能服众。因此,对网络文学的经典化,还是要在通俗的类型化的基础上来考察。通俗文学的类型化发达,是一个国家文学充分工业化的产物,也是一个国家的文学对社会生活反映广度的再现,更是一个国家个性化和多元化的产物。比如说,我国的校园文学长期不发达,其原因在于校园文化难以形成一种独特的价值观念。而伴随着新世纪网络文化的拓展,庞大的学生群体和日渐发展的学生对个性化的追求,使得网络文学的校园文学类型有了很大程度的发展。既有纯粹的校园爱情小说,如《恰同学少年》这类游戏之作;同时,校园类惊悚小说,也有很大进步,如 TINA 的冤鬼路系列小说,曲北雁的《校北鬼事》等,影响都很大。这些小说给我们展现的,不仅是悬疑和恐怖,更有很多让我们感动的因素,比如理性精神、责任感、独立意识、爱、友谊和同情。可以说,离开了通俗文学这个维度,我们谈论网络文学的经典化,无论是褒是贬,都缺乏具体的针对性。

四 网络与文学的关系,对网络文学发展的展望

杨庆祥:对于网络文学这个命名,我一直持怀疑态度。我个人对网络文学涉猎不多,我曾请教过几个青年作家,据他们介绍,在国外没有网络文学这个说法,虽然国外也同样有很多作家通过网络写作和发表作品。网络文学,如果从表面上来看,就是通过互联网写作和发表、阅读、传播作品,也就是说是用"网络"这一媒介来命名的一种文学现象。这么命名准确吗?如果媒介可以来命名某一时期的文学现象,那么是否就应该有"竹简文学"、"甲骨文学"、"羊皮卷文学"等?很明显,问题不是这么简单,文学史上并没有出现类似的命名。因此,网络

文学这一概念如果要成立的话，就必须给予比较严格的语境化，而不是这种大而化之的命名。在我看来，网络文学之所以在当代中国成为一种广受关注的现象，与中国比较特殊的历史情况有关系。我们知道，中国当代文学的生产其实一直具有某种"一体化"的倾向，也就是说，国家通过各种形式的掌控（比如期刊、出版、评奖等），实际上控制着整个当代文学的生产过程。从1983年的出版改制开始，这种"一体化"的情况有所松动，也是从那个时候开始，有了"民刊"的出现，比如80年代后期以后的诗歌，最好的诗歌基本上都发表在民刊上面。网络文学在互联网时代借助技术便利进一步推动了当代文学生产机制的转型，发表、传播和阅读的形式对传统的文学生产机制产生了很大的冲击。在这个意义上，网络文学是有别于中国当代官方化的生产机制的一种新的文学生产形式。这种生产形式，在一定程度上满足了90年代以后对写作民主化和自由表达的一种想象，其背后有深刻的意识形态的根源。在这个意义上，网络文学在话语的层面提供了市民社会的写作图景，更多是一种社会学层面而不是文学层面的命名。我觉得这是首先需要厘清的问题。

霍俊明：不同的人，对网络文学会有截然不同的感受，甚至当这些接受者以各种文化类型的面目出现的时候，其结果更是出人意料。显然，对于那些网络控和微博控，以及在动漫网游和"cosplay"中成长的青少年而言，更为类型化的天马行空的网络文学更适合他们的胃口。

而对于一部分"80后"和更多的"90后"而言，尤其是对于那些在城市大大小小的租住房间和一个个黑暗的地铁口挤来挤去的屌丝而言，网络文学也成为他们打发时日的一种消遣方式。

但是对于很多经受过学院教育的研究者、文学批评者而言，网络文学在很多的时候无疑是作为一种与主流文学、高雅文学和精英文学相对立的话语和文学类型出现的。显然相对于前者更为主流也更为传统的文学方式,网络文学作为一种通俗、边缘甚至庸俗的、娱乐的、消费的、及时性的文学方式而被一贯地轻视和诟病。

而从主流媒体的角度而言,网络文学尤其是近几年来颇为吸引眼球经济的"穿越小说",已经被视为某种不良的文学现象和不雅的文化口味。一部分网络文学成了"低级趣味"、"娱乐至上"的"文化垃圾"(见《人民日报》的署名文章《宫斗剧胡编乱造 媚色腥到极致》)。比如在《甄嬛传》的小说和电视剧一路收视飘红和大行其道的时候,《人民日报》等主流媒体对其的批评和批判就很具有说服力。而至于国家广电总局在2011年3月针对网络文学的"穿越"小说以及就此改编的"穿越剧"所提出的警告更是形成了对网络文学的某种压制和不满。那么,就此笔者感兴趣的在于为什么现在各个网站上流行的类型化的网络文学会被一部分媒体和受众指责为不良的文化趣味和文学倾向?而与此相反,为什么还有那么多的人却热衷于这些网络文学?这种两极化的评判方式正说明了网络文学存在的合理性以及存在的偏颇性。我想我们不必要正襟危坐地在严肃和高雅文学的庙堂之上来贬低网络文学就是通俗甚至消费文学。既然有读者喜欢这样的文学,那么我们就生产罢了。实际上在新文学历史上,消费和娱乐文学一直就是存在的,甚至不乏大量的读者。只是在我们的文学史叙事上这些文学和作家受到了贬抑和忽视罢了。既然我们允许文学不再一味沉重和端庄,那么我们也只能说网络文学的存在是必要的。当然,对于那些坐在屏幕前码字谋生的伙计,我也奉劝一句:这些文字在换得生活费的同时,还是要注意你敲打出的文字是文学。我们不必要求他有知识分子的良知,只是要让这些写字者明白,写作是有底线的。看看网络文学的极其芜杂错乱,我们的担忧仍然是有必要的。网络文学在我们一贯的文学视野中仍然是难以真正登堂入室的。而网络文学作为一种大众性的话语方式显然又受到了这个时代文化生态最为直接也最为明显的影响甚至规范。网络文学首先来自各个大大小小的网络平台,而这种环境只有一个生存法则——点击率和阅读量。而这种点击率上升和累计到一定量的时候，就成为文化资本的一部分。这种必然的结果就使网络文学成为影视剧商品生产链条上最为重要的部分。而各个层级的利益驱动使得无论是网站还是每一个写作者都如此强烈地受制于消费文化的驱动。我们可以说网络写作不是一种纯文学的写作，这肯定是有合理性的。而文学也允许以各种方式走向受众，但是我们也必然会看到这种更具利益化的写作方式自身的缺陷甚至不可避免的危险。曾有一个网络小说写手在一次北京研讨会上非常自恋自大地夸耀自己每天在电脑前写几万字的壮举，也曾有在场者投去羡慕或者反感的目光。

值得注意的是网络文学将文学的类型化（比如穿越、盗墓、谍战、武侠、东方玄幻、西方玄幻、悬疑、婆媳、婚恋等）推向了极致，任何一个读者都可以在某一种类型的文学中获得满足和欲望化的达成。而有意思的是，以近几年流行的穿越小说为例，当以西方化的视野来看待时却呈现了一种非常特殊的结果。2011年10月9日齐泽克在"占领华尔街"的街头演讲中专门提到了中国的穿越小说以及被改编成的穿越剧"被禁"的问题——"2010年4月中国禁止电视、电影小说中包括另外可能的或时间旅行的故事，对于中国来说，这是一个好兆头，这意味着人民仍在梦想另外的可能，所以不得不禁止这种梦想，而我们这儿想不到禁止，因为占统治地位的制度已经压制了我们梦想的压力"。当齐泽克将穿越小说视为中国"人民"的另外的可能性梦想的时候，自然有其视角带来的合理性。但是在我看来他过高地将中国文学尤其是网络文学和影视剧抬到了意识形态的高度。文学已经不再单纯是故事或者虚构，而是成为一个国家的寓言。显然，在一部分西方学者那里网络文学已经成为中国新世纪的一个重要的寓言表征了。

周立民：网络文学，尽管这已是大家耳熟能详或者约定俗成的名词，但我想在纳入学术研究之前，还是有必要作个界定。至少在我自己,这是一个让我困惑的问题。从字面意思上,可以理解成"在网络上发表和传播的文学"吗?似乎是。的确,传播媒介的变化会引起文学本身的变化,比如现代报刊的发达对于现代文学的催生,特别是消费文化的催生有着极大的作用。网络相对于过去的纸、笔、油墨和书本也是非常革命化的变革。但问题远没有这么简单,比如说很多网上出类拔萃的作品不久都变成了纸面出版物,这怎么说?它们算什么文学?更不要说,一些在网络上出了名的作家,今后都是在传统文学刊物上发表文章,同是一个人在写作,前后也并无截然不同的变化,难道他又变成传统作家了?现在提到网络文学,讲的就是小说,那么散文、诗歌呢?那么多人在博客上写文章,还有微博;这么多年来,大约网络也成为诗歌刊行和传播的最好渠道,可能没有几位诗人没在网络上发过诗,它们都能算网络文学吗?我们不应当回避与模糊这些问题,因为它涉及网络文学的特点究竟是什么,它不能总是一个在边缘地带游弋、若有若无的东西。

一种新的文学样式的诞生,我认为最终不取决于它的传播媒介,也不取决于某种预设的理论,决定因素还是它的文本,文本究竟呈现出新的元素或革命性变化没有。这个变化也不能拘于一时一地,比如有多少新的词汇诞生。其实从《诗经》到《红楼梦》,也不知有多少新的词汇诞生呢?所谓一个时代有一个时代的文学,那是风格的变化还是本质的不同?又比如,从四言诗到五言诗、七言诗,那都是变化,但这个变化如果放在漫长的文学史中,究竟算多大?它们仍然属于古体诗,属于格律诗。好了,直到自由诗的出现,我们才能说现代诗歌的诞生。那么,网络文学呢?严格来讲是否有着这样的变化,或曰文体上的创新?从预想中看,我认为像网络这样的传播媒介的诞生,肯定会对当代文学产生影响或者已经产生了重要影响,但是这个过程可能是漫长而缓慢的,现在还难以匆忙认定。同时,所谓的传统文学也不是铁板一块,它本身也在变化,这种变化是与所谓的网络合流还是分道扬镳呢？比如蒋子丹的长篇小说《囚界无边》，就是以网络文学的创作方式，一章章首先在网上发布的，但它显然又与大家认定的网络文学相距甚远，它还是一部"传统小说"。

恕我直言，现在为止，我接触到的所谓网络文学，我不认为它在文体上有什么建树和创新。说得好一点，我还没看出它们与传统文学有什么不一样。所以，网络作家在传统刊物上发表作品也得心应手。传统文学写作的作家不写这样的东西，不等于没有这样的东西。从玄幻到穿越，中西方的文学传统中何尝没有这样的东西呢？我们过去讲仙界与人间的故事，"天上一日，人间五百年"之类的，不就是穿越吗？只是中国当代作家丧失了某种创作能力，或盯着大历史，或纠缠于男男女女，这样单一的文学局面反衬出网络文学之"新"，实际上不过传统文学太"旧"而已。放宽眼光看，网络文学也并不新。说的坏一点，它们比传统文学显得语言涣散、思想无力，是情绪的宣泄，是脱离现实的妄想，甚至于不乏语言垃圾和梦呓。相对于保持着精英传统的传统文学，网络文学是大众文学，是当代消费文化的一部分——当然，这都是指小说而言。而网上的诗歌和散文，有很多比传统文学还传统或者更加僵化而缺乏创造力。我见过有评论文章，指责网络YY（意淫小说）折射出青年人价值取向问题，常以精神胜利法面对现实，极度的利己主义，赤裸裸的暴力和色情描写等，如陈金霞《网络小说，能否YY得少一些》中所言。

现在谈网络文学和传统文学，经常割裂起来谈，结果就是你看不见我，我也看不见你，实际上放在一起来谈，什么是"网络文学"都成了问题。为什么会这样？我认为归根结底还是网络文学没有拿出有所创造的文体，更拿不出能够代表这种文体的样本（代表性作品），使之无法与传统文学完全区分开来。比如说有人强调网络文学有着充分的互动性和即时性，作者发表一个文章，马上就会看到读者的反应，似乎有意强调传统文学的封闭性和网络文学的开放性。其实过去张恨水写连载小说,也很重视读者的反应。小说在连载中因为读者的反应而改变作者设定的情节和人物结局的事情,在中外文学史上都发生过,只不过网络比传统的读者反应时间更迅速和直接而已。但是,文学创作毕竟不是舞台表演,它需要文字的表达和作者的思考,即便作者第一时间得到读者的反应,也未必就能真正影响他的创作。或者说,读者反应不过是创作者在创作中未必起关键性的一个影响因素而已。所以,至少在目前,两者的畛域不是分得那么清楚的情况下,我只能凭最终文本一视同仁,靠文本说话,而不是靠网络或者纸质品来说话。

我倒是在会上见识过一位发言者,他证明并不是网上发表的东西都叫作网络文学,网络文学有自己的优势和特点。他现场演示了一首题为《雨》的诗,是文字与动漫的结合,文字像雨滴一样从上而下"落"在屏幕上,摆成诗句……他说这才是网络诗歌——我倒觉得他讲得更有说服力。

霍俊明:我来谈谈网络诗歌的问题。如果说最初网络时期为数不少的诗歌论坛似乎还多少能够让批评家们在迅捷的电子媒介链接法则和共享原则中了解诗坛的现状、走向和某些变化,还能够通过回帖和邮件的方式及时接收到来自诗坛的各种最新讯息,那么从 2005 年左右开始的博客诗歌写作似乎已经改变了这种现状。面对着铺天盖地并且每天都在成倍增长的博客群体,批评家们真正失语了。作为个体的批评家已经无力对这些博客诗人和博客文本进行全面的甄别、臧否和分析,这使得诗歌批评不得不远离了诗歌现场,也使得传统诗歌批评话语方式的式微。这不能不是全媒时代的一种诗学的悖论。新媒体的出现使得我们能够更为及时地回到或追近诗歌现场,但是当新媒体发展到一定的程度和阶段(比如当下的博客、微博),却反而使得我们远离了现场。然而更为值得关注与反思的还在于中国的诗歌批评生态在不断地恶性循环而又不自知的自我迷恋的境遇下制造了大量面对诗坛和诗歌现状的无力的失语者，诗歌批评已经进入了一个妄谈诗歌美学的暧昧而"自由"的时代。换言之，当下更多的诗歌批评者所扮演的角色，是从各种名目纷繁的诗学概念出发圈定自己的领地，再加之沿袭已久的中国诗坛的圈子和山头的江湖气，以及排队占座的习气，诗歌批评在更多的时候成了某种利益的美学借口。面对着同样的一个诗人和一首诗作，不同的批评者却会产生大相径庭的阅读和阐释，而这背后的黑暗法则显然更值得我们关注和反省。

而在网络文学中似乎有一种文体天然地被忽视了，这就是诗歌。而诗歌似乎一直被认为是献给无限的少数人的文体，这就与网络文学必须具备的大众性有了差异和矛盾。而网络和神奇的"老鼠"成了宽带性、高速性的全世界性的图腾仪式，在一片欢呼雀跃声中新媒体诗歌实现了所谓的诗歌的"大众化"。传播的流行化、时尚化和世界化，空前地缩短了诗歌、诗人和接受者之间的空间差距和时间距离，扩殖了诗歌发表的渠道。在点击、滚动、粘贴、链接中增强了信息流通的速率。确实，不可否认的是——网络和数字化的媒质使诗歌的传播方式、刊载媒质都发生了天翻地覆的变化。诗歌空前和网络、影像、通讯、绘画和音乐连接。超级链接体诗歌、多媒体诗歌、"赛博"诗歌（cyberpoetry）、PTV诗歌、广播诗歌、短信诗歌、广告诗歌等崭新的诗歌传述形态在空前的程度上扩殖了诗歌作品的广义性、普泛性和最大可能的阅读接受的快捷性，从而打破了沿袭已久的传统传播媒质（主要是纸质）的诗歌载体传播单向的线性结构和出版集团、编辑特权的垄断地位，将诗歌权力下放给无限的多数人。这不能不说是一种好事。但是这带来的一个最大危险则是很多人误解了什么是诗，更多的是分行的文字成了散文和各种情调掺杂体。这不仅降低了诗歌的难度，也使得更多人进一步误解了诗歌。当网络诗歌更多成为展现私人生活和公众事件的容器，这些所谓的诗歌在点击率的幻觉中就成了另一种意义上的广告和消费品。这就是"你所赢得的，正是你所失去的"悖论式存在症结。从纸质文本到网络传媒载体的时代的转换中，网络诗歌成为比一切时尚、另类、先锋、哈××更逼近常人的生活事件。但是我们困惑的是网络文学遵循的是什么法则呢？毫无疑问，是消费时代的快乐法则。聊天，交友，色情和挑逗性的信息，玩弄的、所谓解构的"好玩"的段子，这一切都像游移不定的暧昧灯光下的舞厅和酒吧，网络就是异性之间的相互黏结、互相勾引和发泄的骚动之下的抚摩，登录上网的交费法则成了无聊文人和庸众常人插科打诨的意淫、口淫的章台酒肆。省掉编辑工序的网络成了诗歌操作和可控性、可操作性、可计算性的生产流水线，使想发泄倾诉的大多数找到了空前自由和方便的发言权利和文字在转瞬间发表并被快速点击阅读和回复的快感冲动。就网络诗歌而言，如今已经不是第三代诗人和莽汉们、三脚猫、撒娇者和豪猪的天下了。他们当年肆意叫嚣和呐喊的"像上帝一样思考，像市民一样生活"早已成了明日黄花。在毫无节制的情感宣泄，在过度快感高潮的喷涌和鼠标巨兽的疯狂点射以及板砖劈头盖脸的暴力中，网络诗歌简直就是越快乐越堕落，越堕落越快乐，他们拥抱世俗，渴望堕落。如今"像网民一样思考，像小姐一样堕落"已经成为数字时代的座右铭，抑或墓志铭？

网络使人冰山之下的可能性本质得以空前的放纵和沉溺。无所不能的书写机遇、快感攫取程度减损了诗歌的原形和意义。有人欢呼高歌、有人摇旗呐喊——诗歌的"大众化"和"全民化"的时代在全盘胜利中到来了。全体诗人要继续胜利进军了。权力下放之后个性化网络写作旗开得胜的时代到来了。这种疯狂的状况真有当年"大跃进"全民写诗的豪情壮志和大言不惭——"村村都有李有才，乡乡都有王老九，县县都有郭沫若"的虚假神话在网络数字时代再次可笑而令人汗颜地粉墨登场。新跃进诗歌时代似乎再次来临了……但我们看到的更多的是闹剧和诗人心怀叵测的噱头和作秀。

五　目前网络文学批评的新声音和不足

张　莉：现在的网络文学研究是个热门，我认为未来可能还会更热。我指导学生写学年论文，每年都有报网络文学选题的同学，就像每年都有学生坚持要写金庸作品是一个道理。前一阵子有个同学还写了篇关于《步步惊心》的学年论文。她对我说，她虽然觉得这部小说其实是"灰姑娘"故事的变形，但就是很喜欢，很通俗、很狗血，学习累了就跑去看会儿，好玩儿，放松。这就是现在的年轻读者对这些网络文学的定位，网络只要不断有读者涌现，就一定会有文学批评的生产。但还是前面那个问题，我觉得需要找出独属于这种文学现象的话语体系，不能拿纯文学批评的那套理念去套。至少目前来说，我还是认为把网络文学批评放到文化研究的范畴中比较恰当。

房　伟：目前，有关网络文学的批评，已有了很大发展。但是，也有很多不完善的地方，存在很多问题。我们的很多批评家极力想把目前的网络文学框入现有的文学体制。然而，这种努力，很多读者和网络作者们并不买账。问题之一是批评的过分抽象化和乐观化。很多网络文学批评，不是立足扎实的文本细读，而是以晦涩的技术性术语进行新的学院化抽象整合，缺乏说服力和实践性。有些批评，甚至是过分的理论化，比如有的学者提出所谓"数字文学"的概念，就很让人看不懂。二是批评的道德化倾向。相反，还有一些网络文学批评，从单纯的批判立场出发，对网络文学进行简单粗暴的道德化评判，这也是很不适合的。任何文学现象的出现，都有着其背后深刻的文化内涵，不能以简单的道德评价进行判定。三是批评的文本研究极其不足。对于海量的网络文学作品而言，我们目前真正扎实有效的批评文章还是很少的，很多研究文章都是从宏观的角度来谈的。可以说，目前的网络文学批评是"从主动缺失到被动的失语"，网络文学批评失去语言的原因，不仅是权威性的丧失，且是目前的这种权威根本就不能说服人。特别是原有的批评体系在面对网络文学时，很多标准失去了价值。这其实让我们去反思新时期以来形成的纯文学批评体制和文学认知，这种体制已经形成了一整套的僵化仪式。例如，对于现实问题的迂回和规避，对真善美的抒情性处理等。我认为，这种体制性的因素，也是造成目前批评失语的主要原因。

李云雷：在我看来，目前网络文学批评，在谈到"网络文学"的时候，涉及三个相互关联但并不相同的问题，第一个是文学"媒介"的变化，即文学传播媒介从纸媒转变为"网络"，在这个意义上，文学的"网络化"、数字化与电子化是一个必然的趋势，网络作为一种现代传播媒介，具备其他媒介所不具备的优势，尤其是对更年轻一代的读者来说，是他们更适应的一种接受方式与生活方式，我认为在此意义上文学此后必将与网络发生更密切的关系。

第二个是网络文学的"类型化"与"通俗化"问题，这是一个需要分析的问题。"五四"新文化运动以来，"新文学"是在对通俗文学的批判中建立起来的，现在看来，20世纪文学史对通俗文学有所压抑，这当然是不太公正的，1980年代以来已经有不少文学研究者在为通俗文学正名。但问题的另一方面在于，如果没有"新文学"，如果没有"新文学"所建立的"体制"及其在社会结构中的重要性，也就不会有"20世纪文学史"及关于现代文学（文学理论、文学史、文学批评等一整套关于文学）的知识，通俗文学自然也无所附丽，在这个意义上，我们对通俗文学的价值也不必过于高估。通俗文学当然有其价值，具体到"类型化"与"通俗化"的网络文学，当然也有其价值，如对时代潜意识与情绪的捕捉、对大众审美趣味的把握等，但另一方面，通俗文学的弊端也是很明显的，比如过分迎合大众的趣味，过分娱乐化，让读者更加虚幻而非清醒地看待世界等，这些都需要我们辩证地去分析。

第三个是网络文学的"产业化"问题。如果说以前这一问题尚未凸显，那么现在这一问题已经越来越突出了。"网络文学"的产业化，让我们看到了资本对"网络文学"的渗透与把握，这对某些知名网络作家提高稿酬不无益处。但我们也知道，资本有自身的逻辑，那就是追求利润的最大化，如果网络文学的写作者陷入这一逻辑，那么不仅文学的"独立性"无从谈起，而且"文学"本身也只能落入帮忙或帮闲的境地，"网络文学"也将和资本同构，从一种解放性的力量转变为一种压抑性的力量，让资本的逻辑潜入我们的意识乃至无意识，控制我们的生活。这是我们所不愿看到的，这也正是我们需要对"网络文学"研究与批评的重要原因之所在。

下 部

《白鹿原》：如何讲述中国故事

时　间：2012年9月20日（周四）下午
地　点：中国艺术研究院334会议室
主持人：李云雷

李云雷：《白鹿原》是中国当代文学史中一部重要的长篇小说，自1992年面世以来，在国内外产生了持久的影响。1997年，《白鹿原》的修订本获得"茅盾文学奖"。2006年，林兆华执导了同名话剧。2012年9月16日，随着同名电影的上映，《白鹿原》再次引发了社会各界的关注。

我先简单介绍一下小说《白鹿原》的情况。《白鹿原》最早是1992—1993年连载在《当代》杂志上，后来1993年正式出版，1997年获得"茅盾文学奖"，获奖的是"修改版"，中间有过较大的争议。今天看到《文艺报》上有一个消息，纪念《白鹿原》出版20周年，其中说到累计销量达到138万。《白鹿原》自从面世之后，在文学界的评价一直很高，它的重要性体现在两个方面：一方面，《白鹿原》是1950—1970年代"革命历史小说"与1980年代以后的"新历史小说"这两种叙述模式的一个综合，有一个它自己的协调，一个创造性的表达，比如说文学史上经常会把《白鹿原》跟《红旗谱》、《创业史》一起讨论，讨论它的历史观，讨论它呈现的那种儒家的、民间的思想视野，对革命的阶级史观的反拨。但是另一点也值得关注，这部小说其实受到社会主义文学很大影响。比如说陈忠实在很多场合都提到，他受到柳青的影响特别大，我们可以看到，这种影响在他早期的中短篇小说以及《白鹿原》里面，都有体现，他对白鹿原地区生活的各个方面都特别了解，我觉得，这与陈忠实在创作前曾经当过十多年的乡镇干部有密切关系，这还是延续了社会主义文化的"深入生活，体验生活"的传统。另外像《白鹿原》能够获得茅盾文学奖，跟我们著名的左翼文艺理论家陈涌先生有很大关系。陈涌先生的文章《关于陈忠实的创作》，通过对陈忠实早期作品和《白鹿原》的分析，确定了陈忠实与《白鹿原》在文学界的重要性。但是陈涌先生的思路在我们今天看来，有一些不太切合作品的实际。他主要用"清醒的现实主义"来概括《白鹿原》的写作方式，用社会主义文学理论中的"真实性与倾向性"来把握陈忠实的创作，他认为小说中虽然倾向性有一些值得批评的地方，但他对生活的呈现，还是很真实的——但是我觉得用"真实性与倾向性"这样的理论概念很难把握《白鹿原》的总体面貌，或者说它已经溢出了传统左翼文学的范围，陈涌先生所肯定的《白鹿原》中的"倾向性"，只是历史发展的"倾向性"，而并非小说总体思想中所呈现出的"倾向性"。这里表现了《白鹿原》与社会主义文学的复杂关系。另外，《白鹿原》与1980年代以来的"新历史小说"也是既有相似也有差异，相似的是它们都对传统史观有所反思，但"新历史小说"或者陷入历史虚无主义，或者以某种观念（比如欲望、权力、性）重新解释历史发展的动力。但《白鹿原》不同，它包容了上述因素，但呈现出一种更为复杂的样貌。

更重要的是，我觉得《白鹿原》开创了1990年代以后文学的一些叙述模式。比如说我们在1990年代之前，很少看到把地主写成一个好人，但是从《白鹿原》之后，这样的作品就很多，比如像莫言的《生死疲劳》、严歌苓的《最后一个寡妇》，都会把地主写成好人，这是一个很大的变化。并且我觉得在《白鹿原》中处理得更复杂，小说中地主中有好人，也有坏人，不像某些小说中只要是地主就是好人，这是一个方面。另一方面，"五四"新文化运动以来，我们的文学重点放在描写"新人"上，比如"五四"时期的青年，像巴金《家》中的觉慧，包括柔石《二月》中萧涧秋这样的启蒙新人；到 1950 年代以后，我们注重描写"社会主义新人"，比如《创业史》中的梁生宝、《艳阳天》中的萧长春等；1980 年代以后，像路遥的《人生》、《平凡的世界》中的高加林、孙少平等，这样一些"新时期的新人"。但是到《白鹿原》开始另一种模式，就是开始描写"旧人"，他的重点不是放在对"新人"的描写上，这是他的一个开创，应该是它的一个综合，这是一个方面。另一方面，它以家族叙述的方式宏观把握中国近现代史，这个对我们以后的小说创作，以及影视创作都有很大的影响。

徐 刚（中国艺术研究院科研管理处）：我想举一个小小的例子，从这个作品本身来谈一个小问题。一方面，我们可以清晰地感受到这个作品对传统文化的迷恋，但另一方面，这种迷恋似乎又改写了我们习惯意义上的"五四"启蒙主义对传统文化的批判态度。我们非常熟悉鲁迅的那句话："这历史没有年代，歪歪斜斜的每页上都写着'仁义道德'四个字。我横竖睡不着，仔细看了半夜，才从字缝里看出字来，满本都写着两个字是'吃人'"。"五四"启蒙主义批判的传统文化的"吃人"本性，在《白鹿原》这里被颠覆了。《白鹿原》是在一种文化保守主义的气氛中写出来，作者对儒家传统文化有一种自恋式的激赏，恰恰是这样一种态度，和"五四"反传统的遗产，使小说本身呈现出一种价值分裂的状态。我们看小说中田小娥这个人，作者是很难处理好这样一个人物形象的，其间的情感非常矛盾。一方面田小娥是一个妖女，是传统的"他者"，另一方面作者又对这个人物施与了同情，这样一种同情是"五四"以来文学所必然携带的命题，那就是所谓妇女解放的命题。小说中，田小娥在很大程度上就是被"吃人"的传统文化杀死的，但小说处处体现出对仁义道德和传统文化的赞赏。所以归根结底我们可以说，小说体现了1990年代商业文化背景中写作的复杂状态，一方面传统文化已经坍塌，革命文化也已失效，但另一方面新的文化类型尚未建立，这种价值观的分裂和作者的自我挣扎与混乱，正是时代氛围的体现。对儒家传统的重新发现和激赏，正是这种找不到自我解救方式的典型症候。抓住传统文化这根救命稻草，是当时作者不得不作出的价值判断，也是全球化时代中国身份认同的无奈的选择。

计文君（中国现代文学馆）：就像徐刚说的，对历史的阐述，也有比较弱的地方，但是这个主旨即使被过滤掉，作为一个小说，它依然有一个文化的厚度，作为文化载体，它依然具有价值。但是在电影的这种转移和改编中间，这一点文化的价值，却丧失掉了。导演也作了很多文化符号的设置，最重要的符号当然是"白鹿原"这个空间，但是走出电影院的时候，我脑子中间没有这个"白鹿原"，一望无际的麦田，那是一个平原景象。我觉得批评电影不能完全依据小说，电影是一个独立的艺术，但电影艺术对空间塑造的要求，显然更高。电影在叙述一个地方的时候，至少让观众对那个空间要有感觉，有印象，但导演给了我们一个东北大平原，好像就是在东北拍的，属于西北和关中的特殊的空间形式感没有了，文化意味自然也无从产生。另外就是很多文化符号，比如说各种地方戏剧、皮影，包括当地的风土人情，我觉得这种文化符号的设置，完全是一种贴上去的符号，没有从内往外生长的艺术表现力。我看完后，整个感觉是符号喧嚣，意义沉默。这些文化符号和电影叙事是剥离的，突然插入，像文艺演出一样，我说哪怕让它跟情节发生一点点关系也好。不知道是不是因为创作态度的原因，还是剪辑的原因，整个给我的感觉就是特别不满足。我不知道该怎么理解，影片里充满了符号：辫子、祠堂、牌坊、塔——彻底将田小娥妖魔化的东西，所有这种种符号，怎么最后就无法实现意义的生成呢？

崔　柯（中国艺术研究院马克思主义文艺理论研究所）：我看完电影走出电影院的时候和计老师刚才说的感觉是一样的。当然影院上映的是 150 分钟的版本，可能 220 分钟那个"完整版"会好一些。但是我觉得，不能把责任问题归咎于时间的缩短，因为通常来说，150 分钟也就是两个半小时的时间，应该接近影院放映时间的极限了吧，一般情况下电影院绝不可能去放映一部长达 5 个小时的片子。我觉得，作为一个成熟的导演肯定明白这一点，而他要做的，应该是在有限的时间里成功地讲一个完整的、紧凑的故事。

张慧瑜（中国艺术研究院电影电视艺术研究所）：丁老师，这部电影公映版本中把 1938 年到 1950 年之间的影像完全删除了，那么保留的这个段落与完整版有什么区别吗？

丁亚平（中国艺术研究院电影电视艺术研究所）：影片《白鹿原》之前试图要装的东西，比现在我们看到的肯定是要丰富一些，信息量与小说给人的感觉相似，内容明显比影院版要多，在故事主干之外，枝叶较为丰盛、繁茂。作品表现和历史、乡土、文化，包括政治的联系要深入且广泛得多，涉及的旧时民俗文化、阴阳性事也比较多。在影片中，当时的历史、社会环境的转换，不像现在这么快速、简单。有的段落，像黑娃最后被处死，在沉重的历史感之外，表现为比较好玩的故事，有些喜感和笑料，演员的表演也很棒。最初的影片中还有一些话，像"与时共进"、"孩子是我们的未来"、"教育要从娃娃抓起"等，后来这些话，都删掉了。类似这些由片中人物说出的话，感觉像是冯小刚的风格，"缝合"很多时事、时政内容。现在影院这一版，包括 220 分钟的版本，重点都放在田小娥这样一个女人身上，这确实给人一种比较突兀的感觉，即男性导演和女性主演他们在恋爱了。这当然可以见仁见智，大家可以给出不同的评价。但是，还是应该看到王全安这个导演是有才华、有思想的，影像叙事上有着比较超群的能力。为什么这样说呢？我们看王全安前面四部电影，《月蚀》（2000）、《惊蛰》（2003），让他获得很大声誉，然后是《图雅的婚事》（2007）、《团圆》（2009）。这些电影如果我们有空能去挑出来两部看一看，会对这个导演有更多的了解，这个导演的叙事掌控能力很强，因为许多影片中他同时也做编剧。

这次《白鹿原》的编剧，难度相当大，因此他可能汲取了别人本子里的一些细节，所以中间产生了一些自相矛盾的地方。可是作为这部戏的导演，他仍然是比较出色的。他的这部影片，并不一定就像批评他人所说的那么不堪。就叙事和镜头语言表达上看，影片中所运用的空间、光线、运动、造型和剪辑等电影语法虽然较常规，却还是很有特点的，有电影的美感，又有股比较浓的陕味，有一种历史与文化的身份感。影片在影像叙事上，既有强烈的戏剧表现力，影像风格又比较鲜明。这个特色在他这样一位导演身上是一以贯之的。这个电影有一版就是为到柏林国际电影节参赛专门剪的，它最后获得2012年第62届柏林国际电影节最佳艺术贡献奖（摄影）也是有原因的，跟他艺术上的一些特长联系在一起。除此之外，王全安拍电影对方言的运用有明显的偏好，《图雅的婚事》是这样，《团圆》里面的人物说的也都是上海话和台湾话。这部《白鹿原》，人物说的当然是陕西话，它的陕味还是挺有特色的，陕西方言非常好听，非常丰富。使用这种方言，一方面既和历史和西部乡土风情相联系，带来风格化和民族化的一些东西；另一方面又反映了对弱小族群的一种深切的观照。对底层弱小族群的关注和民族化叙事结构，我感觉它里头还是试图传递一些更丰富的东西，只是因为后来种种原因，包括导演整体的艺术把握能力，包括删节以及市场化，他把片子中最重要的一个女人的戏份，包括她的情欲，符号化荷载得过重了。

祝东力（中国艺术研究院马克思主义文艺理论研究所）：刚才计

老师说的这个困惑，其实小说和电影，都存在这个问题，就是说，在20世纪中国——有很多人也这样讲过，有三个重要传统，同时存在或者先后延续在20世纪：一个是以儒家为主的中国古典传统，一个是近代传入的从文艺复兴以来就在欧洲盛行的人文主义、启蒙主义的传统，还有一个是从十月革命以后传入的社会主义革命传统。这三个传统在20世纪中国历史中，都先后扮演了很重要的角色，它们在《白鹿原》当中，也构成了一种复杂的关系，或者说，在《白鹿原》反映的那个历史阶段，构成了一种复杂的关系。而这三大传统及其互动，《白鹿原》小说的作者、电影的主创，我不知道他们凭借什么能力去把握。如果把握不了这三大传统及其互动关系，想叙述中国20世纪的历史是不可能的，只能是乱七八糟。所以这种剪辑，可能成全了电影，如果他毫发毕现地把四五个小时的完整版都展现给大家，那时候，败笔就是败笔，无处遁形。现在就可以说是被剪辑的结果，给大家留下一个想象的空间。

计文君：我在鲁院的时候，白描院长跟陈忠实、路遥他们很熟悉，他讲了一个情况，就是陈忠实在写《白鹿原》之前，已经是陕西省作协的重要作家，他在农村生活，更为重要的原因是他喜欢那种生活方式。陈忠实曾表达过，他写《白鹿原》的目标，是写一本可以在棺材里枕着的书，而且他在写《白鹿原》的中间，路遥的《平凡的世界》得奖了，在陕西省作协开会，他感受到了压力，以至于有一天都不能写了，因为路遥跟他是完全不同的叙事逻辑和创作方法，最后他平静下来，坚持了自己最初的选择。陈忠实在接受采访时说，他在《白鹿原》完稿，稿子交给编辑的时候，心里想"我把我的命交给你了"。所以对于陈忠实来讲，我认为他根本不是说想去如何吸引出版社，他根本不考虑这个因素，他想的是写成经典。中国作家写"史诗性"巨著，自"五四"以来就是每一代小说家都无法抗拒的文学野心，动不动就想反映这一百年。

我觉得真正的原因可能是刚才我们所讨论的,他是否有能力把握这么复杂的20世纪,在波澜壮阔的各种思潮的撞击下完成小说叙事。因为小说不可能像梳理思想史一样,小说必须把它非常生活化地还原,毛茸茸的具有质感的生活态势,这个恢复起来非常难,所以难免就粗糙。

李云雷:刚才祝老师也说了这个问题,就是三个传统之间的复杂关系,我觉得其实三个传统不只是思想层面的,是具体落实到一个地方的,是体现在具体的人上面,也会发生在白鹿原上。陈忠实写《白鹿原》之前,看过很多地方志,对当地历史有深入了解。我也读过一些地方志,包括看我们县的县志,很受启发。不同的思想传统及其互动,不只是发生在城市的知识分子范围内,而是跟实际紧密相连的一个过程。所以我觉得这个可以解释,《白鹿原》对这段历史的概括,其实有它的现实依据,有它的思想和复杂性。

丁亚平:完整版的电影,不单是写国共的纠结、交叉,从影片文本来说,表现较为厚重,想象丰富、色彩斑斓,刻画、描绘历史和文化现实的复杂关系,影像和政治的复杂关系。这片内涵杂糅含混的土地,虽然作为象征符号比较生硬地被嵌入到影片中,但它展现了多方面的脉络,通过沧桑世事、历史记忆叙写现代中国,它的意图非常明显,用于表述创作者心中的人、历史和文化。相对于小说,电影作为一种视觉性的大众艺术形式,所受的禁忌更大。所以我总觉得,电影主创之前的意图,虽然不如小说的复杂、丰富,但通过那样的视觉形式和篇幅容量来实现,还是值得肯定的。跟后来的剪辑版相比,影片的艺术、文化诉求简化了,给思想和创作意图带来的损害,是比较明显的。

影片后面象征隐喻的色彩太过明显。比如说通过目光呆滞、面容丑陋的农村妇女,做很机械的动作划一的纺织,感觉是有点隐喻延安岁月;在1950年代的一段内容,它暗写"肃反"、"镇反",许多形式化的表现。通过大幅的毛主席像,与在领袖像的下方审判妓女的画面及构图形式,来试图说明创作者对历史转型、变迁的一种理解,但是这种理解从现实可行性的角度来看,被提出修改、删除,是非常自然的。

季亚娅(北京大学中文系):我回应一下祝老师说的"三个传统"。之前我们有一种思维方式,是从1980年代以来流行的现代化叙事模式。如果说从前在追溯历史的时候——借用王德威的一个词,总是急于在中国发现"被压抑的现代性",那么我觉得"白鹿原式"的这种回顾历史、反思历史的方式,可以概括为"被压抑的传统性"。但是在发现"传统"的过程中,却有很多种不同的观照模式。这最早跟1980年代后期开始的"文化热"有关。《白鹿原》中的"传统"在彼时彼地,就是当时评论——比如雷达——所指认的儒家传统。然而1990年代开始的新儒家叙事,试图把儒家的道统理想化和静止化,在此基础上寻找一种不同的中国历史,而忽略了这个传统与"现代"、"革命"等其他因素的复杂互动,这就是祝老师刚开始讲到的问题。现在我们提"被压抑的传统",并不是要肯定和回到那个理想化的"传统",而是要看到这是一个不同的思维角度和讲述方式,《白鹿原》是较早开始接触这个问题的。其实无论革命叙事也好、启蒙叙事也罢,或者说它是儒家的"传统文化精魂",小说试图呈现的无非是一个乱世,是一个多种传统众声喧哗的乱世,但是作家却并没有整合它们的能力,新的规范也就无从再生。他只有一个乱七八糟的呈现和自我矛盾,但我觉得这个呈现反而很有意思,可能正好是一个借此反思我们文学史、思想史诸多问题的机会。

另一个问题,我觉得被大家忽略的是陈涌的评论。他的解读很有意思,他讲到"真正的现实主义叙事",讲到柳青的传统。我以前做过文学编辑,接触到《白鹿原》的读者群,其中有一部分是乡村文学青年,就是有乡村底层生活经验并受过教育的人,他们认为《白鹿原》写得非常"真实",这是它成为经典的一个理由,即便在大众文化层面谈流行,也离不开这个心理因素。那么"真实"的地方在哪里?他们觉得最真实的就是对于农村宗族文化的描写,以及我们觉得在《白鹿原》中被处理得很脏的乡村社会的"性"。这两样被认为最接近现实生活中的乡村,这也就是从前现实主义文学传统一直谈的真实性问题。其实陈忠实本人可能有一个农民的情结,他非常了解农村,一直在这个地方生存,像柳青一样"扎根基层",是"农村生活的参与者而不是旁观者"。因此我觉得他自认为是现实主义写作还是有理由的。文学史上的革命历史小说也好,或者是乡土文学、寻根文学也罢,都是把乡村美化、诗意化的,或寄托某种理念。其实并没有一个宗族的、纯粹新儒家意义上的农村,也没有1950—1970年代文学里的革命的、阶级的农村,所以我刚才说他那个乱七八糟的呈现反倒很好,农村从来就是这样一个状况,并没有那么理想化、单一化的农村。因此我觉得"真实性"的角度很有意义,长期以来大家注意到的评论都是"文化"和"历史"这些角度,把陈涌的评论忽略了。

最后我讲一下对电影的观感,电影里突出的女性是田小娥,原著里面还有一个很重要的女性白灵,她这条线被完全删除了。这种叙事方式肯定也体现了我们这个时代的某种"真实"。当白灵这个自主选择、追求自我解放与阶级解放的知识女性、叛逆女性,这样一个新女性完全被删除,女性仅仅作为一个欲望对象被呈现、被观看,说明了我们这个时代文化的某种趋向。所以看过电影之后,对比小说中白灵这条线索,让我更怀念一个世纪以来的各种"现代"话语,无论"启蒙"还是"革命",对于女性解放的意义。

计文君:这很有意思,但是我们今天的标题是"如何讲述中国故事",讲述中国故事有多难,电影《白鹿原》的上映为我们提供了一个契机,让我们去反思这个问题。祝老师认为,讲述中国故事,那三个传统之间的关系,我觉得真正能把握好的,也就是鲁迅,他某种程度上做到了。从鲁迅到现在这一百年，是不是没有作家真正做到这一点？

祝东力：在20世纪，三个传统都有强大的影响，那么，如何讲述中国故事呢，根本问题是怎样从古典中国到现代中国，怎样讲述这个完整的故事。这个工作不仅是当代文学的任务，也是当代中国社会科学的任务，是一个总的主题。

计文君：我觉得中国作家的思想资源挺少的，怎么说呢？有点儿无助。中国现在的社会现实非常复杂，不是简单地弄一个"存在"，或者什么从西方社会搬过来的所谓现代、后现代理论，就能观照得了的。它非常复杂，我觉得特别需要真正的思想家去观照现实。

祝东力：如何讲述中国呢，反正光靠读县志、地方志是解决不了问题的，要一个总体的史观。

冯　巍（中国传媒大学艺术研究院）：我觉得整部电影其实很中国，中国品格或者中国韵味还是很浓郁的，但只是停留在影像表层，显然不是我们期待的一个好故事，只能说它是一个好的画片集锦，一张又一张的画片，而且我个人感觉是没有人的镜头都很美，我不想把太多的理论带入，就是这么一个印象。

还有观点认为，两个半小时讲不好故事。《白鹿原》话剧差不多也是两个半小时。我觉得比电影好多了。话剧里有首尾呼应贯穿得很妥当的元素，但在电影里面，没有印象太深刻的艺术表现。

王　磊（中国艺术研究院马克思主义文艺理论研究所）：我对小说有两个体会，第一，如果一个作家否定"五四"以来的中国革命史，不敢直面近现代以来我们民族充满痛苦的抗争史，或者在观念上由于他所处时代的复杂现实而对这段历史采取躲躲闪闪的态度的话，那么既是对历史的不尊重，也缺乏正视历史的勇气和责任。

第二，正是因为小说的这种历史观的模糊性、不确定性，在客观上恰恰造成了这部小说的开放性，形成了独特的美学风格，因此它被给予各种各样的解读，得到了极高评价。因为各种思想似乎都可以接受它，都能从中找到自己的立场和价值观念。也就是说，在我们这个思想状况堪比"五四"年代的时期，这部小说真的是讨好了所有的人，这才是我们今天能看到《白鹿原》热闹场景的根本原因。

张慧瑜：这期讨论的主题是"如何讲述中国故事"，听了大家发言，题目可以改为"如何讲述故事"。大家都感觉这部电影故事性不强，比较片段化，认为这是导演讲述故事的能力问题。我倒觉得这种支离破碎、无法讲述完整故事的状态很像这个时代的症候，能否讲述一个连贯的故事也与整体的文化逻辑和氛围有关。为什么这是一个讲不好故事的时代？

《白鹿原》小说和电影恰好出现在两个重要的时间点上，小说发表于1990年代初，这正好是冷战终结、中国走向全面市场化的时代，"告别革命"、清算左翼历史逻辑是1980年代的主旋律。这本小说用家族史的方式重新书写了中国近现代历史，把人生的偶然、历史的捉弄放在大历史之中，在这个意义上，这本小说既是1980年代文化逻辑的集大成者，又是1990年代以来想象历史、叙述历史的基本思路，尤其是一些影视剧用家族史的方式来结构近现代中国的故事，比如《闯关东》、《人间正道是沧桑》等。相比1990年代乐观地拥抱全球化，当下更处在一种历史的"十字路口"。在这个时刻，重新叙述历史故事是必要的，但也是非常困难的。特别是20世纪每一次历史转折时期都伴随着"重写历史"的工作，"历史决议"和"史观"也是20世纪中国政治实践的重要模式。可以说，《白鹿原》小说和电影就是1990年代和新世纪以来最重要的历史重写和再重写的文本。我下面谈一下对电影的理解。

可以说，这部电影讲述了两个人物的故事，一个是白嘉轩的故事，一个是田小娥的故事。在电影中，白嘉轩经常与自己的乡民共同出现在同一个镜头中，呈现了他与乡民在情感上是一体的。相比小说中白嘉轩作为白鹿原的精神和现实中的领袖，电影中的白嘉轩更加无力，与其说是乡土中国的"大家长"，不如说更像一个旁观者和历史见证人，这是一个坚持乡间伦理的族长或者说良绅形象。他虽然是见证人，但显然不是叙述者，也不是历史的主体，反而更像一个历史洪流中的"活化石"或沉积物。如果说白嘉轩是一个老中国人的象征，一个乡土生存的守护者，那么田小娥这个外乡女子则是一个妖言惑众的坏女人。这种用女人的身体来讲述中国的故事，可以说从《红高粱》就已经开始，到1990年代的《红河谷》、《黄河绝恋》以及2006年的《色戒》，性、女性、身体成为讲述民族、政治、权力的特定修辞。我认为电影失败的地方在于白嘉轩的故事和田小娥的故事是两个故事，捏不到一块。

丁亚平：刚才有人说现在的影片名可改成《麦浪》、《麦田》，当然是开玩笑、戏谑式的说法。这显然是不行的。因为影片想通过想象和视觉表现，通过丰富复杂的土地的意象来表现中国社会和农村的历史。相对于小说它确实是单薄了许多，有一点遗憾。但这个电影，在一定意义上，还是可以当作我们观察当代中国电影、乃至当代中国、当下这个时代的参照。

另外，导演王全安，作为"第六代"的代表人物，面对当下电影产业化的潮流，有比较明显的焦虑和质疑。他从文艺片，从一个创新和颠覆性的艺术片导演，转向产业化、市场化甚至是全球化所需要的商业大片导演的时候，他该怎么选择？因此这是包括整个"第六代"电影的艰难选择。他们的选择，意味着一个更高的要求，他们的选择对他们在中国电影中发挥的作用，扮演的角色，也具有重要的意义。

他作为成名导演，在国际上拿过不少奖，擒过"熊"，成为全球化时代的导演之后，他也开始拍大片，也需要进行大众化转向与探索，于是对他的要求就不同了，他需要按照市场和商业化模式进行大电影的拍摄。这个领域他虽然刚刚开始，但他已经完全没有必要再去搞什么艺术实验，什么颠覆性创新了。吸引影评人、文艺观众的那种文艺片、小片的路子，已经不管用了。电影艺术、风格营造、电影创新生态在经过他早期的迅猛发展之后就不再是最高诉求了，拍大片，要市场是他开始进入相对平稳的发展期之后要完成的任务。他实际上开始有自己的焦虑感和危机感，我感觉是这样。张艺谋、陈凯歌他们肯定是属于另一个时代，那"第六代"该作怎样的选择？"第六代"面临这样几个问题：一是全球化时代，他们该做什么；二是电影很难和当下的语境、情境分开来，尤其是他们做的电影，不能和产业、市场分割开；三是如何坚持自己的表达方式，在产业环境下，继续放进去文化，也是一个问题；第四是，如何成为"第六代"的领军人物，又怎样使"第六代"成为当下中国电影蜕变与承续的中坚和领导力量。所以，在这样的一种语境下，作为"第六代"的王全安们在他们的"大片"创作中，是放进去文化，还是顾及商业市场票房？是一次又一次地寻找更能表达自己的方式，在媒介化时代，在多元的全球化背景下，让电影能反映出真实的中国，还是努力适应、迎合市场？是考虑如何清除市场化的干扰因素，把过度市场化这个电影艺术发展的寄生虫剔除出去，还是创作出能代表当下中国，能为时代、大众接受的电影？这都非常重要。电影进入21世纪以后，变化迅速，而且现在已经是第二个十年了，电影何为？中国电影该做什么事情？"第六代"应该说已经是中国电影的一个中坚力量，他们该作怎样的思考和选择，这是一个大问题。我们一般讲，都会把电影人理解为既没有文学，也没有思想。但是他们还是有他们的使命感，因为电影作为大众艺术、文化形式，社会影响力特别大。当你忽然发现，一个人已经拍成4个、5个小时的电影的时候，我觉得在某种意义上还是要致以敬意的。《白鹿原》最初的一版可惜大家都没有看到，我在这儿说这个版本比影院版要好，好像我一个人在自说自话。

王　磊：我觉得丁老师提的问题还可以进一步拓展，不只是电影何为，其实是文艺何为，文化何为。这是当代中国文化建设必须提的一个问题，就像刚才张慧瑜说的，当一个历史观被打破，新的历史叙述主体还没有产生的时候，充满了诸多的可能性，此时我们的文化要做什么，我们的电影能思考些什么？这个问题，归根到底是对历史主体的寻找、确立，因此它首先不是一个文化问题，而是一个政治经济学的问题，是一个利益和立场的问题。我觉得这是中国知识分子包括文学家、学者在内应该共同思考的。

孙佳山（中国艺术研究院马克思主义文艺理论研究所）：很多老师和同事都讲到了《白鹿原》小说的文学价值，《白鹿原》小说的历史观念，特别是小说《白鹿原》文学史意义的生成问题。其实小说《白鹿原》文学史意义的生成，恰恰是在一个双重误读基础之上产生的。

第一个误读来自老一辈。就是云雷一开始提到的，像陈涌、雷达这些老一辈批评家之所以非常重视这部作品，是因为他们衡量文学价值的标准实际上是20世纪50年代末、60年代初"写真实"、"现实主义深化"、"中间人物论"的角度和1980年代初的异化、马克思主义人道主义思潮。这一代老批评家是想通过肯定《白鹿原》这些作品，反思社会主义现实主义的文学传统，重申他们始终坚信的文学信仰。

另一个误读是陈忠实这一辈作家对拉美魔幻现实主义等外国文学的误读。很难说小说的整体框架没受到马尔克斯的《百年孤独》的影响，很难说白鹿原的意象没有参照《百年孤独》中的马孔多。陈忠实无外乎就是将他所想象的中国现实装进了这个他认为是文学标准的叙事框架中。他实际上想表达的就是他想象中的循环的历史观念。他无非是想表达，晚清也好，民国也好，国民党也好，共产党也好，都没真正进入到、真正影响到中国最基层的农村的现实生存，没有真正改变中国最深处的社会样貌，所以他那些人物形象就都是拧巴的。

因此，正是在这种双重误读的基础上生成了《白鹿原》的文学价值，生成了它在文学史上的经典地位。电影《白鹿原》在艺术观念上，还是因袭了1980年代以来"第五代"导演的艺术观念，王全安作为代表性的"第六代"导演，至少拍商业大片的时候在艺术观念上并没有突破"第五代"，并没有形成新的美学风格。

祝东力：黑娃和田小娥的那个戏，非常像电影《红高粱》开头没有展开的情节。

孙佳山：我的感觉也是这样，这部片子说是张艺谋拍的我也信。很多人都说这部片子画面很好看，其实我个人觉得镜头语言实际上非常匮乏，翻来覆去就是那几种固定模式，并没有呈现一种丰富性的镜头语言表达，艺术想象力是很有限的，想象乡土中国的那些镜头套路中国观众已经看了二十多年了。

回到上次李陀老师讨论的"小资"趣味问题，实际上陈忠实的文学观念基本上还是隶属于"小农"的观念，到了王全安这里则蜕变成了一个"小资"的视角，改革开放后的中国，"小农"和"小资"实际上就是一步之隔，是同一个社会结构孵化出来的。但问题就在于这一套或"小农"或"小资"的文学艺术标准，经过这二十多年的变迁，现在被默认为常识，已经成为课本里的知识，是天经地义的理应如此。这是我们今天"讲述中国故事"所不能回避的一个基本问题。

李云雷：当我们用新儒家或文化保守主义来概括这个小说的时候，其实也应该注意到它的内部是很复杂的，他对待儒家的态度、对待白嘉轩的态度也是有批判性的，比如早期的"换地"这些情节。朱先生跟白嘉轩之间也是有区别的，朱先生更多的是一个理念层面上，白嘉轩则更多是实践层面，有他内在的复杂性，包括他一方面有王磊说的温情的、仁义道德的方面，另一方面也是在维护封建礼教的秩序，作者对这个人物的态度是很复杂的，包括对革命、对国民党的一些描述，也是用复杂的态度来面对的。

崔　柯：小说里有句话，记得是鹿子霖说白嘉轩的，大意是说这个白嘉轩只会弄祠堂，祠堂外面的世事他统统不知道。可以说在小说《白鹿原》里有两个世界，即祠堂所维系的白鹿原世界和祠堂外面剧烈动荡的世界，"外面的世界"对"祠堂的世界"的摧毁是小说的叙事重心所在。电影似乎没有成功地把"外面的世界"表现出来，没有彻底下决心去表现特殊时代的最大变局。反复的镜头所象征的是过去的、传统的、即将消失的白鹿原。但是由于电影把故事截止到1938年就结束了，等于是把后面的故事，也就是把变化最大、最剧烈的时代景况下的故事给掐了，新的镜头还没来得及出现，只能反复使用同样的镜头。

王　磊：刚才说的新人是当时产生的新的阶级主体，而今那个主体在文艺上被忽略了，那是因为现在的主体发生了新变化，这是问题的根本。

李云雷：这个就涉及陈涌先生在文章里面谈到的真实性和倾向性问题。陈涌先生对《创业史》有一个批评，认为它观念性太强——这也是"十七年文学"普遍存在的一个问题，而我觉得《白鹿原》能打动陈涌先生的，恰恰在于它呈现了这种真实与复杂，用他的话说是表现了革命的"长期性、残酷性、复杂性"。但小说又揭示了历史的趋向，像鹿兆鹏和白灵这两个人物表现出来的共产党革命的合理性。但在《白鹿原》整个的叙事中，这个脉络又不是最主要的脉络。

祝东力：说到《白鹿原》里面的这个儒家，有一点太不顾及历史了，中国近代以来有这么大的变化，是因为西方挑战。西方完成了工业革命，产业升级之后，英国舰队来到中国，面对西方文明的挑战，面对这么大的文明落差，实力对比极其悬殊，历史给了传统儒家80年的时间，从1840年到1921年建党。老天给了你80年，你要是能行，早就干成了。儒家从历史上看，经历过三次整合，第一次是董仲舒，他把先秦的原始儒家和道家、阴阳家等诸子百家整合起来，形成了一个官方的儒学，这种官方儒学，统治了一千多年。到宋代，像"二程"、朱熹他们，又把汉末以来传入的佛教和道教，以传统儒家为主体，再次进行了整合，这形成了理学，又统治了中国一千年。到晚清，李鸿章、张之洞也都是有学问的人，他们又要整合，用传统儒家，把西方近代工业文明整合进来，这就是"中体西用"。如果他们能整合成功的话，中国不会有后来的辛亥革命和共产党革命，因为"中体西用"整合成功后，就能够在1894年打败日本。中国的洋务运动和日本的明治维新，都是1860年代开始的，但经过二三十年以后，日本把中国打败了，所以儒家的第三次整合就彻底崩溃。崩溃以后就要改造国体，所以要变法，变法不成，接下来就是辛亥革命。所以《白鹿原》要给儒家翻案，是没有历史根据的。所谓"仁义白鹿原"不等于"仁义中国"，如果当年真是"仁义中国"的话，就没有那么多乱七八糟的事儿了。

刘　岩（对外经济贸易大学中文学院）：小说的历史脉络大家都清楚，就是它在1993年刚引起关注的时候，有一个很著名的说法，叫"陕军东征"。"陕军东征"凸显出的是一种地方性，但它同时又号称是"一个民族的秘史"，在地方经验与民族寓言之间，包含着一种张力。由于特殊的历史地理因素，陕西这个地方时常会充当民族寓言的叙事空间，一说到黄土高原或者是关中平原，往往就会联想到周秦汉唐，想到整个传统中国，不仅文学、电影如此，甚至在一些历史研究中，对关中的叙述也成了一种寓言性的书写。但是另一方面，小说《白鹿原》又确实是在书写一个地方的历史经验。地方性经验和民族寓言的这种张力，到了电影里已经完全被消解了。举一个最突出的例子，在这个电影中，有一个反复出现的镜头，就是一望无际的金黄色的麦田，在画面的远景还有一个古老的牌坊，非常容易辨识的传统中国的符号——农耕文明和儒家礼教，这是一个高度寓言化的空间。但电影中的这个民族寓言已不再承担大家刚才说的那种重写革命史的功能，尤其是国内公映版，到1938年就结束了，田小娥凸显为中心人物，使影片成了一个关于伦理、欲望和生存的故事，而不再是从乡村宗法组织的角度重述革命史。同时值得关注的是被电影强化的寓言空间对地方经验的削弱。相对于电影中单一的农耕文明符号，小说的人文地理呈现要更丰富和细腻得多。比如小说开头写白嘉轩和鹿子霖换地，用天字级的河川水地换人字级的原坡旱地，这两块地在地理位置、肥沃程度和适合种的作物上都有差别，换地的理由也很好玩，本来是白嘉轩在鹿子霖家的地上发现了一个酷似白鹿的宝贝，但是他要了一个心眼，装可怜，说我娶了6个老婆，都死了，但还没有子嗣，所以得不断娶，娶得倾家荡产，我是一个败家子，但也不能给祖宗太丢脸了，直接卖地太丢人了，咱们换地行不行，我用我的好地换你的差地，然后你补给我钱。小说把这个农民或地主的狡黠表现出来了，而不像电影中的白嘉轩完全就是儒家仁义忠信的忠实践行者。因此，当电影在强化民族寓言和民族符号的时候，不仅仅是地方性经验被削弱了，对于所谓"革命之前的传统中国"，对于中国现代史的想象，也都变得更单一和定型化了。

祝东力：刚才也有人提到关中在中国历史上的地位，陕西这些作家过高估计了。实际上中国历史的中心，早就从关中那地方转移了，从周秦到隋唐，那两千年，中国的轴心是从长安到洛阳，所谓"两都"，东西向，沿黄河东西转移，比如西汉建都在长安，东汉在洛阳。但是从大运河建成之后，中国的轴心逐渐变成了南北向，从江南到北京，关中作为文明中心早就被放弃了。他们有一点过高估计了自己的乡土。

如何讲述中国故事，简单地可以尝试用这几句话表述：古代中国是农耕文明的中心国家，在农耕世界中，我们是发达国家。当时中国的经济政治文化，在青藏高原和帕米尔高原以东的整个东亚，是最先进的。周边的朝鲜、日本、琉球、菲律宾，还有越南、泰国、缅甸和尼泊尔，这大半圈都曾经是向中国朝贡的藩国。传统中国农耕文明的物质基础是铁器。这个农耕文明在传统中国的最后一个盛世，就是康乾时期的一百多年。但是康乾之后，按照王朝周期，到道光的时候已经衰落。西方则已经开始或完成了工业革命，产业实现了升级，从铁器文明升级到大机器文明，当时在全世界锐不可当，遇到不同文明程度的民族，结果很不一样，比如遇到最低文明程度像美洲的印第安人、澳洲土人，基本上就是种族灭绝，杀人占地，把自己的种族和文明大规模移植过去。再有一种，遇到非洲那样的，就大规模贩奴，把他的青壮年人口给捕捉到别的地方去。再有一种就是印度那样的，古代印度实际上是一个地理上的，而不是政治上的概念，在几千年历史上很少统一，所以到现在还有两百多个民族，还处在我们商周时代之前的状态，因为我们商周之后民族整合就大体完成了。遇到印度这样的国家，西方就是征服，占为殖民地。而遇到中国这样的国家，只能采取半殖民地这样的策略，让本地统治者代理进行统治。中国鸦片战争以后落入这个陷阱，要爬出来，就要有自己的工业。这个任务，近代中国尝试了两次，一次是洋务运动，刚才讲被日本打败了。还有一个是民国十年，从1928年到1937年，也被日本打断了，当时还有国内社会矛盾非常尖锐，也使得当时中国完全整合不起来，蒋介石就从来没真正统一过中国。一个是阶级矛盾，一个是各路军阀的矛盾。而像中国这样的半殖民地国家不实现统一，工业化就无从谈起。这个任务由共产党最后完成了，他实现了整个民族的动员和整合，把当时非常有限的资源整合起来，拿这个资源去投资工业。姑且用这样的几句话来尝试讲述一下中国的故事，到今天中国的故事还没有完成。我们对照中西历史，西方没有"近代"概念，他从古代、中古，然后就到了现代，他只有一个early modern，早期现代，而没有一个独立的近代。只有像中国这样的国家,从传统社会进入现代社会的时候,特别艰难,过程没完没了,走了一个非常曲折的弯路,这就是"近代"。在这个意义上,我们的近代还没有完全结束,现代文明还没有全面建立起来。

李云雷:从历史到现实,有很多值得我们思考的,"中国故事"还没有讲完,我们会继续讲下去。谢谢大家,时间原因,我们今天就先到这里。

莫言、诺奖及其他

时　　间：2012年12月8日
地　　点：中国人民大学当代文学教研室
主持人：房　伟
参加者：张　莉　梁　鸿　霍俊明
　　　　周立民　李云雷　杨庆祥

一、莫言获得诺贝尔文学奖后，在国内外依然存在大量争议，是否因其获奖而对其评价过高？比如有学者认为，这次获奖是偶然，中国有很多作家同样可以获奖。

梁　鸿：一个作家在本国内有争议并非是一件坏事，如果他从来都没有被关注过，从来都没有被争论过，可能他作品的丰富性、文学性和所存在的价值意义本身就值得质疑。莫言获奖并非是一个偶然，有它的必然性。这一必然性包括莫言作品的价值，即他的作品和诺贝尔奖是匹配的，并不逊于往届的获奖者；另一方面，莫言的获奖也的确与外部各种条件的契合相关，譬如翻译量，莫言的国际声誉等。莫言获奖后，国内外仍然存在广泛争议，甚至可以说是比以往更多更深层面的争论，这是件好事。有争论才有澄清的可能。当然也有过分夸大的，或者把自己作为先知一样，认为诺奖证实了自己赞美莫言的正确性，并且由此对莫言的批评者进行反驳，那些论者存在着认识上的基本问题。诺贝尔奖固然可以让一个作者一下子获得崇高的地位，但是，如果因此就认为作家的创作没有缺点，或对他的缺点视而不见，那诺奖就失去了它的意义。文学是一门不完美的艺术，永远都会有缺憾。

霍俊明：在莫言获得诺贝尔文学奖之后的文学和文化热潮中再来谈论他以及他的作品甚至获奖本身，显然具有不小的难度。因为这种难度不仅在于其小说文本自身的繁复性，而且还在于他获得诺贝尔文学奖之后作品和作家自身被包裹的层层附加意义甚至是一个民族整体性的文学想象的延伸与寄托。谈论中国作家有一个身份问题一直是被反复谈论的，这就是写作者和知识分子之间的关系。中国当代历来缺乏公共知识分子，而在当下的语境下则很难将作家们与知识分子联系起来。被各种利害关系圈养起来的小说家们更是如此。而莫言获得诺奖之后，文化界对其批评甚至质疑就显得多起来，我认为这是正常的。当然那些有着其他目的的刊物、网络不在其中。而在质疑声中，其中最重要的就是对其是否是有良知的知识分子的质疑。其中焦点就是莫言的几个备受争议的举动，比如2012年参与手抄毛泽东《在延安文艺座谈会上的讲话》，以及2009年就崔卫平关于诺贝尔和平奖电话提问时的拒绝态度以及在当年的法兰克福国际书展中退席以抗议那些"异议人士"。不管孰对孰错，知识分子形象一直是中国当代文学的一个典型性的精神症候。当然，我个人觉得谈论莫言还是在文学和文本范围之内更妥当，反之就作品和作家延伸到更为广泛的方面并无助于问题的真正讨论。就像诗歌界在多年前的一个讨论一样，"一个坏蛋是否能写出好诗"，这终究是没有标准答案的问题。正如我们必须正视的是没有任何一个作品能够阻止坦克的前进一样，我们对待文学和生活更应该如此。我想2000年以法裔身份获得诺贝尔文学奖的高行健在《文学的理由》中的一句话倒是十分准确："所谓作家，无非一个人自己在说话，在写作，他人可听可不听，可读可不读，作家既不是为民请命的英雄，也不值得作为偶像来崇拜，更不是罪人或民众的敌人，之所以有时竟跟着作品受难,只因为是他人的需要。"我相信莫言的文学世界给我们提供了诸多寒冷而真实的认识中国现实和历史的入口,在此意义上莫言是不可替代的。

房　伟:前不久,在山东大学召开的莫言文学创作研讨会上,对于莫言获奖的因素,争论也很激烈。我们不能否认,诺奖作为一个客观存在,既有其公平公正的地方,也不可避免地带有偏见和其他因素。我们也能看到,莫言获奖之后,很多作家和评论家都不服气,纷纷表达自己的意见,我想,这是一件好事,这正说明文坛有更为多元的创作理念。但同时,如果刨除个人因素,我们也不能否认,莫言的获奖,也正是对他多年来的优秀创作成绩的褒奖,也是对广而化之的中国当代文学经典化的认可。如果按现在流行的文学史分期法,当代文学已经过去了六十多年,但在学术界流行着一种偏见,认为中国现代文学不如古典文学,中国当代文学不如现代文学,中国当代文学是垃圾。不仅有一个外国人顾彬,说我们的当代文学是垃圾,而且我们自己的同行也说我们是垃圾。我们这些当代文学研究者,就是垃圾捡拾者和收藏者,连垃圾都不如。这样的偏见非常可怕。它不仅来源于一些僵化的文学标准和口味,也来自一种严重的自卑感,即对中国现代性经验的轻视,以及由此而生发的,对中国当代文学经典化的蔑视。莫言的获奖,可以说是对中国当代文学经典化的有力支持。

周立民:对当代文学而言,永远不存在顶峰和唯一,这些词只有留着这批作家和写作彻底历史化和经典化之后才能用。如此说来,认为有很多(或者不是"很多"而是"有一些")中国作家同样应该获奖,这没有什么奇怪的。获奖当然有偶然性,因为获奖者只有一人,而可以获奖者可能有一百人,对于这一个人来说当然就是机会和运气;对另外九十九个人,当然是没有这个机会和运气——这里也涉及对于文学奖怎么认识,对于文学作品和作家的评奖从来没有唯一标准、终极标准,而且不同时代的读者接受都会有极大的变化,那么文学奖就可以承担终极裁决者的责任吗?即便是诺贝尔文学奖,也是这样。我历来认为,不论得什么文学奖,这就是中彩,得奖了对于作家就是值得高兴的事情,是对寂寞写作的一种鼓励;对于外人来说,除了祝贺也谈不上沮丧,它并不意味着就是对你的写作价值的否定——绕来绕去,我觉得讲的都是最普通的常识,然而不知怎么聪明如中国作家和文人们,在诺贝尔的结上好像就是解不开。

具体到莫言,该不该得这个奖,把之前和之后的争议搜集起来,真是国民文化心态的绝佳研究材料。我看到过一种非常奇怪的心理:莫言得奖之前,有人大骂中国当代文学不成器,连个诺奖都没有得过;得了奖,又大骂莫言,好像不是得了瑞典送来的大礼,而更像哭丧……这是什么文化心态?真是让人鄙视的一群。

好了,莫言当然有资格得这个奖。或者说,莫言不得这个奖同样是中国当代最优秀的作家之一,大家同样在研究他的作品,他的哪部作品出来不是得到各种热情关注?只有那些从来没有读过莫言书的人,才觉得他是通过这个奖才从石头缝里蹦出来的吧?我们从来没有看低过莫言,但我希望,我们不要总是去做文学的看客,哪里有热闹往那里凑;也不要因为诺贝尔从而就高看莫言,这是因为中国当代文学中像莫言这样的作家还有很多,大家以正常的心态去阅读去研究他们,或者去读你喜欢的,那才是一个理性的态度。

杨庆祥:一方面,我们应该承认,如果诺奖要颁发给一位中国当代作家的话,莫言毫无疑问是很合适的人选;但另外一方面,我们也应该看到,在已有的诺贝尔文学奖的获得者中,很多作家我们并不非常熟悉,比如尼日利亚的作家索因卡。诺奖既然是一个奖项,就和所有的奖项一样带有其偏见。我的意思是,从批评家的角度来说,应该始终坚持"作品至上"的判断原则。莫言的作品不会因为获得诺奖而自动变得更"好"一些，当然也不会变得"差"一些。当然，在大众想象中，莫言肯定会因为获得诺奖而获得加分，其作家形象会在一定程度上被"完美化"。但批评家不应该被这种东西所影响，说实话，最近的一系列会议，大家言必谈莫言，让我非常厌烦。

如果不从非常世俗的获奖、成功、走向世界这个角度看，如果文学有其自身的命运，那么，莫言获奖是不是还有一些被我们忽略的地方？我的意思是，与特朗斯特罗姆在80岁高龄获得诺奖，与某些伟大的作家如卡夫卡等没有获得诺奖相比，莫言个人文学命运的展开显然还显得比较仓促、单线条一些。这从一定程度上破除了"诺奖"的神话，也许很多人在得知莫言获得诺奖后的第一反应是：哦，原来这就是诺奖啊。

二、莫言的作品，为何能为世界文学，或者说诺贝尔奖所接受，它的启示意义在哪里？

周立民：在以前接受采访的时候，我就说过这样的话：文学艺术有着自己的轨道和规律，它不会像GDP一样可以计算。它不是一往无前，也不可能一无是处。那些最杰出的作品都产生于伟大的个体的头脑中，它们常常不成潮流也没有趋势，而是孤峰傲立，难以被预测也无法去规划——尽管我们常常愚蠢地拔苗助长，后来发现没长出栋梁也罢了，拔也是棵杂草。就像莫言得了诺奖对中国文学有什么样的影响这样的话题，我说：对莫言有改变，对莫言而外的人最多是跟着欢喜或愤怒，有什么影响？创作本来是个体劳动，越杰出的作家个性越强，写作就是各写各的，莫言得奖干卿何事？也有人说，不对，至少可以引起西方人对中国文学的关注。或许吧，或许这只是更大的自我幻觉。其实西方人该关注的作家早就在关注了，不关注的今后也未必就关注，像莫言，难道西方人是这半年才关注的吗？再说，西方人关注又怎么啦，月亮就由圆的变成方的了？重复这些话，我想再强调一下，千万不要去放大莫言得奖所谓"对中国文学的意义"，什么都要去分一杯羹，是十分愚蠢的想法，和去拔莫言家的萝卜，吃了就能怎么样一样愚蠢。

房　伟：很多年前，当新世纪的钟声还未敲响，福山、詹姆逊等学者就说，现代性的宏大叙事终结了，我们进入了后现代碎片化时代。于是，我们也就跟着"被终结了"。如果从西方立场上来看，宏大叙事的终结，还真不能说没道理，但如果从中国的立场看，就很有问题。这就如同一个富翁对一个乞丐说：你太落后了，我们都在关注人和自然的和谐，人的精神虚无，你还整天想着不饿肚子，不被恶狗咬脚后跟，活得有尊严和人权。你的层次太低了。其实，人与自然的和谐，人的精神虚无，和活着的尊严和人权，都同等重要。如果富翁关心那些高层次问题，仅是为了画个话语圈，让别人信，让别人忘了饿肚子的事情，不再给他找麻烦，那么，这样的后现代还真是可疑。现在中国的经济发展很快，但不能否认，我们的现实问题，还有很多层次低的问题，或者说，是那些高级问题和低级问题杂糅在一起。我想，莫言最打动我的地方，首先在于他是一个真诚的作家，其次在于他是一个才华横溢的作家。他成名很早，却走得很远。他所描述的故事，有一些已距离当下年代很久远，比如他写了很多建国初的大饥荒故事，"文革"故事，民国故事等，但我们读来，依然非常感动，因为无论他写什么，他的目光总带有浓浓的当下性与不可忽视的真诚的力量。真诚不等于嚎叫，也不等同于道德姿态，而是一种"深刻的理解"。

莫言从不在作品里玩什么高深哲理，时髦概念，他只是真诚地再现中国现代性经验的丰富复杂性和独特性。如果说，现代性是一个大故事的话，西方的故事已基本讲完，而中国作为当今世界最大人口基数的现代性民族国家的转型，至今尚未完成，其一百多年来的丰富复杂性和独特性，是一座资源丰富无比的宝藏，就看我们的作家有没有这样的信心和勇气，来挖掘这些宝藏。莫言的小说，无论写农村，还是写历史,其实都是这一大故事的一部分,在这一点上,莫言忠于广义范围内的中国文化现实。同时,这也有一个地方经验和文学普世性价值的通约性问题。莫言较好地处理了这个问题。有的中国作家太过强调传统,而有的作家则太关注创新,特别是西方化的思维创新,这都影响了他们扎根在中国文化现实土壤上,长出枝繁叶茂的大树。有人说,莫言的获奖得益于翻译,而这个问题,如果翻过来看,那就是莫言的作品,能在普适性人性和文学价值上引起更广泛的共鸣,这难道不是一种褒扬吗?

梁 鸿:这一点是毫无疑问的。我刚才也提到,西方眼中的"中国"还是有它特定的指向的。而这样一种对乡土中国的传奇化的书写方式在某种意义上是具有世界的共通性的(就像马尔克斯的《百年孤独》),也符合西方的某种认知。就从世界的全球化趋向而言,这种对独特民族经验的表达也确实是越来越重要了。国际文学大奖对这方面的创作更感兴趣也无可厚非。就莫言而言,只有在乡土世界里,他可能才是经验的、自由的、充分的,有着无限的激情和创造力的。这并不相悖。

李云雷:自1980年代开始,"走向世界"一直是中国文学的梦想,在中国作家心中普遍存在着"诺贝尔情结"。莫言获奖或许有助于中国文学舒缓这一焦虑,也可以让我们更从容地审视1980年代以来中国文学的发展道路,重新思考中国文学在世界文学中的位置。"诺贝尔文学奖"是一个重要的文学奖项,但并非代表着世界文学的最高水平,作为一个文学奖项,"诺贝尔文学奖"也受到一些诟病,比如受到西方中心主义与冷战思维的影响,比如遗漏了托尔斯泰、乔伊斯等文学大师,等等,而在具体的评选程序中,以翻译文本评选世界各国不同语言的文学作品,也存在着先天不足。尽管如此,莫言获奖对于当代中国文学来说,却具有标志性的重要意义,我认为具体体现在三个方面。

首先,莫言获奖让我们看到了中国作家的世界性影响。在当前的世界体系中，文学领域正如其他领域一样，由西方世界掌握着游戏规则与评选标准：何为文学，何为优秀的文学？是按西方文学的价值标准来确定的。在这个体系中，作为一个独立文明体的中国和作为社会主义国家的中国，对于西方来说是双重意义上的"他者"，而中国文学要为西方世界所认识和欣赏，需要穿越重重障碍。莫言的重要性在于，尽管存在重重障碍，他却为西方世界打开了一扇理解中国的大门，当然，我们希望这只是一个开始。莫言作为一个优秀作家，在 1980 年代就确定了他在文学界的重要位置，但中国文学界还有另外一些重要作家，如张承志、史铁生、贾平凹、韩少功、余华、王安忆、张炜、刘震云等，他们共同构成了中国文学的灿烂星空，只有深入阅读他们，才能对当代中国文学的整体有更加深入的理解。我们可以看到，在世界文学的版图上，中国作家的重要性愈加突显，我们必须摒弃 1980 年代以来追赶与迎合的心态，以真正富有创造力的文学展现在世人面前。这一方面需要具有更加开阔的世界视野，另一方面也需要对丰富复杂的中国经验做出更加深入细致的表现。我们应该具有主体性与主动性，以创造性的艺术形式表达出现代中国人的经验与情感。另一方面，在"文学奖"之外，中国文学应该有更大的追求，文学作为一种心灵的形式，其重要性不在于奖项的肯定，而在于它对人类内心世界与外部世界探索的深度与广度。在这方面，中国作家既应该充满自信，也应该具备文化自觉，不满足于获得诺贝尔文学奖的肯定，而应该像俄罗斯文学的"黄金时代"或者拉美的"文学爆炸"一样，向世界发出中国的声音，展示中国的形象，讲述中国的故事。

其次，莫言获奖让我们看到了文学在中国的重要性。无论是在传统中国还是 20 世纪中国，文学都在中国文化乃至中国社会中占据着重要的地位。1980 年代文学更成为整个社会瞩目的焦点，凝聚了社会各阶层的热情与梦想，莫言也是在这个时代开始写作的。但自 1990 年代以来，在中国社会的整体变迁中，社会结构与社会氛围发生了剧烈的变化,在这一变化中,文学不仅失去了"中心位置",而且越来越边缘化。对于缺乏宗教情感的中国人来说,文学事实上承担了一种教化功能,它不仅培育美感,而且培育向善的心灵,在20世纪,文学更承担了"启蒙"与"救亡"的功能,成为建构人们精神生活与心灵生活的重要形式,进一步成为改变现实世界的重要力量。当文学的地位逐渐衰落时,整个社会便愈趋世俗化与功利化,缺乏一种平衡物质现实的精神力量。当莫言获奖让整个社会瞩目时,我们也应该反思文学的边缘化对中国社会造成的损害,重新认识文学的重要作用。文学的重要性不仅在于为我们讲述一个故事,而在于它通过作家的想象,为我们呈现出了一个艺术化的世界。这个世界既来自于现实世界,但又不同于现实世界,它为我们提供了一个重构与反观现实世界的艺术空间,可以让我们在现代社会的紧张节奏中停下脚步,倾听灵魂的声音,反思世界以及我们自身,让我们以更加从容的心态去探寻未来的道路。

再次,莫言获奖让我们看到了"纯文学"的力量。1980年代以来,中国文学的格局发生了巨大的变化,通俗文学、畅销书、网络文学在文学中占据了越来越多的份额,文学的娱乐功能得到了越来越多的发挥,与此同时,将文学作为一种精神事业的"新文学"传统日渐式微。莫言获奖将会有助于我们反思:我们究竟需要什么样的文学?尤其是,什么样的文学才能真正代表中国文学的最高水准?对这些问题的思考,将会让我们在甚嚣尘上的商业化浪潮中保持清醒,让我们看到中国文学未来发展的方向,让我们看到那些真正的"纯文学"并非是"无用"的,它们虽然不能为我们带来即时的娱乐,但却可以让我们在一个更高的层面思考和把握这个世界,为我们带来独特的美感,为我们带来一个独特的审美空间。在这个意义上,我们可以看到莫言获奖便是"纯文学"的胜利,这位30年来一直坚持自己文学道路的作家,将为无数青年作家树立一个榜样,让他们看到,如何在喧嚣的社会中坚持自己的文学理想,如何在艺术上不断探索与创新,如何建构起一个带有鲜明个人特色的艺术世界？我想，只有更多的青年踏上追寻文学梦想的道路，才能让中国文学迎来更加繁荣的明天，也才能为世界理解中国打开更多的窗口。

梁　鸿：是的，它的最大启示意义就在于：中国文学可以以自己的话语方式表达自己，并且被世界所接受。同时，也必须看到，在西方视野里，仍然有一个固定的、抽象化了的"中国"意象，莫言的小说在某些层面或者正符合了他们的想象。这并不是说莫言故意迎逢，而是说，还必须承认一个事实：西方对"中国"的认知，世界文学对中国文学的认知还是有它的预设和局限性的。在这一层面上，当代文学研究者还要思考的一个根本问题是：文学想象的"中国"和西方"中国"之间的关系是什么。

霍俊明：莫言在即将发表获奖演说之前我们已经从各种媒体上获悉此次他演讲的主题是"讲故事的人"之类。我们可以在他身上寻找当年路边和瓜棚下在"民间"讲述故事的蒲松龄的身影。而我一再强调这种"本土性"的故事和叙述方式则是在显现莫言这样一个作家身上独具魅力的中国性和乡土性，尽管中国性和乡土性这两个词汇过于宏大。我们一直纠缠于莫言和拉美魔幻现实主义的关系，这从最早的西方对莫言的评论中以及诺贝尔颁奖词中可以看出。然而我们的莫言如果是一个贩卖式的二手货作家，那么他的重要性何在？感谢诺贝尔授奖词说出的另外一句准确的话——他将中国古代的语言和现代汉语结合。而这种语言方式的背后正是一个作家的来由和出处。当然也有对莫言小说语言方式的批评者，比如李建军就认为莫言用的是不伦不类的文白夹杂，不恰当的修饰及反语法与非逻辑化表达，拙劣的比喻等。尽管莫言本人承认拉美魔幻现实主义对自己的重要影响，但是他的写作最终是根源于中国一片叫高密的土地上的。莫言的小说一直有对盲目和进化论色调的现代性和国家强大伦理的排斥，这就是乡土、民间、家族和个体与之无穷无尽而又注定要失败的冲突。尽管莫言一再强调自己是"民间写作"和"作为老百姓写作",但是很大程度上莫言是一种为乡村女性立言的写作,当然女性也必然是乡村家族史的构成部分。当然莫言所强调的"民间写作"、"作为老百姓写作"或者写自我的自我写作是要求去除知识分子立场的漫长的写作传统,这显然多少有些偏差。因为在莫言看来,"所谓的民间写作,就要求你丢掉你的知识分子的立场,你要用老百姓的思维来思维。否则,你写出来的民间就是粉刷过的民间,就是伪民间"。

张 莉:我想说说授奖词带给我的思考。诺贝尔文学奖的授奖词凝练扼要,抓住了莫言作品的一些核心精神,作为中国语境的"他者",他们看到了中国人在莫言小说中未能深切感受过的光芒。比如委员会认为:"在拉伯雷和斯威夫特和当今的加西亚·马尔克斯之后,还很少有人像莫言这样写得妙趣横生、惊世骇俗。"有人看了这个授奖词后说,外国人看到的是他们想象中的中国作家莫言,而不是真正的中国作家莫言。这个判断其实站不住脚,难道我们每个人看到的不都是我们想象中的莫言?我们看到的是我们想看到的以及我们能看到的,而有些东西可能因能力有限我们没看到,但不能因此就否定人家诺奖委员会误读。不论怎样,莫言的意义就在这里显现出来,他丰富复杂,他有能力提供多重世界。

读授奖词让我意识到莫言小说中具有那种奇妙的可以转译的"中国性"因素。其实跟莫言同期的那几位50后作家,他们都在有意识地从中国传统文学中寻找资源,从而建立自己的"中国性"因素。最近大家好像很认同一个说法,比如说跟莫言在一个水平线的中国作家有好几位,这个说法也对,也不对。说不对是因为我觉得有些作家作品的转译性不够,或者说,"世界性"因素不够。正是后者决定诺贝尔奖颁给谁不颁给谁,毕竟作家首先得打动异国评委。

莫言与其他作家最大的不同在于，他作品中的"中国性因素"是可以转译的，容易被"他者"所接受和理解，但其他作家则遇到了障碍。比如以莫言和贾平凹为例。他们都有意从传统中国文学中寻找写作资源，并都在各自的方向上进行了成功的开拓：莫言的拓展在于他对志怪传统及神幻主义写作的承继，贾平凹则心仪于《红楼梦》"日常生活"的书写与关注。当年孙犁赞许贾平凹的文字是"此调不弹久矣"，正是在说他的写作深得中国文学传统神韵。但我们也不得不认识到，贾平凹的艺术追求对他的作品在"世界"的传播构成了某种障碍，而莫言却没有。

杨庆祥：前面诸位老师已经把莫言获奖的意义做了比较详细的总结。我很赞同，在今日的文化语境和精神境遇之下，莫言的获奖至少刺激了一下日益娱乐化、平面化的阅读现状。但即使这一方面也不能夸大，文学作为一种表达、交流和认知的方式在今天已经是非常"小圈子化"了，这是大势所趋。莫言获得诺奖，从某种意义上是一种终结，文学的现代性功能——文学以此表达现实关怀、人性深度和主体建构的一种方式——在中国真正终结了。

另外，我觉得需要对"诺奖"和"世界文学"稍微进行一下语境化的界定。世界文学是一个伪概念，在80年代以来的语境中，它实际上指的就是欧美文学，而这个欧美，具体来说就是西欧和美国。"世界文学"是一个极具殖民色彩的概念，借助这一概念的扩散和传播，一种以资本主义普世价值和美学观念为准则的文学秩序被建立起来并规训着其他地区，尤其是第三世界国家的文学写作。在维护和奖掖西方普世价值以及由此衍生的美学趣味方面，诺奖和"世界文学"是互为表里的，甚至可以说诺奖是这种"伪世界文学"最权威的代言者。如是，莫言获得诺奖究竟能说明什么呢？真正的文化自信和文学的创造力会因此被激活吗？我看未必。

三、莫言小说的独特美学价值在哪里？

张　莉：为什么许多外国译者和读者及评论家能感受到、深刻意识到莫言作品所要传达的东西？首先是因为他的故事，小说故事本身的丰富和诡异，作为说书人，莫言的故事可以"转译"的部分很庞大，那种蓬勃和芜杂使各个国度的读者理解起来并不太困难。——"故事"比"神韵"更容易翻译，"情节"比"气息"更能流通。

同具中国性因素，贾平凹作品命运却很不同。因为，若是要体悟贾平凹的"中国性"，需具有一定中国文学修养。同时，他的小说也不容易被翻译，也许贾平凹作品的译本并不少，但我怀疑效果，译者和读者能否真的领悟。以《废都》为例，那诸多纷繁的人物，白描式对话以及日常生活场景对域外读者无疑都是阅读挑战。贾平凹小说情节的推动都是由人物内心及情感而起，如果不能理解人物情感，如何理解小说走向？更要命的是，如何理解《废都》的叙述人用"那妇人"来称呼书中女性？任何一个有现代意识的人都会敏感地意识到其中对女性的赏玩心态。当然，贾平凹断不愿意接受那种他的小说歧视女性的说法，但书中的确传达了"赏玩"的气质，那是一种与传统语言形式及文本气质同生共长的东西，如何剥离这种糟粕是莫大挑战，这也是在现代语境下，贾平凹传统文学追求所遭遇的"腹背受敌"。

更进一步说，对莫言和贾平凹的接受是有语境和阅读习惯的，莫言的文学魅力是泼墨式的、横冲直撞的、摧毁一切规矩的，它们有如滚滚黄河水一往无前的异质美，那是现代以来整个世界文学接受史中最为熟稔的经典式的令人欣赏的美，破坏性的、革命性的美；而贾平凹的美则是工笔细描，庞大繁复，是欲语留白，是传统中国柔弱书生长衫里潜藏的强悍，这是属于前现代中国语境里的美，它们对现代以来的读者会构成理解障，——后者很难被"转译"、被全部接收。

梁　鸿：莫言小说的独特之处在于他给我们塑造了一个巨大的、虚幻的、滔滔不绝的，但同时又极其真实的世界。这一世界有它自己的连续性。正如韦勒克在他的《文学理论》中所言："伟大的小说家们都有一个自己的世界，人们可以从中看出这一世界和经验世界的部分重合，但是从它的自我连贯的可理解性来说，它又是一个与经验世界不同的独特的世界。"中国生活的内在逻辑，民间生活（神魔性）、民间文艺（顺口溜、打油诗、猫腔、章回体）、民间性格（韧性、倔强、狡猾等）被莫言表现得淋漓尽致。如拉伯雷、塞万提斯，以及稍晚一点的康拉德、哈代那样，莫言给我们吹出一个有"巨大内容的、丰富的、缤纷的气泡，他们所描写的这些气泡中的人物当然和真实的人物有可认知的相似处，但只有在那气泡的世界中他们才能获得充分的真实性"。"只有在那气泡的世界中他们才能获得充分的真实性"，这也正是莫言文学性的最大特征。无论是《红高粱家族》、《酒国》、《丰乳肥臀》，还是《四十一炮》、《生死疲劳》、《蛙》，莫言都给我们吹出一个亦真亦幻的气泡，人物在那个气泡里自由自在地生长，直到呈现出它们全部的、不可回避的真实性。

霍俊明：莫言持久的创作膂力与热望、极具官能冲击的阅读效果、准确而传神的细节能力、汪洋恣肆而奇崛不羁的想象力、极具夸张感和创造力的语言风格，以及极其丰富、驳杂、神奇而又乡土般粗砺的文本世界显然构成了其小说的特质。至于说到莫言小说的政治意识和批判色彩的问题则同样复杂。首先值得明确的是，中国当代作家的写作不可能不带有政治文化的色彩，只是程度和表现不同而已。中国作家的写作离不开极具吊诡性的政治和历史，但是显然写作又具有自身不可规约的品性，如果将写作和政治意识等同则是非常恐怖的。而在莫言这里，其政治意识显然同时指向了历史和当下。文学永远不是政治，文学有其自身的命运和使命。而莫言的小说让我们看到了这种可能性，因为他保持了小说家和小说本体自身的一定的独立性和自由性。而其小说特有的本土性、现实性和批判性以及自省性是中国作家中少见的。

谈论莫言必然会说到小说写作的"中国化"问题。实际上自然会牵涉"先锋文学"的命运。莫言在上个世纪80年代与余华、马原、苏童、格非、叶兆言、孙甘露等人一起成为显赫一时的"先锋"写作的代表。平心而论，那一时期这些先锋作家的小说确实具有美学和历史学上双重的重要性。这种"先锋"的写作潮流曾经在时代转捩点的早期具有不可忽视的诗学价值和思想文化史的意义。而那时正在兴起的文学批评的"方法热"也对这一带有"异质"性的方兴未艾的"先锋文学"予以了不吝任何赞誉之词的"热捧"。这无形当中丧失了批评者和写作者的"问题"意识和自审姿态。换言之，当时的"先锋文学"所存在的问题几乎被头晕眼热的时代同行们集体性地忽视或搁置。这些先锋作家们由于中国特殊的文学历史和社会语境，他们的写作不一而足的是学徒于"西方"。换言之在莫言等这些先锋作家的身后都曾长时期地站着一排西方的文学"大师"。但是，随着写作自身面对的挑战以及时代境遇的再次转换，很快这种带有明显的对话性、互文性、技术性、修辞化和仿写化的贩运式"先锋"写作方式的弊端越来越明显。这甚至在一定程度上使得其"及物性"和"中国化"的程度大打折扣。"异域"作家们成了这一时期中国本土作家的心像对位和重新寻找精神对应物的努力过程。这也在一定程度上显现出这一时期的先锋文学的"自信缺乏症"的精神症候。换言之，上个世纪80年代中国的"先锋"作家因为一定程度上的集体性的"本土化"和"中国化"的营养不良而导致了这种写作的不够纯粹和个体主体性的丧失。所以，后来关于"先锋"和"伪先锋"的论争也不是没有来由的。不可否认莫言等这些"先锋"作家在文学史上的重要性，其文学观念、写作趣味和修辞学上的努力也都使得这一类型的写作具有不可替代的坐标的性质。

但是我们也不能不承认很多先锋作家在1990年代以及此后的写

作中都普遍缺乏处理和叙述甚至想象"中国化"的历史和现实的能力——换言之他们的一些小说中的人物和情节置换为其他的异域也都是成立的。正是一定程度上的仿写和"自力更生"能力的缺乏，在中国不断加速度前进的时代转捩点上，在不断分层和分化的极其"不可思议"的"高铁"般速度的现实面前，那些还骑在自行车甚至木马上的作家不能不被历史和现实的高速列车甩在身后。而他们写作中的"历史"尤其是"现实"就不能不与真正的历史和现实进程相脱节。正是这种惯性的"脱节"导致了长时期以来中国作家处理"中国化"历史和现实能力的数度缺失。至于小说家和出版商以及市场化写作之间相互"染指"的不争事实也是近年来中国小说水平不断下滑的不可忽视的重要因素。本来处理中国的历史和现实的能力就先天不足，又加之近年来的"消费现实和历史"成为写作的风潮，那么其现状和未来的堪忧状况是毋庸多言的。而之所以中国名重一时的"先锋小说家"们往往写出一两部作品就结束了写作生命，其根本原因仍在于自身写作能力的不健全。换言之，当修辞、技巧和叙述方式以及"先锋 pose"不再新鲜，那么一些"先锋"小说也整体性被掏空了。显然，照之同时期的先锋作家，莫言的创作生命更长久，因为他以极其特殊的语言方式和想象能力抒写了"中国本土"的故事。

而莫言近年来的小说与以往作品不同的一个方面就是他对当下物欲滚滚的现实以及匪夷所思的寓言化、城市化时代的大力批判与深沉反讽。这种伦理化写作趋向在新世纪以来已经成为相当普遍的现象，与此相应的底层写作、贱民写作、屌丝写作和乡土写作甚至非虚构写作正在成为主流的文学趣味。我能够体会莫言对"现实"的苦心和良心，但是显然在涉及正在发生的"当下"的时候莫言的写作并未像以往抒写乡村和历史的时候那样显得游刃有余，相反我看到的倒是力不从心甚至有些捉襟见肘般的窘迫。尽管莫言小说中有很多我们熟悉的"当下"与现实，但是比照更为生动和吊诡的新世纪现实，小说还是显得苍白无比且单调粗疏。

周立民：首先，他的作品是大地中生长出来的，一个杂草丛生的大地，具有无限的自由气息和磅礴的力量，是一种生机勃勃力量的显示。其次，莫言对记忆与现实中的一些事情，始终不能放过，让他的作品中有一种反讽、抗争、戏谑的成分，这些与民间的古老传统结合起来，成为表达对现实看法的极佳文学样式。第三，莫言是一个不懈追求的叙述探索者，他深知语言的力量，能把大地上的事情和人心中的态度都化成一个个不同的精彩叙述，以实现他的艺术追求，这一点，在同时代作家中，他尤为突出。

但我想强调，每个作家都有自己的乡土和"莫言"，莫言的或马尔克斯的都是你旅游中看的风景，而不应当是你的故乡。我非常非常担心，一些脑袋不大灵光的作家、批评家把莫言的乡土和魔幻当成了唯一的标准和尺度。

四、如何看待莫言小说中的政治意识，以及莫言在现实中的文化立场？

梁　鸿：这是莫言获奖后争论的焦点。我看了很多批评文章，有国内的，也有国外的，有普通民众的看法，也有非常专业的批评家和往届的诺奖作家。尤其是莫言在去瑞典领奖过程中所发表的言论有很大争议。中国国内的很多民众表示了强烈的不满，认为作为一个有世界声誉的作家应该对国内的很多政治问题和现实问题有一定的批判立场，应该像他的作品那样，表达出独立性来（莫言作品的政治批判性非常鲜明，这一点不能否认），但也有人说作家也是普通人，和他的作品应该分开，另外，也不能要求莫言去做一个烈士，等等。国外也有批评家、作家严厉地批评莫言的这种"圆滑"和"暧昧"。就我自己的观点，我以为，莫言承受的压力可能是我们所不知道的，他选择"顾左右而言他"的方式保护自己无可厚非。另外,必须看到的是,如果他在瑞典表现得非常激愤,那又进了另外一些观点的圈套。他也会是一个牺牲品。这不符合莫言本人的行为处事。这一点是非常重要的。一个作家日常的性格会决定他的行为。莫言生活中是一个温和的人,总是竭力达到某种平衡,他试图超越"左中右"对他的拉拢,竭力躲避他们在自己身上烙下印子,以维护好自我的独立性。但是,这也恰恰是莫言的根本问题。当获得诺奖并站在领奖台上发言的时候,那一刻,他确实不只是他自己,"他"确实被赋予了很多角色和很多期待。这时候,恰恰是你自己表达你与社会生活、政治生活之间关系的时刻,不管你愿意不愿意,也不管别人的主观愿意是什么,你都必须自我呈现。只是游移的、辩解式的话语显示了我们的懦弱,或者从另一层面也正说明了我们的当代现实生活的巨大分裂性。

周立民:一个人不能站在地球上说月亮上的话,更不能站在地球上不说地球上的话。对于这个,每一个生在当今中国的人,不要去问莫言,先问问你自己,你说了什么又做了什么?

杨庆祥:文学与政治的关系很复杂,不能简单地等同于作家与政治的关系,这两者完全不是一回事。当然,在现代历史中,因为政治作为一种霸权的存在,最后形成了一种"作家政治"的传统,其中最典型的是萨特。诺奖有奖掖"作家干预政治"的传统,尤其是在冷战时代。如果从抵制这种传统,开辟新的可能的角度看,我倒是觉得莫言获奖以及他获奖后的种种言论是对那些将作家政治化(实际上是典型的工具化)行为的一种有力回击。在这一点上,我高度肯定莫言,虽然我觉得他的获奖感言稍微有些缺乏深度,我指的是专业深度,而不是某些别有用心者所期待的政治言论。

诺奖得主米沃什在晚年曾有一个非常著名的演讲《文学的诡计》,大意是他本来可以成为更伟大经典的作家,但是因为被冷战思维控制,陷入了政治为文学设定的"诡计",所以最终没有成为他所期望成为的伟大经典作家,他对此深感懊悔和遗憾。文学写作当然是一种典型的政治行为,但它不等于作家要在现实中做一名"反对者"或"异见分子",文学的政治所谋应该更阔大宽广。

五、莫言之后,中国文学是否还能出现新的为世界承认的文学家?谁有可能再次获诺奖?

霍俊明:至于莫言之后有谁可能再次获得诺奖这个问题,我显然无力回答。但如果再有那一天的话,我希望是一个中国的本土诗人。

房　伟:关于莫言之后的诺贝尔文学奖人选,也是大家讨论得比较多的一个问题。虽然,文学不是竞技,无所谓谁是天下第一,不能为获奖而写作,但有文学野心,我觉得也是一个必要的动力。现在文坛的重量级作家,还主要是50后和40后作家,具备获奖实力的作家不少,而60后作家与70后作家的成长也非常好。同时,如俊明所言,很多评论家认为,诗歌也许是中国文学获奖的下一个大热门,从文类角度说,这样说有道理。而且,中国当代诗歌,有非常了不起的创作成绩,但近些年来,媒体对诗歌的事件化处理,导致公众有一个误读,好像梨花体之类的东西就是当代诗歌,这对中国诗歌形象的破坏很大,我觉得这是阻碍真正优秀诗歌被更广泛接受的重要阻力。同时,莫言获奖,我想还在于他是一个独特的文体家。如果说将来中国作家谁能继莫言之后,再次问鼎诺奖,我想,他一定是能创造独特文体的中国作家,而很多作家太偏爱故事了,同时很多刊物因总考虑发行问题,也要求作者增加故事性,结果故事性压倒了文学性,也压倒了文体的塑造。我有时看期刊很头疼,因为很多女性题材的小说最好发表,也最易引起关注,但雷同化情况很严重,说尖刻一点,就是文坛飘荡着虚伪的中年妇女的伤感气息。我这样说,不是说女作家不好,很多女作家的作品，令我非常尊敬，而是有些女作家的创作思维太狭窄，除了婚外情、出轨，就是家庭变故，稍微大一点的东西，就明显感觉压不住。当然，这样说也不是唯题材论，这类题材也能出大作品，我反感的是，这些故事本身非常暧昧、精致、中产化，有一定趣味，但没什么深意和大境界，更可怕的是，这些有点苦涩，外加遮遮掩掩的性爱描写的作品，还有"强迫温暖"、"受虐和谐"的反智倾向，读多了让人不愿更深地思考生活，而只求得短暂的阅读快感。故事性本身没有问题，但如果把它作为判断好小说的最大标准，就会出现问题。作家的创作心态、创作理念和表现形态，都会发生变异。真正的大师级作家，故事包含在他的文字表述之中。我想，如果将来中国有作家能再次获诺奖，不仅要求作家本身的努力，也要求文学编辑们有更宽容的标准和更敏锐的眼光，要敢于突破成见，敢于发"有个性"的异质性作品。

梁　鸿：肯定会出现，以后中国作家会越来越多地获各种国际文学奖。中国当代文学确实到了井喷的时期。50年代、60年代的作家都正处于人生的和创作的黄金期，并且一个个都野心勃勃、摩拳擦掌。这是好事情。把文学作为事业，心灵的事业和终生的寄托，并希望获得承认，这是一件纯粹而迷人的事情。我特别期待中国作家在国际上不断亮相。至于谁可能是下一个获诺奖的人，老实说，我不知道，也不愿意去做预测。写作是个人的事情，但是获奖却是由无数因素组成的，尤其是这样一个万众瞩目的奖。

周立民：以后的事情，掐了两下指头也算不出来，发现这个问题应当请瑞典的那些老头们去回答——假如，得了诺贝尔就算成为"为世界承认的文学家"的话。不过，我想以前的事情，至少是有边际，是可以看到的，那么我想说，在莫言以前，我们已经有很多非常优秀，甚至远比莫言优秀的作家，看不到这些，只能怪我们没有眼光。手头刚刚拿到今年的《上海文化》第一期，发现郜元宝教授的文章中也提到了这一点，那么，我就厚着脸皮说：真是"英雄所见相同"啊！

杨庆祥：说实话，我对谁会获得诺奖这样的问题没有太多兴趣。我以为今天世界范围内的艺术都在不可阻挡地衰落，诗歌、小说，更不用说话剧和歌剧这类更小众的剧场艺术，即使是大众化的电影，也没有表现出多少创造性。技术的超级发达改变了我们想象和表达世界的方式，也许会有更适合这种技术发达时代的艺术形式出现。但毫无疑问，文学已经非常"落后"了。文学赖以存在的基础在于各异的生活方式以及各异的想象世界的方式，但今天的世界恰好是一个不断趋向于同质化的世界，各种技术手段尤其是网络的跨区域覆盖使得我们只有一种生活方式，只有一个人——这个人就是位于每一个网络端口的信息接受者。如此趋同的生活世界已经抽空了文学的基石。

霍布斯鲍姆在《极端的年代》中以为，相对于以前的诸多世纪，20世纪的艺术（同时包括文学）都没有出现堪称伟大的作品，我觉得他说得非常准确。我想，21世纪也将会出现同样的情况。

在历史现场打开一代人的诗歌卷宗
——关于《尴尬的一代——中国70后先锋诗歌》的对话

时　间：2009年12月9—10日，深夜
地　点：中国人民大学文学院现当代文学教研室
对话者：霍俊明　杨庆祥

杨庆祥：首先我想祝贺你《尴尬的一代——中国70后先锋诗歌》的这本著作的出版发行。说实话，虽然也偶尔涉足诗歌圈子，但是对于你书中提及的诗人、作品、刊物、现象等还是比较陌生，很多的名字还是第一次看到。对于我个人而言，这是一本很及时的书，所以说阅读这本书等于是一次补课。从整个诗歌研究现状而言，这么系统的全面梳理70后诗人的专著我觉得是一本开拓之作，填补了诗歌界对相关问题的研究盲点，而从更长远的意义来说，它又具有非常大的开放性，我相信，以后无论是谁来研究70后的诗人或者诗歌现象，这都是一本绕不开的书。从这些方面来说，你做了一件功德无量的事情，无论何种溢美之词都是不为过的。当然，这本书引起我更大兴趣的与其说是它的贡献，不如说是它所涵盖的一些问题，这些问题主要有两个方面，一是对象本身的问题，也就是70后作为一个诗学研究对象的问题；另外是这本书写作的问题，也就是诗歌史如何去写的问题。我想就这几个问题和你进行一次对话，我们之间或许观点相左，认识不同，但是我觉得这可能正是我们进行这项工作的有趣之处。

霍俊明：我非常看重我们之间的这次对话。关于《尴尬的一代——中国 70 后先锋诗歌》从目前看来可能在一些方面存在着一些问题和缺憾，但正如你所说这本书因为带有"第一次"的性质所以我也格外珍视这本书的写作过程。从 2006 年冬天在内蒙古的额尔古纳定下写作计划到此后三年时间的践行，我都感受到写作和阅读的巨大快乐和痛苦。这本书给很多读者包括评论家的印象是这本书除了断代史意义上的建构和理性的学理分析和阐释之外，让人印象深刻的是其中大开大阖的酣畅淋漓的散文化的、"激情"化的言说方式。据说有一个 70 后女性诗人是用一个晚上读完这本书的，当时她正发着高烧，可她后来说拿起这本书之后就不想再放下了，她觉得书中燃烧的情绪让她体会到久违的文学批评的热度和体温，同时也因为一代人的共同情感、体验甚至是写作生活让她重新在往日和现实中获得了感动。我感谢人们对我这本不成熟的书的关注甚至是肯定，我也深知这本书因为带有了"第一次"的性质自身不可避免的缺憾和问题。尽管这本书罗列的 643 位 70 后诗人的名录，但是在近半年来翻看杂志的时候我仍然看到了一些我所陌生的但是诗歌写作确实不错的同时代的诗人，可能他们的写作时间较短，在刊物上"谋面"的机会不多，所以这也是我不小的遗憾。当然也有一些同为 70 后的诗人为未能进入这本书而对我心存不满。这就是文学批评的矛盾与尴尬，而历史叙事总会呈现出一些人，也会同时在减法规则"湮没"一些人。实际上我写作本书的目的是让那些正在坚持诗歌写作的 70 后一代人对自己的生存背景、历史记忆、写作状况和精神图景有一个初步的整体性的认识，能够更为清醒地认识到一代人包括每个个体写作的特点和差异，能够让这一代人在纷繁的后社会主义时代不仅能够坚持写作，而且能够拿出成色够好的文本给读者甚至留给将来的历史。至于这本书自身的不足，我想今后的相关研究会很好地弥补它。

杨庆祥：我还是从你这本书的几个关键词谈起吧。首先自然是"70后"这个核心概念，一般来说文学史上对代际的认定是非常严格的，比如必须有稳定的创作队伍、有独特的审美理念、有重要的经典（经典作家和经典作品）。埃斯卡皮认为一个站得住脚的作家应该在去世20年以后还没有被遗忘，这是一种时间上的限定了。在你的著作中，很显然你都注意到了这些问题并进行了大量的界定，我比较感兴趣的是，在对这个概念进行界定的时候，你最不放心、最没有底气的是哪一方面？这个问题其实也可以换一种说法，就是你觉得70后作为一个文学流派（思潮、现象、群体等说法），它最容易被人"证伪"、最禁不起推敲的地方在哪里？

霍俊明：关于代际概念和相关的文学研究和文学史叙事甚至已经成了中国20世纪80年代以来最为显豁的诗学话语方式，关于代际命名的合理性和非合理性我想包括韦勒克、沃伦、埃斯卡皮、刘小枫、刘再复等人都有非常精彩然而又各执一词的阐释。实际上包括"70后"在内的代际概念，甚至是作为一个诗歌群体、诗歌流派，都不能不呈现出巨大的悖论，以及文学批评界自身命名的乏力和面对着纷繁的诗歌写作现象和现场的无以置喙之感。我曾经在最近一期的《星星》诗刊上有一篇关于诗歌命名和代际概念的文章《"朦胧诗"之后：错乱的诗歌史命名》。从"朦胧诗"这个意味深长、带有强烈的历史问题的诗学概念起，此后中国诗歌界的批评与命名就陷入到极大的错乱甚至是无力之中。我粗略估算了一下批评家和文学史家给1978年以来的中国诗歌写作命名了不下60个诗歌概念，而今天看来它们大体都是短视、短命和失效的。而"朦胧诗"之后的第三代、新生代、第四代、中生代、70后、中间代、新世代、晚生代、"85一代"、80后、90后甚至"00后"都呈现了研究者们投机取巧的平庸和无奈。实际上在写作《尴尬的一代》这本书的时候我也长时期处于困惑之中，以什么视角和方法来呈现一个代际概念和相应的写作事实一直在困惑着我。甚至我们一直都听到有些诗人和批评家对代际研究的不屑一顾。我想更为值得反思和研究的问题是为什么代际研究就不能具有自己的合理性和文学研究价值呢？我想人们对"70后"和我这本书存在的一个争议就是认为70后如此庞大的一个诗歌群体他们的写作之间的差异是明显的，如果光以一个时间性的代际概念来整合和分析肯定会有不小的问题。但是我想人们可能忽略了我这本书的副标题"中国70后先锋诗歌"。之所以如此，我正是在回应必然会引起人们争议的这个问题，我在书中对"70后先锋诗歌"有一个特殊的界定，而这就与泛泛的更为庞大也更为庞杂的"70后诗歌"群体有了差异和比照。换言之，在我看来一些很早就进入了70后的相关诗歌选本甚至在诗文学刊物上频频露面的诗人因为他们的诗歌不具备"先锋"的性质而被我搁置。实际上"70后"无论是从早期的带有明显的抢占和焦虑性质的文学登场，还是作为一个代际概念甚至是像黄礼孩早年所称的一个诗歌流派确实带有着两重性。因为代际概念强调的是同一性，但是事实上我们无论是面对当年的"第三代"还是今天的"70后"和"80后"，他们个体写作的事实明显带有不可辩驳的差异性。这就会引起人们"证伪"的冲动，既然写作存在差异，那么笼括性的取消差异的代际命名和话语方式很明显带有不攻自破的矛盾性和自我否定性。这种长期以来对代际命名和评论的"证伪"，不可否认有它自身的合理性，但是我想我在《尴尬的一代》中所能做到的一点就是要强调代际命名的不可证伪性和自身的合理性。在这本书里，我能做的并不是大而无当的整体性、归纳性的诗学报告，而更多是一代人犹如胎记的历史境遇和思想印痕。尽管我在这本关于70后先锋诗歌的系统论述会中会反复强调每一个诗人不可规约的写作个性和各自不同的写作方向，但是作为一代人，一些共性的关键词还是在我个人的思考中以强烈的历史性作为思想史而不单单是诗歌史最终袒露了出来。就70后诗歌而言，无论是男性诗人还是女性诗人，无论是面对城市还是面对城乡结合部和乡村，是面对现实、历史、生存还是知识和经验，都在写作个性之上呈现出了强烈的普遍性特征，比如焦虑、尴尬的两难、漂泊、外省、广场意识，对城市和乡村的双重态度以及个人化的历史想象力等都有着一代人的共性。换言之，这一代人在诗歌的语言、结构、技巧和想象力以及先锋的探索性上都是在一代人共有的经验和历史背景上展开的，正如我们所烂熟于心的那句话，向上的路和向下的路是一条路一样。基于此，这是我写作这本书的一个底座，在看到一代人丰富多样的充满了个性化言说方式的前提下，我更想看清的是一代人带有共同精神履历的历史面影和一代人不无尴尬的隐忧和灵魂。

杨庆祥：在你的著作中，与70后这个概念一样，"尴尬"也是一个核心的概念，而且实际上构成你整个论文的逻辑出发点，这可以说是一个创造。在我的理解中，你是把"尴尬"这个词放在一系列的二元对立的概念中来进行界定的，比如"乡村"和"城市"、"故乡"与"外省"、"个体"和"集体"，在这种情况下，"尴尬"就是一种身份意识、审美观念上的不确定状态，一种犹豫和游离，那么我感兴趣的是，"尴尬"到底有没有一种自主性？它是否可以跳出那些"二元对立"的界定而自己生产出意义，并进而为70后的诗歌美学进行命名和概括？

霍俊明：我想我并没有将"尴尬"或为了突出"尴尬"性特征而有意设置二元对立的方式，我更想做到的是一种比照或互文性的呈现，无论乡村还是城市、故乡和外省，我想包括我在内的一代人都是以相当复杂的视角来审视的，不是简单的肯定和否定。"尴尬"在我看来正是这一代夹缝中生存的显豁征候和身份烙印，但这并不是说"尴尬"也一同导致了诗歌写作和审美观念的游移和不确定状态，而是恰恰相反。这种"尴尬"作为一种自主性反而是在很大程度上强化了这一代人诗歌写作的理想，也是这一代人的现实和写作背景的直接显现。在

70后这一代人不乏戏剧性的登场中,在理想主义、集体主义和实用主义、消费主义纠结的时代氛围中,我注意到了这些"红旗下的蛋"集体尴尬的面影和一颗颗永远追寻又似乎永远无所适从的灵魂。我发现在这一代人身上,普遍有一种对广场等宏大的集体或政治事务的疏离、不屑一顾甚至反拨,在这代人身上,革命、政治、运动的"广场"和"纪念碑"已经成为遥远的历史烟云,但是这股烟云作为潜意识里一种病灶,却时时刻刻在血液循环并发生着足以致癌的基础效应。无可辩白70后一代人无论是在历史遭遇、生存经验乃至诗歌写作都呈现出显豁的"尴尬"特征。这种尴尬性给他们的诗歌文本带来了无比的丰富性和复杂性。

杨庆祥:你提到70后的时候,实际上也意识到了作为一个整体中的差异性,而且你一直在强调这一点,我觉得这是重要的,因为没有差异实际上也就没有整体,这两者是很辩证的。我觉得有意思的是,你把1976年作为70年代生人的重要关节点,为什么是1976年?或者说,你觉得1976年的历史意义和美学意义何在?仅仅是"文革"的终结吗?仅仅是阅读谱系的改变吗?你这么处理是不是有自己独特的经验?

霍俊明:70后诗人内部的生存体验、精神型构,外部的社会、历史、政治和文化背景尽管是大体一致的,但是70后的内部仍然充满甚至掺杂了两个甚至多个声部。分割这两个声部的年份大概是1976年,1976年明显属于加上着重号的一年,显然带有历史节点的性质。实际上,80后诗歌同样如此,不是有人将1985年作为这一代诗歌写作的分界线吗?在研究70后诗歌的过程中,我甚至有将1977年至1979年出生的人划入下一代人的冲动。因为在我看来同样是出生于70年代的诗人,稍后出生的一部分诗人,他们在作品中所陈述、表达的心理特征、文化、社会背景、写作精神却与稍前几年出生的诗人有着不可否认的一些差异和不同。在我看来出生于 1970 至 1976 年间的诗人较之 1977 年后出生的诗人显然要更为复杂也更为沉重，历史无意识的呈现更为突出。在他们身上具有一定的 60 年代出生诗人的理想主义的冲动和红色历史的集体情结。这主要是因为"文革"后期社会的、政治的、文学的、教育等强大的带有宏大的集体主义色彩的影响甚至是负面伤害都相当有力地在 70 后一代的生活、思想和写作上留下了永远难以消泯的时代符码和沉痛印记，而这种时代符码和印记更像是纪念碑在广场上投下的巨大阴影。尽管因为年龄的原因对于"文革"不可能有多少感同身受、刻骨铭心的像第三代诗人那样的记忆，但是不可否认的是"文革"语境对于这些 70 年代初、中期出生的诗人而言，同样是不可忽视的重要因素。因为在此后这代人的童年、少年和青年时代，这种影响的遗传因子时不时地甚至相当强烈地呈现出来，无论是在生活、学习还是在写作当中无不如此。换言之，1976 年之前的一代人承继了前时代的社会主义的理想主义、英雄主义和集体主义教育，所以这代诗人的写作照之第三代诗人、中间代诗人和 80 后诗人而言，都显得那么不够纯粹，照之此前要么政治、运动到底，照之此后要么娱乐至死、要么时尚前卫的精神，总是令 70 后诗人欲言又止、遮遮掩掩，来不得全面的皈依、解放或是放纵，而是始终处于一种尴尬状态。基于此 70 后一代诗人，尤其是 1976 年之前出生的诗人不能不处于政治话语和革命理想主义教育的巨大影响之下。广场上狂欢的巨浪、亢奋而盲目的激情，翻卷不息的手的海浪和绿色军装、红色旗帜的波涛，理想主义和革命浪漫主义铺天盖地的豪言壮语注定没有随着 1976 年的结束而结束，而是成为一种习惯性的记忆与胎记。尽管这种红色的记忆可能随着年龄和阅历的增长已经遭到了他们的质疑甚至一定程度的颠覆。所以无论如何，70 后诗人集体主义特征的成长背景已经成为永远不能抹掉的"虚幻之门"。政治狂欢的年代结束了，集体主义的农场和村庄消失了，疯狂奔跑的红色卡车瘫痪了，然而这些都一起作为 70 后一代人的整体性胎记,如冰冷黑夜里的那只幽灵一般的"红色田鼠"钻进了血管、融入了血液。不管你在生存的路上是迎合还是拒绝,政治年代的晚照和集体教义的时代阴影都牢牢地印刻在你的灵魂深处和生活的细节当中,而这一切在此后商业社会中不能不以最为尴尬的状态呈现出来。70后尤其是1976年之前出生的一代人是名副其实的"红旗下的蛋"。

杨庆祥:我还想和你讨论诗歌史写作的一些问题。我记得你的博士学位论文研究的是新诗史写作的问题,你对1949年以来中国新诗史的写作进行了非常仔细的学理化的梳理,并提炼出了一些不同的写作范式。在我看来,你的这本著作似乎和你以前归纳出来的那些范式都不太一样,既不是非常随性的、即兴式、印象式的点击和鉴赏,也不是非常严格的学术化的考量,而是介于这两者之间的一种状态:既有资料的收集整理,也有诗人诗作的分析批评,亦有对文学史的周边,包括历史语境、生产机制和文学场的分析概括。这种杂糅式的写作方式形成了一个"复调"意义的文本。我不知道你是否对你的这种写作方式有一种自觉的考虑?为什么会采用这种方式?

霍俊明:我曾一次又一次想到了马尔科姆·考利和他为同代人和自己所撰写的影响深远的《流放者归来——二十年代文学流浪生涯》。而考利所做的正是为自己一代人的流浪生活和文学历史所刻写的带有真切现场感和原生态性质的历史见证。我想我做的应该也是一个类似的工作。那纵横交错的原野和地层下的河流与岩层正是我所要勘测和挖掘的,尽管这种勘测和挖掘只是初步的。《尴尬的一代》确实是我有意为之的一部带有个人性的断代诗歌史写作的尝试,但是它的整合方式、历史构架尤其是叙事方式明显与我们所熟悉的"有中国特色"的文学史写作有着很大的区别。我更想写出的是一部不仅有着历史框架和脉络,而且更想写出"有血有肉"的见证和细节式的新诗史。我们的文学史写作很长时期内成为集体性的一哄而上的配合各种教材和教学科研任务的相当浮躁、粗糙、浮光掠影的文本，这些文学史除了在不同时期和板块中填入诗人、作品和简单的评价之外没有任何的意义，甚至这些集约化的历史呈现在很大程度上遮蔽了历史的原貌，尽管我们并不能完全地呈现和复原历史。我曾长时间沉浸于勃兰兑斯在《十九世纪文学主流》中大量的、华彩的、美轮美奂的散文诗般的带有修辞性和想象性的散漫的文学史书写体式。这也引发了我关于文学史写作模式的本体性思考，例如体例、叙述语言、结构方式等相关问题的思考。对于文学史写作的认知，文学史家长期是将其看得相当神圣而严肃，认为这是一种特殊的体式严谨、书写规范的与历史联系紧密的"求真意志"的客观再现式的写作。然而文学的历史真实或原貌是否一定按照文学史家所设计的体系性和体例在写作中依次显现？答案显然不是。而当后设史学将历史著作仅仅视为一种由书写者写出的文本，不可避免地带有主观性、修辞性和想象性时，我们看待文学史写作也就不必定于"常识"。当文学史的写作被我们看成是一种普通的文本操作时，我们就有可能看到文学史的书写本来就不必拘于格套而应是具有个性、丰富多彩的。翻开几百部现当代文学史，"复写"的痕迹仍相当明显，尽管著者有别但叙述方式、基本结构雷同，资料重复、评述相仿，结论也相差无几，它们最终呈现的文学史状貌也多大同小异。作为"70后"的同代人和诗歌的见证者和参与者，我更想在文学史叙事中强调现场感和鲜活的资料的呈现。所以我想当年曹聚仁的《文坛五十年》并非一般意义上的个人回忆录，而是以"史人"和见证人的身份叙述所经年代的文坛景象。《文坛五十年》由于是当事人色彩的见证叙述，就与一般意义上的文学史家隔着遥远的年代仰视或俯视文坛的视角不同，而是采取了一种平视的姿态。而这种姿态使得曹聚仁笔下的文坛更为真切、平和甚至有些"闲话"色彩，没有一般文学史写作中强烈的经典化和贬抑化的倾向。《文坛五十年》所叙述的历史对于当代人而言已经模糊遥远，但是曹聚仁带给我们的叙述却使我们相当真切地透过历史纷乱的烟云看到了一段文坛历史鲜活细节和本真纹理,遥远纷繁的历史仿佛就在昨日刚刚发生。这不能不与曹聚仁作为见证人所不可取代的独特视角和真切体验有关。所以我更喜欢《左边——毛泽东时代的抒情诗人》、《旁观者》、《持灯的使者》、《沉沦的圣殿》等这些带有个人性、现场感和见证色彩的"另类"的历史叙事。这些带有见证色彩并提供大量新诗史细节的新诗史著作显然作为一种个人化的述史方式参与到新诗史的构建。由于多为当事人的回忆和评说,所以在文体上更接近于随笔和回忆录,且因为明显的个人好恶和价值取向而引起关注甚至争议。当然如果以目前传统的对文学史著作的认识,这些是很难归入到文学史写作("大历史")当中去的,但这些带有见证色彩的边缘化的新诗史叙述看作新诗史也自有其道理。这些细节新诗史的写作者基本都具有当事人的亲历者身份,对于各自的那段新诗发展历史也较为熟悉,他们提供了很多一般新诗史写作和研究中没有提及的重要历史细节和相关资料。而这些新诗史著作由于与教科书和正统新诗史写作大有差异,所以它们的面目都呈现出了日常的、芜杂的、丰富的、散漫的、质感的、细节的、鲜活的、生动的、跟踪式的特征,历史的复杂性和偶然性得以凸显。这些另一类的或边缘的新诗史叙述,大都是由对当事人的访谈以及回忆文章组成,更像是回忆性随笔的结集或资料汇编。但是由于书写者都有着相当强烈的文学史意识,并且一定程度上修复了被以往的文学史所遮蔽和遗漏的历史真实和一些细节,而成为带有边缘化性质的新诗史写作模式。这些细节新诗史尤为强调历史细节和见证者知冷知热的贴心式的呈现,从而使叙述带有真实的现场感和清晰可辨的细节化,这是一般意义上的新诗史所不可能做到的。这些感性而生动的文字颠覆了以往历史叙述的条分缕析、体大虑周的叙述格局。这种开放的充满张力的冲突可感的文本,让读者看到了历史的另一侧面,对被历史叙述中减法原则所遗漏部分的强调和重视。所以我想提供的也应该是一本见证式的"另类"的历史叙事。

杨庆祥：这几年我渐渐对文学史和文学批评充满了怀疑，一来是怀疑批评与写作究竟能否发生有效的关系，二是怀疑现有的文学史写作是否能够建构出一个更具有历史感和意义感的文学史谱系。对当代文学史来说这个问题尤其严重，甚至一度有当代文学究竟能否写史的争论。当代写史有当代的有利之处，比如它的现场感和及时性，但也有不利之处，那就是在价值判断上往往容易受到自己以及社会环境的局限，不一定很准确。你的这本专著写的是最当下的文学现象，估计也一定受到上述问题的困扰。我在读你这本专著的时候，一个很深的印象就是你投入了非常多的个人感情，有一种强烈的认同感和自我建构的动机，这是无可厚非的，为一代人命名肯定要采取一些比较激烈的方式，但是从另外一个方面来考虑的话，如果你在写作的时候能够再拉开一些距离，把自我的历史同样放入一个对象化的位置来进行反思、重组和再读，效果是不是会更好一些？是不是就更具有"史"的价值？

霍俊明：我想"当代"写史和写作"当代史"永远都会因为时间性的问题和写作者的姿态成为聚讼纷纭的话题。新诗史写作由于都是"当代人"对前此或当下的文学史现象进行叙述，那么时间问题就是任何文学史家都难以回避的。法国文学社会学家埃斯卡皮根据美国心理学家莱曼的调查认为由"历史记忆"（文学史、百科全书、教科书、学术论文等）所记住的作家，大概只占发表作品的人的百分之一；而"当代"（近三十年左右）与过去的作家被记住的比例则大抵是一比一。因此文学史叙述的现象越靠近文学史家所生活的年代，就越有可能成为一大篇作家作品的目录。这无疑给"当代"写史提出了挑战。但是回溯文学史写作历程，我们就会发现这样一个事实，随着新诗的草创和发展，带有见证者色彩的批评性质的当代人的"当代"新诗史写作与研究也一直与之相伴而行，如闻野鹤的《白话诗研究》（1925年）、胡怀琛的《新诗概说》、朱自清的《中国新文学研究纲要》的第四章《诗》

（1929年）、草川未雨（张秀中）的《中国新诗坛的昨日今日和明日》（1929年）等。值得强调的是写作当代史不是一个简单的时间上"宜"与"不宜"的问题，而是史家是否具有一种对文学现象进行历史观照和情感上、精神上的优势，也即他是否具备对历史进行合理审视的能力。所以即使是对一般意义上的文学史家或对于已经成为过去的历史的后设性叙述，也同样会遭受质疑。研究者通常是以当下的立场和现在所遵循的文艺或史学观念来反观历史，这些观念在现代性话语系统中自有其合理性。文学史的写作实际上是"历史"与"现时"之间相互往返的过程，既要回到历史情境中去，又要从现实出发予以对历史的理解。实际上在写作《尴尬的一代》的时候我也确实准备了两套叙述话语，一个就是尽量客观的、中性的、审视的甚至是旁白式的写作方式；另一个就是目前所呈现的带有明显的个人化、散文化、情绪化的介入式的写作方式。但最终我放弃了前者，因为人们普遍认为前者的历史叙事会更客观也更符合读者对历史叙述的阅读习惯，但是我们司空见惯了那么多的貌似客观的文学史叙事，但是它们真的是客观和真实的吗？我想作为"当代人"写作正在进行的文学史现象，审视和积淀历史的时间肯定是一个问题，因为我们深处现场和当下的漩涡之中，很多现象和文本我们个人的认识肯定会有诸多缺陷甚至偏见，但是我想这些悖论性的问题正是写作当代史的"宿命"性伦理。在我看来既然当代人呈现当代史都很难说服当下的读者和研究者，很难不带个人情感的"意气用事"，很难做到所谓的冷静和客观，那么我们就没有必要用那种刻板的、僵化的、线性的毫无生机和生命感的干瘪说教式的写作方式，不如选用个人化的、情绪化的、散淡化的方式来呈现后来者所不能具备的现场感和介入式的体验。当然并不是说在现场和交往、介入中进行文学史叙事就不具备历史感。恰恰在我看来历史感应该是当代人写当代史必须具备的前提条件，而这种历史感的具备甚至一定程度的完善再加之鲜活的现场感和见证者式的大量第一手材料更会以个性和多元化的方式呈现出历史的原生状态，也可能会更为传神地在某一个方面更为深入地呈现历史，哪怕这可能只是历史原野上的一个小小的地貌。

杨庆祥：最后我想说的是，以我有限的阅读经验来看，70后先锋诗歌（如果这个概念能够在文学史上立足的话）存在两个问题，第一是作为一个整体缺乏意识形态的自觉，其二是作为个体还缺乏更"强力"的诗人，当然这些都不是一朝一夕就可以完成的任务，也有的"世代"根本就完成不了这个任务，然后就被历史"屏蔽"了，这是历史上常见的事情。当然这不是70后存在的问题，80后的诗人，还有即将登场的90后，都必须面对这个问题（顺便说一句，你似乎对80后有点偏见，这个偏见就像50后、60后对70后的偏见一样，我觉得都是没有必要的）。我想你也一定对这个问题有深入的思考，并一定会在将来的研究和写作中对此进行更有力的开掘。

霍俊明：时间是伟大的，写作有时候不能不是脆弱的。只有"坚硬"的诗歌和"强力"的诗人才能够扛住这个严峻的考验。我曾将70后一代人正在进行的诗歌写作比喻为一座生长着各种树木的森林，它们各自奇异的姿态一起呈现出这座森林的影像，在这隐现的森林中我在不同的树身上感受和觉察到一些共同的姿态和声响。在森林蜿蜒的小路上，我发现了落叶，发现了根须，也发现了新蕊；我发现了日益茁壮的物种，也发现了日渐萎缩的躯干。确实，每一个时代的诗歌写作都要经受时间的筛选和历史的减法规则，曾经在各种报刊媒体上显豁的诗人最终昙花一现，也有默默坚持修成正果的"强力"诗人。在关于70后一代人诗歌的大量文本细读之后，我想无愧地说70后一代人的诗歌写作不会比任何一个时代差，相反我会相信注定在这代人中间会默默走出几个高大的诗人，虽然和任何一代人一样，可能是极少数的几个；不但如此，他们，她们，还最终会站在时间档案的某个重要的位置实现自我的历史陈述。实际上我写作《尴尬的一代》的目的也正是要让这一代人正视自己的诗歌写作，能够在持续和坚忍中把诗歌写作作为一种信仰，因为包括70后在内为数众多的诗人将诗歌看成了名利场上的敲门砖，诗歌作为个人乌托邦似乎已经成为后工业时代齿轮和商业吧台上抬高的大腿们所不屑的"过时"的举动。但我们知道这种信仰对于诗人的写作意味着什么。实际上，你说我对"80后"和"90后"可能存在着一些偏见，确实代际上的原因我可能曾经会认为这两代人从物理年龄和写作年龄上较短尚需时间的锤炼，但是随着时间的推移和对这些诗人的文本阅读的理解，我越来越对他们的写作刮目相看，因为他们的写作照之"70后"可能更为自足、更为纯粹，甚至在语言和想象力上他们更为出色。当然这两代人的写作也有自身的问题。希望作为一个诗歌阅读者和批评者，我能尽量减轻我的盲视。最后谢谢庆祥，占用你这么宝贵的时间，冬天的这次谈话我们无比贴心。谢谢！

"21世纪的先锋派"
——蒋一谈短篇小说三人谈

时　　间：2011年10月20日
地　　点：中国人民大学人文楼
对话者：杨庆祥　刘　涛　徐　刚

一　如何界定蒋一谈的短篇小说创作

杨庆祥：在短篇小说集《鲁迅的胡子》和《赫本啊赫本》出版以后，蒋一谈成为被当下文坛广泛关注的一位"黑马"式的作家。蒋一谈的出现带有传奇色彩，90年代初，他写完三部长篇畅销小说之后（其中《北京情人》销售达几十万册），之后有长达15年的时间远离所谓的"文学圈"。但与此同时他却在默默地积攒小说创作的素材，这种积累终于在这两年达到了一个临界点。2010年出版的《鲁迅的胡子》出手不凡，在短短的两年时间内再版数次，2011年的《赫本啊赫本》也赢得了高度的肯定。在刚刚举行的第二届"今日批评家论坛"上，蒋一谈是被谈论最多的作家之一，即使一些批评家对他还不是太熟悉。

很显然，蒋一谈为中国当下文学提出了新问题，如何界定蒋一谈甚至是"蒋一谈写作现象"将会是一个有意义的话题。蒋一谈出生于1969年，但在我看来，批评家惯常使用的所谓"60后"、"70后"这种作家代际划分在他这里是无效的。在蒋一谈的作品中，有显著的"先锋性"特质。在我看来，这种"先锋性"可以从两个方面去界定，一个是历时性的角度，一个是共时性的角度。

从历时性看，蒋一谈的写作美学和写作姿态是对80年代"先锋文学"的超越，这一点我在后面再详细陈述。从共时性的角度看，蒋一谈作品的"先锋性"至少可以从以下几个方面进行界定，第一是他的写作规划和作品传播方式。据我所知，蒋一谈的每一部小说集，甚至是每一个单篇作品都是经过了很长时间的"写作规划"，大到故事的创意，小到用词遣句，这可以称之"写作的发生学"。在传播方式上，蒋一谈没有按照惯常的"期刊发表——批评家认可——读者接受"这种套路，而走的"读者认同——圈内热议——期刊发表"这样一个完全"逆转"方式。对于中国当代文学的生产机制来说，这是一个非常重要的变化。第二，与蒋一谈的写作规划相联系的，是他鲜明的"文体"意识——即通过不同的故事创意和写作技巧将每一篇作品构建为一个独立的"世界"，并在这一世界里寄托与众不同的寓意。这是蒋一谈超出其同代作家最重要的地方，中国当代作家普遍缺乏这种"文体创新意识"，在短篇小说界尤甚。从这些方面看，我愿意将蒋一谈命名为"21世纪的先锋派作家"。

刘　涛（中国艺术研究院）：迄今蒋一谈的生命轨迹有两次大的调整，第一次是由文学转入出版，最近则是由出版复入文学，而且较短的时间即已成绩卓著。蒋一谈的第一次转变，由文学而入出版，或许迫于经济压力，是为了解决其身体和经济问题；蒋一谈的第二次转变，由出版复入文学，这是主动的选择，是为了解决灵魂问题。

徐　刚（中国艺术研究院）：实事求是地讲，之前我对蒋一谈的情况不是太了解。这次刚刚读到他的两本小说集《赫本啊赫本》和《鲁迅的胡子》，确实有让人眼前一亮的感觉。庆祥刚才的概括很有道理，结合蒋一谈的个人经历，他确实是"一匹具有传奇色彩的文坛黑马"。

蒋一谈本人早在90年代曾经出版过比较畅销的长篇小说，可以非常轻易地成为一位商业写作者，但他显然志不在此。选择短篇小说这道"更窄的文学之门"，就是为了实现自己年少时未竟的艺术理想，用刘涛的话说，是"为了解决灵魂问题"。他绕开传统文学发表模式，在"纯文学"的"场域"之外，建立新的"纯文学领域"，这对于当代文学无疑具有重要的意义。在某种意义上，蒋一谈做到了心无旁骛的写作，真正的"自由的写作"。

杨庆祥：蒋一谈的身份是复杂的，李敬泽曾说：蒋一谈在写作和出版上都完成了一个欧美作家能完成的事情。蒋一谈的这种"复杂性"必须依赖于两个前提，一是个人对文学市场有非常深入了解并能进行资本运作；第二是，他对有形资本运作的目的并非获利，而是为了获得"象征资本"（文学价值）。也就是说，"独立出版"虽然借助于资本化的经营和运作模式，却是为了产生一个"反资本"的审美功能。在这个意义上，他既创造了作品，也创造了新的写作姿态和美学观念。

据我的观察，80年代以来的中国文学，因为对个人情感和经验的过度依赖而导致了一种"自恋"和"憎恨"式写作，并由此呈现为一种极端的美学形态（血腥、暴力和阴暗心理）。从这一点来说，蒋一谈的写作是另外一个开端，这一开端开辟了在体制和商业之外的"第三条道路"。

刘　涛：以经济建设为中心的路线确立之后，全民皆商，读书人都往商走，但是商不往读书人走，往而不返，但商人难以担当领导社会之责任。蒋一谈开始是读书人往商走，走得差不多了，又由商往读书走。就其目前的写作状态来看，蒋一谈的写作不再是为了谋生，他经济上获得了成功，再回过头来写作反而显得更为纯粹。有了经济的基础，安顿好了身体，那么才有闲暇，才有可能去思考更为深入的问题。

徐　刚：庆祥刚才说的利用资本"反资本"确实是一个很有意思的现象。作为一位60后的作家，蒋一谈的小说里有着明显的80年代文学的余脉，他本人也深谙那种现代主义的技巧和对人性深度的体察，但他又全然没有80年代文学那种极端个人主义的凌空虚蹈；另外，作为一位90年代商业化气息中走上创作之路的作家，他又自觉拒绝作为职业作家的商业化写作。蒋一谈的小说更多的是流行的中产阶级写作中加入现代派技巧，或者是80年代"诗化哲学"的"通俗化"，这无疑是一种双重的"逃脱"，既逃脱一种学院体制，又逃脱那种商业体制。至于这种"逃脱"是不是一种"第三条道路"，我觉得还可以继续讨论。

"第三条道路"也让我想到未来纯文学的发展方向问题。我们一般会将纯文学从商业写作中抽离出来，来讨论它的纯粹性。但实际上，像卡佛、麦克尤恩这样的作家，我们很难说他们到底是纯文学作家还是商业作家。因为他们虽然并不以大众阅读为目标，但其实也有着相对固定的读者群，也就是说，他们是瞄准固定消费群体的"商业化写作"，尽管这个读者群的数量不大，但也足够"供养"他们的写作。

我想蒋一谈的小说一定也有着自己固定的读者群体，或者说正在培育更多的阅读群体。而且可以肯定的是，随着中国的发展，一个中产阶级社会的形成，这个固定的读者群体也将形成一个重要的文学市场。

二　故事之"实"和文体之"虚"

杨庆祥：蒋一谈的每篇作品几乎都像一个浓缩了的取景器。最早给我留下深刻印象的是《China Story》，这个故事取材于最普通的父子关系，却把这一父子关系置于"城乡区隔"的背景中，朴素的故事中蕴藏着切肤之痛。这是蒋一谈小说非常有魅力的地方，任何一个年代出生的人，都能联想，都能读出"现实生活的实感"。我曾经让一个本科生在课堂上分析《China Story》，她毫不讳言对这部作品的喜爱，多位学生也告诉了我相同的感受。

蒋一谈是如何做到这一点的？在我看来，这里涉及"故事"和"文体"的辩证关系。蒋一谈作品的故事大多取材于日常生活，与大多数人的距离很近，但另外一方面，他的故事创意和讲述故事的方式变化多端，更有戏剧化的效果，这种把"生活的实感"与"高度的形式化"结合起来的小说作品，我认为达到了当前短篇小说写作非常高的境界。我在蒋一谈的《鲁迅的胡子》、《芭比娃娃》、《七个你》、《赫本啊赫本》等短篇里面都读到了这种惊喜，也看到了他不重复自己的努力。

刘　涛：庆祥拈出"实"与"虚"二字，我觉得是理解蒋一谈的关键词。蒋一谈迄今的三个短篇，分别名为《伊斯特伍德的雕像》、《鲁迅的胡子》、《赫本啊赫本》。这是三部短篇小说，只是蒋一谈以这三部短篇的名字命名了整部书稿。伊斯特伍德、鲁迅、赫本是旧人，于现在而言是虚，然而三篇小说皆是写实。

蒋一谈擅长借气，他借了伊斯特伍德、鲁迅、赫本之气，可是他未停留于此，而是以虚写实，写了当下。譬如《赫本啊赫本》写了父女之间的关系，写了参与越战老兵的心态，等等，《鲁迅的胡子》则写了城市中产阶级或学者的生活状态等，也带出了时代的巨变。建筑中有一个术语叫"借景"，譬如在一座园林，周边不远处有一座小山。小山隐隐约约的，既是园林的一部分，又不是。园林因为小山而活泼起来，小山也因为园林鲜明起来，二者彼此借气，彼此衬托。伊斯特伍德、鲁迅、赫本之于蒋一谈的小说，就如同那座小山之于园林，似是而非，似非又是。蒋一谈能虚能实，以虚写实，又能以实见虚，因此蒋一谈的作品才能够立起来。

蒋一谈有一个宏大的写作计划，他要为其好奇的人物各写一篇短篇小说，这个谱系是："伊斯特伍德、鲁迅、赫本、孔子、苏菲·玛索……还有孙悟空。"解析蒋一谈所喜欢的这个谱系，大体上能够见出其志向与抱负。这些人在不同的层面皆有着深厚的"群众基础"，伊斯特伍德、赫本、苏菲·玛索是影视演员，这与时尚有关，这些人不复杂，能够一眼看穿；鲁迅再进一步，更为深厚；孔子则更进、更进很多步，他与天地齐寿，日月同辉。蒋一谈希望能够从他们之中取得气息，一方面可见其希望在空间中胜出，成为时尚（伊斯特伍德、赫本、苏菲·玛索），另一方面也可见其希望在时间中胜出，可以成为经典（鲁迅、孔子）。时尚与经典其实可以不矛盾，只是时尚的力量不够，往往只能流行一时，但经典则会长盛不衰，流行于时间之中。

徐　刚：乍一看这几个标题，《伊斯特伍德的雕像》、《鲁迅的胡子》、《赫本啊赫本》，还以为蒋一谈要重写历史人物的故事。读起来才知道，历史人物只是"引子"，一个别开生面的"噱头"，他写的还是寻常人物，是包含着"生活实感"的"朴素故事"。刘涛用"借气"和"借景"谈论蒋一谈小说中的"虚与实"，我觉得很有意思。鲁迅也好，赫本也罢，它们如同《追忆逝水年华》中的"玛德莱娜小点心"，能够让人回想起某些刻骨铭心的人生记忆。

"人生充满苦痛，我们有幸来过"，这是小说集《赫本啊赫本》扉页上的一行文字，小说本身也确实在"朴素的故事中蕴藏着切肤之痛"。刚才庆祥谈到"生活的实感"和"高度的形式化"，这是对蒋一谈小说内容和形式的一个概括，这让我想起鲁迅对自己小说的一个判断，用在这里也是合适的："表现的深切和格式的特别"。蒋一谈的小说写城市情绪，写移民问题，写两代人之间的情感纠葛，都是极为重要的现实问题，却也有着不拘一格的艺术形式。比如《中国鲤》写移民问题，却是用一个包含着"套层结构"的故事框架来表现。再比如《芭比娃娃》这个小说，单从故事层面来看，这是绝好的有关"底层文学"的素材，毕竟，"苦难"与"性"是这个时代最炙手可热的文学话题。然而小说却并不瞩目于故事情节的戏剧性和人物苦难的煽动性，而是处处表现出平实和内敛，避"实"就"虚"，抓住故事本身的抒情性。小说结尾，两个顽强的小女孩寻找心灵的慰藉和彼此温暖的契机，"小小的身影在北京郊外昏黄的小街上越拖越长"，给人留下深刻印象。

杨庆祥：谈到小说的文体问题，我在蒋一谈的作品中还发现了一个很有意思的现象，那就是它的小说文体实际上是具有"综合性"的，也就是借鉴了其他艺术的形式。《鲁迅的胡子》的开头非常有镜头感，我最早在"2010年文学高端论坛"上已经谈到这个问题，《鲁迅的胡子》有很多话剧的元素，比如"道具化"，我觉得《鲁迅的胡子》如果改编成话剧将会很成功。《赫本啊赫本》通过"信件"的方式展开叙述，我个人觉得这是一个很好的电影剧本。《中国鲤》是篇非虚构作品，很多人知道这个美国人追杀中国鲤鱼的真实新闻事件。《马克吕布或吴冠中先生》创意点直接取材于吴冠中先生的传记作品《我负丹心》。

从这些方面来看的话，文体在蒋一谈这里实际上是一个包容性很强的概念，一切都可以成为小说，就像博尔赫斯所言"诗歌可以是一切形式"。

刘　涛：文体问题并非纯粹的形式问题，透过蒋一谈短篇小说中"综合性"元素，可以追溯其思想资源。庆祥发现蒋一谈小说中的镜头感，这或许是因为蒋一谈曾看过大量的电影，电影或许就不自觉地进入其小说创作之中。一个时代有一个时代的公共体裁，现在影视蒸蒸日上，小说日薄西山，很多作家谋求将小说改编为影视，这是希望从过气的体裁转为时尚的体裁，背后的动力恐怕还是出于经济原因。

徐　刚：小说的形式感，是现代汉语写作的世界性问题。我注意到蒋一谈还写作过许多篇幅极短的小品文，《骑者，且赶路》、《一只会说话的狗》等篇什，如散文诗一般，韵味无穷。他本身还是诗人，小说中包含着诗歌的韵味，很有嚼头。《鲁迅的胡子》中包含有很多话剧的元素，包括其小说文体的"综合性"，我也非常认同。蒋一谈写人物对话特别多，他总是不厌其烦地写对话，但大都非常简洁，让人想起从海明威到雷蒙德·卡佛的"极简主义"风格。他整个故事的处理，情感的把握，有着非常浓厚的卡佛的味道。我相信，蒋一谈如果写剧本，又会是一个很好的剧作家。

杨庆祥：刚才我们谈到蒋一谈短篇小说与电影、话剧甚至是散文诗的关系。我突然想到这可能还不仅仅是一个文体的"综合性"问题，同时也涉及文体的"通约性"。今天小说改编成电影和话剧似乎越来越容易，这一方面固然是刘涛所谓的"时尚体裁"对于传统文学体裁的"侵略"。但另外一方面，这是否也是一种新写作的开始？

这种写作，不再固守某一种"体裁"的边界，而是用一种全新的方式把各种体裁的元素熔铸在一起，形成自己独特的文体。这一文体，已经无法用"体裁"来涵括，而只能以作者来命名。这可能是蒋一谈努力的一个方向，在蒋一谈认同的那些短篇小说大家那里，如卡佛、耶茨、汪曾祺等，似乎也有这种倾向。

刘　涛：文体的问题不是文体问题本身，这里涉及名与实的问题，但关键还是看作者能量的大小。若作者能量足够大，知道"实"，且能于各种文体娴熟，当然就可以随物赋形，当语则语，当默则默，当散文即散文，当小说即小说，当戏剧即戏剧，当诗歌即诗歌。大作家可以在诸多文体中出入无疾。但是若无实与物，只玩所谓体裁、跨界云云，则会流于空洞，弄巧成拙。庆祥注意到蒋一谈文体的"综合性问题"，这是一个信号，一方面可以见其知识来源，另一方面也说明蒋一谈未来的文学世界足够大。

徐　刚：我注意到汪曾祺是蒋一谈所提到的为数不多的中国作家

之一。汪曾祺是不折不扣的"文体家",他的小说曾经让人惊呼:原来小说也可以这样写!蒋一谈的小说也给人不拘一格的感受。像《七个你》这样的"实验性"写法,既时尚,又先锋,确实形成了一种独特文体。当然,这里边也有一个"影响的焦虑"的问题。在当今之时,流派意义上的现代主义已经没有了,转而成为文学的基本技巧和表达。甚而至于,连传统意义上的"体裁"也界限模糊了。"跨界"也好,"综合"也罢,都是缘于一种创新的冲动。

三 "我手写他心"

杨庆祥:在《赫本啊赫本》的后记中,蒋一谈提出了一个非同寻常的写作观:我手写我心,是写作的一个层面;我手写他心,是写作的更高层面。我记得在《赫本啊赫本》的首发现场,有作家对此观点提出了质疑,认为更高的层面还应该是"我手写我心"。

我赞同蒋一谈的写作观。在我的观察中,80年代以来,中国很多作家的写作实际上是一种"经验型"的写作,这种写作在80年代一度因为对于意识形态和集体经验的抵抗而获得了有效性。但是到了90年代以后,这种"经验"被高度"私人化",写作的格局越来越小,气度越来越封闭,这实际上就是"我手写我心"的一个局限。要跳出一己的经验,写"他心",这"他心"实际上就是他者,就是写一种关系——历史关系、社会关系、人与人之间的关系——这样的文学观念是对80年代以来所谓的"纯文学"的一个超克①。

刘　涛:蒋一谈提出"我手写他心",是一个很好的写作观念,也

---

① 这一概念来自日本思想家竹内好的《近代的超克》一书,所谓"超克"是超越、克服的意思,指的是日本(东亚)对欧洲近代化过程的一种反抗。我在这里使用"超克"是为了强调蒋一谈的写作与80年代先锋文学写作之间构成的某种紧张的、富有张力的关系。

能见其境界。"我手写他心"以佛学言之就是"他心通",但是能做到"他心通"颇难。一般人只关注自己,很难放掉一点自己去关心别人。

《金刚经》有所谓"我相",孔子有所谓"毋我","我相"减少一些,"毋我"持续时间长一些,这个人的程度就会高一些。庆祥说蒋一谈这样的文学观念是对80年代"纯文学的超克",我觉得很好。80年代承续50、60、70年代而来,此前因为中国一直处于颇为危险的境地,外有美国等资本主义阵营的压力,又有苏联的压力,内有台湾的压力,等等,其时大家唯有大公无私,摒除私心,团结一致,这个国家才有向心力,才能同心同德,如此才有生存的可能。因此,那个时候讲"我们"多一些,讲"我"少一些,关注集体多,关注个人少,但是一般人就是只关心"我",生硬地让他们舍弃"我",去关注"我们",这势必对很多人造成伤害。80年代之后社会风气一变,"私"的地位确立了起来。

在文学领域,纯文学、先锋文学等思潮都强调"我","我"是80年代文学的关键词之一。在起初,这样的文学确实让人耳目一新,展现了新时代的风气与特征,可是时间长了,这种"恋人絮语"、窃窃私语会让人烦,而且屡屡言"我"如何如何,境界也不高。就是点个人的伤痕,个人的喜怒哀乐,个人的小情调,这些能算得了什么呢。比如北岛,这个一度以写"我"而声名鹊起的作家,直到现在还沉浸在80年代的氛围中难以自拔,他最近的《城门开》还是写自己的那点经验和感伤。

蒋一谈提出"我手写他心",可以纠正一下80年代文学之偏,因为"我"之所知与所得终究有限,除了看看"我"之外,更应该看看"他",看看别人的处境与社会的问题。80年代已经过去了,90年代也过去了,新世纪来了,90年代中国社会在各个层面均发生了巨大的变化,也涌现出非常多的问题。作家们不能还沉浸在80年代,而对90年代之后的诸多社会问题视而不见。一个时代有一个时代的中心问题,一个作家若能触到这个中心问题,那么这个作家起码在这个时间段内会繁荣昌盛。

蒋一谈这几年写下的很多短篇小说,确实实践了"我手写他心"的观念,他写了很多不同人的处境,触及非常多的现实问题,比如80后在城市中的困境(《China Story》),比如移民问题(《中国鲤》),比如底层问题(《芭比娃娃》),父母与子女之间的问题(《夏末秋初》),夫妻关系问题(《清明》),传统失落的问题(《刀宴》),青年身份迷惘问题(《七个你》),等等。这些都是当下中国所面临的重要问题,蒋一谈的每一个短篇小说就是一把钥匙,他要由这把钥匙打开中国的大门,打开现实的锁,让我们知道现在时代有些什么问题,我们应该何去何从。

徐 刚:"我手写他心"是一个很有意思的话题。中国当代文学大概有一个简单的脉络:从"集体的故事",到"个人的故事",然后再到"他人的故事"。"集体的故事"中包含了太多的意识形态所预设的神话机制;"个人的故事"又有着梦呓般的私语,个人的小情调,格局太小;也许只有到了"他人的故事",这个"故事"才是更为"纯粹"的故事。在这个意义上,"我手写他心"比"我手写我心"有着更高的层次,同时也是如二位所说的,这也是对80年代"纯文学的超克","纠正一下80年代文学之偏"。只有从80年代文学那种"自我"的小天地中走出来,才能迎来一片开阔的天地,进而探索文学无限的可能,书写"历史关系、社会关系、人与人之间的关系"。

面对"他人的故事",我总是不由自主地想起卢卡奇在《叙述与描写》中对时代转型中小说家位置的判断。用卢卡奇的话说,"在这孤立而抽象的观察中,生活仿佛是一道一直向前流去的水流,仿佛是一个单调、平滑、没有结构层次的平面。"在这种"千篇一律"中,"艺术表现堕落为浮世绘"。每一位作家都"堕落"成这个时代的观察者,而非历史的参与者,写作也开始趋向于迷恋"真实细节的肥大症"。在此之中,叙事被处理得像绸缎一样光滑,阅读的快感在于一种"平庸的快乐"。于是，在这个叙事泛滥的年代，以自我约束的方式"写他心"就变得尤为重要了。

蒋一谈写的是现实，写的是"他人的故事"，以其小说才能和独有的素材来看，完全可以将现实的"浮世绘"描写得比他人更加精彩，为这个热闹的文坛增添更多"平庸的快乐"。但他并没有这样做，"我手写他心"，其小说直指当下中国的"世道人心"。像《China Story》、《金鱼的旅行》、《公羊》、《枯树会说话》等，这样的故事对心灵的探索是极为深入的。包括那篇《赫本啊赫本》，虽说"移植"了美式越战文学的悲情，但对人情、人心的开掘显示出了不俗的艺术功力，堪称"中国式越战小说"的奇葩。

杨庆祥：诚如两位所言，蒋一谈的"我手写他心"像是一位智慧作家的禅宗式顿悟，其背后饶有深意。刚才谈到这一写作观是对"80年代文学的超克"，实际上是把蒋一谈放在中国当代文学史的谱系中来讨论的。我还想补充的是，如果蒋一谈有这种"历史意识"，则是与他强烈的"当下感"分不开的，正是因为对于当下中国发生着的一切近乎偏执的热爱和观察，才有了蒋一谈这种具有"历史意识"和"现实感"的写作。

他人的故事归根结底是自己的故事，这个自己，不是蒋一谈本人，也不仅仅是你我。这个"他者"，如果用鲁迅的话来说，其实是一群"沉默的灵魂"。我注意到一个细节，那就是蒋一谈作品中的人物虽然对话很多，但是却都面目含糊——他们是一群缺少清晰面孔的中国人。蒋一谈通过他的短篇小说给我们提出了一个更重要的问题：当此时代，如何来书写中国人的故事，给这些没有灵魂的人画出灵魂，从"无"中召唤出"有"？

刘　涛：一般而言，大部分作家的作品皆是自传。写"我"一般是作家的首选，关键的是不要"自恋"，陷入自己的小经历和小悲欢之中，若能"切问而近思",由"我"亦能见出时代的消息,也能走上去,走出去。"仁"字还有一种写法,上面一个"身"字,下面一个"心"字,这涉及个人的身心问题,若能走通也可以成"仁"。

蒋一谈的小说人物"面目模糊",庆祥的这一发现非常精彩。蒋一谈的"他心"是我心、你心、他心,但又不仅是这些。因为蒋一谈抓住了当下的一些问题,这些问题与中国有关,与你、我、他都息息相关。

徐　刚:确实如刘涛刚才所说的,蒋一谈抓住了当下的一些问题,他的小说极具"当下性"。他甚至以近乎玩笑般的戏谑口吻写到了当下中国发生的一些焦点事件,比如"三峡移民"、"微博事件",等等。当然,这都不是最关键的。在我看来,他所重建的"当下性"恰恰在于写出当下中国人的情感诉求,这里面涉及移民问题、城乡问题,家庭伦理问题等。李敬泽老师在评价蒋一谈的小说时曾谈到,当代作家写不清楚 2011 年,说的就是这个问题。这又让我不得不谈到莫言老师的创作。在我看来,似乎有一种"莫言体"的小说形式,即所谓的"当代史"加上一些现代派技巧。《生死疲劳》中的"土改"加上"六道轮回",《蛙》中的"计划生育"加上"书信",皆是如此。尽管这些小说写得精彩纷呈,但从中却看不到某种"现实感"。而蒋一谈的贡献其实恰恰在于重建小说的"现实感",他通过几个简单的故事,"我手写他心",便试图描摹出当下中国人的"灵魂"。

杨庆祥:我想再谈谈《China Story》这个短篇,我以为这个小说具有寓言的结构,这么说似乎回应了杰姆逊的经典论点:第三世界国家的文学书写,无论采用多么主观的形式,都不可避免是民族国家的寓言。但《China Story》这个短篇至少是在一开始就暗藏了某种质疑,寓言不仅是寓言本身,同时也是寓言的解构和反面。在这个作品里面,中国故事的讲述是借助英语这一强势殖民语言来完成的,而在故事的结尾,当中国父亲和接受了高等教育而供职于外语杂志社的中国儿子完全"误读"的时刻，我们是否意识到，中国故事书写的迷途不仅存在于中国与西方的纠缠，同时也深深植根于我们意识的内部？或者说，书写中国故事不仅仅是调整中国与西方的关系，更需要调整中国内部的结构（城乡结构、资本结构、教育结构以及语言的结构）？蒋一谈自己可能并没有意识到，他的这个短篇，同时还有《七个你》、《芭比娃娃》等触及了一个历史的敏感点：必须从我们的根部开始重述中国故事。

刘　涛：庆祥对《China Story》的解读非常精彩。蒋一谈小说有一个母题就是写农村人通过读书或通过打工离开农村进入城市，这个母题或许与蒋一谈自身的经历有关（他出生于外地，之后到北京读大学，毕业后留在北京工作），而且也是当下非常重要的一个现象。譬如《枯树会说话》言打工者回乡所见之故事，《公羊》写城里工作的儿子与乡下母亲的故事，《鲁迅的胡子》也涉及城市工作的儿子与乡村父母的故事，《金鱼的旅行》也写城市中工作的儿子与乡村父亲的故事。《China Story》亦属这一故事系列，只是《China Story》以父亲为主，写刚留在城市中工作的儿子的处境与留在乡村中父亲的处境。

1949年至今，中国大体上走农业养工业，农村养城市之路，工业与城市的发展大体上建立在对农村的剥夺之上，可是这种供养与流向是单向的，城市却没有反哺，因此农村日益凋敝。2000年前后，有关三农问题的讨论才逐渐进入公众视野，才逐渐引起决策层注意。《China Story》写出了城市对农村的剥夺，儿子与父亲极有隐喻性，乡村好比这个父亲，父亲的一切都供养给了、寄托给了儿子，父亲最终轰然倒下，可是谁来救救父亲？这就是蒋一谈总结出来的"China Story"。

蒋一谈的文学抱负很大，他将宏大叙述寓于一个普通的小故事中，他写这对父子意在理解"中国"：中国现在处于什么样的境地？庆祥和我都比较喜欢这篇小说，或许与我们的经历有关，我们都在农村长大，后来进城读书，然后毕业工作，现在不得不面临买房的压力，所以容易引起共鸣。

徐　刚：我也是来自农村的，城乡关系也是我一直关注的问题。看得出来大家对《China Story》的喜爱，这个小说体现了乡村（或小镇）与都市之间的互动关系，从当下中国"快车道"的发展之路来看，确实是不折不扣的"中国故事"。包括《公羊》、《金鱼的故事》等，都写到了小镇或乡村的父母老人们，这是生存之根，也隐喻着中国并不久远的过去。而小说的叙述也在于如何弥合和抚慰"过去"与"现在"的"裂痕"。也就是说，它们是有关情感的创伤和寻找心灵慰藉的故事。这里面没有那种大开大阖的时代变迁的印记，而是通过细腻的情感描绘体现人物内心的变化，这也让我想到了我们的"底层文学"。

这么多年来，"底层写作"实际上是过于外在化的，文学叙事已然成为历史变迁、阶级变动的注脚。然而，如何深入到底层的内心世界？却是一个问题。在这个意义上，我们来看蒋一谈的小说，会有特别的启示意义。

《China Story》的结尾，几乎一页的篇幅，写满鹦哥惊恐的鸣叫，"China Story"，而全篇始终在对话和白描，写得深沉和内敛，写出了人物内心的孤寂。整个故事那种深入骨髓的"痛"被不动声色地写了出来。同样，作为"底层文学"的《芭比娃娃》也与当下的"底层文学"大异其趣的。当然，蒋一谈更多写的是城市，写国家的基本单元——家庭的故事，这也是更为内在的故事。

杨庆祥：感谢刘涛和徐刚对蒋一谈小说进行的精彩发言。对于蒋一谈这样一位在一开始即显露出不可替代性的作家，这种读解显然只是开始。据我所知，蒋一谈新的短篇小说集《栖》正在创作中，这是一部以城市女性为主题的小说集。这既是对当下中国生活的一个积极回应，也是蒋一谈对既有写作的一个突破。我们有理由对蒋一谈抱有更多的期待。

路遥的当代性

时　间：2012 年 11 月 18 日下午
地　点：北京西城区马连道路兵团大厦一层茶座
对话者：梁　鸿　凤凰网文化

一　路遥写的是个人的普遍性命运

凤凰网文化：我想还是从路遥的本身去进入吧。您在大学里面也教文学，然后这么多年也是跟学生一直接触，跟学生打交道，对于学生的阅读习惯、阅读兴趣可能也有一些了解。据您的观察，现在的大学生对于路遥的阅读是一个什么样的情况？

梁　鸿：我觉得是这样的，如果说你去问学生，你看过路遥的作品没有，你看过莫言的作品没有，你看过余华、阎连科、贾平凹的作品没有，举路遥作品的手的人比较多，但其实上总体都是比较少的。就总体而言，大学生读文学作品的量都是比较低的，但是路遥还是其中比较多的一个作家。这也引起一个探讨，为什么路遥的作品能够持续地被青年的大学生所阅读，他的魅力在什么地方，他的文学性在什么地方，他的社会性在什么地方？其实这是一个学术问题。我们通常把路遥界定于一个现实主义作家，甚至说是社会主义现实主义的某种延续，"十七年文学"的延续。实际上还是非常不一样的。我们现在再读《林海雪原》、《红旗谱》、《三里湾》，感觉还是和《平凡的世界》非常不一样的。《平凡的世界》是一个个体的人的存在。看到作品中的孙少平、孙少安，你想到的是你自己，你想到的不是这个民族的命运，而是，这是我的命运。这一点是一个特别大的共鸣。你想到的是一个个体，这也是路遥的小说不同于社会主义现实主义的作品非常重要的一点，个体的人的命运。

凤凰网文化：但是有一个问题，这也是我自己的一个阅读感受，就是读他的作品，虽然他关注的是个体，不是以前的那种宏大叙事，但是你不管是在读《平凡的世界》里面的孙氏兄弟，还是说读《人生》里面的高加林，就是你感觉他的人物虽然是一个个个体，但是很相似，很平面化。

梁　鸿：那是因为这个人身上蕴含着某种普遍性，一部好的作品一定是个性和普遍性有一个相互结合。如果只有个性没有任何人性共通点的话，它不是一个好的作品；反之亦然。在这样一个个性化的书写背后，是人性的共同存在，是这个社会的某种共同存在。如果高加林只是高加林而已，他没有体现出高加林背后的那样一个农村的普遍命运，我想它也激不起你我的感情。因为每个农村出来的人，可能都会有某种类似的体验，或者即使没有体验，也可以想象《平凡的世界》中的人物轨迹。所以，个人性的背后是共通性、普遍性和社会性，但是呈现在前台的一定是个人性。《创业史》不一样，它里面的梁生宝，他是一个集体的人，他本来就不是一个个体的人，但是，这一集体背后也还有人性的某点光辉的存在，所以，即使集体也罢，都有他自身逻辑的合理性。《平凡的世界》也一样，虽然作品中的孙少安、孙少平有那么一点点的脸谱化，但是我觉得这样一种脸谱化，他不是按照集体主义那种人性观来塑造的，他还是按照这样一种个人主义的人性观来塑造的。

但并不是说路遥的《平凡的世界》就是完美无缺的，或者是没有瑕疵的。以前有人提到过创作手法落后什么的，这样的抒情性描写在现代主义盛行的时代，它确实是"过时"的，我们可以打个引号，"过时"的，甚至是"落后"的。但是这样一种"过时"的、"落后"的东西，它为什么有恒常的生命力呢？是因为它跟我们的情感、跟我们的生活是息息相关的，并且一直息息相关。所以它应该有它存在的价值，应该有它存在的一个路径。文学的路径是通向各个方向的，它绝不是一个方向，现代主义是一个方向，一条非常重要的方向，通向整个世界文明、整个世界文学的叙述模式，但这只是其中一种。像路遥这样的现实主义方式，它也通向一种，略带民族性的、一种古典性的路径。我觉得他对我们的文学也是有启发的，对我们当代的文学发展有非常大的启发。

同时，你也可以说他里边那样一种议论，关于政治、时事的议论太落后了。路遥特别喜欢关心国家命运、国家政策，我们知道路遥写《平凡的世界》时，他找了很多很多的报纸，认真研究了国家政策和各种现实的、历史的存在。大家可能会觉得这个东西损伤了文本的文学性，我觉得不能这样简单地理解。比如说托尔斯泰的《安娜·卡列尼娜》，它里面也有很多关于宗教的长篇大论，作家总是忍不住自己站出来说。今天我们看来，如果真的完全没有这个东西，那么《安娜·卡列尼娜》是什么样的作品呢？它少了作家的血和肉。虽然我们看的时候，我们只看安娜的爱情，我们只为那个爱情所感动，我们可能会忽略那个宗教，但是宗教的这一部分恰恰是《安娜·卡列尼娜》这本书里面的作家个人，作家把自己的血与肉的关于这个社会的思考，呈现出来。虽然我们读的不细，但它是这个作品的宏大的、宽广的底色。如果没有这个底色，如果把这个大厦的根基抽掉，那么安娜的命运可能就没有那么感人至深了，没有那么让我们觉得深深地为之震动了。因为安娜是生活在俄罗斯土地上的，而托尔斯泰关于宗教的思考恰恰是他对俄罗斯命运的、俄罗斯土地的思考。反过来我们再说路遥的《平凡的世界》，如果没有路遥本人对那个时代的切实思考，可能《平凡的世界》就不是今天这样一个传播状态了。

凤凰网文化：对，我听说他把《人民日报》、《参考消息》很多都看了。

梁　鸿：对，全部研究。为什么呢？他不只是把自己作为一个作家，他也是社会的一个有责任的、特别希望找到某种出路的人。这种写作方法千万不要认为它是落后的，我们可以不用这种写作方法，有另外一种现代主义途径，这是可以的，但这种途径一定不是落后的。作家把他自身的血、肉、责任、民族情感、国家命运都容纳到这个作品里边，它构成一个广大的大厦的根基。可能我们觉得很烦，我们不会读，我们或者是稍微翻过去，但是如果没有这个根基，那么《平凡的世界》就没有这么宽广了，也就没有这么吸引我们，让我们觉得能够一代代的去阅读、去感受、去思考。有人会觉得，这是文本里面看起来毫不起眼的一个东西，把这些去掉多么干净，但是恰恰不能去的就是这些东西。

凤凰网文化：您刚才说到路遥他是在用作品表达对于时代、对于现实的一个思考。但是也有批评家指出，路遥的这种对现实的一个介入、一种批判，最后他自己却用另一种写作方式和另一种也许可能是他意识的一个倾向，给消解了。是怎么样消解的呢？就是他所描写的这些农村的青年，他所有的苦难也好，他所有的不幸也好，其实背后的根源是一个社会制度的问题，是一个城乡二元结构的问题。可以说这个点是非常清晰的，但是路遥却对于这个点有一些相对不是那么明确的批判，然后反而他在这里有一个他始终断不了对于土地的一种根的情结，尤其在他作品当中，都是表现为一些村里的老人，然后他用这种老人的传统的价值观念，来告诉那些青年"你的根在这里，到什么时候你都离不开土地"。所以最后变成了一个"出走——回归"的模式，无论是《人生》也好，还是《平凡的世界》也好，都是这样一个模式。然后等于是用一个传统的我们这种农村的、普通农民的价值观，消解甚至说削弱了对于现实的批判。您对这个问题怎么看？

梁　鸿：我觉得每个作家可能都有这种人文性，对于传统的和土地的认同，他不是基于政治的，我们一定要分清这一点。路遥不是说因为为了回避政治上的二元对立制度，就故意地把这个对土地的人文性的追求提到上面，不是这样的，这一定是两个层面的东西。每一个作家都有特别明显的人文关怀，那种特别明显的对于大地、对原野、对山村的依恋，对传统伦理的向往，以及希望人跟自然之间特别和谐的、特别回归的那样一种东西。我觉得这是一种本源意义的，这不是制度意义的，这点要区分开来。可能路遥的确是非常矛盾的，这也是不容回避的，他对政策的那种批判，确实不是特别的激烈，他不是这样一个人，他本身可能还有政治情结。但是并不能因此就否定了路遥本人和他这一种人文主义关怀的价值。我是觉得，路遥的小说里面他肯定是有政治的某种略微的回避，以及某种略微的不清晰。因为他生活在那个年代，我们是走过来的，我们看到了很大的问题。当初是改革开放初期，我们的社会经历了太多的苦难，正在朝着一个比较好的方向发展，我们还没有预料到以后的路是这么的艰难，所以他可能会有某种既沉重又乐观的态度。一个新的政策意味着一种新的生活的开始，孙少平的追寻、追求正是对新的世界的探寻，这是对这样一个新的，甚至可以说是一个新生的社会的无限追寻，所以他是有某种乐观在里面的，虽然他描述的艰难生活，但是他是有某种潜在的乐观在里边的，这一点可能是路遥无法超越的。因为他毕竟生在那个时代之中，他们没有真的看到这种制度本质的匮乏和矛盾性，也没有对具体的政治制度、政策有超越性的理解力。

但是，我觉得不能因此就把路遥的这个土地性归结为他是为了回避那种东西。这是两码事。反过来再说，中国的作家，中国的当代作家，可能都有这种土地性，都有这样一种乌托邦的、某种桃花源式的追求。我想这不是作家，是每个普通人都有的，只不过作家把它描述出来。每个普通人在这样一种紧张的、浮躁的，甚至是越来越远离自我的生活之中，他都有那样的模糊的、遥远的、桃花源的追求，那样一种乌托邦的人与土地自然和谐的向往。所以说，当作家去描述这样一种回归的时候，我们看到的他的缺陷，实际上这也是我们的缺陷，我们没有真的去理性思考。现代文明和传统文明之间是一种复杂的纠结的关系，我们只用一种梦的回归来回避了这些问题，用类似于一种乌托邦的回归来回避这些本质的问题，由此也削弱了批判性。我觉得这可能是路遥一个非常大的问题，但是这个问题是一个辩证的问题。

二 这个时代比路遥那时的鸿沟更大
　　今天的孙少平更彷徨

凤凰网文化：之前我看了一篇邵燕君对于路遥的评论文章，然后她也写，路遥写作的那个年代恰好是处在一个改革的黄金年代。在那个年代，有一种由乡跨越到城的可能性，社会阶层之间存在一个流动的可能性，所以路遥在他的作品当中愿意去描绘这么样一个"道德理想国"。那现在改革开放已经三十年了，离路遥写作的那个年代也已经二十多年了，那现在大家看，现在我们的中国，这种黄金时代还在不在，这种流动可能性还有没有？

梁　鸿：对，这个问题非常重要。首先我们要回避一点就是这个，这样一种否定不是对路遥的否定，因为在路遥那个时候确实存在某种可能性，路遥把这种可能性以及他那种对人的无限宽广的那些东西叙述出来，我觉得这是非常重要的，甚至可以说是伟大的。但是，因为又过了30年，我们今天看呢，那种可能性它到底有多大？这是另外一个现实问题。可以说这种可能性甚至是缩小了，它不是路遥那样既沉重又乐观的无限宽广的东西，它反而有某种紧缩性、某种封闭性。首先就是城乡二元对立问题。

城乡关系也是一个非常复杂的命题。今天我们的政策不停地在把农村户口变成城市户口，或者是让农民进城打工，这看似都好像是模糊、淡化这种城乡二元对立，甚至在取消城乡二元对立。这种政策的努力是好的，但是，背后包含一个什么问题，就是人的实际命运是什么样子的，社会的实际状况又是什么样子的？据我的观察，这里面存在一个深深的鸿沟，甚至比路遥那个时代的鸿沟更大。因为路遥那时是刚开始，一种可能性站在面前，今天我们走了三十年，你会发现，农民进到城市之后，它跟城市的纠葛越来越深，但是在这个过程中，农民是不断地被排斥，或者说不断地被认定、被显现。农民在这样一个各种制度语言、各种民众语言、各种社会符号的塑造下变得更加农民了。"农民工"本身这个词就很有意思，农民工，你就是农民，原来可能没有意识到自己是个农民，今天因为这个词语你被命定你是农民。这种词语本身背后就是社会结构的一个显现。把它变成一种符号，一种命运，甚至变成一种诅咒。在某种意义上，可以这样来说。

当然这只是我们抽象地来说，实际有非常多的具体事情，比如说，进城农民打工，他的孩子怎么办。如果我们能够解决他的孩子问题，那么他农民身份就很淡化了。但是恰恰因为我们的制度不允许他的孩子在城市上学，而他自己挣的钱又很少，他没有办法供养他的孩子上学，又没有地方住、没有钱、没有人照顾。他不得不再把孩子送回农村让他的爷爷奶奶，或者是亲戚什么的看管。就这样一种现实的生活状况，它也是把农民更强化了。把他限定在一个符号上，限定在他命定的位置上，这是一个重大的社会问题。今天我们看，我们农村的孩子，有几个跟着父母上学的？孩子刚生下来，一岁、半岁就留家里跟着爷爷奶奶，最多是上了初中就回来跟着爷爷奶奶，或者是寄宿。我们这整个国度的农民的孩子几乎跟父母处在分离之中，农民的家庭，父母在城里打工，孩子在家上学。城乡二元的界限宽松了吗？农民在这样一个旋涡之中，他的精神状态什么样子？他的精神命运，他的实际命运又是什么样子？我觉得这是特别值得思考。所以我是觉得城乡二元对立，它不只是制度，它一定是具体的一个一个人的命运。如果把一个一个人的命运都算进去的话，我们再来看城乡二元是否对立，或者城乡二元的分化是在加大还是在减小？如果只是农民你的身份变成了市民，你的孩子也还在家上学，有什么意义呢？没有意义。你把农村也盖上高楼，农民的孩子还在家里上学，他的父母还在城里面打工，那么他还是农民。

所以我是觉得这些本质性的，而又非常具体化的命运，恰恰说明我们的改革开放，或者是我们的那种城乡制度，有特别大的问题，并且是一个根本性的问题。这种根本性的问题，它也反应在普通民众的观念上。这是我这几年调查体察最为明显的。其实不光是制度在歧视农民，我们每个普通的人都在塑造这样一种歧视的气氛，都在塑造这样一种生活。我们的工厂主工资开得很低，我们对我们家里的小时工工资开得很低，我们不跟他交流。我们坐在公共汽车上，看一眼都不愿意看农民工，尽量避开。我们对我们身边的所有事情都视而不见，这意味着什么？这意味着我们的每个民众都在参与这样的一个塑造，都在参与这样一种城乡二元对立的氛围的意识的塑造，这是最可怕的。所以我经常说，不要老怨制度，也要怨我们自己，我们也要批评我们自己，也要为我们自己感到羞耻，这是最最重要的。如果每个人都动起来，都有那么一丝一丝的改善，我想，再加上制度的促进，可能会稍微好一点。

我刚从老家回来，我在火车上，对面坐着一个农村妇女，她今年50多岁，她的儿子在外打工，她的儿媳妇在外打工，她的老公在外打工，她一个人在家带一个女孩，那个女孩一岁零几个月。她带着的这个小姑娘是一个月大就留在家里边了，她们家三口人都在外面打工，就剩下一个女人带孩子。我想，她们家条件还不错的，在农村，能坐得起卧铺，说明可能还是不错的，那她也没有办法。我说那你干吗不让你的儿媳妇养着孩子，然后让你儿子打工，她说那不行，一个人挣工资肯定不行的呀。

凤凰网文化：养不活。

梁　鸿：对，肯定是养不活的，也挣不到多余的钱，她老公也不可能在家跟她一块带孩子。因为她老公五十多岁正干活，所以就她一个人。你想这个农村妇女，从孩子一个月大开始养她，连饭吃不上，当然更不用说孩子的教育问题了。这将来孩子的亲情问题，父母跟孩子的亲情，孩子跟父母的亲情，这是非常大的社会问题，极其普遍。现在农村这种普遍的父母分离不仅仅因为太缺钱，而是因为这种状况大家看得太普通了。我们的农村父母也把它看得非常普通化，也没有想着我一定要把孩子带在身边，反正不可能。因为工厂早上7点钟、晚上7点钟下班。你接孩子也接不成，送孩子也送不成，你的工资又不允许你再雇个保姆，是吧？工厂人家也没有这个义务说，我一定弄个幼儿园让工人孩子上学。也就是说我要思考工厂的伦理在哪里。什么是我们现代工业工厂的伦理，它包不包含对工人生活的一种关照，他的工资里面包不包含对工人家属的这个层面。其实工人根本养不起家。就靠农村他的父母省那一点保姆钱，算赚了一点钱，无非就是这样。

所以我觉得这种问题就是说起来太具体了，非常的具体。有一点悲观，甚至有一点愤懑。但是我想，如果只有少数几个人有这样的感觉的话，这个时代的进步会非常非常慢，而不是非常快。我特别希望路遥的小说里面的某种沉重、乐观的气息，今天看来，它其实依然可以鼓舞我们继续往前走。但是这个乐观的前景到底是在哪里，我们怎么样去达到路遥所设想的可能的乐观，我觉得需要我们每个人都去奋斗，需要我们每个人都去呼吁，我们每个人都改变自己，这一点我觉得是特别特别重要，也是路遥《平凡的世界》里边的孙少平的追求，孙少平在中国的大地上流浪，是为了寻找好的生活。

这又回到你的下一个问题就是，今天孙少平还在吗？我觉得今天的孙少平可能少了那一份坚韧，少了那样一份内在的乐观。他面临的可能是更加千疮百孔的命运，面临的是一种更加窘迫的精神的存在。因为孙少平他不光是想挣钱的，他是想找到精神的安慰，这是《平凡的世界》特别重要的一点。孙少平出去他不光为了挣钱，当年出去在中国大地上流浪追寻，他不是为了钱的，或者说他不只是为了钱，他想找到青春的价值点。过了30年之后，孙少平们找到了价值点和归依点了吗？没有。今天的青年，尤其是农民的青年，包括大学生在内，其实更加彷徨。这个彷徨，不只在于他的生活无法安顿，或者是很难安顿，而在于他们没有一种自我价值感，没有自我的存在感。

对于农民可能这点更为明显。我到内蒙古采访梁庄的打工者，有个小孩在校油泵，就是公路的那个大卡车，就有一种油泵，过一段时间，一定要去校一校，每校一次花钱很多，这个男孩挣了不少钱，开着越野车。他在今年春节回家的时候，一直跟着我，我到内蒙古去采访，他又跟着我，跟了我好几天。他能开越野车，家里也盖了房子，自己手里面也有快上百万。他的最大烦恼在哪里呢？他给我讲一个例子，他说不知道挣钱干吗，他说在大连，有一个农民跟他一样也是校油泵的，人家被评为大连市十大外来务工青年，人大代表什么的，总之是有社会荣誉，他非常羡慕人家。他说你看，人家找到了事业，人家多行，人家多能干。言谈中他对自己没有身份感特别彷徨，他想找一种身份感，找到一种社会上被承认的感觉，不管这个承认是什么，总之被承认。

农民没有被承认过，不管挣到钱还是没有挣到钱，他像小偷一样在城市里面。在这样一个开越野车男孩的脸上，又是一种古老的情景，古老的神情。为什么呢？农民是没有身份，农民是没有被这个社会承认的。他特别苦恼，问我，你说咋办，他一直问我。我一直没有给他一个合适的解释，我也很羞愧，他前几天给我打电话，我说我回老家，他说要跟我一块回去，要一块儿再转转，我说你别回去，你好好干你的工作。

三 路遥的宿命感来自民族心理深处的恐惧

凤凰网文化：您刚才说的很多话当中，我注意到三个点，其实也是特别有问题要问您的。一个就是您刚才提到的无论是制度也好，还是怎么样，最后涉及的是每一个个体的命运。返回到路遥的作品当中，至少我是有那种感觉，就是路遥笔下写的这些人物，不知道他的本意是不是这样，总感觉有一种宿命感。您觉得有没有？

梁　鸿：首先路遥是一个既有理想主义倾向，又有某种宿命感的作家。他的理想主义倾向可能对生活抱有一种比较乐观的感觉，我觉得那种宿命感是溢出来的，是不自觉的。路遥本人他是一个比较坚定的乐观主义者，但是他笔下仍然给我们一个特别大的宿命感，尤其读了高加林我们心里非常悲怆、悲伤，为他个人，也为农村这种命运，也为爱情无法完满，也为了那种生活无法弥合的矛盾、裂缝。所以，我是觉得路遥这种宿命可能是我们这个民族心理深处某种恐惧的外现，我觉得路遥本人是意识不到的，但是这种宿命感就在，在路遥精神的深处。所以，我们看即使像《平凡的世界》这样一种带有某种乐观主义色彩的作品背后，依然是那种深深的宿命。

凤凰网文化：那这种民族的恐惧感来自哪？

梁　鸿：我觉得是来自这么多年的塑造，几千年以来我们文化的塑造，我们的生活给我们的塑造，我们的制度给我们这样一种不安全感。所以最近央视调查"你幸福吗"，在民间成了一个大笑话，被完全反讽地运用。这是为什么呢？每个人都以笑话来对待这样的调查，这本身就是一个很大的问题。为什么我们把它当成笑话来看呢？是因为我们没有感受到这些东西对不对？我们生活在一个物质看似非常的发达，一个看似每个人都是可以随意的说话、聊天，但是其实我们没有这样一种安定感、幸福感，这样一种生活，我们的食品没有安全感，我们的道路没有安全感，随时随地我们都有可能陷下去。

这样一种生活绝不是因为这个当代才有的，而是我们几千年以来，我们政治的因子，我们文化的因子，给我们民众这样一个塑造。只不过在当代我们肯定是更为具体的。这就要反思我们根本性的东西，当然我特别不喜欢把每句话都归结到我们制度的缺陷，我是一定要找到我们每个人都有缺陷，不是找到，而是的确我们每个人都是这个制度上的一分子，我们也在塑造这种制度，我们自身的行为和选择，也在塑造这个制度。如果我们能够逆向地来思考，我想我们这个民族才有希望，我们的制度才有改进的可能性。我们不能只当奴隶，我们还要以我们自己的方式来说话。所以，我觉得制度的完善依靠我们每个人的推动，这说的都特别现实，我是觉得我们每个人都应该以自己的方式来说话、来观察、来思考，这样才有一个希望。

路遥以他的方式写他《平凡的世界》，我觉得一代代青年的阅读，它既是一种经历，又是一种启发。同时，我觉得它甚至是某种预示，你刚才说那种恐惧感、宿命感它也是一种预示。如果我们不改自己自身的话，可能我们就这样一代代追寻毫无止境的、没有任何进步的这种追求。我是觉得路遥之所以能够超越时代，能够超越他那个时代的语境，在今天依然有阅读的价值，也是路遥作为一个作家和知识分子，他那样的一种极大的责任，以他对这个国度的一种深刻的观察。不管他的作品有这样那样的缺陷，他比较传统、他比较抒情、他比较落后，但是这样一种责任感、这样一种对现实的关怀以及巨大的思考，我觉得是最值得我们学习的。那么至于用什么方法来写，这是另外一回事了，作家的心灵一定是带有某种容纳度，对这个社会的现实有容纳度，对这个社会的人性有某种思考度才可以的，否则的话，你作家能做什么呢？

凤凰网文化：您刚才说到不喜欢把一切问题止于制度，其实我也是一直这么认为，这里其实有一个我自己一直的观点，中国现在这种城乡之间的问题确实在于户籍，户籍是一个很重要的原因。但我觉得把一切都归罪于户籍，其实对于问题的解决毫无益处，而且其实是把这个问题放在一个框框里，不去碰它。

梁　鸿：这样每个人都可以脱责。

凤凰网文化：其实中国关于市民、农民这些划分，并不是说我们从1949年以后有这个户籍制度才开始的，其实传统中国市农工商分的很清，重农抑商都存在这种身份的歧视，但是包括具体的问题上有很多。我想问的就是，可能现在对于农村人在城市，或者说农村城市化的这么一个过程当中，农村以及农村人存在这么一种身份的尴尬和不认同。但是同时，他的这种苦恼、悲剧的来源是不是还有另一层，就是我们从近代以来，实际上城市被赋予了另外一种意义，因为我们整个近代化的过程，实际上是追求现代性、追求开放性、追求世界性，那城市其实是承载着这么一个意义，而农村相对来讲，它其实在这种意义之下，它的地位尤其显得落后，是不是这个其实是更深层的农村、农民悲剧的一个原因？

梁　鸿：我觉得近代以来，我们一直是把这种农村和城市对立来看，确实，城市它承载着我们对未来性的、现代性的、西方式的符号和追求。而农村变成一种农业文明了，传统的、中国的、落后的、专制的，这样一种愚昧的、麻木的乡土中国的象征。但是我觉得，今天改革开放了30多年，我们出现了非常重大的问题。在这样一种时刻，如果我们不再反过来思考一些本源性的问题的话，这个问题始终无法解决。什么是城市？什么是乡村？城市是否一定意味着现代性？乡村是否就一定意味着过去的、过时了的文明方式？是这样吗？这是需要我们思考的。

我们的生活，为什么这样清晰地划分二元对立的理念？我们的民族思维问题在哪里？我们的现代性思维，问题是在哪里？我们对"现代性"这个词，实际上是窄化理解的，我们对于这种所谓的城市也是窄化理解的，城市包含着工业化，但是工业化并不是一定盖着大厂区，这就是工业化，不是的。

比如说现在，很多乡村实践的人搞这种有机合作化、有机食品，包括很多这种小的前沿的旅游产业，这些都是一种比较有益的探索方式。农村并不是一个我们传统意义上的农耕，像遗迹一样的存在，不是这样的，它可以在现代文明里面存活，并且活得更高尚，活得更有启发性。我觉得我们应该反过来思考，乡村的存在，大地、山川、原野的存在，跟城市之间到底什么样的关系。城市一定要改造大地、改造山川、改造村庄吗？不是，我觉得大地反过来改造城市才对。我们的高楼的设计为什么要那么笨呢？为什么一定是方方正正像火柴盒一样呢？难道不可以很美吗？难道不可以有一片绿地吗？或者难道不可以建造一种田园城市的模式吗？这也是整个世界的一个命题，我们怎么样保留乡村，在现代化的急流之中保留乡村的这样一种存在的价值。

欧洲作了很多探索，欧洲有很多小镇，很多乡村特别美，并且特别具有前瞻性，我们现在是因为太懒了，不愿意作这种探索，推倒就算完了，我觉得这是极不负责任的。所以前段时间像《解放日报》，他们问我城市化与乡土中国矛盾吗？我说不矛盾，真的是不矛盾的。

乡土中国，完全可以在现代化这样一种发展中存在，并且可以保留非常好的特质，成为这个文明中有机的一部分。这样一来，我觉得我们的发展才是真正的发展，我们的城市化，我们的现代化可能才是一种真正的发展，因为城市化并不只是工业，并不只是工业化，并不只是西方化。

西方人背后有人家自己的伦理特征，有人家自己的一种民间的生存和民间的道德。我们的呢？我们把这些基础全部推倒掉了，我们在模仿人家的同时，把自己的东西全部连根拔起，这是不对的，到最后你什么也得不到，你模仿别人终究是模仿，你要从自己的生活里面生出一种生活来，然后再吸纳外面的；你如果把自己全部毁掉，建一个新的，这根基是不牢固的，肯定是的。

一个民族的心理是最难改变的，并且一个民族的心理一定是有它基本价值在，一个民族没有成为一盘散沙，那样稳固地过这么多年，这个内在的心理跟制度无关、跟政治无关，是完全依靠民间的自动地运行。这是一种类似于密码的存在，如果我们把这个密码全部破坏掉了，那么我们的民族真的成一盘散沙了。

我觉得乡村在某种意义上，它就承载这样一个密码，它不是落后的、不是愚昧的、不是迷信的。举个例子，比方庙宇的存在，我在台湾有特别大的启发。台湾的民众生活在大大小小的庙里面，台湾人也特别迷信，用我们这个词，但是台湾人非常自在，为什么呢？因为他们有自己的神在保佑着他们。什么大道公、妈祖、观音、土地爷、祖师爷，拜得非常自然，每家都可以，谁都可以拜。我们呢？被作为封建迷信连根拔起，我们村庄里面原来是有那个土地庙的，人死了到土地庙里拜一拜，烧一烧纸什么的，土地庙后来被拆毁了，后来人死了只好在十字路口拜。这个土地庙当然不是说一定要要，而是说它是一个民族心里的一种归依，是这个村庄的归依，在这个地方他可以找到某种安稳，他有家。而现在我们有吗？我们没有了，我们偷偷摸摸。我们村庄妇女到大年初一还偷偷摸摸去拜这个土地庙，她还是要拜，你说她傻吗？拜了她就能挣了钱吗？不是的，她找一种心理的安慰，这种心理的安慰非常重要，是某种信仰。这种信仰，它对人的这种精神空间的开拓是特别重要的。我们现在不要那个精神空间，我们只要物质空间，我们一切都让它科学化、技术化。我们失去湿润的、柔软的心灵，现在整个社会道德失衡、良心破产，就是因为我们这个民族的心理基础被全部毁掉了，而这种心理基础恰恰是依靠我们这样的一个广阔的民族生活来支撑着，整个城市化把这种东西全部连根拔起，农民分崩离析。农民是完全可以进城的，只是不要把这种乡村、大地全部摧毁掉，不要把这样一种生活模式、生活方式全部看成是落后的。我们的熟人社会、我们的亲情文化，它当然成为我们的桎梏，但是如果我们好好加以利用的话，它仍然是我们民族最好的东西，我们的很多信仰，都是非常棒的。所以我觉得现在最大的问题是在于，即使传统复活，也是一个鬼魂一样的复活，它不是一种真正开放性的复活，当一切被政治意识形态利用，那是很可怕的。所以我们很讨厌这些东西，是因为"传统"这个词语从来都是被污名化的。

　　这些都是非常复杂的问题，我们身在这样当代的急流之中，每个人都要特别辨析每一个概念，尤其我们在说"传统"这样重大的词语的时候，也千万不要太抽象化，千万不要一味地说它是好或不好，不是这样的。"传统"本身好与不好不重要，而在于我们怎么样去想它，怎么样去用它，怎么样去思考它，这是最重要的。

　　凤凰网文化：还有一个问题，刚才您自己谈到了，在农村、农民这种不断地被刻板印象化、不断地被边缘化的过程当中，其实我们每一个人都参与其中。但是有一个问题就是，可能现在城市当中每一个人也处在一种非常尴尬的地位，他虽然没有一个户籍上的、城乡之间的这么一个流动的需求,但是他同样在这个社会当中,他也有一个流动的需求,但是可能他也得不到满足。包括可能在大学生当中,对于路遥的阅读,也许来自农村的大学生阅读得会很多,我们也很好理解,那么本身就是城市人的这些大学生,他们会不会去阅读路遥呢?他们对于路遥作品当中所写的,有没有那种体验呢?就是说这种"平凡的世界"里的"人生",现在来看,除了农村,在城市又是怎么样的?

梁　鸿:这是一个语境的问题。刚才你也提到,比如说农村来的孩子读这个《平凡的世界》可能更加认同,更有共鸣,那么城市的孩子就比较单纯,因为他没有这样的一些具体的困惑。但我觉得他也能读懂,他不是读不懂,只不过他没有那种深切的同感。我觉得困境是共通的,每个时代可能都有自己的困境。

今天我们面临的困境,比如说城市面临什么困境呢?他也依然买不起房,他也依然在工作里面找不到那样一种价值感,每个人都是那种混日子一样在混,每个人有一个特别大的压抑感,我觉得这可能是我们现代生活一个特别大的特质——焦躁、不安、不放松、没有归依感,这可能是一个城市生活,不管农民或者城市人都有。

所以我觉得,我们今天要塑造一种什么样的生活,这点特别值得关注。物质的追求是永无止境的,我们现在你看整个社会提倡一种成功学,成功学特别特别重要,特别特别大地影响每一个人身在其中。我们的教育是成功学的教育模式,我们从小一定要考好成绩,如果考不好成绩有各种老师会批评你,制度会批评你,然后你家长自己心里特别不安。就像我现在对我的孩子一样,我觉得不安,我的孩子不能脱轨,不能输在起跑线上。这种成功学的教育里,其实毁掉了一种人的心灵的自由度,人的心灵他不自由。比如说原来我们叫安贫乐道,只要我有道德,只要我威信高,我可以非常贫穷,我会活得非常自在,因为我有道德。现在不一样,只要你穷你就没道德,你穷你就是可耻的，你穷你就被看不起。这样一种道德观的衰退，其实恰恰是我们这个时代特别重要的一个特质，因为我们道德观衰退，所以成功学越来越深入到每个人的心灵里面，所以每个人都不安，每个人都没有安全感。当然再加上具体的不公，比如说房价的上涨什么的，这是另外一个问题了。我觉得我们怎么样重新回到简单的、自由的心灵的存在，就一种简单的、自由的生活这种存在，这是非常重要的。

四 路遥不是一面绝对的大旗 既不要神化也不要贬低

凤凰网文化：那回到路遥，现实给了我们这么多困境，这么多苦恼，很多人其实是把路遥的作品当作一个励志作品来读的。您觉得路遥能给这些人，这些有这种阅读期待的读者提供一个出路、一个答案吗？

梁　鸿：我觉得路遥提供给大家一个最大的形象可能就在于我们要不断地追寻，但是他没有给你成功学的一个追寻，他没有让他成功，他其实留下的是一堆困惑，高加林、孙少平、孙少安都是。他实际上给我们的是一堆困惑。但为什么他能够励志呢？我觉得是因为作品中的每个人都是有勇气的，孙少平是有勇气的，高加林是有勇气的，他们在不断地搏斗。高加林几起几落，不断地抛回农村，他再不断地又进去，不断地又抛回农村，不断地又进去。他不光向往城市，因为他向往某种生活，我觉得这种不断搏斗的精神可能是能够励志大家的，就是不管生活如何压倒我们，我们仍然要不断地爬起，虽然背后是有深深的宿命，但是我们在有限的生命里面还要不断地去追寻，去和这种宿命去抗争。这也是路遥小说里面多重矛盾、多重旋律的一个重要议题。

宿命感，巨大的宿命感、失败感背后是一种人类不断的挣扎、不断的奋斗、不断的追寻，可能这是路遥给人的非常重要的励志感。但是路遥没有给我们一个明确的道路，没有告诉我们奋斗就一定要成功，就一定会成功，他只是把这样一个历程，人的历程写出来，我觉得这反而是更加可贵的。

凤凰网文化：可能跟一部分力挺路遥的研究者相反，有一部分研究者去研究了路遥过往亲身经历的一些事件之后，他们觉得首先路遥在那个年代是积极地参与到"文化大革命"中，他是一个造反派的领袖。他也曾经是触到了那个权力的高层，但是后来很多原因，他最后从那个高处跌落下来了，包括他的女友也离他而去，这些东西给他很大的打击。有的人就觉得，其实在路遥的心里一直是有一个政治是他的第一选择，文学只是他政治失意和不可能之后，他选择的另外一种向上爬的工具，很多人在研究他的作品之后也发现，其实这里头很多是有他自己的影子在里面的。也就是说可能在路遥的写作当中，其实存在着一种不那么——可能这只是我们的一种单方向的揣测而已啊——也许不那么高尚、不那么崇高的思路、想法，和现在可以说是外人塑造出来这么一个形象化的路遥，可能之间存在一种背离，您觉得这是一种误读吗？

梁　鸿：我特别反对把作家高尚化，把作家崇高化，我觉得这是对作家一个特别大的误解。我们先不说路遥，首先作家一定是一个人，你把他看作一个人，这样理解他的作品可能就没有那么大的期待，另外还有一点也要区分开来，作家本人和他的作品是有区别的。但同时每一部作品都是作家的自叙传。既有区别又有联系。是什么意思呢？并不是说作家高尚，写的作品就一定高尚，作家低俗，写的作品一定是低俗，这是两码事。并不是说写出高尚作品的作家，一定就是内心特别干净的，我觉得这是世俗生活中另外一个层面的东西。但是每一部作品又是作家的自叙传，是因为在这部作品的精神倾向里面，一定是有作家个人精神倾向的。这是毋庸置疑的。

我们再回到路遥具体的，路遥是有政治情结的，他关心政治，关心政策的走向，关心制度给人民生活和个人精神带来的可能的变化。这是大家都没有否认的，但我并没有看出他有多大的政治野心和政治欲望。至于说路遥是不是因为政治失意才回到文学创作，我不赞同这个对立的说法。路遥首先他是一个写作者，他极其热爱写作，"早晨从中午开始"，他极其喜欢写作。我们一定要清楚一个大的背景，中国人还是有那种把文字作为生命的这样一种传统价值观的，尤其是中国文人，"文章千古事"，这一点在中国文人的骨子里面是根深蒂固的。你不能说，因为他政治失意才写小说，我是不赞同的，但是路遥本人是不是这样的，因为他去世了，谁也不知道。但我很反对这种说法，因为这是两个并行不悖的东西。可能他的确是个政治家，但这并不说他就不是一个好小说家。

我反对把一个作家神化，神圣化，我也反对把作家等同于作品，我同时还反对用作家可能的政治诉求来衡量作品质量，我特别反对。我觉得首先我们把路遥作为一个客观的人的存在，我们分析他的作品的价值，分析他作品和本人的关系，分析他本人的内在视野和作品的内在视野之间的联系，但并不是完全融合的。

凤凰网文化：您刚才也说您反对把一个作家神化，那您觉不觉得其实路遥，他现在存在一种被神化的现象？

梁　鸿：是的，是有。

凤凰网文化：似乎把他当成了我们当代文坛的一面镜子，文学精神的一杆大旗来塑造的。

梁　鸿：对对对，一面镜子。我觉得路遥是一杆大旗，但不是一面绝对的大旗，这样来说比较好。

凤凰网文化：但是特别好玩的是，一方面，我们在打造着这么一种特别高大的路遥形象，作为当代文坛的一面镜子来照射出来现在文坛的浮躁也好或者说不扎实也好，但是我们的文学史其实对于路遥可以说是空白的，你去翻任何一本当代文学史的教材，路遥的篇章很少，甚至有的根本就没有。

梁　鸿：这个看几年之后再写文学史是怎么样的，文学史是不断重写的。

凤凰网文化：那您觉得现在的文学史为什么忽视路遥？

梁　鸿：现在的文学史肯定是80年代以后的文学观占上风，这是毫无疑问的，1980年代中期，先锋文学兴起之后，现代主义的文学观兴起了。纯文学的观点成为一个正宗的文学观点，像路遥这种略带现实主义色彩的文学观都是被靠后的处理。

我想这是一个时代的文学史，但绝对不是一个再过50年之后的文学观，文学史是人写的，是带有个人倾向的，这种个人倾向恰恰反映了这个时代有怎么样的文学倾向。这个时代忽略了这样的现实主义潮流，因为吃了二十几年的亏，文学的发展受到了很大的桎梏，所以特别排斥带现实主义色彩的这种文学作品。再过50年以后可能会重新地发掘，现在已经在重新发掘这个价值，但是千万不要再走二元对立的极端化，把现代主义落到很低，又把现实主义过分抬高。两者应该是并存的，各有各的价值。但是，反过来，一个时代出现某种特别的文学潮流，恰恰折射出很多社会现实问题。文学从来都不只是文学的事情，它的动向背后一定与这个社会的整体精神倾向相关。所以，我特别反对把路遥神圣化，因为我觉得这不利于理解路遥和路遥作品，这反而是给路遥的一个特别大的伤害。

凤凰网文化：但是可能我们找出来一些例子，你比如说《白鹿原》，可能除了开头那个关于白鹿的神话传说之外，其实它整个也是非常现实的。但是《白鹿原》在我们文学史当中，就受到了很高度的重视。

梁　鸿：那是因为它产生的时代不同。

凤凰网文化：《平凡的世界》比《白鹿原》不过早了四五年，它们可以算是同时代的作品。但是对于《白鹿原》的研究，对于陈忠实的解读就很多，对于路遥就反而很少，难道说不重视现实主义就只不重视路遥吗？

梁　鸿：不是，《白鹿原》并没有被作为一个现实主义作品，在当时并没有被作为一个纯粹现实主义作品来看待，一定要知道，《白鹿原》是被作为略带结构特点的这样一个作品来看待的，带有着魔幻色彩的，略带，尽管可能比较幼稚。但是它毕竟不同于路遥是扎扎实实的现实主义作品。

再加上《白鹿原》完成的时候刚好是 90 年代早期，现代主义文学几乎就是完全占据整个文坛，《白鹿原》在这样一个潮流下，它略带一些结构性、技巧性，这样使它避开了那样一种完全现实主义的批评。但是今天你剥开那个外衣来看，实际上《白鹿原》也是现实主义。说到底所有作品都是现实主义，难道现代主义就没有一点生活了吗？不是的。

今天你会发现在某些人的评价里《平凡的世界》会高于《白鹿原》，也是因为《平凡的世界》确实是非常深地切中了这个时代的命脉，这个时代的脉搏。而《白鹿原》稍微是带一点历史化的书写。这两者都有现实性，一个是历史化的现实，一个是现在的现实性，是不同角度的、不同时段的描述。所以我觉得它们本质上是一样的，都是一种现实主义抒写，只不过《白鹿原》的手法更有结构性、更有技巧性一点。

五 "土"是一种文学的修辞

凤凰网文化：像您之前出版的《中国在梁庄》，然后包括像熊培云老师的《一个村庄里的中国》等，还有很多，这种类似题材的、类似内容、类似思考的一些书非常热销，受到很广泛的关注，这其实证明在当代社会，其实大家对这样的一些问题，是有一个思考的愿望，有一个关注的愿望。所以现在这个时候，可能阅读路遥还并不能算一件很新奇的事。我就在想，假如说 30 年以后或者 50 年以后，甚至 100 年以后，当我们这种社会环境变得完全不一样了，可能这些东西、这些困惑、这些苦恼、这些苦难都已经不存在的时候，路遥还会不会被阅读，像朱大可他就说，路遥可能是一个文献意义或者说文献式的作家，那到时是不是他的文本就成为一个历史的文章，还会不会有人去读？路遥的写作是不是现实意义要大过他文学本身的意义价值？再举一个别的例子，可能现代人还有一部分人愿意去阅读鲁迅，是因为鲁迅除了他对于他当时那个时代的一个思考、一个批判之外，他的文字本身、文学本身是美的，是很好的。但是跟时代贴得非常紧的，比如说像解放区的一些文学，像"十七年文学"，可能除了像您这样的文学研究者，为了研究去阅读，很少有人去读的，就是因为可能它的现实层面的价值大于它的文学本身的价值，那路遥是不是这样？

梁　鸿：我觉得这样说过分低估了路遥的价值，路遥作品的价值。刚才你说到比如说过 100 年是什么，实际上有一点，100 年之后我们的生活是完全改变了吗？这是值得质疑的。我们的生活还得延续，我们这个民族只要人还在，这种生活不会完全丧失。还有一点，你刚说的现实性、文学性的问题，首先就是我们不要过分低估路遥作品的文学性，他可能的确是有某种现实性大于文学性的倾向，包括我的作品都有这样的倾向，但是我觉得路遥的文学是相当好的。

凤凰网文化：但是像您刚才说的，包括您那些作品也有这种情况，但是一个问题是，您也好熊培云老师也好，你们写的作品从一开始就是一个乡村观察、非虚构的，而路遥的作品是以小说的体裁出现，读者也好或者说研究者也好，对于您那样的作品的期待就是一种纪实性的，可能对于文学性的要求没有那么高、那么强烈，但是对于路遥的小说方式可能我们会拿更高标准文学的质量去要求。

梁　鸿：那你觉得《人生》不好吗？是个不好的小说吗？

凤凰网文化：我觉得没有不好，但是给人的感觉就是单纯从文学角度、文字角度上震撼性似乎没有那么强，我也听过有人说读完感觉太土了。

梁　鸿：太土不代表不好，我觉得路遥的文字是相当棒的，《平凡的世界》是有点稀释，但也并没有到单薄的地步。我觉得《人生》是一部非常好的小说，完全可以超越时代，就是从他的文字意义上的。你说"土"，土是非常重要的，土不代表不好，"土"是一种文学的修辞。

凤凰网文化：我明白，但是像读沈从文写湘西似乎就没有这种感觉。

梁　鸿：那是另外一种"土"。

凤凰网文化：就是给人的感觉不一样。

梁　鸿：那不一样，沈从文是用乌托邦式的语言来写乡村的，是用一种美好人性的方式来写乡村的，他可能会勾起我们对于那种田园诗般的乡村的向往，但路遥他指向的是一种地层下面的昏暗的、艰深的思考。我们这个时代喜欢沈从文不喜欢路遥，我们甚至喜欢周作人不喜欢鲁迅，这反思的应该是我们自己。我是这样理解的，应该反思的是，为什么我们不愿意谈这个作品，不是为了证明鲁迅、路遥是绝对完美的。为什么呢？因为我们这个时代是需要轻松，我们需要欢乐，我们需要放松，所以我们喜欢看周作人小品式的散文，特别轻松特别美好，我们觉得鲁迅太正经了，太板着面孔写那么苦难的东西，我们的思想出了某种问题。

反过来再说，沈从文的文字非常美，这是毫无疑问的，非常非常好的文学，那么萧红的好不好，鲁迅的好不好，许地山的好不好，现代文学那么多书写乡村苦难的好不好？其实都是非常好的。只不过文学是选择了沈从文，我们这个时代选择的是沈从文、张爱玲，忽略了萧红，忽略了鲁迅这种比较艰深、比较能够让我们沉重的东西。所以这个"土"字不代表过时、不代表落后，它实际上代表了某种审美，代表了某种思考的倾向性。反过来再说，路遥的作品是不是现实层面大于文学性，我觉得他是有这个倾向的、这个特点的，比如说《平凡的世界》文字比较稀释，可能文字的密度、文字的修辞没有那么好。但是总体来衡量的话，它并不是一个现实性远远超过了文学性的东西，我觉得它还是可以达到某种平衡的，它不是一个非常差的作品。我们就纯粹来说它，它不是一个非常差的作品，它是一个能够相当好地把现实性结合起来的作品，否则的话，你想想那么多当年的作品我们都没看，为什么只看《平凡的世界》呢？这是经过选择的，并不是每个人阅读水平都特别差，我也是去年刚又读了一遍，它是比较稀释、比较散漫，但是我觉得它还没有差到完全依靠现实来博取喜欢，我觉得这是不必要的，我觉得路遥的作品价值没有这么低。这是我对路遥作品一个总体的理解。

凤凰网文化：刚才说到有些假设其实是没有意义的，但是可能有时候假设能够满足人们对于事情走向的另一种可能性的愿望，所以我还是想问一个假设，其实这个假设提出来不是没有缘由的，就是也有人发出过想法，就是可能存在一种逝者为大的倾向，就是路遥去世的时候时间点太对了，还有评论者就是觉得什么，就是说写到一百多万字的《平凡的世界》路遥耗尽了自己全部的精力，其实也就到此为止了。《平凡的世界》完成所有的文学功力，故事模式、故事情节其实跟《人生》包括再早期的作品差不多，如果说路遥没有在那样一个时间点上过世，他未来继续走下去，也许他可能会枯竭。

梁　鸿：这是有可能的。我是这样想，一个作家成名是多种因素的，不能说因为路遥现在被关注就说是最伟大的作家，不能这样来说，而是说他的成名、他的现在的被重视是多个因素塑造出来的。每一个作家，当他的文本出来之后他就是一个文学现象了，他不只有文学本身，包括今天我们说莫言，我们说余华他都是一种文学现象。并不是说文学、文本本身是好与不好的，文本的塑造也包含着阅读者、文化气氛、政治气氛等，当然也包含他个人命运在里面，所以路遥的文学今天这样被重视一定也包含着路遥本身的命运在里面，这是毋庸置疑的。我们没有必要一定去预想下一步。如果路遥不去世，他能写出好的作品吗？不知道，因为他去世了，我们只能说可能这就是他人生的最高点了，他作为一个文学家的最高点，我们只能这样猜测。我觉得这是一个特别值得探讨的问题，就是说"他去世了"这件事本身让在世的人为他特别加了一个砝码，这个毫无疑问的。每个人都会有这样的现象，包括王小波在内也是一样的，如果王小波不去世，可能王小波也会江郎才尽，也有可能爆发出大的更好的作品来，谁知道呢？但是无论如何王小波的去世形成一股旋风，在思想界、文化界、文学界被广泛讨论，由此塑造出一个王小波的形象。如果他没有去世，可能王小波就是王小波。所以说文学从来不是文学本身，文学从来都是掺杂各种政治的、文化的、个人的东西在里面，共同塑造文学的面貌。

凤凰网文化：还有一个问题，其实这个问题我特别不想问，因为我觉得这个问题其实很没意义、很庸俗，但是很多人是喜欢就这个比较的，就是路遥跟莫言的对比。您作为一个阅读者和批评者，您关于这二位有什么看法？

梁　鸿：首先我说明一点，文学评论一定不是客观的，这是大家对文学评论特别大的一个误解，文学批评一定是个人观点。关于拿路遥跟莫言作对比，我个人觉得，这没有可比性。批评是具有个人性的，阅读也是个人性的，路遥是每一个人的路遥，不是一个大统一的路遥形象。我们这个时代、我们这样一个世界文学的地貌选择了莫言。为什么呢？因为莫言文学的创作特质更符合世界文学的潮流和趋势，那种魔幻的色彩、那样民间的对中国生活的传奇化书写，在某种意义上暗合了世界文学的审美趋势，这不是说莫言故意的，而是说他这样的书写有共通性。他和西方对文学的理解有某种共同的暗合的地方，所以我认为诺贝尔选莫言是必然的，就诺贝尔奖而言中国作家没有第二个比莫言更合适的作家了。

反过来再说，难道因此莫言的价值就一定比路遥高吗？因为路遥去世比较早，后来没有写作，我没法作一个总体比较。就从《平凡的世界》来讲，我觉得《平凡的世界》有它的重要性和伟大性所在，他对中国现实的广阔的描述，他对中国人生内在矛盾性的把握，那种深切的、内在到自己灵魂中的情感，至今看来，并没有过时，反而不断让人思考。另一方面，就莫言的总体创作而言，我反而更喜欢他具有现实主义的作品《天堂蒜薹之歌》，那是真莫言，那不是花里胡哨的莫言。那部作品既有激情，既有关怀也有技巧，他能够把个人对社会的思考很好地融入到文学叙事里面，达成完美的预期。我喜欢的反而不是他特别讲技巧的那些，《四十一炮》啊、《生死疲劳》，为什么呢？这个是贴地气的，这个直接跟我们生活息息相关。所以如果路遥还活着，如果他能够创造出更有地气、更符合现在审美观的作品，可能他也是"莫言"了。但是他去世了，我们谁也不知道。我不知道路遥活着会写出什么样的作品，也许江郎才尽，也许他又一次大爆发。总体而言，我觉得拿他俩作对比本身不太有可比性。

全球化语境中的本土化困境
——我们身处的时代与文化环境

时　间：2002年9月
地　点：天津小白楼冯骥才工作室
对话者：冯骥才　周立民

一　现在文化问题跟"五四"时候已经不大一样了

周立民：谈到全球化，前些年中国人还以为是遥远的事情，与自己关系不大，而自从中国"入世"之后，全球化又好像是冲到家门口的大水，门一开就奔流而来，谈什么都躲不开它。这容易给我们一个错觉，似乎全球化是一个很虚的概念，是靠某一个条约签过来的。实际上不是这样，它早已开始了，并且不声不响地进入了我们的生活，在今天的中国，哪怕是偏僻的农村，也能够买到可口可乐；方兴未艾的网络也将我们带入了更为广阔和便捷的世界同步的境遇中，美国人昨天推出的新版本电子游戏，中国人今天就有人玩上了。当大家在争论什么是"全球化"的时候，其实早已不知不觉地陷入全球化之中了。

冯骥才（作家、中国民间文艺家协会主席、天津大学冯骥才文学艺术研究院院长）：你说到了一个很重要的问题，就是全球化时代的文化问题。这几乎是全人类的一个话题。因为整个世界都在全球化。各国各民族的文化都遇上这个命运性的大问题。从最近的刊物和报纸上的一些讨论看,我们的脑袋也开始关心全球化中的文化问题了。前两年,世纪之交,中国要加入 WTO 的时候,人们还在热衷于讨论文化怎样与世界接轨,而现在相反的意见已经出来。有人认为接轨是经济上的事,文化上谈不到接轨,甚至认为文化不能接轨。还有人认为经济是全球化的,政治应是多极化的,而文化应当是多样化的。可是当讨论一深入,一脚又陷入从晚清到"五四"时所争执不休的问题中。又在民族文化的开放和自守,哪个"为本",哪个"为用"上边转不出来了。其实现在早不是这些问题了,就是说中外文化早已不是"五四"时的那种关系了。在上世纪初,东西方文化都是一种各自封闭的状态。不仅我们对西方文化很无知,西方对我们同样一无所知。中西文化是明显的、相异的两个世界。可是现在世界的文化都在全球化。应该说,从改革开放一开始,我们的文化就开始全球化了。我们却毫无准备。毫无先见之明。毫不前卫。我们的前卫似乎是看谁更接近西方,谁先靠上西方谁前卫。当我们把"地球村"当作一种时髦的词汇而津津乐道,闹着"走向世界",呼叫着"接轨",或者正在自作聪明地说什么"文化也要入世"的时候,文化就全球化了,而且已经受到了极大的伤害。一二十年过去,我们的文化已经被冲散,却依然昏昏然不明不白。这真令人感到无奈又悲哀,因为文化的问题几乎是不可逆的。

周立民:更可怕的是我们还沉浸在某一种表象中,对这一趋势没有清醒的把握和认识,只是随口说一些新的名词而已。

冯骥才:进一步说,现在的文化问题跟"五四"时期有一个本质的不同。"五四"时期讨论中西文化该如何交流、融合、相互借鉴,以至以何为本、何为用的问题——那是一种纯文化的讨论。看上去,改革开放的初期跟这种状况有些相似。"文革"时闭关锁国,改革一来,大门突然打开,大家都希望西方文化进来,希望打开思想禁锢,解放人性本身。这情况似乎很像"五四"时期。其实完全不同。因为此时的外部世界已经是现代化的、全球化的世界。于是，潮水一般涌进来的是全球性的文化。"五四"时期进来的文化首先是精英文化，当时的知识分子在引进西方的精英文化方面做了大量的工作。但这一次，外来文化是夹裹在舶来的商品一涌而入，商业性的流行文化首当其冲。我刚才说"本质的不同"，意思是："五四"时期是中西文化的冲突问题，今天则是全球性流行文化与本土文化的冲突问题。这一次要猛烈得多，迅疾得多，而且无法选择，也别无选择。

周立民：谈到知识分子，我认为这两次文化冲击的接受主体也不一样了，"五四"的一代，中国传统文化的根还没有断，当时的知识分子对民族文化有比较深入的了解。

冯骥才：谈到接受主体，我想应该分两个层面说。一是整个文化的状况，一是知识分子的状况。"五四"时代知识分子的精英大都是学贯中西的。他们身在自己的文化传统中，开开门，把客人迎进来。他们知道客人坐在哪里，自己坐在哪里。当代知识分子是在"不断革命"的时代成长起来的，是在传统文脉中断的情况下成长起来的。本来就身在自己的文化传统之外，他们能把客人引到哪里？弄不好，反客为主。以我们这样的"文化主体"来面对全球化，问题自然就很大。想想看，知识分子是这样一种状况，怎样去解决如此巨大、复杂、全新的问题？

再说，全球化不是对文化而言的。全球化首先是经济的，物质的；但最终影响最深刻的却是文化的，精神的。

周立民：过去说农村包围城市，现在是经济包围文化，文化人如果没有强烈的主体感，他在经济的汪洋大海中就会迷失方向。

冯骥才：我们再谈接受主体的整个文化状况时，更叫人忧虑重重。

记得前年全国的政协会上,我有一个发言,题目叫《要警惕中国文化正在走向粗鄙化》。当时,我对中国文化整体的粗鄙化作了描述。我说,电视里乾隆皇帝和唐伯虎都挎刀背剑上房了。报纸上全是"很体育"和"非常文化"这类语言。只要到旅游景点上转一转,再到佛罗伦萨或巴黎那些文化旅游胜地上看一看,就会知道我们当今的文化多么粗鄙,多么低劣、多么糟糕。

周立民:您认为这种文化的境遇是对外开放带来的一种必然与无奈吗?

冯骥才:不能简单地认为粗鄙化是改革开放带来的。不是的。从我们文化的自身分析,这个粗鄙化经历了三百年的过程。一步步走到今天。

周立民:我同意您这种看法。俗话说"冰冻三尺非一日之寒",文化的演变恐怕是需要一个更漫长的过程。

冯骥才:首先是满人入关。他们把浅露的、积淀有限的马背文化带了进来。我们过去有个错误的观点,认为汉文化强大,同化了满文化。其实文化是相互影响的。汉文化在所谓的同化满文化的同时,自己原有的文化传统被冲淡了。这从两个很小的例子上就可以看出来。一是家具。明代的家具,大气、简约、高贵、醇厚,一条小小而轻微变化的曲线,就意味无穷。文化愈深厚,讲究之处就愈精微。这是汉唐以来一两千年的文明史养育出来的。可是到了清朝的前三代(康熙、雍正、乾隆),家具的用材很贵重,紫檀木、鸡翅木、黄花梨木,雕刻很细,无处不雕,但奢华而外露,变得庸俗了。待到了清代中晚期,国力衰败,经济萎缩,此时的家具之粗糙已经"惨不忍睹"。再一个例子是民间崇拜的妈祖。在清初被赐封为天后时,妈祖还只是护佑渔工水师行船出海的安全。可是到了清代中期以后,妈祖的职能就渐变得"大而空"。从生儿育女，升官发财，到去病消灾，无所不能。妈祖庙里的神像随意添加。增加了治眼疾的"眼光娘娘"，治耳患的"耳光娘娘"，治天花与水痘的"斑疹娘娘"。连民间崇拜也日益粗陋。这里边应该探讨的问题很多。我举这两个小例子是想说，清代的三百年经历了一个文化粗鄙化的过程。

周立民：这种粗鄙化已经是进入到很具体的层面了。

冯骥才：跟着，这样的日益变得粗糙的文化就进入了"五四"时代。尽管"五四"时代的知识分子精于传统，但时代思潮与他们精神倾向却在"打倒孔家店"的反传统的一边。在20世纪的前五十年，中国社会处于不绝的外患与内乱，文化一直在各种激荡之中，得不到平心静气的自我思考。而从50年代开始，文化又成为革命的对象。进入60年代，干脆成了"横扫"的对象。到了70年代只剩下"批红楼"、"批水浒"、"批克己复礼"了，只是政治斗争中一种可怜巴巴的由头。我们的文化成为一个空架子。当然，文化本身还是那个样子，不会因为大批判而真的荡涤一空。关键是它在人们的精神中被抽空了。这才真正是一种劫难。

周立民：这个时期，文化在被粗暴对待的同时，也被简化、被任意利用，这样，文化也就失去了它本身的魅力，成了一个简单甚至妖魔化的东西，人们与它的最直接的感情中断了，仅有的一点文化遗传也不存在了。我甚至觉得，这个时期对传统文化的破坏要远远大于"五四"时期，"五四"的时候是激进的知识分子在清理传统文化，它基本上还没有跳出精英圈，而这个时期真是秋风扫落叶，它自上而下，完全渗透到民间和人们的日常生活，传统文化的根基彻底动摇了。

冯骥才：随后，改革开放，大门打开，我们就拿着这个空架子和世界相撞。人们最真实的感受便是那句歌词"外边的世界真精彩"！一时我们连文化自尊心也被撞没了。

周立民：因为头脑空空，所以看什么都新鲜。这一次是我们投怀送抱，一边倒过去，以无比的热情来拥抱进来的文化。

冯骥才：这还不算完。我们的文化还要进入市场，被卖方挑选卖点，它最终不是成了一片"文明的碎片"？这样的一种文化主体，在全球化的冲击下必然溃不成军，缭乱不堪。这是我们在当下都能感受到的。

周立民：这可能正是商家所需要的氛围，商家不需要清醒的主体主动地选择，而是需要你被动地接受。

冯骥才：全球化对文化的冲击，主要来自全球性文化。全球化的文化是一种流行文化。它以商品为载体，或者它本身就是一种商品。在消费时代，这种流行文化就必然势不可当了。

周立民：美国大片就是一个典型。

冯骥才：是的，美国大片所向披靡。不仅打垮了中国大陆的电影。我去过开罗的埃及电影制片厂，台北的中华电影制片厂，莫斯科电影制片厂，全都奄奄一息了。有一点需要明确，经济全球化的游戏规则的制定者是美国。美国是全球化最大的获益者。他们的流行文化是文化全球化的主角。这一点美国人心里非常清楚。最近《华盛顿邮报》发表一篇署名施奈德的文章，他说，"总统的主要政治顾问卡尔·罗夫要求好莱坞的精英们帮助美国的国际公关活动"。他还说，"文化是现成的可以为我们所用的工具。有人或许说，美国文化已经统治了世界。这是事实——也是关键。政府应该鼓励通过有策略地利用美国流行文化来开展外交。"他还建议美国政府"把美国艺术和文化传播给我们最值得俘虏的受众——外国媒体。""它可以加深人们对美国核心价值观的理解。"美国人多么明白他们的流行文化的"非文化的意义"！即使从单纯的文化层面上说，他们的流行文化也是进攻性的，反多元的，或者是泯灭多元的。他们的流行文化竟然与他们国家的全球政治是一致的。因此说，全球化就是美国化。文化全球化就是文化美国化。进一步讲就是精神美国化。这一点我们是必需清醒的。

周立民：这是美国人的"深谋远虑"！这也说到了全球化的实质。表面上美国是最愿意宣称多元化的国家，但我们应当看到这个多元化是你允许他们的文化进入你的领域的多元化，当他们进入之后，政治和经济上的强势，就会发生作用，将这个多元变成单一，以他们指定的标准为指归的单一。这也就有了我们该如何面对这种全球化的问题。

冯骥才：是的。我关心文化全球化，是因为我关心国民的文化精神。失去文化自尊，对一个民族等同于自我的精神崩溃。

周立民：这种自尊是在强大的诱惑和新鲜的刺激下失去的，因此很大人并不为它的失去而感到担忧，相反倒是热情洋溢地欢迎那种异质的文化，到现在还有人在大唱赞歌，并以此为时髦，可见美国流行文化的威力。

冯骥才：当然，美国的流行文化是非常成功的。他们至少经过一百年的经营与推动，他们已经有了一整套驾驭市场强有力的方式，而且非常成熟了。想一想，他们能把拳击炒作得那么美丽，那么"伟大"，那么英雄主义；居然把泰森的一拳经营到上千万美金。包括 NBA 也是这样，让那么多人为之疯狂。他们多么深谙市场的规律，也吃透了大众的消费心理。这使他们的流行文化无往不胜。而我们刚刚进入市场。过去的文化一直是计划式的。我们还不懂得作为消费者的读者和观众最需要什么，远远没有建设起自己的流行文化和商业文化。应该说，在当今全球性的文化中，我们没有一点自己的份额。

周立民：这种流行文化，尽管商业化，但非常贴近人的本身，尤其是贴近瞬息万变的现代人的内心。

冯骥才：包括人性关怀，包括个性表现，包括帕瓦罗蒂和梵高全放进去了。但这些东西进去了，为什么还要说是商业文化呢？因为它的目的是为了赢利。在商品经济时代，人类的一切文化都是商品；只要卖座，都是卖点。

周立民：因为这个特点，注定了它没有创造力和个性，这样才可以被不断复制，批量生产。

冯骥才：看来，你现在要和我讨论商业文化的本质了。关于商业文化的创造性我是这样看的：商业文化在精神上和思想上没有创造力，但在方式上有无穷的创造力。形式不断翻新。这个翻新绝非艺术上的创新。它主要是为了适应市场的需要。它的活力来自市场而不是心灵和思想。消费时代市场上的商品与传统市场上的商品不一样。传统市场的商品可以卖好多年，现代市场却要不断换代，推出新构造、新功能、新款式；对于一个现代的大企业，在推出一个产品的同时，还必须准备好几代更加时髦的产品等着换代。当这一代产品在市场饱和之后，马上把新一代产品推出来，这就是市场的规律。这因为，它们在横向上有企业间的竞争，纵向上又要设法将消费者口袋里的钱源源不断地掏出来。这就要不断地花样翻新，刺激大众的消费欲，并把大众带到一轮又一轮的购物浪潮中。应该说，市场的帮凶是高科技。现代产品的科技含量很高，科技不断更新，给产品的换代插上翅膀。此外，媒体也是市场的帮凶，媒体总是在追逐新的卖点，或者说媒体的天性是喜新厌旧。总而言之，流行性的商业文化的本质是快餐式的，一过性的。它不追求永恒性。能覆盖前面又能被后面覆盖的，就是商业文化的本质。

为此，流行文化没有真正的精神与艺术价值。它的新鲜感来自刺激性。它的目的只是要把大众一时的占有。它最大的职能是填满消费者一切空余的时间,美其名就是消闲。可是如果你伸手把这些"填饱了人们的脑袋"的东西掏出来一看——光怪陆离,又什么也不是。这便是我们对商业文化泛滥成灾忧虑不已的原因。因为它会使一个民族的文化与精神"沙漠化"。这个"沙漠化"必然带来整体精神素质的下滑。

周立民：我注意到您提到的"心灵"、"思想"和"精神"这样的词,它们基本上被排除在流行文化之外,因为这种文化是消费品,消费的是物质和浅层的欲望。或者说,它们的价值不是建立在思想上,而是建立在是否被消费上。

冯骥才：很对!在市场上,能被消费的通行无阻,不能消费的寸步难行。这就是市场的文化霸权。可是改革开放后,知识分子对外部世界,对市场及其文化一无所知,因而时不时回到"五四"时期的话题上,重弹中西文化怎么融合、怎么接轨、怎么走向世界的老调,其实这是一个很大的失误。当流行文化乘载着商品经济涌进来时,根本不管你原有的文化,不管你的意识形态,也不管知识分子的这些讨论,全不管,把你推到一边。最近我写了一篇文章,题目叫《当代大众文化的菜单》,我想看一看中国人现在吃的到底是些什么文化食品。这一来,我惊讶地发现我们的老百姓已经吃惯了这种流行的文化快餐了,就像孩子们吃惯了麦当劳一样,我们怎么这样快就全球化了呢?

周立民：吃惯了,他的口味就会发生变化。审美趣味一点点改变了,自己可能还没有觉察到。

冯骥才：食品反过来会改造生物。从口味到构造。

周立民：这是不是也在说,很多知识分子在讨论问题的时候,暴露出他们对身处的文化环境没有一个基本的把握,很多时候他们还处在一种想象中，并从这种想象出发来讨论问题，而现实早已距此十万八千里了。

冯骥才：是的，尽管"五四"时期的文化也很嘈杂，但它引进的首先是精英文化，而且引进的目的很明确，是为了国民精神的重铸与文化传统的发展。当然，现在也有人做这种工作的，比如刘梦溪主编的《中国文化》。做得很纯正，目的明确，也具深度。再比如李陀他们编的《视界》。李陀努力创造一种纯理论层面上的文化批评的空间。这刚刚创刊不久的刊物便受到理论界分外的关切。但纯理论工作的效应非常有限，容易囿于一个很小的圈子里。我更关心的不是知识分子对知识分子的，而是知识分子对社会的。

周立民：您可能是更想让这些理论和思想产生功效，但这不但需要一个过程，而且我感觉到要架起这座桥还有许多基础的工作我们都没有做。

冯骥才：我们的学界一直陶醉于一种很幼稚的事情：就是寻找中国的问题来验证某些西方理论的高明；而不是从理论上来解释中国的问题。因此说，我们没有自己在全球化时代的理论。理论界基本是无能的，对现实中国的无能。

周立民：从理论出发，而不是从切身体验出发来谈论问题，已经成为学界大患。这里面肯定有一个知识分子对我们本土问题缺乏了解的问题，再追问下去是不了解还是不愿意了解的问题。另外刚才我们讲到主体性的丧失也给知识分子造成这样一种心态，谈那些西方的理论才是理论，中国本土问题似乎只有做例证，而没有独立价值。同样，如果回到流行文化的冲击上，我们就必须得接受美国人唱主角的流行文化的冲击吗？

冯骥才：于是，一个问题就冒出来了：我们能不能创造自己的流行文化？这个问题在欧洲也是一个很大的文化问题。欧洲的一些知识分子是明确反对美国化的。这很有意思——本来全球化（应该说是全球资本主义化）的体系，是植根于传统的欧洲中心主义的。这中间既有欧洲也有美国。但现在，欧洲人在政治、军事和经济上基本与美国人是合作的，在文化上却举起自我的保护主义的旗帜。因为他们知道，在无所回避与拒绝的全球时代，文化是自己最后的领土。

周立民：这让我想到了您最近完成的《巴黎，艺术至上》中所提到的法国，法国的传统文化没有中断吧？

冯骥才：法国不但没有中断，而且文化延续做得非常好。在美国人以超级大国自居时，法国人自称是"文化的超级大国"。我最近刚写完一本书《倾听俄罗斯》。俄罗斯也是这样的。他们同样既有很强的文化精神，也有很强的历史精神。这一点正是我们缺乏的，而且是致命性的缺乏。

周立民：他们对美国文化也都抱有十分警惕的态度，但全球化和商业文化对法国文化的冲击也是存在的吧？

冯骥才：当然存在。全球化对任何一个国家的冲击都是同样的。这关键看每个国家在文化上的自我意识。在日本，我去参观美国人在东京建立的"迪斯尼乐园"，主要想看看美国人对日本的文化渗透到底怎样。事后，一位朝日新闻社在大阪的社长问我感想如何，我说我已经发现园中有不少日本的内容，我还说"你们日本人在搞反渗透"！这位日本人笑着说"最多十五年我们就会把它变成日本的迪斯尼了"。日本人在文化上有多么自觉！

周立民：但这种自觉是丧失后的反省，而且我怀疑它能够起到多大作用，文化毕竟不是汽车的方向盘，扭到左边不行，再给扭到右边。我想说的是商业文化的潮流势不可当？你看，我们传统文化的根基被破坏了，商业文化长驱直入，但法国那些国家还有根基，同样不可避免地要面临商业文化的冲击。

冯骥才：给我的感觉是，像法国、俄国和日本这些国家所受的冲击没有达到伤筋动骨的地步。在俄罗斯，到处可见的美国人麦当劳快餐店，并没有被俄国人当作高级食品店。相反却能够感受到他们强烈的本土情感，他们为自己文化感到自豪。这跟全民的素质有关，更与知识界有关。我们的知识界还有多少人对自己的文化充满自尊与自信？这两天，我读了一位知名学者的文章，他居然认为在"经过资本市场与信息网络中介"之后，我们的民族文化已经"暧昧可疑"！

二　金庸、武打片及自己的商业文化

周立民：文化的自尊心没有了，我们就容易跟着别人走，做别人的影子，在市场机制的运作下，非常迅速地模仿西方文化也是一种文化现象，港台的一些文化就充当了急先锋的角色。

冯骥才：对于中国人来说，文化全球化主要是通过一个跳板，这个跳板就是香港和台湾。我们的开放是向全世界开放，所有的文化一起进来，但从影响力讲，如果要排个次序，港台在第一位，美国文化并不排在首位，欧洲还要靠后，而且欧洲的流行文化基本上没有进入中国人的公众生活。为什么呢？从世界范围讲，美国文化是向全世界扩散的，它的政治和经济的霸权笼罩着全球，也造成了文化的盛势，相当于中国一千年前的大唐文化。你不得不承认，它的流行文化有着强大的冲击力和极大的张力。在这种强势之下，第三世界和欧洲的文化都采取了自我保护主义，尤其是欧洲，因为它原本是一个文明的体系。自希腊罗马,欧洲文明一直是强势文明,一直到本世纪美国才压倒它,所以欧洲人依旧习惯性地站在"贵族"的立场上看待美国人粗糙的快餐式的流行文化。但是,美国人的流行文化是享乐主义的。这在物质主义的现代社会就更具魅力。为此,欧洲人的保护意识日益清醒和强烈。这种意识不是政府的强加,而是整个欧洲人的自觉。法国人不穿牛仔;奥地利人不宠爱电视,一般只看看新闻,绝不像美国人那么喜欢肥皂剧。但欧洲人的问题是他们的流行文化比较弱。对内缺乏吸引力,对外没有张力。比如电影。所以欧洲人近些年在为一个问题所困扰:怎样构建起一个自己的流行文化体系?

周立民:但是港台的流行文化似乎很成功。

冯骥才:是的,在中华文化中,港台地区是先于大陆受到全球化冲击的。但他们的流行文化都很发达。他们的流行文化基本是"被全球化"的,同时他们又成功地使全球性的流行文化地域化。港台已经构建成自己的流行文化体系。由于语言、文字和文化血缘的关系,大陆便很容易接受这种来自港台地区的全球化的"转手货"。特别是大陆没有市场经济与商业文化的传统。故此,十多年来一直在食用着港台的文化快餐。港台的明星和名人轮番到大陆"轰炸",至今不绝。此外还有文化近亲的新加坡,乃至不近不远的韩国。

周立民:经过这些地区的加工,美国的流行文化披上了一层中国的外衣,远远地看起来更亲切些,特别是普通大众来讲。但是香港的文化和台湾的文化似乎还有不同的地方。

冯骥才:你的看法是对的,香港与台湾还不同。台湾在精神上受美国影响过大。连流行文化的形式也模仿美国。他们的流行文化已经成了年轻人的主要食品,这和欧洲不大一样。可是还应该看到台湾究竟保持着一个知识精英的层面,它是台湾的文化没有被商业文化夷为平地的缘故。香港一百年来一直是英国的殖民地。它受传统的欧洲中心主义的影响，本身又是国际化的港口城市，很容易全球化；同时又是靠商业起家、以商业为生的，商业文化是其本色。我们过去讲香港是文化沙漠，实际上是指商业文化的沙尘暴弥漫了香港。应该说，香港的知识精英层面非常薄弱。

周立民：香港的商业文化不是一种单一的商业文化，它脚踏两只船，一脚踩着西方，一脚是没有涤荡干净的东方文化余绪，说它非驴非马也行，反正它已有了自己的一些标记。

冯骥才：搞商业文化香港是拿手的，香港的商业文化已经鲜明地形成自己的特色。比较成功的商业文化是武打片。这和金庸等一些作家的功绩分不开，也和一些影人的创造性努力分不开。武侠小说是传统的中国通俗文化。在20世纪40年代它在内地的大商埠如天津、上海、武汉等地活跃起来。它与这些城市近代媒体的发达相关。因为，武侠小说的载体是在报上"连载"。比如生活在民国时期天津的武侠小说作家郑证因、还珠楼主、宫白羽等，全都靠着媒体，媒体也需要他们。武侠小说凭着情节取胜，每天一篇，结尾留下悬念，第二天的报纸就好卖。但这样的市井商业文化在解放后的大陆中断了，却在港台地区得到了延续与发展。尤其武术是中国文化的一个符号，富有阳刚之气。这在殖民地的香港，非常适合人们民族自尊的心理要求。同时它的商业性也很强。武侠小说的最大特点是无论从哪一页段落都能开始阅读，很适合报刊连载。此外小说中那种讲情讲义的内容，又投合市民的口味，武侠小说就在香港盛行开了。

周立民：现在有一种把金庸经典化的倾向，我感觉这和我们谈到的精神粗鄙化也有关。精神粗鄙化，直接导致了人们审美感知力的下降，没有判断，没有比较，把这样的作品都当作了杰作。另外在快餐式文化环境中培养出来的阅读习惯和审美趣味，习惯于这种节奏快、变化强的作品，而对于西方古典文学那种慢的节奏和精细的描写，他们没有丝毫阅读的耐心。

冯骥才：我觉得好像是……对商业文化没有研究，有一点少见多怪的感觉。无疑，金庸的小说是一种商业性的通俗文学，或者叫市井文学，一种快餐文化。它刊在媒体上，自然染上了媒体的特点。它决不能像纯文学那样等待知音，而必需主动去吸引和招徕读者。所以这种小说都充满着突发的事件和刺激性的情节，节外生枝特别多，甚至要一个接着一个，生怕读者跑掉。就像电视连续剧一样。而且这种小说人物的武功要一个比一个"超人"，为的是抓住读者不放。武侠小说的人物多是由天而降，没有籍贯也没有历史，情节发生地全无具体地点，故事不知哪朝哪代，何月何年。一切都是粗糙的。推动故事的只是恩恩怨怨。其中的由头不外乎剑谱、拳经、解药和虚拟的"武林宗派之争"。金庸和古龙的小说比起还珠楼主与宫白羽一代，无非是给男主人公身边添几个争风吃醋的靓女。有人说这种小说的妙处是悬念丛生，其实这正是报刊小说的特点，报刊小说每天都得有一个悬念——也是噱头。它不是为了深化人物而设置的，它只是为了勾住读者，是一种商业策略。

周立民：很长时间，我们的小说是政治教材的补充读物，"正派"得让人乏味了，突然来一个这样轻松自在的，乍一看大家一定觉得很新鲜。

冯骥才：读者看得新鲜，很自然。如果被评论界奉若神明，那就真是少见多怪了！连这种小说的商业性也没看出来。按照足球场上的说法，起码是一种"低级错误"！

周立民：金庸流行的时代，正是中国人的精神由一元化向多元化转化的时代，休闲文化兴起，金庸正逢其时。在一个商业文化盛行的环境中，商业运作也增加了他的影响。比方说不断地被改编成电视剧。

另外，从金庸和武打片来讲，它们这种商业文化有一种外来的商业文化本土化的倾向，金庸的小说就写到中国的历史，甚至是武术等，它有效地利用了中国传统的资源，这种资源很容易唤起人们心底的记忆，也会很快地得到呼应，加上他的很多读者，头脑中根本没有什么文化储存，从这种小说里间接地感受了传统文化的魅力，因此就对金庸佩服得不得了。但从本质上讲，除了加上一点现代人的心理之外，金庸对历史的书写没有一点新的眼光和思想。

冯骥才：也没有文本价值。但从商业小说来说金庸是很成功，很"卖座"，"票房"率极高。香港的商业文化是有成就的。它的武打片基本上是好莱坞式的。

周立民：是一个变种。

冯骥才：是，或者说是把好莱坞的商业文化成功地变成了中国式。

周立民：表现了中国人的心理，比如讲义气，兄弟之情……

冯骥才：行侠仗义呀，市井的理想也放进去了。

周立民：但它用的符号则是现代的。

冯骥才：严格地说，是现代流行文化的符号与方式。比如《卧虎藏龙》。老宅、轻功、侠义，看上去非常的中国式。却只此而已。没有任何更深的文化内涵。它拍得很漂亮，很流畅，很投合好莱坞的口味。尤其轻功拍得不比美国人拍外星人差，也使美国人少见多怪了！它是一部穿唐装、内容肤浅的好莱坞片。所以获得了奥斯卡的一些奖。

周立民：港台的流行文化还有一个对大陆产生重要影响的就是流行歌曲，它几乎成了一代人的审美寄托，很多少男少女表情达意的时候，采取的都是流行歌曲的语调。

冯骥才：这谁也不能怨怪。根本的问题是大陆一直没有建立起自己的流行文化。其实，我们脚下有五千年文化，资源雄厚。但我们至今还没有建立自己的流行文化的构想。我们缺乏文化战略。

周立民：那么您认为大陆是否可能建立起自己的商业文化呢？

冯骥才：最好的机会是 80 年代。当时我们有自己的歌星。还刮过一阵"西北风"。第五代导演使当时的影坛成为一种磁场。可是没有人认为那是构建自己的商业性文化的最好时机，时机便失之交臂。进入 90 年代文化全球化冲击得厉害，文化问题日益严重。80 年代那一代人过去后，就再也冒不出新人了。当然，这跟整个社会生活的物化有很大关系。

三　人类现在使用的是一个偏瘫的大脑

周立民：在新的背景下，东方文化，或者更具体点讲我们中华民族的文化复兴有没有可能？因为早有人就在说 21 世纪是东方的世纪这样的话，您在一篇文章中也很乐观地谈到文化复兴的问题，我不知这种乐观有没有什么依据。

冯骥才：乐观吗？我从来是不乐观的。尤其从现实看，我很忧虑；但在理论上，我还是自信的。我们的文化与西方文化在一些根本性的方面是相反的，当然，我并不是说我们的文化比西方文化强，西方文化在整体上也并不强于我们。文化的关键不在于强不强，而是有没有自己的体系，而且这个体系必须是其他文化所不具备的，它是人类大脑独特的一个方面的创造。如果少了这个独特的创造，人类的整个文明就少了非常重要的一部分。有了它，人类的智慧就更大、能力就更强、财富就更多。由此而说，我们的文化非常伟大，是全人类文明的一种极致。

周立民：我明白您的意思了，您谈的"复兴"跟一些人是不同的，您的着眼是人类文化的整体，是开放的，而不是用东风压倒西风，或者是西风压倒东风那种一相情愿的狭隘眼光来看这个问题。

冯骥才：人类文明主要是东西方两个体系，都是"博大精深"的。但现今人类使用的基本是希腊以来的西方文明体系。他们在哲学、科学、认知世界的方式上跟东方全然不同。比方说，在认知世界上，西方是一种解析的方式。他们将过去、现在、将来分得很清楚。他们把已知的放在身后，未知的放在前边，要一步步去探究，所以它的科学很发达。每一个学科都会渐渐分化成许多新学科，愈来愈细、精。

周立民：建立体系，还推出很多概念。

冯骥才：概念非常严格。它们是层层解析，层层推进的。然而东方认识世界的方式是包容的，我们总是习惯于将过去、现在、将来放在一起，把它们作为一个辩证的生命整体。

周立民：我的感觉是东方的世界是"心"的世界，西方是"思"的世界，"心"有体验性的东西在里面，有生命和情感的含量，"思"则是理性的。

冯骥才：你的解释很有意思，触及问题的精髓。中国人看大千世界，是用整体观来看，要用感知，强调悟性，这种文化对艺术的发展有好处。在形而上方面也是一种独特的思维方式。应该说东方更精神化。对待东西方的文明体系虽然不能简单地对立起来，但东方的确有自己独特的宇宙观、生命观、审美观和人际观。可是，现今人类使用的主要是西方文明体系，包括科学与经济，全是西方的。近一二百年，西方文明蓬勃发展，人们从中受益很大，同时一些负面的东西也就表现出来了。任何文明体系，不管多伟大，都有负面。这正面和负面就像一张纸的两面，从中不可以分开，也就是说负面不可克服。如果东方文明发挥出来，负面也不能克服。但两种文明可以互补。可是如今人类是一个偏瘫的大脑，用的只是西方文明的一半，另外一半——东方文明却闲置着。如何开发东方文明这一半大脑，是我们知识界要想的问题。不能像有的学者那样认为东方文明仅仅是给外国游人看的"民俗村"。

四　文化全球化的工具

周立民：谈到现在，我们看到了文化的全球化是一种强势的标准在推行，它的巨大威力，它对民族文化的冲击和改变，但这些都是凭空完成的吗？肯定不是，我想一定有很多机制来帮助它完成这种大踏步的推进，那这个东西又是什么呢？

冯骥才：听了你这番议论，我们的话题又深入一层。我想，现在应该讨论一下文化全球化的手段——也就是工具了。既然文化全球化如此迅猛快捷和铺天盖地，它到底使用的是怎样现代的手段？我用作家的方式说：文化全球化的主要杀手是流行文化。流行文化的坐骑是媒体。坐骑上还有两个翅膀……

周立民：那就成了飞马了。

冯骥才：一个翅膀是市场。

周立民：利益驱动。

冯骥才：对，在市场驱动下媒体要赚钱，还要跟同行竞争，这就要将其本领与能量发挥到极致。另外一个翅膀是高科技，现代科技不断增加媒体的种类、方式、速度、效率……

周立民：复制方便，传播迅速。

冯骥才：既然流行文化是驾驶媒体来的，那么我们就要先认识媒体的特征。媒体的特征实际上也是流行文化的特征。首先，媒体是喜新厌旧的，天天更新，时时更新，这就注定了它是快餐式的。流行文化也必然是快餐文化。其次，它是企业，企业要生存，主要靠卖点。而且不能只靠商业卖点，还要自己制造卖点，比如名人就是媒体制造出来的。而流行文化也依赖着名人。再有，媒体对自己的卖点要通过炒作推销出去。流行文化也离不开炒作，没有炒作就无法流行。炒作的手法基本为三种：1.无限的夸大；2.虚张声势；3.高密度的重复出现。这些都是流行文化的要素。

周立民：媒体传播的不是内容和它的实质，而是符号，通过这些易于识别的符号，它才能流行和扩张开来，为人接受。

冯骥才：是的，作为企业的媒体是必需讲效率的，卖得多卖得好才有很多人来打广告。只有通过炒作才能使卖点不断升温，勾住读者。除此之外，媒体还要满足人们心理上各种各样的欲求，比如对刺激的需求，潜意识中的性，以及对新奇事物的兴趣。这些也正是流行文化的内涵。

周立民：它也通过这些为孤独的现代人制造了一个沟通的情感空间。

冯骥才：是的。一切为了满足人们对时间的消磨，花花绿绿地填补时间中的空白。只有满足了人们的心理欲求，才能达到填补时间的目的。

周立民：但很粗糙，确实有些人连广告中的错字都能挑出来。

冯骥才：填补时间的空白不需要深刻的东西，人们不会对流行文化较真，咬文嚼字。流行文化只是一种粗糙的快餐，能充饥一时就行。

这正是我们担心流行文化会使文化粗鄙化的缘故。

周立民：到这儿还不算完，这个读者还要把接收到的信息再传播，大家自觉自愿地充当媒体的辅助者，扩大了媒体的力量。但这种传播也是三心二意的，今天传这个，明天传那个，这又与媒体的特性不谋而合，它要不断制造一些新的东西供大家传播。

冯骥才：媒体本身是一过性的。只要它的内容更刺激，更来劲，哪怕带有很多水分，哪怕是假新闻，读者并不在乎……

周立民：有意思就行。

冯骥才：是啊，就像人们闲着没事，坐在一起聊大天，聊得快活就行，管它是不是胡编乱造。现代媒体与传统媒体的观念不一样了，它首先是商业的，不是政治的；哪怕是政治的，到了媒体上也具有商业属性。

周立民：近年小报的兴起，更满足了这些欲求。从某种意义上讲，这是社会进入多元化时代的一个表现，就是大家终于不用都去背诵"两报一刊"的社论了，大家关注一些更生活化、更繁琐的事情，生活正常了，人们的精神状态也正常了，小报的兴起也说明了市民空间的逐渐形成，它也会慢慢消解那种政治大一统所带来的单向的思维方式。

冯骥才：如果不从文化的全球化这个角度来看媒体，媒体自然有它推动社会进步而无可替代的一面。它可以使社会更客观、真实、透明、多元和丰富。当然这要看使用媒体的哪一面，如果使用负面，它会使事实被歪曲，真相被掩盖，充满欺骗。它可以撒下弥天大谎，也可以告白于天下。但无论如何，现在是媒体指导生活的时代，我们不能否认我们天天得到的很多重要而真实的信息都来自媒体。

周立民：人们越来越依赖媒体，也越来越漠视自己的感觉和体验。

抬头看到外面的天空万里无云心里没有底；却非要看天气预报心里才会踏实。

冯骥才：天下大事，地理自然，社会万相，奇闻异事，芸芸众生，包括购物信息，基本上都是从媒体获得的。媒体指导着我们的生活，商业文化满足了人们最主要的文化需求。当代大众的文化食品的两个巨型供应商——一是报纸，一是电视，都是媒体。从表面看上去知识界愈来愈不重要了……

周立民：在有些时候，知识分子还会为媒体所利用。另外，媒体指导生活，背后还有只看不见的手，过去是政治，现在是商业。但媒体与普通商品又不完全一样，商家不是自己站出来指导你的生活，它站出来人们反而会怀疑它，可信度低，但厂家如果借助了媒体，人们就欣然接受了。媒体实际上是利用了公众对它的信任而为自己谋取利益。媒体的特殊功能在此是显而易见的。

冯骥才：由于那些重要的信息——由天下大事到气象预报都是媒体告诉我们的，我们对媒体的信任就会自然而然地转移到媒体上其他掺着大量水分的信息上。比如对商品与明星的炒作。

周立民：最可怕的是它往往会制造一个虚幻的世界，在公正和客观的名义下，根据自己的选择视角，制造一个虚幻的世界。它可以按着商业的要求，抽出一些符号，组成一个似乎客观存在的但却不真实的空间。这种不真实是它总是从一个特定的角度来描述世界，同时遮蔽了其他方面。比如过洋节，那些节日与我们的历史和文化根本没有关系，满街的喜气气氛完全是媒体和商家联手制造出来的，一个媒体少或者媒体的影响力不太大的城市，这种节日的气氛就弱；相反，则闹得轰轰烈烈。世界原本不是这样，它是人为制造出来的幻觉，而且这种喜气洋洋的气氛四处弥漫的时候，好像真是歌舞升平，一片繁荣，恰恰那些贫苦的家庭被我们理所当然地忽略掉了。长此以往，这种虚幻的世界横在我们与世界之间，会不断地腐蚀我们对世界的感知力。我就常想古人没有精密的天文仪器，却能精确地测绘出天体运转来，可是现代人对家门口的事情还需要媒体告知，直接感知力的下降，更使我们对媒体的依赖性增强了，媒体成了指点我们生活的当然权威了。

冯骥才：这又涉及另外一个问题……古代科学技术不发达，人们与大自然的距离很近。站在田野上举头仰望天空的时候，日月星辰，雨雪露水，都能直接感觉得到。那时的人们悟性很强，感觉也敏锐，可以听到天籁，可以跟大自然沟通。现代社会把人与大自然隔开，这是科学发展带来的问题。20世纪后半期以来，人类的每一个重大发明都带来了一个不可抗拒的负面影响。比如说核，有巨大的动力，也有巨大的毁灭力。再比如电视、手提电话、网络等。电视对于中国人尤其重要，这种媒体文化每天要消耗人们至少两三个小时的时间。如果某一天忽然停电，看不成电视，我们会骂街。我们已经离不开电视，离不开媒体了。我们受其危害也注定不可避免了。

周立民：在农村，看电视几乎成了唯一的文化消费方式。接触世界的渠道这么单一，我真担心离开这些东西，将来人连基本的生活都不会了。

冯骥才：我在1996年写过一部中篇小说，叫《末日夏娃》，是用荒诞手法写的，可能是过于强调实验性了，小说发表后没引起太多的注意。俄罗斯人把这部小说翻译过去，翻译家对我说俄国人反而能理解小说中所表达的理念。这个理念是：高科技是神也是魔鬼。它是神，给人们带来了很多方便，实现了人类的许多梦想；同时它也是魔鬼，它带来了灾难，而且是不可抵抗的。它成就了人类，最终也扼杀了人类；它放大了人的能力，最终也泯没了人最基本的能力。同时，科学正表现出愈来愈大的物质的制造力，并与市场联手，不断扩大人们的物质占有欲。我认为这正是西方文明的负面。这可是个太大的话题，这里无法谈充分了。先放一放吧！

周立民：的确如此，高科技在不断简化我们的思维。比如傻瓜相机，或者是其他傻瓜系列的电子产品，一切都设置好了，你只能在它提供的模式中选择，此外没有别的选择。科学是有唯一的标准的，这会使世界走向单一和统一，这种东西被强化到一定程度的时候，也正是我们的创造力和想象力逐步丧失的时候，因为人的精神世界是丰富多彩的，是不可以被规划和随意限定的。

五　媒体的两道主菜：名人和时尚

冯骥才：接下来我想谈谈媒体所创造的流行文化的两道主菜，那就是名人与时尚。在没有现代媒体的时代，名人是实打实的。人是凭"众口争说"或"众口相传"而成为名人的。谢晋有一句话说得好，他说一个艺术家应该追求口碑，而不是炒作。口碑是经过人们真正认可的，历史名人大都是口碑中的人物。可是，现在变了，现在的名人大多是媒体制造。媒体法力无边，可以一夜之间把一个凡人变成巨无霸。如果没有报纸报道和电视转播，谁会知道齐达内和桑普拉斯是什么样子？当然，在古代，人们也关注名人。拍卖场上的字画没有名家，价钱就上不去；舞台上没有名角，便索然无味。名人是公众生活的主角。媒体自然把劲儿都使在名人身上，还要不断地制造和推出新的名人。名人的生活、起居、爱好、结婚、婚变、绯闻、私密、车祸，等等，都是媒体的"猛料"。媒体是好事者，媒体天天都等着名人出事。当然，媒体对名人最重要的工作是包装。包装就涂脂抹粉，塞充填物，只有把名人打扮得像巨人，才能成为卖点。

周立民：媒体整天就盯在这些人身上，好像其他的人都不存在，好像理想的人生模式和生活方式就这么几种，这其实是对世界的遮蔽。

冯骥才：有一个现象很有趣，媒体有兴趣炒作演员，却没有兴趣炒作电影里的人物。按说成功的影视作品都应该是人物大于演员的，可是现在却是演员大于人物。所以演员闹出乱子比人物闹出乱子更吸引人。你说这是多么荒谬的时代！

周立民：确实如此，有时候人物的名字根本记不住，干脆就用演员的名字来直呼角色的名字。

冯骥才：是的，文学也一样，都是作家大于作品，书名大于人物的姓名。过去最有名的是林黛玉、孙悟空、张飞和张生；现在最有名的是《病相报告》、《檀香刑》和《长恨歌》。如今的文化是信息化的，评论也是信息化的。作品的知名度首先是媒体上的知名度。它没有学术层面上的东西。有的干脆是制造出一些反面意见——也许为了媒体本身吸引大众的需要，也许为了推销作品。那么如今的大众拿名人做什么呢？实际上大众对名人没有严格的要求，也不关心名人是不是有多大本事。名人对大众来说只是一种消遣的对象。

周立民：现在是偶像的时代，偶像不具有实质的内容，它只是集合了诸多流行元素的一个符号，偶像与大众是在相互利用。

冯骥才：而且是被媒体导演出来的。有人说自己是文化名人，岂不知大众并不看你有多高明的文化，大众更是希望你有趣，出毛病，甚至出丑，这是商业文化中名人的真正悲哀。

周立民：大众的这种胃口完全是媒体培养出来的，比如 30 年前，大众希望看到谁是如何学习"毛选"的，现在报上天天在讲明星，传绯闻，大众就会有一种感觉，好像没有绯闻就不是明星了，不报绯闻的报纸也就不是报纸了，于是绯闻就漫天飞。现在有很多东西都会像传染病一样，有了一种细菌，就迅速繁殖和传播，时尚就是这样一种东西，不知您是怎么看它的。

冯骥才：时尚，顾名思义，是一时的风尚。所以它的本质最符合流行文化。在没有现代媒体的时代，时尚是自然出现和自然形成的。现在，往往是商业创造，媒体炒作，时尚后边是一个商业的陷阱。在当代社会，时尚被鼓吹为一种时髦和新潮。一种与众不同。实际上它是泯灭个性的。因为它诱使人们在一个新的样式中趋同、追随与仿效。

周立民：但时尚的自我宣传却是具有强大的蛊惑力，它宣称自己是最具个性，最前卫的。

冯骥才：一个人的是个性，十个人来仿效就没有个性了。但是商业文化很厉害。你追求个性，它就拿个性作为卖点，作为诱饵。

周立民：问题是大家都不这么认为。比方说"小资"，强调个性和精神上的无拘无束，但据说它也是有标准的，什么样算"小资"，做"小资"该怎么样，甚至有"小资"指导手册教你怎么做。许多人对此乐此不疲，并认为这样做不仅时尚，而且还会沾沾自喜，好像自己跟大家分开了，剪了小贝的头型，自己似乎就是那个独一无二的小贝了，自我与偶像合而为一了，却没有想到这恰恰是取消了自我。这也从另一方面反映出当代人在强调自我的同时已经丧失了自我，当他找不到自己的方向时，只好迷失在潮流中，跟着潮流走最简单了，根本不需要思想，只要傻呵呵地做就行了。现在还有一个问题是，现在的媒体本身就没有立场，它们只是一个社会热点的剪贴版，大众爱看什么就贴什么上去，真是全心全意为人民服务。它们没有自己的选稿标准和明确的办报方向，有时候发的稿子自相矛盾，它们就去指责消息的提供者，而不是反思自己的盲目性。

冯骥才：我们现在明白了，流行文化是从根本上将我们的精神层面挤出去。流行文化的本质是享乐主义的。它使你渐渐习惯于美滋滋的被动的享乐，而放弃了主动的追求，最终按照它的规律生活。这个规律就是商业化、市场化的生活。从中获利的是资本的拥有者。由此引申说，全球化的最终目的是全球资本主义化。这种由美国人做东的全球化——这里重点说的是文化全球化，它给我们带来的真正问题是：1.民族精神的涣散和自我文化的丧失；2.精神层面的平面化和浅薄化。这也是我对文化全球化忧虑的根本。

周立民：我们谈了这么多关于媒体的事情，好像都是谈它的负面影响。媒体本来是一个公共的空间，那么它在当代社会中能否发挥积极的作用，真正站在客观、公正的立场上，承担着为民众鼓与呼的责任，承担着传播现代民主与文明的责任？但这些似乎都是启蒙时代的事情，而现在有人说不需要导师了，大家平等了，是读者来引领媒体走的时候了，平庸和庸俗则接踵而至，这恐怕就是您说的精神平面化和浅薄化。在启蒙的时代中，知识分子表现了自己强烈的精神倾向，在如今的时代中知识分子不知道该如何履行自己的使命。

六　知识分子的特性：前瞻性、逆向思维、独立立场

冯骥才：中国的知识分子在传统上讲，没有一贯的独立立场，我们讲传统应当是一贯的，继承性的。如果从"点"上去谈独立性，只有两个时期知识分子表现出自己的立场。一个是春秋战国时期，一个是"五四"时期。在春秋战国时代出现过"士"的概念，"士"是思想跟权力的脱离。当权力控制的力量削弱的时候，思想就会出现与权力的

脱离，知识分子在一定程度上表现出他的独立立场来。谈到知识分子，我认为除了大家常讲的良知和责任感之外，知识分子的特征还应该体现在三个方面：第一是独立立场，第二是前瞻性，第三是逆向思维。在一次会上，面对一些领导者，我曾经说过这样的话，我说领导者不要总担心文艺界出毒草。我曾和一位朋友统计了一下，解放以来到底出了多少毒草，算来算去，没有一个毒草了，都平反了。但是，留下了多少屈死鬼和事件？中国是一个事件大国，想象的小国。一年到头，看看年历，除了民族的节日之外，大都是事件的日子。无怪乎人们责怪中国的作家写不出大作品来。在一个充满事件的国家，作家没有想象的空间，是出不了大作品的。因此，我只提一条，希望领导者能清醒对待，那就是当政治家和知识分子终极目标一致的时候，在社会进程中他们可能会有不同的关注点和表述方式。比如政治家说时间就是金钱，希望人们富起来，希望产生大量的万元户，甚至百万富翁，这是对的，贫穷不应当是中国人的专利。但是古往今来，从李白到莎士比亚，有谁歌颂过金钱？高唱过金钱如何美丽与迷人？他们总在说金钱是罪恶的。总是在提醒人们不要见利忘义，不要惟利是图。知识分子在生活中的角色应当是这样的——当整个社会迷惘的时候，知识分子应当先清醒；当整个社会过于功利的时候，知识分子应当给人们一点美一点梦想。世界上最有价值的意见，就是不同意见，应当鼓励知识分子大胆地说出自己的不同意见。

周立民：说到这里，让我想起了您那篇怀念冰心的文章《致大海》，我觉得这是我看过的怀念冰心的文章中，写得最好的一篇。在里面有一个令人难忘的细节，就是您去看冰心，冰心问您："要是碰到大人物，你敢说话吗？"老太太还说，"说话谁都敢说，看你说什么。要说别人不敢说、又非说不可的话。冯骥才——你拿的工资可是人民给的，不是领导给的。领导的工资也是人民给的。拿了人民的钱就得为人民说话,不要怕!"冰心先生的这一段话,也是对知识分子品格的一个绝妙的注脚。

冯骥才:刚才说到中国历史上,知识分子表现出独立立场的两个时期。如果再去寻找,就是"文革"结束后的一段时间,那时知识界很活跃,充满活力,理论上也爆发出缤纷的想象。这些想象为改革开放打开思想与心灵的空间。

周立民:许多人都对80年代怀念不已。

冯骥才:是呵。我不是在天津大学成立了一个冯骥才文学艺术研究院吗?我正准备进行当代文学史的分段研究,如果分出次序,最先研究三个史段,一个是伤痕文学,一个是寻根文学,还有一个是实验文学。

周立民:全在80年代!我觉得那时的作品可能不在于文本是多么精致,而是灌注其中的精神是非常强大的,它也可能昙花一现,但消失了就无法再复现了。

冯骥才:我觉得,我们对伤痕文学的认识,在观念上还有些陈旧,总认为伤痕文学文学以外的东西比较多,比较粗糙和情绪化,认为它的文学价值不高,甚至认为80年代的文学还没有回到文学本身上来。但如果我们真正回到文学本身上来体验一下,新时期文学的成就要比现在的成就大得多。现在的文学不是一种"性无能"吗?

周立民:文字是有界限的,而精神会冲破这个界限,您说的是不是有这个意思在里面?

冯骥才:其实鲁迅的小说文字也不是绝对的好,他的"文夹白"的味道很明显。他的思想力量也是大于文字。由此再回到我们的话题中来，作家应具有的知识分子独立的判断立场的必要性就很清楚了。

周立民：知识分子的这些特性，他既是从个人出发的，但同时又不是为个人的。

冯骥才：对，对，我上边那句话为什么没有把使命感和责任感加上呢，我担心加上就成为一个限定，把那些纯粹从个人生命体验进入文学的作家排除在外了。知识分子应当富于社会责任感是没有疑问的。进入90年代，文坛一些人开始否认社会责任感，认为责任感是一种政治强加，或者认为强调责任感会给作品加上纯文学以外的东西，因此强调超时空、超社会属性的纯自我，这使得文学的社会因素越来越少了，作家对社会历史的判断力也越来越差，甚至把握不住时代生活的形态，也就很难出现有力度的大作品。我想我们换一种说法，不用社会责任感，叫作"社会良心"行不行？而社会良心是很宽泛和很深刻的。不仅仅是关注下岗工人和干部腐败。它还包括文化良心、人性关怀、道德关切，等等。此外，我想说，一个作家不是只有责任感就够了。不能只凭责任感来写作。但不能没有社会的责任感、良心、道义。

周立民：知识分子在个人的专业之外，还要承担相应的社会责任，这也是现代社会中作为一个公民应尽的义务。至于文学中的社会因素，李陀在去年有一个谈话，谈到近年来我们总是强调文学的"纯"，结果让作家丧失了对社会重大变革和现实的把握能力。

冯骥才：我认为过分的"纯"是一种逃避。逃脱道义与良心，把文学变成一种文字绣花。纯到了"真空"，没有氧了，也就没有生命了。面对社会与大众的文学是需要勇气，也需要思想的，更需要功力与才华。我真是怀疑那些作家有没有穿透现实的思想眼光与文化眼光？他们是不是不会在河里游泳，而硬说在澡盆里泡着才是水性达到最高境界的表现？

周立民：这就是写作究竟能不能排除生命参与的问题，如果可以排除，写作就成为一种单纯的技艺，按照一个流程可以产出许多产品，那么作家的个性在哪里？而那些经营技艺的作家本来想避免这些，拿出自己的独特东西来，没想到反而与工匠们"殊途同归"了，他们生产的产品不论文字上花样翻出了多少，可是都是一副虚弱无力的身躯和苍白的面孔。

冯骥才：当然，文学总是来回矫正。这些年不提社会责任感，但到了一定阶段，发现文学少了它开始萎缩，缩到内心的一些最幽闭的角落，或者肉体最敏感的那几公分的地方，我们就会重提责任，重提良心，重提激情。就像我们对待传统文化一样，在来回矫正的过程中，向前发展了。但这种来回矫正总是被动的，我们能不能更清醒、更自觉、更主动呢？

七　中国当代知识分子的世俗化

周立民：还有一个问题，就中国知识分子来说，他的独立如何在现实中成为可能，因为刚才我们已经谈到了，我们的传统中就很少有独立的因素。

冯骥才：我们没有独立的传统。知识分子在非独立的传统中被异化了，从历史上看，迎合权力已成为自觉甚至是一种本能。

周立民：在价值取向上是希望被用，人生最高的目标就是为权力者所用。

冯骥才：我们从反面来看一看，就是那些没有考取功名而不得意的知识分子，他们多半会以遁世之道来维持内心平衡。他们自命清高，超凡脱俗，远离尘嚣，不事权贵，但他们除此之外没有提供有思想价值的东西，他们最大的贡献，不过留下几首清脱的诗篇或闲雅的图画。他们的不"苟合时尚"，实际上是遭到权贵们冷遇时捞回一点面子而已。他们的境况极其可悲。

周立民：所谓"达则兼济天下，穷则独善其身"，好像不达就有理由放弃许多责任。

冯骥才：这是我国知识分子的一个传统。应该说，孙犁是最具这种色彩的一位。我写过文章，赞扬孙犁从不入世随俗，同流合污。但现在我要谈他的另一面。他在维护自己的高洁时走到了不食人间烟火的境地。由于他与世无争，使他在"文革"中也没有身陷深渊。在20世纪50年代之后，他找到了一种政治化的处世尺度，他在与充满风险的社会保持距离之中，获得了安全与平静。特别是他的晚年写作，与时代全然隔绝。他经历了"文革"，他心里对"文革"深恶痛绝。但"文革"进入他的笔管是极其微薄。他没有像巴金写《随想录》那样，达到灵魂的升华，顽强而坦白地表现出一个作家的良心与勇气。他偏安于书斋的古籍中，因而使其无限变为有限，终究没有闪烁出他这样一位才华的卓越作家应有的思想光辉。这是令人遗憾的。

周立民：您说得太好了！我曾经以孙犁和巴金与冰心比较，特别是他们的晚年，我觉得孙犁的文字即使再优美，也不可与后两位同日而语。相反，再精致的文字也包裹不住他精神的苍白，说一句可能过分的话，孙犁的那种平和、宁静带着很大成分的自恋和矫情，让我们看不到他的人和他的心在哪里。因此在我的印象中，这个人早就不存在了。

冯骥才：是的。盖棺论定，孙犁应该不属于思想型的作家。他是文字的大家，艺术风格上独树一帜。他作为艺术型的作家顶峰造极，但作为知识分子——他却落入中国文人的惯性中。

周立民：我的一位老师分析周作人，说得非常精彩，他说周作人就是到后来看似用平和文字讲"吃茶"这等闲事，但字里行间仍有很多用意，甚至不乏凌厉之气，这一点他是与他的哥哥鲁迅殊途同归的。而后来学周作人的人学的是周作人"闲适"的皮毛或幌子，而不得精神。从这一点上看，孙犁没法跟周作人比，而孙犁学鲁迅就更有意思了，他照着鲁迅的日记上记的古书，去找古书读，真不知是学鲁迅，还是学古代的隐士。

冯骥才：西方知识分子的传统却是另一种样子。比如俄罗斯的知识分子，即使沙皇控制得那么严，也能表现出自己的气节，发出自己的声音来。像普希金，流放归来后，沙皇召见他，问他如果你在彼得堡，会不会参加十二月党人的起义。普希金说：我的同学和朋友都在里面，如果在彼得堡我也会参加的。沙皇又问：你现在写些什么呢？普希金说：很难呀，审查得太严厉了。沙皇说：那好，我来做你的检查官吧！今后就把你写的东西送给我亲自来看。他要直接控制普希金。普希金的诗不经沙皇审查，连朗诵都不可以。但即使到了这个地步，他的诗依旧燃烧着自己那颗自由的心。这说明他们的知识分子始终把自己心中的真理放在至高无上的位置。在斯大林时期，知识分子受了那么残酷的打击，帕斯捷尔纳克、阿赫玛托娃等一批人还是表现出了知识分子的尊严。他们有自己的立场，有自己的声音，但奇怪的是中国的知识分子在今天社会相对宽松很多的环境中，怎么反而听不到他们的声音？大家都在忙着购房或炒股吗？

周立民：不是有人说过，经历过1957年以后，中国知识分子的精神已经被阉割了吗？对于当下来说，我认为更重要的一个问题是知识分子的注意力已经被转移了，现在知识分子关心的是世俗生活中的乐趣和享受，是小天地中的文化的精致，这种转移使得以前大家对社会问题发言的激情没有了，大家都在往后退。但是每一个时代的知识分子，如果不能对他这个时代的一些精神命题作出回答的话，我认为这一代人是失职的。

冯骥才：你讲得非常好。世俗化是我们必须反省的大问题。物质主义同样消解着知识分子的社会良心。现在并不缺乏那种拥有高层次知识的人，但缺乏那种称得上民族精神脊梁的知识分子。每个时代总是要有这种人，可是这个时代没有。

周立民：他们有一种理性，知道该把民族引到什么方向上去。

冯骥才：在孔孟时期，还有天将降大任于斯人也的社会使命感，鲁迅的时代也有，现在真的看不见。

周立民：有的外国人说，中国人还不如我们更关心他们的社会，他们只关心"人人都能赚大钱"。

冯骥才：现在有三种文学作品，我是不看的。一种是文本很精致的，但避开读者和时代，我把这种作品视作文字的工艺品，是一种作坊文学。第二种是性文学。如今中国社会的禁欲主义早已被击得粉碎。一些中学生也开始性爱了。因此这种写作已经纯粹是这种作家的"文字性生活"了。至于一些反腐文学，差不多都套路化，难免让人感到是在做"政治秀"。

周立民：知识分子对社会发言能力的丧失，是否和知识分子的专业化有关？现代科学的分工越来越细密，大家都只埋头做专家，而专家只能对这个茶杯发言，却没有能力对录音机发言，大家都拘于各种的专业一隅，对整体的社会问题缺乏见解。同时，专家在商业社会中也有可能成为被雇佣者，去替雇主说话，他发言的可信度和影响力就在不断降低。

冯骥才：我想过跟社会分工没有什么关系。我有几个朋友是自然科学界的。他们对社会和文化问题的看法，反而比许多人文学者更加一针见血，而且思想也更自由。我听过吴敬琏的一次讲话，他对国家经济的强烈责任感，对社会问题认识之透彻，对弱势群体生活之关切，令我感动。一比，作家都站在生活之外了。

周立民：您怎么看待写作的自由？

冯骥才：中国文人的传统是不讲自由的，只讲自在。

周立民：就是说自己舒服就行了呗！

冯骥才：自由属于社会，属于集体。自在只是个人的状态。

周立民：但自在给人一种逃避的感觉，而自由则有一种使命感。

冯骥才：自由是对约束而言。我最初写作，是在"文革"中秘密写作。我一边写，一边将写满密密麻麻小字的纸块东藏西藏。我冒着生命危险，但我那时的写作很有激情，我的心灵充满自由的感觉。因为我要把生活残酷的真实记录下来。根据我的感受，在面对专制时，自由是实实在在、充满力量的。但现在外在的限制不多了，几乎什么都可以写的时候，为什么手中的笔反倒不自由了？因为，我们遇到了更大的问题，那就是市场。它不是给我们精神压力，而是给我们物质诱惑。它在损害着写作者的心灵。愈来愈多的写作者为了迎合市场口味，心甘情愿地按着书商的要求去写作。

周立民：我们又钻到了另外一个套子中去了。精神上的专制，可能会激发人的反抗性，但商业的控制却激发不起这些，甚至连必要的警惕性都没有，大家都欣然接受。

冯骥才：你符合市场要求，书卖得多，你获利就多。市场的规律一样是"顺我者昌，逆我者亡"。

周立民：商业有很多符合人性的地方，渗透在每个毛孔中，让人感到很舒服。其实讲到创作自由，巴金曾以老托尔斯泰为例，谈到自由不是人赐的，而需要自己去获得。

冯骥才：自由是一种精神性的东西，那就看我们怎样看待精神的价值了。

周立民：关于知识分子，还有一种奇怪的现象，不是他向大众输送思想资源，而是从这种大众文化中获取他的思想资源，把一些残渣剩饭，当作时髦的营养，把物质的享受、信息量的追求看作跟上时代步伐的标志，在精神上却不断下沉。不是说大众文化中没有思想资源，而是当一个人的思想资源如果全是从这里获得的，那就很可怕了，尤其是精英知识分子。

冯骥才：问题可能是，我们刚刚意识到全球化的到来——实际上它早已来到。但我们还没有站在一个更高的层面上审视我们的文化。知识界远远落后于时代。近年来，从哲学上讲，基本上是空白，没有出现有体系的思考，提不出一些引起人注目、切入时代的话题，哪怕是能够激活人们大脑的学术观点也没有，更别提形而上的理论了。这难道不是商业化的冲击带来的？当然，知识分子不应当是被冲击者，而应该站到全球化的巨浪之上，审视一切。但这样的思想者和理论家还没有出现。极个别的站在市场之外的艺术家被人们视为另类，大众目光聚焦的是商业明星和社会名人。在商潮中愈来愈多的被异化了的文化人大都想着个人生活进入小康，价值观也变了。在这种情况下，社科界无所作为。音乐创作几乎是空白的。没有交响乐，没有好的钢琴曲，就连《梁祝》这样的小提琴曲都没有，这是个什么时代啊？一个民族文化的精粹首先是音乐和诗歌，但当今没有大诗人……

周立民：对于诗歌，我倒有不同的看法，我觉得在90年代，诗歌一直保持着探索的精神和语言的活力。

冯骥才：当然，我也看过不错的诗，我是说没有有影响力的诗人。像艾青，像80年代的舒婷那样的诗人是没有的。

周立民：这个问题……

冯骥才：在生活中没有诗人的声音了，这样提你同意吗？或者说我们的生活已经没有诗的环境——没有诗意了，你同意吗？

周立民：这我同意。

冯骥才：再往深一点说，没有新一代的大艺术家出现。从作家来讲，在余华和苏童之后，再没有同等量级的作家出现。舞蹈，在杨丽萍之后，像她这样有影响力的、有灵性的舞蹈家也没有了。电影方面，张艺谋、陈凯歌等第五代导演之后，第六代就冒不出来了。所谓第六代导演，像张元，一忽儿《北京痞子》，一忽儿《回家过年》，从一个极端蹦到另一个极端，连艺术追求上都不稳定。这正是市场冲击的结果。再说当下的影视演员都有很大水分的。还有画家，40岁以下的画家，在全国有影响的，几乎找不到几个。此中的原因，一是商业文化已经占有统治地位，一是艺术家缺乏真正的精神。

周立民：您说的精神指的是什么？

冯骥才：是大的精神。既是人类又是民族的精神。现在所谓的文坛和艺坛只是一个概念，实际上已经不存在，连文学的气候也不存在，评论界早已溃不成军。媒体的记者们随心所欲的炒作式的说好说歹以及商业化的酷评代替了真正的评论。评论界没有权威。权威是在学界的认可中渐渐形成的。它是学术的高峰，也是学术力量的体现。但这种权威的声音、讨论的气氛、严肃的学术交流大都被商业文化扫荡掉了。这难道不是一个巨大的、从来没有遇到过的文化问题？

周立民：您说的这些现象确实存在，而且很普遍，但我觉得这个问题要怎么看，比如说当一个社会进入了多元时代的时候，这个时代的精英艺术家在公众中的影响力能否还会像在一元化的时代中那么大？我想肯定不会的，可是没有这种影响力，并不等于他们不存在，他们不努力，甚至是他们没有价值。我想每个时代的知识分子应当有他自己的生存方式，这个时代的知识分子已经不可能像80年代那样对社会发生影响了，他应当寻找新的与社会的契合点。另外一个问题是当今精英知识分子与那种在大众中富有影响的所谓"文化名人"的分化越来越严重，这既有历史的原因，也有现实的机遇。历史的原因是他们本来对学术或者艺术就没有投入多少爱，像文学繁盛时代的一些文学爱好者，甚至是得了小说奖一举成名的一些作家，他们在新的文化背景下，必然要积极地脱离这个寂寞的事业，而去追逐新的"亮点"。我觉得现在的问题恰恰是精英文化和大众文化界限分得不清的时候，它们正在分化途中，还没有最终完成，这样使得一些人可以打着精英文化的招牌显示自己的品位、档次，说白了是去唬人，包括一些所谓的"国学大师"，再招摇几年，就要成了国学大骗了。而对一些没有鉴别力的大众来说，恰恰在这样的招牌下上当，认为那些很差的东西是最精华的。我就常遇见这样的读者，他们说现在作家的创作真差啊！我问他读的是什么作品，他报出了一堆书名，我说，大家基本上认为这些作品是三流作品。他大吃一惊，说：报上不是说这是"这十年来最杰出的作品"吗？

冯骥才：我们不能责怪媒体。这一切都源于知识界的能力低下，还有责任感的丧失。平庸呵！令人窒息的平庸呵！

八　使自己心态独立

周立民：有人认为知识分子应当保持足够的民间性，否则的话，他的独立性会受到极大的伤害。我注意到您在天津的文化采风活动，完全是通过民间的方式调动各方面力量，而且做得非常成功，不知您对民间性的问题，是怎么看的？

冯骥才：可以直截了当地说，我有一些职务，看上去职务还不少，但都是团体性质的。我不是官员，也没有进入官员的序列。这些团体都是我喜欢的。我自愿承担的一些职务，比如中国民协文艺家协会、中国小说学会、天津大学冯骥才文学艺术研究院，等等。但即便如此，我也不会被这些职务束缚。我有选择的自由。如果某个团体不能实现我的文化理想，我就离它稍远一些；如果能够实现我的理想，我就会抓住不放。我不会放弃一切机会与可能。

周立民：但有些会议要利于您发言……

冯骥才：对，我一定要去。比如今年的政协会，我必须去，我要在会上呼吁民间文化抢救工程，我要通过媒体表述观点，以获得广泛的认同，得到支持。当时我跟40多家媒体一个个地谈。我对媒体的态度也是这样的，我运用媒体，不为媒体所用。我从不给媒体投送私人化的猛料。如果媒体对我做的事情有兴趣，我就会借助它放大我的声音，达到我的目的。比如现在这个工作室是我个人的，工作人员是我自己花钱请来的。我是天津文联的主席，但这个工作室与文联毫无关系，我所做的城市保护等工作都是在这里进行的，与文联无关。我的助手也都是来自社会方方面面的志愿者。所有花销都是我自己出资。我分得很清楚，这就给自己造成一种心理自由，我为自己创造一片个人的空间。还有，在一些场合讲话时，我会故意用挑战者的姿态来讲话，那不是为了向人表明我是独立的，而是让自己的心态保持独立。

周立民：时刻警惕着对您的束缚的存在。

冯骥才：生活的习惯性很可怕，它会不知不觉地同化或异化你。

周立民：自己要把那些陷阱给堵死。

九　黑屋中的一条缝，打开可能就是一扇门

周立民：关于当今的文化、知识分子，我们谈了这么多，好像都是忧心忡忡，很悲观。

冯骥才：是呀，我们说得太沉重了，有点透不过气来。我们从另一方面谈谈吧！这个时代对作家来说，实际上又是充满着全新的挑战，对作家的知识结构、视野都是挑战。我还是比较欣赏略萨的那句话：对于一个作家来说，最重要的是他的视野。进入90年代以后，社会突变，一切都是全新的，作家乃至知识分子都需要用一个全新的、开阔的视野来看现实。我喜欢从文化的角度看生活，更喜欢从文化的角度看文化。

周立民：这是一个方生未生、方死未死的时代。

冯骥才：充满着社会挑战、生活挑战、文化挑战，还有良知的挑战。知识分子需要有巨大的承受力，能够承受这种挑战与压力的只有使命感。知识分子的目光必须穿透时代找到它的灵魂。知识分子的手始终

不能离开生活的脉，要知道它的心跳，关注它的变化。有时候生活会出现乱跳，出现房颤，我们的工作是找到它的症结，指出它的症结。

周立民：这种乱，甚至是焦灼，有时候会带来另外一种力量。

冯骥才：知识分子要用逆向思维作全新的思考，才能找到这个时代的症结。我有时候感觉，在这个时代中，文化的压力非常大。全球化的冲击这么大，中华民族有这么灿烂和独特的文化，但是我们的文化在迎接全球化的时候，又是这么松散、破碎的状态，完全没有准备；况且，我们全民素质这样的低——这些问题都太大了。但转念一想，这个时代就像屠格涅夫说到的那种很黑的屋子，只要在屋子中突然发现一条缝，推开可能就是一扇门了。

周立民：有时候，我阿Q一点想，这个时代会不会像意大利文艺复兴时那样，新旧交替，巨人呼之欲出，或者说在这个时代中，守住什么的人，就可能是巨人。

冯骥才：我们的确碰上特别有意思的时代，就像居里夫人做了那么多的实验没有成功，都绝望了，忽然发现碗里的镭发出了亮光，给了她一个全新的思维世界。我感觉，我们的文化在等待着一批有识和有志的知识分子来"重新收拾旧山河"。我期待着身边有这样的人站出来。

文学现场、大学课堂与文学教育
——从莫言获奖说开去

时　间：2012年12月2日晚
地　点：天津，传奇咖啡馆
对话者：张　莉　吴雪丽

一　从莫言获奖说起

吴雪丽（西南民族大学文学与新闻传播学院副教授）：对于今天的中国文坛而言，最引人注目的一件事莫过于莫言获得了诺贝尔文学奖。当然，这不仅是文学界的大事，而是具有"国家"意义，从1982年马尔克斯获得了诺贝尔文学奖，中国作家似乎觉得和诺奖越来越近了，以至于1980年代尹昌龙对当时的"寻根派"调侃道"我们隔着都市红尘有些矫饰地眺望着贫穷的故乡，努力地'记起'故乡并不贫穷的文化'积淀'；我们想象着'寻根文学'辉煌的前景，仿佛看见一个就要领取诺贝尔文学奖的中国'寻根'作家，正欢天喜地地走在去斯德哥尔摩的路上"。未曾想，这样的"在路上"一走又是三十年。可以说，从那时开始中国人又翘首企盼了三十年，在三十年的时间里，中国文学先是向"西方"学习，后来又回归中国本土经验，"走向世界"成为整个民族的期盼，随着文学距离大众的日常生活渐去渐远，却是全民持久的诺奖情结，你怎么看待莫言获奖的意义？

张　莉：莫言获奖后一个星期，我们学院当代文学专业老师跟同学作了一次交流。座谈会上有几个花絮。一位俄罗斯同学说莫言获奖那天俄罗斯也有很多的报道和介绍，他说在2008年后，中国又一次因"好事"而被全世界关注，他真为此感到高兴。与之相对，一位中国学生很痛苦，他说他知道莫言获奖后难过极了。他的反应让所有人吃惊。他痛苦的理由是，中国作家不配获奖，鲁迅早就说过了；另一个理由是，他觉得《生死疲劳》里，莫言只会讲故事，只顾形式，除了形式和故事他还有什么。我同事问他是否读过《生死疲劳》。他说他没读过，只是刚才听老师讲过，他觉得诺奖授给这小说不公平，他觉得莫言最好的小说是《红高粱》《透明的红萝卜》。我们赶快告诉他，诺奖不是授给一部小说。这个回答其实也说明，他连诺奖的基本知识都没了解全，就自己"痛苦"去了。当然大部分同学很兴奋，相信你也能感觉得出，莫言获奖给我们的文学环境打了一针强心剂。那位俄罗斯同学的反应我理解，他是学中国文学的，又热爱中国文化，所以渴望更多的人了解中国；那位中国学生我只能试着理解，毕竟他没有生活在真空里，他是在某一种文化语境里长大的。

吴雪丽：也和你说件有意思的事。莫言获奖的消息刚发布的那个晚上，有个同事获知消息就打电话给我，第一句话是"你发财了"，说得我一头雾水，再问，才知她错误地以为我的博士论文写的是莫言，像个笑话。但接下来我就想，莫言的获奖对于出版商或者经纪人来说确实有"市场"的意义，但是对于我这样一个当代文学研究者来说，我的第一感觉是：中国当代文学终于可以借此获得某种程度上的"正名"了。在学界，我常常会有一种尴尬的体会，文艺理论的学者觉得我们的现当代文学研究不是"学问"，甚至于在现当代研究领域，一些现代文学研究者也会认为我们的当下文学批评没有"深度"，他们常常"不屑于"或"不愿意"关注当代作家和作品，而莫言的获奖，是不是可以在这样的意义上说明我们的当代文学写作是有力量和有意义的，当代小说是丰富、厚重的，是可以"走向世界"的，而当代文学研究也是有必要的？这就和你说的那个问题很类似，不读当代作品的人，却常常质疑当下写作的水平和质量。

我记得我们俩当时也讨论了莫言的获奖，一致认为是"名之所归"，他的想象力、他的形式创新、他汪洋恣肆的语言风格、他对中国历史疼痛的书写，都使他的写作丰富而博大，这是可以代表"中国经验"的作家。（当然，中国还有其他和他一样优秀的作家。）莫言从1980年代开始写作，就显示了他的锐气，而且从那时起，莫言和潮流写作所构成的"对话"就颇耐人寻味。他的"红高粱"系列所建构的民间美学和大地诗学被认为是"寻根"的终结、新历史写作的开端。而今天，我们从莫言所提供的"中国经验"的脉络梳理他1980年代以来的书写，会发现不管在1980年代普遍"西化"语境中，还是在1990年代以来中国文学对"传统"的回归中，他都始终是一个"中国"书写者，虽然在形式上，他对西方文学、中国民间的资源都有借鉴。

莫言的获奖也让我想到2006年顾彬断言"中国当代文学都是垃圾"这个事件，顾彬对中国当代文学的批评曾在文坛和学术界引起轩然大波。多年以来，我们一直关注着"西方"如何言说"东方"，或者说是如何以"他者"为参照寻求自我的身份认同，今天，在"西方"这个巨大的镜像面前，中国文学似乎终于扬眉吐气了一回。以此为契机，我们是否需要重新考量中国文学如何"走向世界"这个梦魇一样缠绕了中国文学多年的问题。

张　莉：2009年，我写过一篇论文发在《文艺争鸣》，叫《传媒意识形态与世界文学秩序的想象：以顾彬现象为视点》。当时，我记得我的两位朋友还挺担忧的，他们认为我刚开始作文学批评，根本没必要蹚那个论争的浑水，因为中国当代文学实在不值得出头，顾彬的"垃圾说"也不一定不对。可是，顾彬明显是歪理啊，他一句话打翻一船人，为什么我们得沉默？所以，我用了四五个月的时间来梳理整个论争的来龙去脉，写了那篇论文。在那篇论文里，我确信自己的看法是对的：顾彬强调的是以欧洲趣味为中心的世界文学标准，而中国学者和批评家则谋求的是多样性标准，并不能说是一种"大国小民"心态。没有人规定欧洲趣味是世界趣味吧？中国学者和作家对顾彬那种所谓"世界文学"的质疑，并不是出于民族主义立场，而是出于对西方中心话语的质疑，这是这位汉学家在中国学术界遇到抵抗的最根本原因。——无论是从哪个角度讲，顾彬的标准只是他虚幻的世界文学想象，而不是真理。今天看起来，中国学者们的观点和认识依然是对的。

吴雪丽："顾彬现象"和学界对"顾彬现象"的回应实际上是困扰中国文学多年的一种"焦虑"，也就是中国文学"走向世界"的焦虑，这当然和中国痛苦的历史经验相关。自晚清以来的中国始终处于"西方"的压力之下，而在作为新文学开端的"五四"时期，中国文学向"西方"学习，以现代西方的价值标准来重构中国想象，可大半个世纪的"革命"实践似乎使现代知识者无暇顾及或者不能言说"文学""走向世界"的问题。这种状况的改变大概是在1982年马尔克斯获得诺贝尔文学奖后，中国作家受到了很大的冲击，当然也给中国作家带来了几乎是看得见的希望，因为我们和拉美相近的历史经验，因为马尔克斯对"故土"的书写与乡土中国的文学书写的切近。在1980年代的中国，和马尔克斯的拉美书写比较靠近的是"寻根文学"的写作，在当时普遍"西化"的历史语境中，他们试图通过对传统文化的挖掘而进行现代性的转化，但"寻根派"回到遥远的穷乡僻壤寻求"现代性"转化的资源的方式逃离了现实中国，这也使"寻根"成为一次无望之旅。此后的"先锋派"虽然在形式上越来越向西方现代派文学靠拢，但在精神上却离中国人的生命经验越来越远。而1990年代以后的文学书写回到中国本土除去文化政治的因素外,应该也是文学寻求自身发展的一种新的尝试。

实际上,在"顾彬现象"中,正因为"顾彬的声音"在很大程度上代表的是来自"西方的声音",而"西方的声音"在一个充满了文化政治意味的空间中基本上等同于"世界的声音"。虽然,我们多年以来不断地质疑和警惕"谁的世界"这样的问题,但在面对现实问题时,又往往陷入这样的逻辑。假如我们这样想,如果顾彬是一个来自非洲的、亚洲的弱小国家的"汉学家",他可能就不会引起这么大的关注。是"西方"的"德国"身份使他在中国成为一个"事件"。当然,正如你所说的,中国学界的反应可以看作是对强权世界的一种抗议,是对文学多样性标准的追求。而在今天全球化的时代中,"多样性"和"多元"也恰恰是全球化的一种潜在追求。那么,我们又可以追问的是,莫言的获奖是"全球化"对"东方奇观"的需求、对"中国历史"的窥视,还是在"世界"的意义上具有了探求"人类"生存秘密、生命经验的意义?不知道顾彬先生会怎样回答这样的问题。

当然,顾彬写过一部《二十世纪中国文学史》,他对20世纪中国文学的很多观点是有意义和值得关注的,但同样有大量的遮蔽与误区。

张　莉:我读过那本《二十世纪中国文学史》,还给《新京报》写过书评《德国身份的洞见和盲视》。首先,那部著作是有启发性的,那本书带来的陌生感受首先在于历史分期。顾彬把百年文学史分成现代前夜、民国时期和1949年后的文学。这显示了他对中国20世纪文学的整体认识。他强调的是总体性历史描述,当然,规避了以政治立场划分作家团体的通常做法,也并不用解放区或白区来指代作家。

他对很多作家的评价和分析应该被记住。比如茅盾。他认为茅盾被当代许多批评家贬为概念化写作是轻率的。"从世界文学的角度来看,他却是一个技法高明的作家。中国的文学批评家通常缺乏足够宽的阅读面和相应的外语知识。"他也推崇萧红,认为她将潜藏的骚动不安和显而易见的平静相混杂,使家乡以令人信服的方式重现。他认为萧红的《生死场》表现的不是一个日本入侵前后的历史中国,而是在中国大陆上人类生存的一个示范性、象征性的场所。整体而言,顾彬对中国现代作家的看法颇有说服力和学术精神。

可以感觉得出,顾彬的写作态度是向公正的方向努力。但是,如果稍微敏感,你会发现他的公正真需要加上引号。例如,顾彬在不同的访问场合对莫言小说《生死疲劳》进行批判——他的立论给人的印象并不是出于对文学作品本身是否优秀,而是出于小说家的写作速度,是否懂外语,受的教育是否良好。他甚至拿出过一个论据是,我们德国小说家从不这么快地写完一部小说。此类说法使你无法不想到一个场景:戴着放大镜的德国老大夫,对着一个叫"中国文学"的病人,喃喃自语说,"唉,我们德国人从来不得这种病!"——这种出发点的慨叹和批评无论从立场还是方式都是非学术化和轻率的,对吧?这是可疑的。作为一名严肃的学者,对自己的学术立场应该有自省精神,应该有与自己的国族身份保持距离的清醒。非常可惜,这样的自省精神和清醒立场在作为学者的顾彬先生身上并不存在,他不自知。

顾彬书里有一段对苏童的评价:"苏童的主人公们是作为已定型了的人物上上下下。生物性完全支配了他们,以致情节进程带有一种必然性,第一事件都是可以预料的。无论男女,生活仅仅演出于厕所和床铺之间。苏童追随着世界范围的'粪便和精液的艺术'潮流。在此以外,则又悄悄地潜入了程式化的东西如:乡村是好的;女人是坏的而且是一切堕落的原因;邪恶以帮会黑手党的形式组织起来;一个多余的'闹鬼'故事和一个乏味的寻宝过程最终圆满地达成了这个印象:这里其实是为一部卖座影片编制电影脚本。"——你的博士论文是《苏童小说论》,你比我更有发言权。"粪便和精液的艺术",这是在说苏童小说吗?我怀疑他的判断力,我也怀疑他流利阅读中文的能力,他后面的注释中大部分引用的是德语版本。

吴雪丽：是的，他的"文学史"确有可圈可点之处，比如你刚才说的对萧红的评价，但读到苏童的那一段，我真是坐不住了，那完全不是一个具有严肃的学术精神的德国学者的评价。怎么说呢，更像是道听途说之后的信口开河。有中国当代文学常识的人都应该知道，苏童是当代文坛上的"江南才子"，从上世纪80年代登上文坛至今，在近30年的时间里，苏童以飞扬的想象、优雅的语言、精致的抒情、如水的叙述，建构了他独特的小说世界与个体诗学。他的"枫杨树乡"、"香椿树街"、"宫廷传奇"、"红粉"系列等已成为我们当代文学史的经典。

顾彬何以那样描述苏童的小说，我想他确实是带有某种偏见和盲视来看待中国文学的，是身为"西方"人的傲慢、是以"世界文学"或者说"德国文学"的标准对中国文学的偏见。"懂不懂外语"显然不能成为"能不能写出优秀小说"的判断标准，其实这种"语言的霸权"呈现的正是一种权力政治，似乎"说什么"并不重要，而是你"怎样说"更为重要。而"怎样说"触及的是整个非西方国家（也许欠发达国家更为合适）的作家进入"世界文学"的屏障，那些用母语写作的作家、他们书写"本土经验"的作品，在何种意义上可以成为西方"观看"或者"认同"的对象，这里边有很多悖论。

二 传媒立场与世界文学的想象

张　莉：在2008年左右，我有一个疑问，就是为什么顾彬的说法成为"主流声音"，这个问题吸引我。那时候，不管是在饭局还是在咖啡馆里，只要一讨论当代文学，一定会有人以极其不屑的口吻说我从来不看当代作品，或者直接两个字"垃圾"。好像不这样不足以显示自己的高贵。可这很不对啊，从来不看怎么判断是垃圾呢？我很不理解。

顾彬的看法影响之大，媒体"功不可没"。媒体从来也不是客观的，尽管它常常以客观的姿态出现。当中国文化类期刊、报纸打算使顾彬某一句批评中国作家的话变成标题时，顾彬的话也不再仅仅是顾彬自己的声音，它某种程度上传达了报纸的态度，或者，它隐含的是报纸的意见。翻阅那两年来顾彬的各种访问和对话就会发现，他们几乎都站在同意顾彬的角度看问题。

吴雪丽：我也有这样的经历，很多人会告诉我当代作家作品很差，那作为非专业的普通大众来说，他们对当下文学的"印象"来自何处呢？我想大多数和"传播"有关，今天，充斥在报纸、电视、网络上的对当下很多现象的"印象式批评"，有时候是以讹传讹，而"传播"就像滚雪球式的效应常常离具体的"真实"越来越远。当然，这也和商业时代的包装、宣传有关。记得在1990年代的时候，当时"女性文学"作为一种群体性写作在文坛逐渐引人注目，但在陈染、林白等人的小说出版时，封面曾被设计为一个形象颇为暧昧的女性身体，而女性文学的丛书也被命名为"红罂粟"丛书之类，但我们知道那一代女性作家的写作对自我身体、精神、心灵成长的书写今天读来依然打动人心，而且她们精致的叙述、委婉、细腻的抒情也显示了"文学"的意义。但为什么很多人会以"身体写作"来概括她们，这种以偏概全的方式在"传播"领域增值后就成为大众的一种价值判断。所以，在"传播"的背后其实隐藏了复杂的性别、资本、文化意识形态。

张　莉：都把中国当代文学当"软柿子"捏啊，因为，对于中国文学及中国作家进行严厉的、激烈的批评于媒体而言意味着"安全"。它不涉及权力，不涉及让人发怵的经济资本，不涉及敏感话题，更不涉及政治领域，不会有风险。从当时采访顾彬的标题中也可以看到，许多媒体使用的标题与公正毫不相关。"扶顾彬以令中国当代文坛"的说法可能是偏激的，但是，它并不一定毫无道理。顾彬事件显现了中国媒体对当代文学的刻薄、怨怒心态，这种怨怒心态最终体现在对顾彬作为西方拯救者形象的过度阐释与对中国当代作家群体的过度批评。在我看来，并不是当代文学太差了，而是媒体建构了一个太差的中国文学创作状况。顾彬的看法并不一定具有多少学术含金量，媒体只是建构了一个来自西方的和勇敢的批评者形象。

吴雪丽：同时，对于非专业的普通读者而言，在这个喧嚣的时代，选择什么小说来读，和媒体传播也有密切的关系。而"媒体"就像你说的在貌似"客观"的背后往往隐含了他们非常"不客观"的价值判断。就说采访顾彬的那些记者、编辑吧，首先，他们是否对中国当代文学有深入的了解，而面对一个来自"西方"的"汉学家"，他们为什么会几乎一边倒地"同意"顾彬的看法，往大的方面说，是对我们"文化"和"文学"的不自信，是对"西方中心主义"的不自觉，往小的方面说，就"传媒"的从业者而言，他们对中国当代文学的理解、对顾彬的了解也显示了一个从业者的盲视，殊不知，这种"盲视"一旦进入公共空间，就会具有蝴蝶效应。

中国人都有一个"世界想象"，当然这个"世界"在某种意义上更多指认的是"西方"，这个"想象"的西方文学似乎代表的是普泛的人类经验。中国媒体为什么会对当代文学不满？因为中国当代文学不是"世界的"、"人类的"而是"中国的"、"民族的"、"民间的"？近两年学界也有这样的声音，说中国文学不是距离诺奖越来越近了，而是越来越远了，因为当下文学书写是"中国经验"而非"世界"经验。莫言的获奖打破了这样一个判断，那么，是诺奖的评奖标准发生了变化呢，还是中国文学终于有力量和世界文学一起共同书写普遍意义上的人类经验了呢？怕是又要有一番争论。

张　莉：接着我刚才的话再说几句，我觉得媒体的态度跟媒体从业者对文学的理解有很大关系。媒体不是冷冰冰的机器，它的发声，发何种声音，有何种倾向性，由媒体采编人员和媒体的领导层态度决定。在当代中国，进入中国主流文化媒体领导层的恐怕都是60年代以后出生的人。推想这些编辑、记者的个人成长与阅读经验，他们的文学阅读品味无疑是1980年代以后建立起来的。也正是在那个时代，中国人开始经历"遭遇世界"的历史过程。戴锦华在《隐形书写》中分析这一时期的文化现象时说，"在80年代的主流话语重构过程中，有效完成的部分是参照西方中心重构中国在现代世界上的边缘位置，并有力呼唤着一场朝向中心的伟大进军。这幅新的世界想象的图景，又一次勾勒出美妙的黄金彼岸的同时，构造了中国人的'西方'饥渴。"来自中文系或者对中国文学感兴趣的青年都经历过上世纪80年代后期西方小说/古文文化对中国文学的"启蒙"。这意味着其实是新时期三十年中国文学趣味的转型潜在地培养了西方文学的阅读群体、建构并强化了中国读者头脑中的"世界文学"秩序。

在顾彬面前的虔诚姿态、西方权威话语在中国媒体中的强大，显示了西方想象的强大。所以，中国媒体对中国当代文学一直以来异口同声的批评不是无意的、偶然的、巧合的，也不是瞎起哄。它有原因，是媒体对作协体制的反对，对西方文学和中国现代文学的推崇、厚古薄今等心态作祟，最终聚集于顾彬现象，内化为对当代文学的"厌憎"。

吴雪丽：这种不自觉的"内在化"在对中国文化和中国文学的评价中几乎成为一种普遍的心态。当年"寻根派"说要回到本土挖掘传统文化进行现代重塑时，列举的是西方历史学家汤因比曾经对东方文明寄予厚望，说是西方的基督教文明已经衰落，古老的东方文明将要"光照整个地球"，而毕加索对张大千说："你到巴黎来做什么？巴黎有什么艺术？在你们东方，在非洲，才有艺术！"我们看看，这种对自我民族文化的确认最后是通过一个"他者"的视野，或者更通俗的说是以"西方"的视野，而这种视野却是"不自觉"的。这和媒体对中国文学作出判断的心理很相似,"西方"人说了,"中国当代文学是垃圾",那中国文学就没有未来和希望。还有一件事也很典型,我们知道诺贝尔文学奖的评委之一马悦然对山西作家曹乃谦是比较欣赏的,于是,在诺奖揭晓之前,国内有种说法是曹乃谦可能获奖,而我们知道,曹乃谦的写作风格虽然独特,但离诺奖应该还有很远的路要走。那今天,莫言获奖了,媒体又一边倒地在头版头条大书特书,甚至把有关莫言的陈年旧事也都要翻检一番,也真是煞费苦心。说到底,我们借中国文学常常说的并不是真正的"文学"问题,而是联系着关于今日"中国"的一系列想象。

张 莉:就像刚才说的,媒体对顾彬的推崇跟崇洋心理和国人渴望与"世界"接轨有极大关系,但内在掺杂着文化媒体与读者对当下文学的厌憎、对当下文学的期待以及渴望自我文化被"世界"认知的焦灼心态。这种焦灼心态最终体现在当代文化媒体不能心平气和地对待中国当代文学。换言之,顾彬言论之所以成为一种现象,是当下"文学场"/"文化场"复杂作用的结果,是西方中心主义的文化心理与本土文化身份的指认复杂纠缠在一起;这是中国新时期三十年来成长起来的读者内心潜在的对中国文学的自我期许:既渴望受到"世界"嘉许,又渴望拥有"中国精神"/"主体性"的复杂情绪释放。这个说法,用在今天媒体在莫言获奖后的种种表现也挺适合。

三 文学现场:70后作家崛起

吴雪丽:在今天的文坛上,50、60后作家依然是主力军,他们是有历史感的一代,他们的写作扎实、厚重、丰富,他们与"历史"或者更准确地说与20世纪后半期的中国历史有难以割舍的联系,这当然也和他们自我的生命经验相关,丰厚的历史书写与复杂的人性演绎使

50、60后作家的写作在今天依然使后辈写作者难以超越。而今天活跃在批评界的中坚力量也是50、60后的批评们，他们互相成就了对方。这使我常常考虑这样一个问题，那就是70后作家和批评家的关系，我注意到您也在不间断地关注70后的写作，那么，作为同代人，你如何看待70后作家对日常生活和个体经验的关注？他们的写作在"个人化"屏障下所形成的叙事风格的同质化是否呈现了我们这一代人经验的贫乏？

张　莉：70后作家和70后批评家的发展好像不太同步，似乎批评家成长得比较慢。我最近一直做70后作家研究，写得慢，五年只写了魏微、冯唐、鲁敏，但还会继续写。以前我写过批评70后的文章，叫《在逃脱处落网》，批评他们被"日常"淹没。最近两年有一批咄咄逼人、辨别度极高的作品横空出世，很让人惊艳，我的看法也慢慢发生变化。这些作品的特点是关注凶杀事件及凶杀未遂事件作品，比如阿乙的《意外杀人事件》、《鸟，看见我了》、《情人节爆炸案》、《下面，我该干些什么》，曹寇的《市民邱女士》、《水城弟兄》、《塘村概略》，张楚的《细嗓门》、《七根孔雀羽毛》，徐则臣的《轮子是圆的》，鲁敏的《死迷藏》、《六人晚餐》，路内的《云中人》等，这些作品大部分着眼于无辜者如何成为杀人犯，以及杀人事件的偶然性和荒诞性。

吴雪丽：可能50、60后作家大多有历史重负，历史在他们身上也刻下了难以泯灭的印记，他们书写自我的生命经验、同时也在书写历史，而他们又是有历史意识的一代人，他们试图向历史发问、探寻历史的秘密。70后作家显然更关注当下的现实，而现实如此的纷繁复杂、难以辨别，他们成长的年代又面临了转型期中国很多不确定的因素，因此70后更像是一群被时代潮流裹挟着往前走的人。有时候，觉得不该苛求他们的写作，在这样的历史总体性已然破碎的时代，你让他们如何讲述厚重、博大的历史和喧嚣、复杂的现实。回到个体，回到或丰盈或黑暗的内心，回到虚弱、充满了不确定性的日常生活事件，似乎也就自然成了他们的选择。

张　莉：什么是"历史意识"呢？我觉得作家的"历史意识"不仅指的是对过去的"不忘"，也包括我们对所经历的当下记忆的"记取"。作家是民族独特记忆的生产者。每一代作家，每一位作家都在寻找他们面对世界的角度和方式。历史、革命等宏大话语在70后作家的小说中看不到，在整个70一代作家那里也几乎是匮乏的，这是由成长语境决定的，这是在80年代末、一场动乱之后迅速成长的一群人，在他们的生命经验中，某些宏大话语早已远去，某些过往永远尘封于底。留下的是生活本身，是现实本身。他们所做的、所能做的，是写出他们看到的生活、他们看到的现实，记录下"这一个"生活、"这一个"现实。但是，这并不意味着这些作品必然是"历史意识稀薄"的作品，也并不意味着这是主体性匮乏和令人失望的作品，——如果读者的历史观念不是断裂而是完整的，将会意识到，这些70后作家书写的是近二十年来我们时代、社会和人的困境与精神疑难。

我的意思是，其实我们眼前的一切都应该被视为我们的"那些历史的产物"、我们的"曾经故事的结果"。我觉得，从对意外社会事件的持续关注开始，这些70后新锐小说家已经开始正面强攻我们的时代，他们直接而毫无遮拦地进入了城镇中国的腹地，也进入了基层现实的内部。

这些不同气质的70后作家，选择进入事件的方式和追踪事件发生的路径有很大差异。鲁敏观看"意外事件"时，关注点是由家内而家外；张楚讲述杀人事件时是由问题婚姻及家庭暴力说起；而阿乙和曹寇都选择从外在社会事件入手，从偶然出发，文本事件与现实社会事件形成强烈的"互文"关系，这种意外事件的"社会性"更为突出，也更有冲击力。如何书写和叙述社会事件意味着作家诠释世界的方式。这批作家持续不断地记录行凶者或受害人的精神创伤的行为表明,他们意识到,以文字的方式铭记这个时代每一个个体肉体/精神双重创伤是他们写作的使命。如果不把"伤痕文学"看作"阶段文学",这种集体地、集中地、持续地对社会事件的凝视和还原,某种程度上是另一种更有意义的、更有深度的"伤痕文学"。

吴雪丽:在这一意义上,70后无疑是一群敢于直面"现实"的作家,他们写出了现实中逼仄、压抑和黑暗的一面,也写出了生存于这个时代的个体的心灵伤痛。这种写作肯定是有意义的,他们把这个社会的伤口撕裂了给我们看,很疼痛。这也是70后写作的另外一个面相,他们以前写的那些温暖的、琐碎的、平凡的故事如果说更容易引起我们同代人的共鸣的话,那么,你所说的他们目前的写作看来更多显示了对"现实"、对"自我"之外的人的关怀。

张　莉:他们的故事发生地大多是城镇。小说家还原现场时都书写了城镇生活、城镇文化以及城镇发展过程中所面临的精神危机。我认为他们以"意外社会事件"切入极为尖锐,等于直接插入了城镇中国的内部土壤,这些小说某种程度上成为城镇社会各种关系交集的标本:警民、阶级、贫富、男女、长幼关系一下子在此处显现,生存的困窘也都在此地变得更为尖锐和具体。这是这批70后新锐小说家给当代文学带来的最新鲜的经验和成果。

吴雪丽:这些写作者本身也都是城镇青年。

张　莉:当代最为活跃的青年作家及文艺家,魏微、鲁敏、盛可以、徐则臣、张楚、阿乙、曹寇、李海鹏,包括贾樟柯、韩松落、周云蓬等,都来自小城镇。大部分70后艺术工作者都是此地生活的亲历者,是城镇何以变为"今天的城镇"最直接的见证者,城镇生活之于他们,是成长的根基,是肉身中的血液,所以,"城镇生活"来到他们的文学空间是自然而然的结果。从《大老郑的生活》、《花街》、《鸟,看见我了》、《寡人》到《越来越》、《屋顶长的一棵树》,他们持续写作小城镇生活大约有十年了。我认为,当这批小说家不厌其烦地书写城镇生活的苦闷、喧哗、无序、荒诞时,他们已经逼近我们时代的精神疑难。——当70后一代开始对最普遍、最敏感、最有活力也最荒芜的小城镇生活持续书写时,他们与其父兄辈作家正在形成真正意义上的"抗衡"。

吴雪丽:这些70后作家跟他们的前辈相比,写作兴趣变得完全不同。对于50、60后作家来说,他们最有分量的作品几乎写的都是"乡土中国",也非常有意思,这些作家有的生在乡村,有的只是有过短暂的知青经历,但他们都毫无意外的是近30年来生活在现代都市的知识分子,然而他们的写作,像莫言的《生死疲劳》,贾平凹的《秦腔》、《古炉》,毕飞宇的《平原》,铁凝的《笨花》等讲述的依然是乡土中国的故事,"乡土"成为他们重要的写作资源。但70后显然非常不同,他们的小城镇书写,补充和拓展了我们的文学世界。在30年来的改革开放中,小城镇记录了中国的成长与希望,也记录了衰败与荒凉,可能小城镇作为介于"乡土"与"城市"之间的中间地带,比较有效地记录了现实中国,这个"中国形象"很可能成为70后文学书写的一块"飞地"。

张 莉:特别是审美趣味的巨大变化。他们致力于揭示时代生活中最具体、最世俗、最庸常、最灰暗的一面。他们的主人公通常是:城市游荡者,无业者,下岗者,农民工,小职员,中小学教师,失婚者,被拆迁户,妓女,派出所民警,小偷,凶杀犯,洗头女郎。——尽管这些70后新锐小说家笔下人物都是低微者,但用当代文学中所谓的"底层文学"命名却是失效的。对象还是那些对象,人物还是那些人物,事件还是那些事件,但写作目的和阅读感受完全不同。他们小说文本与现实之间的"互文"关系,他们拒绝道德阐释的写作姿态使当下文学批评中的某种通用价值判断体系逐渐面临挑战。

吴雪丽：是的，书写这些"卑微者"的生活世界显示的正是70作家的写作关怀，而他们这种"直面现实"的写作风格和粗粝的"现实"的互文，也是他们的写作可能有力量的一个起点。我们常常说，一个理想的世界，应该是我们不仅可以为强者欢呼，更重要的是我们需要为弱者祈福，这也是文学存在的重要意义之一。看来，今天的70后作家正在以这样一种看似"灰暗"的书写记录这个世界的裂隙与疼痛，并和那些卑微者站在一起。

张　莉：不是，他们自认为"屌丝青年"。像贾樟柯的摄像机定位于平视他的拍摄对象的高度，这些作家面对写作对象时也是平等的，他们自觉他们是其中一员，这一点我很欣赏。所以，我认为，今天，如果我们讨论70后作家对于当代中国及当代文学的贡献时，应该追问的是，在这代作家的文本中，是否潜藏有中国发生了什么、正在发生什么以及我们遇到的精神困境是什么的表述。——在这批逐渐成为中国文学中坚力量的新锐小说家那里，正潜藏有被我们时代习焉不察的灰暗。别林斯基说："当我们的街道失火时，我们必须向着而不是背着火跑，这样才能和别人一道找出灭火的方法；我们必须像兄弟一样携手合作来扑灭它。"这里面隐含的是作家之于现实的态度问题，在我看来，70后小说家对时代的疑难和自己的使命已经有了某种自觉，他们已经开始勇敢地"向着而不是背着火跑"，我相信，就是这一两年，一大批新的作家马上会起来，事实上已经开始了。

四　大学课堂与文学教育

吴雪丽：我们都在大学里从事当代文学的研究与教学，这几年，我几乎形成了一个习惯，在每学期的第一节课，我会问大家平时都读哪些小说、知道哪些重要的作家，他们的回答往往令我万分的失望，我们的文学史视野上的当代经典作家他们知之甚少,而他们回答的那些网络作家和网络文学又是我陌生的,说起来也很惭愧。

张　莉:这经验我也有。前两年,我会说王安忆你们应该知道,他们知道,点头。今年这批孩子,都出生于1994年左右,我说这句话的时候他们一脸茫然,真的不知道。现在的情况经常是,我们讨论一位作家作品时先说电视剧或电影,比如我们要说刘震云,就先说,《一九四二》、《手机》,然后教室里就一片惊呼,哇,原来是这位作家啊。我不知道这是不是一个好的办法,所有当代优秀作家,都需要这样被隆重推出。余华、苏童、王安忆、刘恒、毕飞宇、严歌苓莫不如此,莫言也是一样。在没得诺奖前,我们要先说一下《红高粱》,再说莫言。前两年他们会问我,喜欢不喜欢韩寒,或者郭敬明。今年他们直奔了《甄嬛传》。我说当代文学要关注当下的文学,他们马上问,包括穿越吗,包括《宫》吗。我尽力去了解一下网络文学,但那个更新很快啊,像快餐一样。但也只是了解,我们不能学生喜欢什么就讲什么。

吴雪丽:和你说的情况差不多,只要是有改编的,就先说电影、电视连续剧,但是,我觉得作为一个当代文学的知识传递者,我有责任把最优秀的作家和作品介绍给大家。有些篇目,我尝试让学生来讲,一个比较明显的倾向是,他们往往会离开文学史的脉络和知识谱系而从自我经验出发来评价一部小说,有时候会有新见,但有时候也会觉得那种角度完全不是中文系学生的经验阅读。除去那些我名字都不知道的网络小说和韩寒、郭敬明等之外,在主流的文学史中,学生们相对会比较喜欢《红豆》、《人生》这一类作品,尤其是来自农村的学生很多喜欢《人生》、《平凡的世界》。

张　莉:北大的邵燕君老师作过一个调查,发现北大学生也爱读《平凡的世界》。我们学校的学生也爱读那本书,这也是我们学校图书馆借阅最多的小说,《平凡的世界》现象有很多未解之谜。

吴雪丽：在当代文学教学中,我总是试图把我们生活的这个世界的文学现场带给大家,告诉大家在他们成长的岁月中,有哪些重要的作家在进行严肃的写作,那些作品代表了我们当代文学的成就。但情况往往是,那些准备考现当代文学研究生的同学选择去读了,而对于我布置的文学史上的经典作品,到学期末很多学生都几乎没读,这常常让我很沮丧,那就是,今天中文系的学生对作品也不再那么有热情。

张　莉：以前我给学生开列个书单,然后要求他们读。但读得如何,我也不太清楚。从去年开始,我要求他们分成阅读小组,每次由一位同学发言,算作平时作业。必读小说我会以电子版形式发到他们的电子邮箱,这样一来效果很不一样。他们会下载到手机或电子书随时随地读。当然一开始会遇到抵抗,不好读啊。尤其是新时期初的一些小说。有一天我看到有个孩子会对另一个说,我今天先读了张莉老师发来的小说,太累了。读完后就又读了会儿玄幻,换了一下脑子,轻松一下。再回去读,感觉好多了。其实他们也知道,网络文学是快餐,是消遣。有时候不读文学课上推荐的小说,只是懒惰使然。这样尝试了半年效果很明显。莫言小说对于我这个班的学生来说一点儿也不陌生,他们能如数家珍地讲关于他作品的很多细节,我想他们每个人至少应该读了他两部短篇,一个中篇,有的甚至读了长篇,这个阅读量是很大的。其实读小说对于全世界的年轻人恐怕都是一个挑战。美国的一位批评家尝试向年轻人推荐好小说:"我见到过他们在读到令人惊奇的文学作品时那种充满惊讶、难以置信的情形,这是他们不熟悉的经历,好得几乎可与音乐和性相提并论。"这个比喻太直接了,让人印象深刻。

吴雪丽：你这个方法可以借鉴,应该充分利用起电子文本这个媒介。就是强迫性地塞给他们一些,然后用一些和"成绩"挂钩的方式(对于成绩，大多数学生是很关心的)，这样，慢慢读下来，他们也许会逐渐体会到经典文学的魅力。当然今天的大学和我们的大学时代已经很不一样了，我们当时课时非常少，大部分时间是泡在图书馆自由阅读，但今天的学生们大部分是在课堂上，就我目前的学校的状况看，他们一周从早到晚几乎都排满了课，学生还要考各种各种的证件，他们常常抱怨说，课太多了，每个老师都有书目，他们根本就没有时间。在今天就业、竞争越来越激烈的世界中，我经常问自己，是应该让他们多读书来拓展自己的精神空间，还是让他们有更多的精力为现实生存作准备？我们今天大学里的文学教育应该关注些什么问题？我时常很困惑。

张 莉：我也很困惑。我最近作的一个尝试就是，希望他们读完小说后不查任何资料，"束着双手进入文本"，然后直接在课堂上讲出他们对小说的最直接感受。——以前如果有这样的作业他们会去网上搜一下，然后记下要点，上课会说，陈思和说，洪子诚说，等等。但这次不一样，我希望他们自己说，用自己的语言，说自己的感受。这个尝试特别有意思。我还打算闲下来有机会把这个事情好好写写。先举几个例子。比如《组织部来了个年轻人》，很多同学并不认同小林的行为，你看跟领导对着干，跟有夫之妇有暧昧。——这些都是他们的原话。要知道，进组织部多难啊，公务员多难考啊。而且公务员的职责不就是要贯彻吗，为什么要提意见？他们不理解，也不认同。一开始他们这么读，我心里有些不高兴的，但后来想想也有道理，他们看到的就是这样的，他们的生活就是如此啊。当他们这样解读的时候，表明我们的时代发生了什么样的变化？还有一次读《一地鸡毛》，他们特别喜欢那个小林，一个女孩子说小林让她想到自己的爸爸。为了让她去上个好的高中，爸爸去给镇校长送礼，庄稼人只有粮食，送了一袋大米，人家不要，被退回来。她伤心极了，发誓说一定要考好的大学。然后问我，老师，小林该怎样生活，他那样生活哪里不对了，他能怎么样？

这位年轻人给了我看小林故事的另外视角，想一想，她爸爸也是成长于90年代的青年，这也正是新写实小说热潮兴起的时代。她的故事触动了我，我在课堂上说我很感谢她，使我对这小说有了不同的理解。所谓教学相长，大概就是这个意思。

吴雪丽：有时候，多年的学院化教育容易使我们在面对作品时有一种思考的定式，而那些90后的学生可能会从他们的生命经验出发读出完全不一样的感受。我们常常说，对文学作品要有历史的理解和历史同情，当然，也需要历史的后见之明，那么，90后提供给我们的视野，应该是相对意义上超越历史的"个人阅读史"。这也给我们这些从事文学教育的当代文学研究者提出了一个严峻的问题，那就是我们怎样"一起"阅读"历史"。

张　莉：对，是他们的"个人阅读"。中学教育太沉重了，年轻人中学时根本没有时间读课本以外的书。开头提到的那位俄罗斯留学生，去年一直跟着我上当代文学课，他叫雷鸣达，是莫斯科市立师范大学的交换学生。这个青年给我留下特别深刻的印象。比如我们读《棋王》，大部分同学都会困惑王一生何以如此痴迷于下棋。这个学生看法很不一样，他说，《棋王》发生在"文革"时期，那时候，人的选择很少：大多数人当红卫兵，造反派。但那不是王一生的选择，下棋是他的选择，因为只有下棋的时候，他能充沛地感觉得到自己的能力。下棋时，王一生能解脱当时的苦难，能战胜当时枯燥的现实生活。所以，他说，"下棋"是王一生面对"文革"的方式。

作为大一学生，还是外国学生，这样的理解力表明他有良好的文学修养。我特意问了他。他说起上小学时学校开了门朗诵课。朗诵老师热爱读普希金。每次上课，他会点根蜡烛，桌上摆本普希金诗集。但老师完全不用看诗集，他会背诵他所有的诗歌。在烛光里读诗，——诗和文字让他觉得新奇刺激，很神秘。这个青年的经历让我不得不想，作为中文系老师,我们面临的挑战恐怕是如何为今天的年轻人打开那个迷人的"文学之门"。

吴雪丽:"在烛光里读诗",这是多么美好的事,你讲的这样一个情节,突然一下子使我打捞起了生命中那些与"文学"相关的美丽记忆,真希望我们也能把这种"美丽"传递下去。